MIGRATIONS

Charlotte McConaghy

A NOVEL

MIGRATIONS

북극제비갈매기의 마지막 여정을 따라서

마이그레이션

샬롯 맥커너히 지음

윤도일 옮김

잔

모건에게 바칩니다.

안전한 곳을 잊어라.
두려움이 이는 곳에 살아라.

— 루미

차례

일러두기 | 본문 괄호 안의 주는 모두 편집자 주다.

1장

PART ONE

1

동물들이 죽어 가고 있다. 머지않아 우리는 이곳에 홀로 남겨질 것이다.

언젠가 남편이 사람의 발길이 닿지 않은 대서양 암석해안에서 바다제비 무리를 발견한 적이 있다. 그가 나를 그곳에 데려간 그 날 밤, 나는 그 바다제비들이 마지막 남은 몇 안 되는 무리였다는 사실을 알지 못했다. 그저 그 새들이 어두컴컴한 동굴 속을 매섭게 날아다니고 달빛을 머금은 물속으로 날아드는 모습을 보며 그들이 용감하다는 사실만 알게 되었을 뿐이다. 우리는 바다제비들과 보낸 짧은 어둠 속에서 잠시나마 그들처럼 자연의 모습 그대로 자유로운 척을 할 수 있었다.

언젠가 동물들이 암울한 미래에 대한 막연한 경고로서가 아니라 현재, 바로 지금처럼 우리가 체감할 수 있을 정도의 대규모 멸종 위기에 처했을 때였다. 나는 대양을 횡단하는 철새를 따라가 보기로 결심했다. 모든 철새가 날아간 곳으로, 우리가 멸종시켰다고 생각한 모든 생물이 있는 곳으로 나를 이끌어 줄 것이라는 바람이었는지도 모른다. 어쩌면 내가 끊임없이 누군가의 곁을 떠나고, 정착하지 못하고, 세상 모든 것을 멀리하게 만드는 잔인한 그 무언가의 정체를 찾을 수 있을 것이라고 생각했을지도 모른다. 어쩌면 철새의 마지막 이동으로 내가 속할 곳을 찾을 수 있을 것이라고 기대했을지도 모른다.

언젠가 더 무시무시한 나를 탄생시킨 존재 또한 바로 새였으니까.

그린란드
알 품는 시즌

그 순간을 목격한 것은 순전히 운이었다. 새의 날개가 머리카락처럼 얇은 철사를 건드리자 둥지에 미리 설치해 둔 새장 덮개가 새 위로 살포시 내려앉았다.

나는 꼿꼿하게 허리를 세워 앉았다.

새는 처음에 아무런 반응도 보이지 않았다. 더 이상 자유의 몸이 아니라는 사실을 왠지 아는 듯했다. 새를 둘러싼 환경은 약간, 어쩌면 많이 달라진 터였으니까.

나는 새가 겁내지 않도록 천천히 다가갔다. 바람이 매서운 소리를 내며 내 얼굴과 콧등을 할퀴고 지나갔다. 얼음으로 덮인 바위 위로도 같은 무리의 새들이 선회하고 있었다. 내가 가까워지자 그들은 잽싸게 자리를 피했다. 내 부츠가 저벅거리는 소리에 새의 깃털이 흔들리는 것이 보였다. 그 주저하는 듯한 첫 날갯짓은 탈출을 시도하려는 것이었을까? 자기 짝과 함께 지었을 둥지는 약간의 풀과 나뭇가지가 바위 틈새에 얼기설기 끼워진 단순한 모양이었다. 새끼들이 스스로 먹이를 찾아 떠난 후였기 때문에 더 이상 둥지는 필요치 않았지만, 모든 어미들이 떠나보낸 자식을 그리워하듯 암컷 새도 둥지를 다시 찾아든 것이었다. 나는 숨을 참고 새장 덮개에 손을 가져갔다. 내 차가운 손이 몸에 닿기 직전에 그녀는 강한 저항의 몸짓으로 딱 한 번 날개를 퍼덕였다.

이제 서둘러야 했다. 이 순간을 위해 꾸준히 연습해온 걸 할 차례였다. 손가락으로 재빠르게 고리모양의 밴드를 새의 다리에 끼워 넣은 후, 날개 아래쪽 관절 윗부분까지 당겨 올렸다. 새는 내게 너무도 익숙한 소리로 울부짖었다. 내가 거의 매일 밤 꿈속에서 내는 그 울음소리였다.

"미안해. 거의 다 됐어. 거의 다."

손이 떨려왔지만 계속할 수밖에 없었다. 이미 너무 오래 손을 댄 탓에 낙인을 찍듯 사람 손을 타게 만든 것 같았다. 이런 몹쓸 짓을 하다니.

밴드를 조여 위치 추적기를 단단히 고정시키고 전원을 켰을 때 램프가 한 번 깜박이는 것을 보니 제대로 작동하는 듯했다. 이제 놓아줄 차례였다. 새는 내 손안에서 숨죽인 채 움직이지 않았고, 팔딱이는 그녀의 심장박동이 고스란히 느껴졌다.

나는 움직일 수 없었다. 팔딱 팔딱 팔딱. 너무 빠르고 너무 연약했다.

하지만 진한 붉은색 부리는 어떤 어려움도 이겨낼 만큼 강인해 보였다. 새를 다시 둥지에 놓아두고, 새장을 들고 뒤로 물러섰다.

나는 새가 다시 힘차게 날아오르길, 날갯짓에 분노마저 서려 있기를 바랐다. 그리고 내 바람대로 그녀는 하늘 높이 솟구쳐 올랐다. 그 모습은 눈부시게 아름다웠다. 부리와 같은 색으로 한 쌍을 이룬 듯한 다리, 매끄럽고 까만 머리, 쌍날 모양의 꼬리와 베일 듯 날카로운 한 쌍의 날개까지. 우아함 그 자체였다.

나는 이제 막 한 몸이 된 위치 추적기가 익숙하지 않은 듯 하늘을 선회하는 새를 바라봤다. 위치 추적기는 내 새끼손톱만큼 작고 매우 가볍기 때문에 비행에 방해가 되진 않겠지만, 어쨌든 썩 마음에 들어 하지 않는 듯 보였다. 그러다 갑자기 나를 향해 급강하하며 날카로운 울음소리를 뿜어냈다. 나는 온몸에 전율이 흐르며 미소가 번지는 동시에 본능적으로 얼굴을 보호하기 위해 몸을 숙였다. 하지만 그녀는 나를 공격하지 않았고, 자신의 둥지로 돌아가 여전히 보호해야 할 알이 있는 것처럼 둥지 위에 자리를 잡고 앉았다. 마치 아무 일도 일어나지 않은 것 같은 태연한 모습이었다.

지난 6일 동안 이곳에 나와 있으면서 거센 비바람에 텐트는 진작에 바다로 떠내려갔고, 내 머리와 손은 하늘에서 가장 방어적이라고 이름난 새에게 수십 번도 더 쪼였다. 그래도 그러한 노력의 결과로 세 마리 북극제비갈매기(Arctic tern, 제비갈매깃과의 바닷새)의 다리에 위치 추적기를 달았다. 비록 온몸은 소금에 절었지만 상관없었다.

나는 한 번 더 새를 보기 위해 산마루에 잠시 멈춰 섰다. 그 순간 바람이 일며 정적이 찾아왔다. 빙하가 눈부시게 반짝이며 넓게 펼쳐져 있었고, 그 끄트머리에는 흑백의 바다와 멀리 잿빛 수평선이 넘실거리고 있었다. 거대하고 새파란 얼음 조각이 한여름인 지금에도 느릿느릿 떠다녔고, 수십 마리의 북극제비갈매기가 새하얀 하늘과 대지를 가득 채웠다. 세상에서 마지막 무리일지도 모를 북극제비갈매기들이었다. 내가 어딘가 정착할 수 있다면 이곳일 것이다. 하지만 새들은 머물지 않을 테지. 나 또한 그럴 테고.

    렌터카의 히터를 최대로 가동시키자 다행히 차 안은 금세 따뜻해졌다. 꽁꽁 언 손을 히터에 대고 있자니 살갗이 따끔거렸다. 조수석에 놓인 서류 뭉치 속 파일을 뒤적여 이름 하나를 찾았다. 에니스 말론. *사가니*호의 선장이다.

    지금까지 일곱 명의 선장을 만나러 다니면서 은근히 그들 모두가 내 부탁을 거절하기 바랐던 것은 아마도 마지막 배의 이름을 보고 나서 내 안의 광기가 작용했기 때문이리라. 배의 이름은 *사가니*. 이누이트(Inuit, 알래스카주, 그린란드, 캐나다 북부와 시베리아 극동에 사는 원주민) 언어로 '*까마귀*'라는 뜻이다.

    내가 숙지해야 할 사실들을 다시 훑어봤다. 선장인 에니스 말론은 49살이고, 알래스카에서 태어났다. 시얼샤와 결혼해 두 명의 아이를 두었다. 그의 배는 대서양 청어잡이를 합법적으로 허가받은 마지막 배이고, 그에게는 일곱 명의 선원이 있다. 정박 일정표에 따르면 *사가니*호는 앞으로 사흘간 타실라크(Tasiilaq, 그린란드 남동쪽 해안에 위치한 마을)에 정박할 예정이다.

나는 내비게이션에 타실라크를 입력하고 차가운 도로 위를 내달리기 시작했다. 하루 종일 달려야 마을에 도착할 것이다. 북극권을 떠나 남쪽으로 향하는 동안 어떻게 접근할지 곰곰이 생각했다. 앞서 모든 선장들이 나를 거절한 건 훈련도 안 된 낯선 사람을 배에 태울 수 없기 때문이다. 또한 그들은 자신들의 루틴이 흐트러지고 항로가 바뀌는 것을 싫어했다. 나는 뱃사람들이 미신을 믿는 존재라는 사실을 알게 되었다. 항상 같은 패턴으로 생활하는 사람들. 특히나 이렇게 생계를 위협받고 있는 지금 상황에서는 더욱더 그러했다. 우리가 하늘과 땅의 동물을 계속해서 살육해 온 것처럼 뱃사람들은 바다에서 고기를 멸종 직전까지 잡아 올렸다.

이런 무자비한 배에 바다를 더럽히는 사람들과 함께 올라야 한다는 생각만으로도 몸서리가 쳐졌다. 하지만 내겐 선택의 여지가 없었고, 남은 시간도 많지 않았다.

오른쪽을 보니 푸른 들판이 드넓게 펼쳐져 있었고, 언뜻 보기에 목화솜꽃 같아 보이는 수많은 하얀 점들이 여기저기에 수놓아져 있었다. 달리는 속도가 워낙 빨랐기에 전부 희미하게 보였지만 실제로 그것들은 상아색 야생화였다. 왼쪽으로는 시커먼 바다가 부서지고 있었다. 너무도 동떨어진 세상이었다. 바라보고 있자니 해야 할 일을 까맣게 잊고 내키는 대로 살 수 있을 것만 같았다. 어느 시골의 한적한 오두막을 찾아 숨어 지내며 정원을 가꾸고, 산책하고, 새들이 서서히 자취를 감추는 모습을 지켜보는 삶. 이런 삶을 살고 싶다는 충동적인 생각이 계속 머릿속을 맴돌았다. 하지만 머지않아 달콤함은 쓰디씀으로 바뀔 테고, 이렇게 광활한 하늘도 새장처럼 느껴지겠지. 나는 머무르려 하지 않을 테니까. 내가 그럴 수 있다 하더라도 남편이 나를 용서하지 않겠지.

싸구려 호텔방을 잡고 침대 위에 배낭을 팽개치듯 던져뒀다. 바닥에는 볼품없는 노란 카펫이 깔려 있었지만, 피오르(fjord, 빙식곡이 침수하여 생긴 좁고 깊은 만)가 언덕 아래에서 찰랑이는 전경이 한눈에 들어오는 방이었다. 쭉 뻗은 물길이 회색빛 산등성이 뒤를 가로지르며 쌓인 눈 사이로 길을 내고 있었다. 예전에 비해 눈의 양은 확연히 적었다. 온난화 때문이겠지. 노트북이 켜지는 동안 소금기 밴 얼굴을 씻고 텁텁한 이도 닦았다. 샤워도 하고 싶었지만 오늘 한 일을 기록하는 것이 먼저였다.

세 마리 제비갈매기에 위치 추적기를 매단 것을 기록한 다음, 마침내 장치 프로그램을 실행시켰다. 너무 긴장한 나머지 숨을 내뱉지도 못하고 참고 있다가 빨간 불빛이 모니터에 나타나는 것을 보고 나서야 안도의 한숨이 새어나왔다. 제대로 작동할지 확신이 없었지만 다행히 불빛이 정상적으로 깜박였다. 이제 겨우내 남쪽으로 날아갈 세 마리 작은 새가, 계획대로만 된다면 나를 그곳으로 데려갈 것이다.

몸 구석구석 문질러 샤워를 마치자마자 따뜻하게 옷을 입고 서류뭉치를 배낭에 쑤셔 넣어 밖으로 나섰다. 프런트 데스크의 어린 여직원에게 여기서 제일 좋은 술집이 어딘지 물어봤다. 그녀는 어느 나이대의 술집을 추천해 줘야 할지 결정하려는 듯 나를 가만히 지켜보더니, 항구에 있는 술집에 가 보라고 일러 주었다. "'클루벤'이라는 곳이 있어요. 그런데 거긴 좀…… 정신없을 거예요." 그녀는 이렇게 덧붙이며 킥킥 웃었다.

나는 애써 미소를 지어 보였지만 노친네가 된 기분은 떨칠 수 없었다.

타실라크 마을길은 언덕이 많고 아름다웠다. 형형색색의 집들이 언덕길에 자리 잡고 있었는데 빨간색, 파란색, 노란색 등 너무 다채로워 한겨울의 세상과 크게 대조되었다. 마치 언덕에 흩뿌려진 생기 넘치는 장난감 같았다. 저 웅장한 산에서 내려다보면 모든 것이 더 작게 느껴지겠지. 하늘은 언제나 하늘 그대로의 모습이지만, 이곳에서는, 어쩐지 그 이상이다. 더 커 보인다. 그대로 자리에 앉아서 한동안 피오르에 떠 있는 빙산을 바라봤다. 앉아 있는 내내 내 손안에 있던 작은 새의 심장 박동이 머릿속을 떠나지 않았다. 아직도 그 두근거림이 느껴지는 듯했다. 팔딱 팔딱 팔딱. 가슴에 손을 얹자 새와 나, 우리의 심장이 함께 뛰는 듯했다. 그러다가 코에 아무런 감각이 없다는 사실을 깨닫고, 다시 술집으로 가는 길을 재촉했다. 만약 마을에 어선이 정박해 있다면, 별로 많지는 않지만 내가 가진 모든 것을 걸고 선원들이 하루 종일 술독에 빠져 있을 것이라고 장담할 수 있었다.

늦은 저녁인데도 태양은 여전히 밝게 빛나고 있었다. 이 시기에는 태양이 지지 않는다. 술집 바깥에는 개 십여 마리가 기둥에 묶인 채 졸고 있었고, 육십 대 정도 되어 보이는 남자 한 명이 벽에 기대어 있었다. 티셔츠 위에 아무런 외투도 걸치지 않은 모양

새로 보아 현지인 같았다. 그저 그를 바라보는 것만으로도 추위가 느껴졌다. 술집에 들어가려는데 땅에 뭔가 떨어진 것이 보였다. 나는 몸을 숙여 지갑 하나를 주웠다.

"이거 당신 건가요?"

내가 묻자 개 몇 마리가 잠에서 깨어 어렴풋한 눈길로 나를 쳐다봤고, 남자도 비슷한 눈길로 나를 쳐다봤다. 남자는 생각만큼 늙어 보이지 않았다. 하지만 엄청 취해 있는 건 분명했다.

"Uteqqissinnaaviuk?"

"어…… 죄송해요. 전 그냥……." 나는 다시 지갑을 들어 보였다.

남자가 지갑을 보더니 활짝 미소를 지었다. 놀라울 정도로 따뜻한 미소였다. "영어로 할까요?"

내가 고개를 끄덕였다.

그는 지갑을 받아 주머니에 슬며시 넣었다. "고마워요, 이쁜이." 그는 말투와 억양으로 봐서 미국인이 분명했고, 그의 낮은 목소리가 공기 중에 아득히 울리며 퍼져 나갔다.

"날 그렇게 부르지 마세요." 나는 상냥하게 되받아치며 한 번 더 자세히 남자를 훔쳐봤다. 검은 머리와 흰머리가 뒤섞여 덥수룩하고 까만 수염이 무성히 자란 그는 육십이 아니라 사십 대 후반 정도로 보였다. 옅은 빛의 눈동자 주위에는 주름이 잡혀 있었다. 안 그렇게 보이려고 평생을 애써 왔겠지만 큰 키임에도 자세는 약간 구부정했다. 그는 뭐든 큼직큼직했는데 손과 발은 물론이고 어깨며 가슴, 코도 컸다. 심지어 배도 불룩했다.

그가 살짝 휘청거렸다.

"부축해 줄까요?"

내 말에 그는 다시금 미소를 지어 보이더니 어서 안으로 들어 가라는 듯 문을 열어 주었다. 내가 술집 안으로 들어설 때까지 잡고 있다가 완전히 들어온 걸 확인한 뒤에야 다시 문을 닫았다.

돌아갈 때를 대비해 코트와 목도리, 모자, 장갑을 벗어 좁은 입구에 걸어 두었다. 이렇게 눈이 많이 오는 지역에서는 외투를 벗어두는 것이 의례적인 일이다. 북적거리는 술집 안에는 한 여자가 피아노로 경음악을 연주하고 있었고, 중앙에 자리한 난로는 타닥타닥 소리를 내며 타오르고 있었다. 높은 천장과 묵직한 나무 기둥 아래에 남자와 여자들이 여기저기 흩어져 테이블 또는 소파에 자리하고 있었고, 몇몇 사내들은 구석에서 포켓볼을 쳤다. 내가 그린란드에 와서 가 본 썩 괜찮은 술집들보다 더 현대적인 분위기였다. 레드 와인을 한 잔 주문해서 이리저리 거닐다가 창가에 있는 높은 의자 쪽으로 걸음을 옮겼다. 창밖으로 다시 한번 피오르를 바라보고 있자니 한결 마음이 편안해졌다. 실내에 있는 걸 원래 잘 못하는 나였다.

나는 손님들을 쓱 훑어보며 *사가니*호의 선원일 것 같은 사람들을 찾아보았다. 특별히 눈에 띄는 사람을 찾지 못하던 중, 유일하게 수가 많은 한 무리가 눈에 들어왔다. 그들은 남녀가 같이 어울려 트리비어 퍼수트(Trivial Pursuit, 보드게임의 한 종류)를 하며 흑맥주를 마시고 있었다.

그때 창밖으로 그가 다시 눈에 들어왔다. 밖에 있던 그 남자. 비싸게 주고 산 와인을 아직 한 모금도 제대로 마시지 못한 터였다. 그는 물가로 내려가고 있었고, 바람이 그의 수염과 맨 살이 드러난 팔을 세차게 훑고 지나갔다. 호기심 어린 눈길로 보고 있을 때 그는 곧장 피오르로 걸어 들어가더니 수면 아래로 사라져 버렸다.

나는 너무 놀란 나머지 의자에서 미끄러지듯 내려왔고, 그 바람에 와인이 거의 엎질러질 뻔했다. 그는 좀처럼 수면 위로 다시 올라올 기미를 보이지 않았다. 아직도 안 나타나네. 이제 나오려나? 아닌가? 지금인가? 아니면 지금? 맙소사! 진짜 안 나타나네. 소리를 지르려고 입을 벌리다가 다시 꽉 다물었다. 그리고 그대로 내달리기 시작했다. 문과 발코니를 지나 얼음에 미끄러지는 바람에 거의 엉덩방아를 찧을 뻔했지만 나는 다시 나무 계단을 내려가 차가운 진흙탕이 뒤덮인 내리막길을 철퍽거리며 달렸다. 근처에 있던 개 한 마리가 깜짝 놀란 듯 날카로운 소리로 짖어댔다.

얼어 죽는 데 얼마나 걸린다고 했더라? 금방이겠지. 적어도 이런 얼음장 같은 물에서는. 아직도 그는 나타나지 않고 있었다. 나는 지체할 틈이 없었다.

피오르로 뛰어들었다.

오!

영혼이 몸 밖으로 튕겨나갔다가 땀구멍으로 다시 빨려 들어온 느낌이라고 할까.

아무리 추위에 익숙한 나였지만, 이건 너무 잔인했다. 한순간 차가움이 나를 움켜잡아 감방으로 쑤셔 넣은 듯했다. 페인트로

도색된 돌로 된 감방. 4년을 그 안에서 보낸 나였기에 애인처럼 잘 알고 있는 그곳. 얼음장 같은 냉기가 다시 나를 그곳으로 밀어 넣었다. 그 바람에 정말 소중한 이 짧은 순간 동안 나는 죽기를 바라며 허비했다. 그냥 모든 것을 끝내자. 바로 지금. 더 이상 지체할 필요도 없지. 그 일을 끝내지 못했다고 누가 뭐라고 하겠어.

그 순간 폐에 강한 자극이 느껴지며 다시 머리가 맑아졌다. 움직여. 머리에서 명령이 떨어졌다. 그래, 나는 추위에 강했지. 하루에 두 번씩 찬물에서 수영을 하곤 했으니까. 너무 오래전 일이라 잊어버리고 추위에 물러졌던 거야. 나는 물을 잔뜩 머금은 몸을 힘껏 움직여 아래에 있는 거대한 체구를 향해 발길질했다. 그는 눈을 감은 채 피오르 바닥에 앉아 있었는데, 불안할 정도로 움직임이 없었다.

나는 천천히 그의 양 겨드랑이 사이를 팔로 감싼 뒤, 숨을 참고 온 힘을 다해 바닥을 박차며 그를 수면으로 끌어 올렸다. 그러자 그가 움직이기 시작했다. 그는 숨을 깊게 내뱉더니 자신을 감싸고 있는 내 팔을 이끌고 물길을 헤쳤다. 내가 그를 구하는 것이 아니라 그가 나를 구하는 것 같았다. 도대체 어떻게 된 일이지?

"무슨 짓이에요?" 그가 숨을 헐떡이며 말했다.

잠깐 동안 침묵이 흘렀다. 너무 추워서 아프기까지 했다. "당신이 물에 빠져 죽는 줄 알았어요."

"술 깨려고 잠깐 들어간 것뿐이에요!"

"뭐라고요? 아니, 전 그쪽한테……." 나는 내 몸을 힘겹게 둔덕 위로 더 끌어 올렸고, 서서히 현실이 스며들었다. 이를 너무 덜덜 떨어서 내가 웃음을 터트렸을 때 분명 미친 사람처럼 보였을 것이다. "도움이 필요한 줄 알았어요."

이 상황까지 오게 된 경위를 하나도 기억할 수가 없었다. 내가 달려 나오기까지 얼마나 오래 기다렸더라? 이 사람은 얼마나 오래 물속에 있었던 걸까?

"오늘 밤에만 벌써 두 번째네요." 그가 말했다. "미안해요. 그나저나 어서 몸을 데우는 게 좋겠네요."

많은 사람들이 무슨 소란이 일어났나 보기 위해 술집에서 나오기 시작했다. 발코니에 모여 북적거리는 그들의 표정에는 의아함이 묻어 있었다. 아, 이 민망함이란. 나는 다시 웃어 보이려고 했지만 숨을 헥헥거리는 쪽에 더 가까울 뿐이었다.

"괜찮아요, 대장?" 누군가 호주 억양으로 외쳤다.

"괜찮아." 남자가 대답했다. "작은 오해가 있었어."

그러고는 나를 일으켜 세웠다. 추위가 내 안을 파고들었다. 젠장, 온몸이 아프다. 전에도 이런 추위를 경험한 적 있지만 이 정도는 아니었다. 이 사람은 어떻게 이렇게 잘 견디지?

"묵는 곳이 어디에요?"

"당신 물속에서 정말 오래 있더군요."

"튼튼한 폐 덕분이죠."

나는 비틀거리며 둔덕을 올랐다. "저도 곧 괜찮아질 거예요."

"도움이 필요하면……."

"괜찮아요."

"이봐요!"

나는 자리에 멈춰 서서 어깨너머로 돌아봤다.

그의 팔과 입술도 새파랗게 변해 있었지만 그는 별로 신경 쓰지 않는 듯 보였다. 그때 우리는 서로 눈이 마주쳤다. "구해줘서 고마워요."

나는 고개를 끄덕였다. "언제든지 말만 하세요."

샤워기를 틀고 온도를 최대한 뜨겁게 올려도 추위는 여전했다. 살갗이 데인 것처럼 시뻘개졌지만 아무런 느낌이 없었다. 내 오른쪽 발가락 두 개만 간신히 온기가 돌기 시작한 듯 간질거렸다. 이상한 일이지. 몇 년 전에 잘려 없어진 발가락인데. 가끔 이 유령 발가락이 있는 것처럼 느껴질 때가 있다. 하지만 지금은 그보다 더 신경 쓰이는 것이 있다. 어찌 그리도 쉽게 다시 감방을 떠올리게 된 건지 이해할 수 없었다. 사람들에게 도와달라고 소리칠 생각도 않고 너무 쉽게 물속으로 뛰어든 내 모습이 두려울 뿐이었다.

물속으로 뛰어드는 본능이라.

내가 가진 모든 옷을 겹겹이 껴입은 뒤 종이와 펜을 찾아 구부정한 탁자에 앉아 남편에게 서투른 글씨로 편지를 쓰기 시작했다.

음, 사건이 하나 있었어요. 너무 창피한 일인데, 이제 되돌릴수도 없겠죠. 어느 이상한 외국 여자가 얼음장같이 차가운 피오르에 들어가 멀쩡히 할 일을 하고 있는 남자를 아무런 이유 없이 괴롭히는 장면을 마을 사람 전체가 목격하게 만들었지 뭐예요. 적어도 좋은 얘깃거리는 될 것 같네요.

그렇다고 또 이걸 구실 삼아서 돌아오라고 말할 생각은 추호도 말아요.

오늘 아침 세 번째 새에 위치 추적기를 다는 것에 성공했어요. 텐트도 잃어버리고 내 정신도 나가 버릴 뻔했지만요. 그래도 추적기는 잘 작동하네요. 그리고 이 여정에 적합한 충분히 큰 배를 가진 선장을 찾았어요. 그래서 그 사람을 설득할 때까지 타실라크에 머물 예정이에요. 그를 만날 기회가 생길지 확신은 없지만요. 어떻게 해야 그를 설득할 수 있는지도 모르겠고요. 내가 원하는 대로만 움직이는 사람은 없을 테니까요. 무기력하다는 걸 깨닫게 만드는 세상이에요. 내가 당신을 좌지우지해 본 적 없고, 마찬가지로 새들도 내가 어떻게 할 수 없고, 특히 자기 멋대로 움직이는 내 발은 더 어쩔 수 없는 것처럼 말이죠.

당신과 함께 있었으면 좋았을 거예요. 당신이라면 어느 누구라도 설득할 수 있을 테니까요.

글을 쓰다가 멈추고 휘갈겨 써 내려간 편지를 바라봤다. 편지에 적힌 글자 하나하나가 우스꽝스럽기 짝이 없었다. 12년이 지났는데도 내 마음을 표현하는 것이 영 서툴렀다. 이렇게 쓰면 안 되지. 내가 가장 사랑하는 사람인데.

물이 너무 차가웠어요, 여보. 죽지 않을까 하는 생각이 들 정도였죠. 잠깐이지만 그걸 바랐던 것도 같아요.

어쩌다 우리가 여기까지 왔을까요?

보고 싶어요. 내가 확실히 아는 건 이것뿐이네요. 내일 또 쓸게요.

사랑하는 F.

편지를 봉투에 넣고 주소를 적어 아직 부치지 못한 다른 편지들과 함께 두었다. 온몸의 감각이 다시 돌아오면서 심장에서 흥분과 절망이 교묘히 뒤섞인 불규칙한 박동이 느껴졌다. 이런 감정을 정확히 표현할 수 있는 단어가 있을까? 내게는 너무나 익숙한 감정인데. 어쩌면 내가 직접 이름을 붙여야 할지도 모르겠다.

어쨌든 아직 이른 밤이고, 내겐 할 일이 있었다.

언제 처음 이 여정을 꿈꾸기 시작했는지, 마치 본능적으로 숨을 쉬는 것처럼 언제부터 내 안에 이토록 크게 자리하게 된 건지 잘 모르겠다. 오래된 것 같은데. 아니면 그렇게 느끼는 건지도 모른다. 일부러 계획한 것도 아니고 어느 순간 나를 통째로 집어삼킨 듯했다. 처음에는 불가능하고 어리석은 환상에 불과한, 어선에 자리 하나를 얻고 선장을 설득해 가능한 한 가장 먼 남쪽까지 나를 데려가도록 할 생각이었다. 북극에서 여름을 보내고 다시 남극으로 이주하는, 지구상에 살아 있는 생명체 중 가장 먼 거리를 이동하는 철새인 북극제비갈매기의 여정을 따라서. 하지만 의지란 강력한 것이고, 내 의지는 끔찍하리만큼 강력했다.

2

나는 태어나서 '프래니 스톤'이라는 이름이 붙여졌다. 아일랜드인 엄마는 아빠에게 버림받고 빈털터리가 된 채 홀로 남겨진 호주의 한 작은 마을에서 나를 낳았다. 가장 가까운 병원도 너무 멀리 있었기 때문에 엄마는 나를 낳다가 거의 죽을 뻔했다고 한다. 하지만 끈질긴 생존력으로 살아남았다. 엄마가 어떻게 돈을 구했는지 모르겠지만 오래지 않아 우리는 다시 골웨이(Galway, 아일랜드 서해안에 위치한 항구 도시)로 이사했고, 열 살이 될 때까지 나무집에서 살았다. 바다 바로 가까이에 살았기 때문에 내 어린 시절의 맥박은 쉬이이 쉬이이 하는 조류(潮流)의 리듬 소리에 맞춰 뛰었다. 나는 '스톤'이라는 이름이 붙여진 게 우리가 비탈진 금빛 들판을 따라서 은빛으로 구불구불 낮게 세워진 돌담으로 둘러싸인 마을에 살고 있었기 때문이라고 생각했고, 걸음마를 떼자마자 굽이진 돌담을 따라 거친 돌 모서리를 손가락으로 쓸며 정처 없이 돌아다녔다. 그리고 이 돌담길이 진정 내가 온 곳으로 나를 다시 이끌어 주리라는 확신이 있었다.

애초에 이곳은 내가 계속 머물 곳이 아니라는 사실이 분명했기 때문이다.

나는 자갈길을 따라, 들판으로 발길이 닿는 대로 무작정 걸었다. 들판에는 긴 풀이 자라 있었는데 그 사이를 지나갈 때면 풀들이 스르륵스르륵 속삭였다. 마을 사람들은 그들의 정원에서 꽃을 들여다보는 나를 발견하기도 했고, 먼 마을 외곽 언덕에서 바람 때문에 심하게 구부러진 나뭇가지를 타고 나무에 오르는 나를 찾아내기도 했다. "아이 좀 단속해, 아이리스. 애가 방랑벽이 있는 것 같아. 그거 참 좋지 않은 거야." 그들은 말하곤 했다. 엄마는 내가 그런 식으로 구설수에 오르는 것을 싫어했지만, 정작 본인이 아빠에게 버림받은 사실은 숨기지 않았다. 엄마는 그 상처를 훈장처럼 여겼고, 그런 훈장은 평생 동안 엄마를 따라다녔다. 모든 사람이 엄마를 떠났을 때도 그것을 견디는 유일한 방법으로 삼았으니까. 하지만 매일 아침 엄마는 내게 만약 나까지 자신을 떠나간다면 그걸로 모든 게 끝일 것이라고, 마지막 저주로 여기고 자신도 그만 포기하겠다고 누누이 말했다.

그래서 나는 언젠가 더 이상 머무를 수 없는 날이 오는 그날까지 엄마 곁을 떠나지 않았다. 어떻게 그럴 수 있는지 내가 생각해도 이상했지만 말이다.

당시 나는 집에 돈이 없어서 도서관에 자주 갔다. 엄마는 세상이 제공하는 유일한 아름다움이 소설책 속에 있다고 말하곤 했다. 엄마는 늘 식탁에 접시와 컵 그리고 책을 올려 두었다. 우리는 식사를 하는 중에도, 목욕을 하면서도, 같이 침대에 누워 오들오들 떨면서도, 깨진 창문으로 스며드는 바람 소리를 들으면서도 책을 읽었다. 우리는 셰이머스 히니(Seamus Justin Heaney, 1995년

노벨문학상을 수상한 아일랜드의 시인)가 시의 소재로 사용해 유명해진 낮은 돌담 위에서 균형을 잡으면서도 책을 읽었다. 책은 실제로 떠나지 않으면서 현실을 벗어나는 방법이었다.

그러던 어느 날이었다. 일렁이는 불빛이 바다의 푸르름을 머금고 길게 자란 잔디 위를 파랗게 물들이던 골웨이 외곽에서 한 남자애를 만났다. 그 애는 내게 이야기 하나를 들려주었다. 아주 먼 옛날에 평생 동안 깃털을 내주며 살아온 여자가 있었는데, 나이가 들어 허리가 구부정해진 어느 날 갑자기 몸이 펴지더니 까만 새로 변해 버렸고, 그때부터 땅거미가 그녀를 노예로 삼아 결국 밤의 거대한 입이 그녀를 통째로 삼켜버렸다는 내용이었다.

이야기를 마치고 그 애가 내게 키스를 했을 때 그가 먹던 과자의 시큼한 맛이 났다. 그리고 이 이야기는 내가 가장 좋아하는 것이 되었고, 언젠가 나이가 들면 새가 되고 싶다는 생각도 하게 되었다.

그런 일이 있었는데 어떻게 내가 그 애를 따라 가출하지 않을 수 있었을까? 그때가 열 살이었는데, 가방에 책만 가득 채워서 어깨에 둘러메고 바로 집을 나왔다. 그저 잠깐 동안의, 살짝 맛만 볼 정도의, 아주 싱거운 모험 그 이상도 이하도 아니었지만. 나는 폭풍이 몰려오기 시작한 바로 그날 저녁에 그 애의 대가족이 탄 카라반에 몸을 실었다. 차는 아일랜드 서부 해안으로 굽이져 올라가는가 싶더니 갑자기 방향을 틀어 내륙으로 향했다. 나는 바다를 떠나기 싫었다. 차가 잠시 정차한 틈을 타 아무도 눈치 채지 못하게 차에서 내렸다. 몸을 숨기고 폭우가 몰아치는 해안에서 이

틀을 보냈다. 이곳이 내가 속한 곳, 은빛 돌담이 이끄는 곳이었다. 소금과 바다 그리고 나를 멀리 실어 보낼 수 있는 바람이 있는 곳.

하지만 밤에 잠이 들었을 때 나는 폐에서 깃털이 자라나는 꿈을 꾸었다. 꿈속에서 나는 깃털이 목구멍까지 차올라 도저히 숨을 쉴 수가 없었다. 겁에 질려 기침을 하다가 잠에서 깼고, 그 순간 내가 실수를 저질렀다는 사실을 깨달았다. 어떻게 엄마를 떠나왔을까?

마을로 가는 길은 그동안 내가 걸었던 그 어떤 길보다 길었고, 책으로 가득 찬 가방은 점점 더 무거워져 갔다. 나는 돌아가는 길에 흔적을 남겨 두려고 책을 하나씩 버리기 시작했다. 이 책이 다른 누군가가 길을 찾는 데 도움이 되길 바랐다. 상냥하고 뚱뚱한 빵집 아주머니가 음료수와 빵을 나누어 주었고, 버스표도 사 주며 버스가 올 때까지 함께 기다려 주었다. 아주머니는 버스를 기다리는 내내 콧노래를 불렀는데, 선율이 내 머릿속에 깊게 새겨져 정류장에서 떠나온 후에도 그 낮은 목소리가 내 귓가에 계속 맴돌았다.

집에 도착했을 때 엄마는 없었다.

그게 끝이었다.

꿈에서 깃털이 내게 속삭였던 것처럼 엄마에게도 깃털이 생겼을지도 모르겠다. 아니면 아빠가 엄마에게 돌아왔는지도 모른다. 아니면 엄마의 슬픔이 극에 달한 나머지 어디론가 사라졌는지도. 어쨌거나 엄마가 내게 그러리라고 경고한 것처럼, 나의 방랑벽이 엄마를 저버린 것이다.

나는 친할머니가 있는 호주로 다시 보내졌다. 그 후로 나는 어느 한곳에 머무르는 것에 대한 의미를 잃어버렸다. 수년이 흘러 내가 나일 린치라 불리는 남자를 만나 사랑에 빠지고, 이름과 몸과 영혼을 섞게 되는 그때, 다시 한 번 더 그 의미를 찾으려 노력했다. 엄마를 위해 그랬던 것처럼, 나일을 위해 노력했다. 정말로 최선을 다해서. 하지만 우리 인간이 끝내 무너뜨리지 못하는 유일한 것이 있는데, 그것이 바로 조류의 리듬이다.

그린란드, 타실라크
알 품는 시즌

다시 술집을 찾았다. 이번엔 술집 밖에 아무도 없었다. 있는 존재라곤 졸린 듯 나를 바라보다가 내가 아무것도 주지 않고 지나치자 관심을 돌려버린 개들뿐이었다.

내가 술집 안으로 들어가자 손님들 사이에서 수군거리는 소리가 일기 시작하더니, 누가 먼저라고 할 것 없이 거의 동시에 박수를 쳤다. 그 남자도 테이블 한쪽에서 함박웃음을 보이며 다른 이들과 함께 박수를 치고 있었다. 내가 카운터로 걸음을 옮기는 동안 사람들은 내게 엄지를 치켜 올렸고, 그런 모습에 나는 웃음이 흘러나왔다.

누군가 카운터로 다가와 미소를 지으며 나를 반겼다. 서른 살정도에 검고 긴 머리를 뒤로 묶은 잘생긴 남자였는데, 아랫니가 눈에 띄게 삐뚤어져 있었다.

"오늘 밤 이분의 술은 우리가 삽니다." 그가 바텐더에게 말했다. 그 호주 억양으로 보아 아까 발코니에서 소리치던 사람인 듯했다. 아니면 다른 호주 사람이든가.

"그러지 않아도 돼요."

"당신이 대장의 목숨을 구했잖아요." 그가 다시 웃어 보였다. 이 남자가 나를 놀리는 건지 아니면 진짜로 그렇게 생각하는 건지 알 수 없었지만 무슨 상관이람. 공짜 술을 마다할 이유는 없으니까. 나는 바텐더에게 레드 와인 한 잔을 다시 주문한 후, 남자와 악수했다.

"바질 리스라고 해요."

"프래니 런치예요."

"프래니란 이름 좋네요."

"바질이란 이름도 좋아요."

"그런데 이제 괜찮은 거예요, 프래니?"

나는 이런 질문이 정말 싫다. 내가 역병으로 죽어가는 상황이더라도 싫어했을 것이다. "그냥 찬물인 걸요. 안 그래요?"

"네, 찬물이죠. 엄청 차서 그렇지."

그러더니 바질은 내게 묻지도 않고 내 잔을 들고 그의 테이블로 향했고, 엉겁결에 나도 그 뒤를 따랐다. 테이블에는 그새 용케 마른 옷으로 갈아입은 물에 빠져 죽을 뻔한 남자와 일당 몇 명이 더 있었다. 바질은 내게 매끄러운 빨간 머리의 약간 뚱뚱한 육십 대 후반의 사무엘과 호리호리한 이누이트 남자 아닉을 차례로 소개한 후, 포켓볼을 치고 있는 젊은 삼인방을 가리켰다. "저기 두 명청이는 말라차이와 대심인데, 우리 멤버 중 가장 신참이고 명청하죠. 그리고 젊은 여자는 리아라고 해요."

멀쑥한 흑인 남자와 꾀죄죄해 보이는 한국 남자 사이에 있는 리아는 그들보다 키가 더 커 보였다. 그들은 포켓볼 규칙에 대해서 열띤 논쟁을 벌이느라 여념이 없었고, 이제 마침내 빠져 죽을 뻔한 남자를 소개받을 차례였다. 하지만 내 기대와는 달리 바질은 소개는커녕 나를 데리고 오는 사이에 나온 요리에 대해 불평을 늘어놓았다.

"너무 익혔어. 오레가노(oregano, 지중해 음식에 주로 사용되는 허브)를 지나치게 썼고, 또 왜 이렇게 기름진 거지? 이 보잘것없는 고명은 말할 것도 없고. 자, 봐요. 형편없잖아요!"

"소시지랑 으깬 감자를 시킨 네 잘못이지." 지겨운 듯한 말투로 아닉이 상기시켰다.

사무엘은 웃는 얼굴로 계속 나를 쳐다보고 있었다. "어디서 왔어요, 프래니? 말투로는 도저히 감이 안 오는데."

호주에서는 나를 아일랜드 출신으로, 아일랜드에서는 모두가 나를 호주 출신으로 생각했다. 아주 어릴 때부터 두 나라를 스쳐 다녀서 어느 한쪽 억양을 고수할 수 없었기 때문이다.

나는 입안 한가득 와인을 삼키고 그 달콤함에 코끝을 찡긋해 보였다. "괜찮으시면 아일랜드계 호주인이라고 불러주세요."

"그럴 줄 알았지." 바질이 말했다.

"무슨 연유로 아일랜드 여성이 그린란드까지 왔어요? 시인인

가요?" 사무엘이 물었다.

"제가 시인 같아요?"

"아일랜드인은 모두 시인 아닌가요?"

나는 빙긋 웃었다. "다들 그렇게 생각해 주길 좋아하는 거 같긴 해요. 전 마지막 남은 북극제비갈매기를 연구 중이에요. 여기 해안을 따라 둥지를 트는데, 곧 남쪽으로 이동할 거예요. 저 먼 남극까지요."

"그럼 정말 시인이셨네." 사무엘이 말했다.

"혹시 어부세요?" 내가 물었다.

"네, 청어잡이요."

"그럼 실망이 크시겠어요."

"음, 이젠 그렇다고 하는 게 맞겠죠."

"사라져 가는 업종이 됐으니까요." 내가 덧붙였다. 어부들은 예전부터 계속 경고를 받아 온 터였다. 우리 모두를 향한 경고이기도 했다. 물고기는 고갈될 것이다. 바다는 거의 텅 비었다. 계속 잡고 잡아서 이제 남은 것이 없었다.

"아직 아니죠." 물에 빠져 죽을 뻔한 남자가 처음으로 말을 꺼냈다. 그는 조용히 이야기를 듣고 있었던 것이다. 나는 그를 향해 몸을 돌렸다.

"아주 적지만 바다에는 아직 물고기가 남아 있어요."

그는 고개를 살짝 숙였다.

"그런데 왜 계속 잡으려는 거죠?" 내가 물었다.

"우리가 할 줄 아는 유일한 거니까. 그리고 도전이 없으면 삶이 재미없잖아요."

그 말에 나는 애써 웃어 보이려 했지만 얼굴이 점점 굳어지는 것을 느꼈다. 속이 살짝 울렁거리면서 만약 환경론자인 남편이 이 말을 들었다면 어떻게 했을까 하는 생각이 들었다. 그의 경멸과 혐오는 끝없이 차올랐겠지.

"우리 선장은 골든 캐치를 찾는 데 혈안이 되어 있죠." 사무엘이 윙크를 하며 내게 말했다.

"그게 뭔데요?"

"흰 고래. 성배이자 젊음의 원천이죠." 사무엘이 대답했다. 그가 너무 과장된 몸짓을 취하는 바람에 맥주가 손으로 흘러 넘쳤다. 제법 취한 게 분명해 보였다.

바질이 또 시작이라는 듯이 언짢은 표정으로 그를 흘겨보더니 설명을 덧붙였다. "만선(滿船)을 말하는 거예요. 예전에 그랬던 것처럼 배를 가득 채울 만큼. 그리고 우리 모두를 부자로 만들어 줄 만큼이요."

나는 빠져 죽을 뻔한 남자를 바라봤다. "그럼 돈 때문이겠네요."

"아니요, 돈 때문이 아닙니다." 그의 진지한 목소리에 나는 그 말을 거의 믿을 뻔했다.

뒤늦게 생각이 나서 내가 물었다. "배 이름이 뭐예요?"

"사가니." 그가 대답했다.

이 사람이 사가니호의 선장이었다니. 나는 그의 대답에 웃지 않을 수가 없었다.

"에니스 말론이에요." 그가 내게 악수를 청했다. 내가 잡아본

손 중에 가장 큰 손이었다. 그 남자의 손은 그의 볼과 입술처럼 풍파에 찌들어 있었고, 평생에 걸친 땟자국이 문신처럼 손톱 밑에 물들어 있었다.

"목숨까지 구해준 사이인데 아직 통성명도 안 했던 거예요?" 바질이 말했다.

"엄밀히 말해 목숨을 구해준 건 아니에요."

"그럴 의도였으니 구해준 거나 마찬가지죠." 에니스가 말했다.

"그냥 빠져 죽게 거기 냅뒀어야 했는데. 그게 인과응보지." 사무엘이 끼어들었다.

"차라리 발에 돌을 묶고 오지 그랬어요. 확실히 보낼 수 있었을 텐데." 아닉이 거들었고, 나는 어떻게 대답해야 할지 몰랐다.

"신경 쓰지 않아도 돼요. 그냥 끔찍한 농담일 뿐이니까." 사무엘이 말했다.

하지만 잠시 바람을 쐬고 오겠다는 아닉의 표정으로 봐선 전혀 농담이 아닌 듯 보였다.

"저 인간은 육지에 오래 있는 걸 좋아하지 않죠." 멋들어지게 걸어가는 아닉의 뒷모습을 보며 에니스가 말했다.

포켓볼을 치던 말라차이, 대심, 리아가 자리에 합류했다. 두 남자는 똑같이 성난 얼굴로 인상을 찌푸리고 팔짱을 낀 채 자리에 앉았다. 리아는 즐거운 얼굴을 하고 있다가, 나를 보더니 뭔가 경계하는 눈빛을 그녀의 갈색 눈동자에 드리웠다.

"이번엔 뭐 때문에 그래?" 사무엘이 사내들에게 물었다.

"대심이 합의한 규칙에 따르겠다고 하더니 자기가 불리하니까

멋대로 굴잖아요." 말라차이가 강한 런던 억양으로 말했다.

"안 그러면 지루하잖아." 대심은 미국 억양을 썼다.

"상상력이 없는 사람은 늘 지루한 법이지." 말라차이가 말했다.

"아니, 오히려 지루함이 도움이 되기도 해. 사람을 획기적으로 만들어 주거든."

그러더니 두 남자는 곁눈질로 서로를 쳐다봤다. 웃음을 참으려고 애쓰는 모습도 얼핏 보였다. 논쟁은 결국 두 사람이 손을 맞대고 깍지를 끼는 것을 끝으로 마무리됐다.

"그런데 이쪽은 누구야?" 리아가 물었다. 말투로 보아 프랑스에서 온 것 같았다.

"이쪽은 프래니 린치." 바질이 답했다.

나는 먼저 사내들과 악수를 했는데, 그들의 표정은 어느새 밝아져 있었다.

"그 셀키(selkie, 경우에 따라 사람이나 바다표범으로 나타나는 가상의 존재)? 맞죠?" 리아가 내게 손을 내밀며 물었다. 그녀의 손은 단단했고 기름때로 얼룩져 있었다.

나는 그녀의 말에 놀란 나머지 잠시 멈칫했고, 순간 지난 삶이 주마등처럼 스쳐 지나갔다.

"당신처럼 사람을 구하지 않고 물가에 있는 사람을 빠트려 죽이는."

"그게 뭔지는 저도 알아요. 그런데 셀키가 사람을 빠트려 죽인다는 건 처음 들어보네요." 내가 소곤거리듯 대꾸했다.

리아가 어깨를 으쓱하며 내 손을 놓고 자리에 앉았다. "그건 셀

키가 교묘하고 영리하기 때문이죠. 아니에요?"

나는 그녀의 말에 반박하는 대신 살짝 웃어 보였다. 그리고 그 순간 나는 절대 경계를 늦추지 않아야겠다고 생각했다.

"이 얘긴 이제 그만하고, 프래니, 질문 하나 할게요. 당신은 규칙을 잘 지키는 편이에요?" 대심이 끼어들더니 물었다.

그 자리에 모인 모두가 대답을 기대하는 눈빛으로 나를 바라봤다.

질문이 다소 엉뚱해 웃음이 터질 뻔했다. 하지만 와인을 입 한 가득 마시고 나서 대답했다. "늘 그러려고 노력하죠."

에니스는 따로 한 잔 더 하겠다며 카운터로 가고, 사무엘은 열네 번째 화장실을 들락거리고 있었다.

"내 나이가 되면 이게 그렇게 웃기지 않을 거예요."

대심과 리아는 담배를 피우러 추운 밖으로 나갔다. 나도 담배를 피우러 가고 싶었지만 긴 의자 끄트머리에 앉은 말라차이만 홀로 남겨둘 수는 없었다. 술집에는 사람이 거의 없었고, 피아노 연주자도 저녁 연주를 모두 마친 터였다.

"여기 얼마나 있었어요?" 말라차이가 낮은 목소리로 물었다. 그는 좀 별난 구석이 있었다. 신난 강아지처럼 들떠 있었고, 짙은 갈색 눈을 가졌으며, 연주가 흘러나오지 않는데도 손가락으로 음악의 박자를 맞추듯 테이블을 두드렸다.

"일주일밖에 안 됐어요. 당신은요?"

"우린 이틀 전에 정박했어요. 내일 아침에 다시 출항하고요."

"사가니호에는 얼마나 있었는데요?"

"2년 됐네요. 대심도요."

"할 만해요?"

그는 하얀 이를 드러내며 웃어 보였다. "음, 뭐랄까. 고되죠. 아프고. 어떤 날은 너무 아픈데 내릴 방법은 없고, 배가 비좁게 느껴져서, 미치도록 좁아터진 듯해서 울고 싶을 때도 있어요. 그런데 어쨌든 좋아요. 집이니까요. 대심이랑은 몇 년 전에 트롤선(trawler, 대량의 물고기를 잡을 수 있는 선체가 크며 급속 냉동 장치가 있는 어선)에서 만났어요. 우린 곧 사귀기 시작했는데, 어째 분위기가 안 좋아지더라고요. 여기 멤버들은 별로 신경을 안 쓰지만요. 거의 가족이나 다름이 없죠." 그가 말을 멈추고 재밌는 표정을 짓더니 말을 이었다. "재밌는 얘기 하나 해 줄까요? 여긴 그냥 정신병동이에요."

"왜요?"

"사무엘은 여기에서 메인(Maine, 미국 북동쪽에 위치한 주)까지 가는 모든 항구마다 자식이 한 명씩 있어서 어디에도 정착하지 못하죠. 그리고 늘 시를 낭송하고 다니는데, 사람들이 자기가 시를 낭송할 수 있다는 걸 알길 바라서죠. 바질은 호주에서 요리 프로그램에 출연했다가 정상적인 요리를 못한다고 짤렸어요. 고급 레스토랑에서 나오는 이상하고 조그만 음식들, 뭔지 알죠?"

나는 빙그레 웃었다. "당신한테도 그런 요리를 해 주나요?"

"다른 사람은 주방 근처에 얼씬도 못하게 하죠."

"적어도 잘 먹긴 하겠네요."

"자정이 되어서야 먹지만요. 보통 주방에서 몇 시간 동안이나 이리저리 부산스럽게 굴다가 꽃잎으로 뒤덮인 모래 같은 걸 한 접시 내오는데, 그런 걸 먹고 나면 뭔가 이상한 맛이 내내 입에 감돌죠. 역시 괴짜는 괴짜예요. 그리고 아닉으로 말할 것 같으면, 흠, 말을 꺼내기도 무서운데, 우리 일등 항해사지만, 만나봤죠? 음, 뭐랄까, 늑대가 환생했다고 해야 할까요? 자기 기분에 따라 어떤 날에는 독수리가 됐다가, 또 어떤 날에는 뱀도 됐다가 그래요. 아닉이 날 놀리고 있다고 깨닫기까지 수년이 걸렸죠. 그리고 아닉은 누구도, 그 어떤 것도 좋아하지 않아요. 진짜로요. 원래 소형 보트를 모는 사람들이 다 그렇다고 하더라고요. 알죠? 그들이 모두 아웃사이더인 거."

소형 보트를 모는 사람들에 대해서는 나중에 다시 물어보기로 했다. "대심은요?"

"신의 축복이죠. 배 멀미를 심하게 하지만요. 웃으면 안 되는데. 웃기는 상황도 아니고. 그런데 이제 그게 그의 하루 일과예요. 일어나서 토하고, 일을 마치고 토하고, 다시 잠들고, 일어나서 또 토하고. 반복이죠."

나는 말라차이가 이 모든 것을 지어내고 있다는 생각도 들었지만, 확실히 재미는 있었다. 그리고 그의 목소리에서 그가 얼마나 그들을 사랑하는지 느낄 수 있었다. "리아는요?"

"성격이 고약하죠. 우리 중에 가장 미신을 잘 믿고요. 트림 한번 잘못하면 엄청 잔소리를 하죠. 달이 완전히 뜰 때까지는 배에 발도 들여놓지 않겠다며 고집을 부리는 바람에 지난주에는 출항이 이틀이나 미뤄지기도 했어요."

"에니스는 어떤가요?"

말라차이가 어깨를 으쓱해 보였다. "그냥 에니스죠."

"그냥 에니스라뇨?"

"글쎄요. 잘 모르겠어요. 선장이라는 것밖에."

"그럼 정신병자 중 하나는 아니겠네요?"

"음, 아니죠." 말라차이는 어색한 표정으로 잠시 생각에 잠겼다. "에니스도 다른 사람들처럼 문제가 있긴 하지만요."

피오르에 앉아 있던 그를 생각해 보면 이 말은 믿을 만했다. 나는 말라차이가 말을 이어가길 기다렸고, 그의 손가락은 더욱 심하게 테이블을 두들겨댔다.

"한 가지 꼽자면 그는 노름꾼이에요."

"모든 남자가 그렇지 않나요?"

"아니, 좀 달라요."

"흠, 스포츠? 레이싱? 아니면 블랙잭?"

"다 하죠. 완전히 넋이 나가 있는 걸 본 적이 있는데, 도저히 제정신이라고는 볼 수 없을 정도……." 말라차이가 말을 멈췄다. 괜한 말을 늘어놓은 건 아닌지 하고 죄책감을 느낀 듯했다.

나는 에니스에 대해 더 이상 캐묻지 않기로 하고 화제를 돌렸다. "그래서 왜 하는 거예요?"

"뭘요?"

"바다에서 생활하는 거요."

그가 잠시 생각하더니 말했다. "그냥 정말로 살아가는 거 같아요. 게다가 특별히 다른 할 것도 없고요." 그러고는 수줍은 듯 웃어 보였다.

"시위가 신경 쓰이지 않아요?" 최근에 전 세계 항구에서 격렬한 시위가 벌어지는 뉴스만 보도된 것 같았다. 시위대는 하나같이 "물고기를 살려라, 바다를 살리자!" 하고 외쳤다.

말라차이가 내 시선을 외면했다. "물론 신경 쓰이죠."

그때 에니스가 와인을 들고 와 내게 한 잔 더 건넸다.

"고마워요."

"그런데 당신 남편은 당신이 이런 곳에 와 있는 거에 대해 뭐라고 안 해요?" 말라차이가 내 결혼반지를 고갯짓으로 가리키며 물었다.

나는 무심히 팔을 긁적이며 대답했다. "그 사람도 비슷한 분야에서 일해서 이해해요."

"학문을 하는군요, 맞죠?"

나는 고개를 끄덕였다.

"그럼 새에 대한 학문은 뭐라고 해요?"

"오르니톨로지(Ornithology), 조류학이라고 해요. 남편은 가르치는 일을 하고, 전 보시는 대로 현장실습 중이죠."

"오르니 뭐라고 하는 그 이름도 웃기지만 제가 그보다 더 웃긴 발음을 알고 있죠." 말라차이가 말했다.

"말라차이, 그만두는 게 어때? 너는 그쪽 방면에서 최고 멍청이잖아." 바질이 자리에 앉으면서 말을 이었다. "더 얘기하다간 결국 쥐구멍에라도 숨고 싶어질걸? 우선 먼저 읽고 쓸 수 있어야겠지만⋯⋯."

말라차이가 가운뎃손가락을 내보이자 바질이 빙그레 웃었다.

"그 사람은 진짜로 어떻게 생각해요?" 에니스가 물었다.

"누구요?"

"당신 남편."

입은 벌렸지만 좀처럼 말이 나오지 않았다. 나는 한숨을 내쉬고 잠시 숨을 고른 뒤 대답했다. "싫어해요. 늘 그 사람을 뒷전에 뒀거든요."

얼마나 지났을까, 에니스와 나는 창가에 앉아 우리를 집어삼킬 듯 쭉 뻗어 있는 피오르를 바라보고 있었다. 테이블에는 한껏 취기가 오른 선원들이 보드게임에 빠져서 왁자지껄 떠들어댔고, 리아는 분위기에 휩쓸리지 않고 젠체하며 거의 모든 판을 이겼다. 사무엘은 일찌감치 무리에서 나와 난로 옆에서 혼자 책을 읽고 있었다. 다른 날 같으면 나도 게임에 참여해 서로 밀고 당기며 그들과 어울렸겠지만, 오늘 밤은 해야만 하는 일이 있었다. 어떻게든 그들의 배에 올라야 했다.

자정 무렵의 태양은 세상을 쪽빛으로 물들였는데, 내가 자란 골웨이 특유의 푸른빛을 떠올리게 했다. 세상 곳곳을 돌아다녀봤지만 빛의 특성이 같은 곳은 그 어디에도 없었다. 호주가 밝고 단단한 빛이라면 골웨이는 선명하진 않지만 부드럽고 희부연 빛이었다. 그리고 모든 것의 끝자락인 이곳은 바스러질 듯 차가운 느낌이었다.

"내가 물고기를 찾아줄 수 있다고 하면 어떻게 할래요?"

내 말에 에니스의 눈썹이 아치를 그리더니, 한동안 조용하던 입이 열렸다. "새에 대해 말할 줄 알았는데. 쓰레그물(dragnet, 바다 밑바닥을 끌어 수심이 깊은 바닷속 물고기를 잡는 그물)을 말하는 거라면 불법이잖아요."

"그건 쓰레그물을 사용하던 대형 선박들 때문에 불법이 된 거죠. 주변 해양 생물은 물론 새들까지 죽음으로 내몰았으니까요. 그런데 당신도 더 이상 그 장비를 쓰지 않는 데다 작은 배에서는 사용하지도 못하잖아요. 제가 생각한 방법이라면 새들도 안전할 거예요. 안 그랬다면 이렇게 제안하지도 않겠죠."

"철저히 조사한 모양이네요."

나는 고개를 끄덕였다.

"그래서 정말로 하고 싶은 말이 뭐예요, 프래니 린치 씨?"

나는 가방에서 문서들을 꺼내 에니스 바로 옆으로 의자를 당겨 앉았다. 그리고 그가 볼 수 있도록 우리 사이에 문서를 놓고 접힌 부분을 펼쳐 보였다. "북극제비갈매기의 이동 패턴을 연구 중인데, 특히 기후 변화가 그들의 이동 습관에 어떤 영향을 미치는지 보고 있어요. 당신도 잘 알겠지만, 제가 하고 싶은 말은 기후 변화 때문에 물고기들이 죽고 있다는 거죠."

"그리고 다른 동물들도요." 그가 말했다.

"그렇죠."

그는 문서들을 훑어보기 시작했지만 뭐가 적혀 있는지 크게 관심이 없는 듯했다. 그렇다고 그를 비난할 수는 없었다. 대부분 대학 인장이 여기저기 찍히고 글자가 빽빽하게 적힌 난해한 문서들이었으니까.

"북극제비갈매기에 대해서 알고 있나요?"

"이쪽에서 보긴 했어요. 지금이 알을 낳는 시즌 아니에요?"

"맞아요. 북극제비갈매기는 이 세상 동물 중에 가장 먼 거리를 이동하는 새예요. 북극에서 반대편 남극까지 갔다가 1년 안에 다시 돌아오죠. 그 작은 몸으로 엄청난 거리를 날아다니는 거예요. 30년 정도 산다고 봤을 때 평생 동안 이동하는 거리를 계산하면 지구에서 달까지 세 번 왕복하는 거리와 같다고 볼 수 있죠."

그가 나를 빤히 바라봤다.

우리는 한동안 그 먼 거리를 이동하는 생명체의 우아하고 하얀 날개의 아름다움을 생각하며 서로 아무 말도 하지 않고 있었다. 나는 그들의 용기를 생각하자니 눈물이 날 것 같았고, 에니스의 눈빛도 그런 나를 이해한다는 듯 보였다.

"그 새들을 따라가 보고 싶어요."

"달까지요?"

"남극까지요. 북대서양을 지나서 미국 해안을 따라 북쪽에서 남쪽 웨들해(Weddell Sea, 코츠랜드와 남극반도 사이에 위치한 남극해 해역)의 빙하까지 가면 새들이 휴식을 취할 거예요."

그가 내 얼굴을 유심히 살펴보더니 의미심장한 표정을 지었다. "그래서 배가 필요하다는 거군요."

"네."

"연구 목적의 배가 있을 거 아니에요? 어디서 연구를 지원하고 있죠?"

"골웨이에 있는 아일랜드 국립대학교인데, 지원금이 끊겼어요. 더 이상 같이 일할 팀도 없고요."

"왜요?"

나는 신중하게 단어를 선택했다. "이곳 해안을 따라 당신이 본 북극제비갈매기 무리가 세상에 남은 마지막 개체라고 보고되었거든요."

그는 숨을 깊게 내쉬었지만 놀라는 기색은 없었다. 더 이상 동물의 멸종에 대한 이야기는 놀랄 일도 아니었으니까. 지금까지 수년 동안 동물의 서식지가 파괴되었고, 처음에는 한 종씩 차례로 멸종 위기, 그다음에는 공식적으로 멸종되었다는 뉴스가 꾸준히 이어졌다. 야생에서 더 이상 원숭이를 볼 수 없게 되었고, 침팬지나 고릴라 같은 영장류뿐만 아니라 한때 열대 우림에서 살던 그 어떤 동물도 더 이상 볼 수 없었다. 사바나에 살던 대형 고양잇과도 수년간 모습을 보이지 않았고, 사파리에 가면 볼 수 있었던 그 어떤 이국적인 동물도 모두 자취를 감췄다. 한때 얼음으로 덮여 있던 북극에서 북극곰이 사라진 것은 당연하고, 더운 남쪽 내륙의 파충류도 사라졌다. 그리고 세상에서 마지막이라고 알려진 늑대도 작년 겨울에 포획되어 죽었다. 이제 야생에 남은 동물이라고는 거의 없었고, 이것은 우리 모두가 너무나도 잘 알고 있는 숙명이었다.

"기금 기구 대부분이 새 연구에는 지원을 끊었어요. 다른 연구에 집중하고 있죠. 그들이 실제로 변화를 만들어 낼 수 있다고 생각하는 분야로요. 그들은 이번 이동이 북극제비갈매기의 마지막 여정이 될 거라고 예측하고 있어요. 그리고 그들이 살아남지 못할 거라고 예상하고 있죠."

"하지만 당신은 살아남을 거라고 생각하는군요." 에니스가 말했다.

나는 고개를 끄덕였다. "얼마 전 북극제비갈매기 세 마리에 위치 추적기를 다는 데 성공했어요. 카메라가 달린 게 아니라서 그들의 행동을 볼 순 없지만 어디로 날아가는진 알 수 있죠. 누군가가 반드시 해야 하는 일이에요. 그들이 어떻게 살아남는지 관찰할 수만 있다면 분명 많은 걸 배울 수 있을 거예요. 반드시 새들을 도와야 해요. 이 새들을 잃어서는 안 돼요. 절대로."

그는 문서에 찍힌 아일랜드 국립대학교 인장을 바라보며 아무 말도 하지 않았다.

"이 바다 어딘가에 물고기가 남아 있다면 새들이 반드시 찾아낼 거예요. 몇 마리가 아니에요. 많이 몰려 있는 곳을 찾아내겠죠. 저를 남쪽으로 데려가 주세요. 함께 쫓아가 봐요."

"그렇게 먼 남쪽까지는 못 가요. 그린란드에서 메인까지 왕복하는 게 전부예요."

"더 멀리 갈 수는 있잖아요. 브라질까지만이라도 안 돼요?"

"브라질까지만이요? 거기가 얼마나 먼 줄 알기나 해요? 게다가 내가 가고 싶다고 갈 수 있는 곳도 아니에요."

"왜요?"

그는 한참 동안 인내심을 가지고 나를 바라봤다. "고기잡이에도 규정이라는 게 있잖아요. 해역이라든지, 방법, 조류도 그렇고, 고기를 넘겨주고 돈을 받을 수 있는 항구도 정해져 있고요. 잡고 파는 양에 따라 생계가 걸린 선원들은 또 어떻고요. 폐쇄된 항구들 때문에 이미 항로를 바꾼 터라, 지금 또 항로를 바꾼다면 남은 구매자들마저 다 잃을지도 몰라요."

"마지막으로 할당량을 채워 본 게 언제죠?"

그는 대답이 없었다.

"제가 물고기 찾는 걸 도와줄 수 있어요. 맹세해요. 멀리 나갈 수만 있다면요. 용기를 내 보세요."

그가 자리에서 일어났다. 그의 표정에 뭔지 모를 단호함이 묻어 있었고, 심장이 두근거렸다. "입 하나를 더 늘릴 수는 없어요. 당신을 먹이고 재우고 월급 줄 여력이 안돼요."

"아무것도 안 받고 일할게요."

"그물 작업에 대해서 하나도 모르잖아요. 훈련도 안 받았고. 당신 같은 풋내기를 승선시키는 건 지옥행 열차표를 끊어주는 거랑 마찬가지예요."

나는 다급했지만 그를 어떻게 설득할 수 있을지 몰랐다. "각서를 쓸게요. 제 안전에 대해 당신은 아무런 책임이 없다고."

"그렇게 간단한 문제가 아니에요, 이쁜이. 무책임한 행동에 대한 대가가 너무 커요. 미안해요. 새를 따라가려는 생각이 낭만적이긴 하지만 바다 생활은 생각하는 것보다 훨씬 더 어려워요. 그리고 내겐 먹여 살려야 할 입이 많거든요."

에니스는 미안하다는 듯이 내 어깨를 살짝 짚더니 선원들이 있는 곳으로 돌아갔다.

나는 창가에 앉아 남은 와인을 들이켰다. 가슴이 쓰리고 아렸다. 일어나 움직이면 산산이 부서져 버릴 것만 같았다.

나일, 당신이 여기 있다면 뭐라고 할까요? 당신은 어떻게 하겠어요?

남편은 내게 시도는 해 봤으니, 이제 받아들이는 방법을 찾으라고 말할 것 같았다.

내 시선이 사무엘에게 꽂혔다. 나는 카운터로 가서 위스키 두 잔을 주문한 뒤, 난로 옆에 앉아 있는 그에게 한 잔을 건넸다.

"목말라 보여서요."

그는 기분 좋은 듯 웃어 보였다. "젊은 여성에게 술을 얻어먹는 게 얼마 만인지 모르겠네요."

나는 그가 읽고 있는 책에 대해 물었다. 줄거리에 대해 귀 기울이며 위스키를 한 잔 더 사 주고 책과 시에 대해 좀 더 얘기를 나눴다. 그리고 또 한 잔을 더 사 주며 그가 슬슬 취기가 올라 점점 혀가 풀리는 모습을 지켜봤다. 에니스의 시선이 느껴졌다. 이제 내 의중을 알았으니 나를 의심하는 게 당연하겠지. 하지만 나는 사무엘에게 온 신경을 기울였다. 그리고 그의 볼이 장밋빛으로 발그레해지고 눈빛이 희미해졌을 때, 대화의 방향을 선장 에니스에게 돌렸다.

"사가니호에서는 얼마나 오래 일한 거예요, 사무엘?"

"10년 정도 됐나? 거의 그 정도 될걸요."

"우와, 그럼 에니스랑 가까운 사이겠네요."

"그는 나의 왕이고, 나는 그의 란슬롯(Lancelot, 아더왕 전설에 등장하는 원탁 기사 중 가장 훌륭한 용사)이라 할 수 있죠."

나는 미소를 지으며 물었다. "그도 아저씨만큼 낭만적인가요?"

사무엘이 빙그레 웃었다. "낭만적이라. 내 아내가 들으면 말도 안 되는 소리라고 할걸요? 하기야 우리 같은 뱃사람들은 모두 어느 정도씩은 낭만이 있긴 하죠."

"그래서 배를 타는 거고요?"

그가 천천히 고개를 끄덕였다. "그런 피가 흐르고 있죠."

그의 말이 오싹하게 들리긴 했지만, 한편으로는 궁금하기도 해서 그의 옆으로 자리를 옮겼다. 어떻게 아무 거리낌 없이 살생을 할 수 있는 피가 흐른다고 말할 수 있지? 지금 이 세상에 벌어지고 있는 끔찍한 상황을 어떻게 모른 체할 수 있는 걸까?

"더 이상 고기를 못 잡으면 어떻게 할 거예요?"

"상관없어요. 언제든 내가 집으로 돌아오기를 기다리는 여자들이 있으니까요. 다른 애들도 더 이상 배를 못 타게 된다 하더라도 아직 어리니까 금방 더 좋은 일을 찾을 거고요. 그런데 에니스는 모르겠네요."

"에니스는 가족이 없나요?" 그렇지 않다는 걸 알면서도 물었다.

사무엘은 슬픔이 서린 한숨을 내쉬며 술을 입 한가득 들이켰다. "있지, 있고말고요. 하지만 가슴 아픈 일이 있었어요. 애들을 잃었거든요. 그래서 평범한 삶을 포기하더라도 애들을 다시 데려올 수 있을 만큼 돈을 많이 벌려고 노력하고 있죠."

"무슨 말인가요? 양육권을 잃었다는 건가요?"

사무엘이 고개를 끄덕였다.

나는 내 의자로 돌아와 앉아 불꽃이 탁탁거리며 튀는 모습을 넋을 잃고 바라봤다.

낮게 웅얼거리는 목소리에 깜짝 놀라 정신을 차려 보니 주량 이상으로 술을 마신 사무엘이 바다의 삶에 대한 쓸쓸한 노래를 읊조리고 있었다. 맙소사. 내가 이 가련한 아저씨에게 무슨 짓을 한 거지? 술집에 있는 사람 대부분이 우리를 쳐다보고 있었고, 웃음이 나오려는 것을 애써 참았다.

나는 에니스에게 신호를 보낸 뒤 이 덩치 큰 아저씨를 일으켜 세워 보려고 안간힘을 썼다.

"아저씨, 이제 잘 시간이에요. 일어날 수 있겠어요?"

하지만 사무엘의 노랫소리는 더 강렬해졌고, 그만큼 목소리도 점점 더 커질 뿐이었다.

에니스의 도움으로 거구의 몸을 들어 올린 후, 잊지 않고 배낭을 챙겨 사무엘의 팔을 한쪽씩 각자의 어깨에 둘렀다. 사무엘은 여전히 목청껏 노래를 부르짖었고, 에니스와 나는 그를 끌다시피 하여 술집 밖으로 데리고 나왔다.

밖에 나오자마자 나는 참지 못하고 웃음을 빵 터트렸고, 얼마 지나지 않아 에니스의 부드러운 웃음소리가 함께 어우러졌다.

"어디에 정박했어요?"

"여기부턴 내가 데려갈게요, 이쁜이."

"돕고 싶어서 그래요." 내가 말하자 그는 고개를 끄덕였다.

아직 새벽은 아니었지만 빛이 여기저기 산재했다. 회색빛, 푸른빛, 희미한 태양이 수평선에 걸려 있었다.

우리는 피오르를 따라 마을 항구로 걸어갔다. 우리 앞에 펼쳐
진 바다가 멀리서 부서지며 사라지기를 반복했다. 갈매기 한 마
리가 하늘 위에서 깍깍 새된 소리로 울었는데, 이제는 보기 드문
광경이라 시야에서 사라질 때까지 한동안 시선을 떼지 못하고 바
라봤다.

"저거예요." 에니스가 말했고, 그의 시선이 닿는 곳을 따라 고
개를 돌렸다. 꽤 날렵하게 생긴 어선이다. 전장이 삼십 미터 정도
되려나? 까맣게 칠한 선체에 휘갈겨 쓴 글씨가 눈에 띄었다. '사
가니'.

실제로 배에 적힌 그 이름을 보자마자 단번에 알았다. 이 배가
내 운명이구나. *까마귀호.*

우리는 배에 오르며 넘어질 뻔한 사무엘을 더욱 단단히 부축하
고 갑판 아래로 이끌었다. 통로는 좁았고, 사무엘의 선실로 들어
가려면 머리를 웅크려야 했다. 선실은 한쪽에 침대가 놓인 좁고
단출한 모습이었다. 그의 몸이 기우뚱하더니 토막 난 나무처럼
매트리스 위로 쿵 쓰러졌다. 내가 그의 신발을 벗기려 씨름하는
동안 에니스는 물을 가지러 갔고 그가 물컵을 들고 돌아왔을 때
사무엘은 이미 코를 골고 있었다.

그때 에니스와 눈이 마주쳤다.

"이제 당신에게 맡길게요." 내가 낮은 목소리로 말했고, 에니스
는 갑판으로 나를 다시 안내했다. 언제나처럼 바다 내음이 나를
가득 채웠고, 나는 차마 발길을 옮기지 못하고 가만히 서 있었다.

에니스가 나를 바라보더니 입을 열었다. "정말 괜찮겠어요, 이쁜이?"

나는 해초와 바다의 짠 내음을 깊게 들이마시며 이곳에서 그곳까지의 거리를 생각했다. 그리고 새들의 비행과 나의 비행에 대해서도 생각했다. 그리고 선장에게서 아까와는 다른 무언가를 볼 수 있었다. 그의 아이들에 대해 알기 전에는 미처 몰랐던 다른 무언가를.

나는 배낭에서 지도를 꺼내 난간 옆자리로 가 앉았다. 에니스가 따라왔고, 나는 우리 사이에 지도를 펼쳐 보였다.

보이지 않는 새벽이 다가오는 것을 느끼며, 나는 새들이 어떻게 항상 서로 다른 경로로 이동하기 시작하며 다시 만나게 되는지 그가 충분히 이해할 수 있도록 차분히 설명해 주었다. 각각의 새들은 물고기를 찾아 다른 경로를 선택하더라도 물고기가 모이게 되는 곳을 언제나 정확하게 예측할 수 있기에 늘 같은 장소에서 모이게 되는 것이다.

"그래서 그 장소가 매년 조금씩 달라지는데, 그건 제 전문 분야죠. 게다가 위치 추적기도 있으니 물고기가 있는 곳으로 당신을 데려다 줄 수 있어요. 약속할게요." 내가 말했다.

에니스가 지도 위 대서양을 따라 새겨진 새들의 경로를 빤히 바라봤다.

내가 덧붙였다. "이게 당신한테 얼마나 중요한지 잘 알고 있어요. 당신 아이들이 달려 있잖아요. 그러니 마지막으로 만선 한번 해 봐요."

그가 나를 빤히 쳐다봤다. 빛 때문에 그의 눈동자를 제대로 바라볼 수 없었지만 무척 피곤한 듯 보였다.

"지금 힘들어하고 있잖아요, 에니스."

우리는 한동안 아무 말 없이 앉아 있었고, 선체에 부딪혀 부드럽게 찰랑거리는 파도 소리만 들려왔다. 먼 곳 어딘가에서 갈매기 울음소리가 들려왔다.

"그 말이 정말 사실인 거죠?" 에니스가 물었다.

나는 고개를 한 번 끄덕였다.

그가 일어서서 갑판 아래로 걷기 시작하더니, 걸음을 멈추지 않고 말을 던졌다. "두 시간 뒤에 출항합니다."

나는 떨리는 손으로 지도를 접었다. 깊은 안도의 여파가 휘몰아쳐 구토가 나올 지경이었다. 나무 널빤지로 만든 다리 위를 걷는 내 발걸음이 가볍게 울렸고, 땅에 발을 디뎠을 때 다시 몸을 돌려 배에 휘갈겨 쓴 이름을 바라봤다.

엄마는 내게 단서를 찾으라고 말하곤 했다.

"뭐에 대한 단서요?" 내가 처음 그 말을 들었을 때 물었다.

"삶에 대한 단서. 곳곳에 숨겨져 있단다."

그 이후로 나는 단서들을 찾아다녔고, 마침내 단서들은 나를 이곳으로 이끌었다. 내 마지막 남은 생애를 보내게 될 이 배까지. 어떻게든 내가 남극에 도착해서 이 여정을 마치게 되는 날, 내 삶도 거기서 끝내리라 결심했으니까.

골웨이, 경찰서

4년 전

싸구려 리놀륨 타일을 깐 바닥은 매우 차가웠다. 신발은 축구 유니폼이 든 가방을 들고 5킬로미터 정도의 눈길을 걷기 전 어딘가에서 이미 잃어버린 터였다. 어떻게 잃어버렸는지 기억도 나지 않았다. 경찰에게 이야기했지만 나를 이 방에 가둔 채 기다리라고만 할 뿐이었고, 다시 들어와서도 아무런 말이 없었다.

하지만 나는 알고 있었다.

나는 머릿속으로 토이빈(Colm Tóibín, 아일랜드의 작가)의 글귀를 암송하며 몇 분을, 그리고 다시 몇 시간을 흘려보냈다. 그의 작품 중 바다를 사랑한 여자의 이야기에서 위안을 찾으려고 최대한 기억을 되살렸지만, 그의 산문을 기억해 내기란 너무 어려웠다. 그래서 대신에 메리 올리버(Mary Jane Oliver, 미국의 시인)의 사랑하는 것을 그대로 사랑하게 만드는 동물의 몸에 관한 시 〈기러기(Wild Geese)〉를 떠올려 봤지만, 그마저도 쉽지 않았다. 나는 또 다른 것을 떠올려 보기 위해 끊임없이 머릿속을 문질러 봤다. 생각은 뱀이 똬리를 튼 모양으로 끊이지 않고 깎인 오렌지 껍질처럼 길게 이어졌다. 바이런(George Gordon Byron, 영국의 철학자이자 작가)의 〈부서지는 마음(The heart will break)〉은 어떨까? 아니야. 그럼 쉘리(Percy Bysshe Shelley, 영국의 시인)의 〈이 모든 키스가 무슨 소용일까(What are all these kissings worth)〉는? 이것도 아니야. 그럼 포(Edgar Allan Poe, 미국의 작가)의 〈나의 사랑, 나의 사랑 곁에 누워만 있네(I lie down by the side of my darling, my darling)〉은?

그때 문이 덜컥 열렸고, 덕분에 나는 겨우 정신을 차릴 수 있었다. 나는 온몸을 떨고 있었고, 기억은 없지만 내가 쏟아낸 듯한 토사물 덩어리가 의자 옆에 널브러져 있었다. 나보다 조금 더 나이가 들어 보이는 형사는 흠잡을 데 없는 차림새로, 깔끔하게 땋아 묶은 금발 머리를 하고 있었으며 주름이 잘 잡힌 짙은 회색빛 정장을 입고 있었다. 그녀는 말발굽 소리를 떠올리는 또각또각 소리를 내는 신발을 신고 있었다. 이상하리만큼 그녀의 모든 것을 정확하게 세세한 부분까지 인지할 수 있었다. 그녀는 토사물을 보더니 이를 처리할 누군가를 부르며 얼굴을 찡그리지 않으려 애썼고, 내 맞은편 의자에 앉았다.

"라라 로버트 형사예요. 프래니 스톤 씨죠?"

"프래니 린치예요." 내가 마른침을 삼키며 대답했다.

"아, 네, 죄송해요. 프래니 린치 씨. 학창 시절의 당신이 기억나서. 저보다 두 학년 후배일 거예요. 늘 안팎으로 돌아다니며 좀처럼 가만히 있질 못했죠. 그러곤 호주로 떠나서 돌아오지 않았고요. 그렇죠?"

나는 멍하니 그녀를 바라봤다.

이내 한 남자가 대걸레와 양동이를 들고 들어왔고, 우리는 그가 힘들여 구토물을 다 닦을 때까지 기다렸다. 그는 몇 분 후 따뜻한 차를 가지고 다시 들어와 내게 건넸다. 나는 꽁꽁 언 손으로 차를 움켜쥐었지만 마시지 않았다. 마셨다가는 다시 토할 것만 같았다.

로버트 형사는 좀처럼 입을 열지 않았고, 나는 목청을 가다듬고 말했다. "그래서요?"

그리고 그때 나는 봤다. 그녀가 내게 보이지 않으려 애쓰고 있는, 얇은 막처럼 그녀의 눈을 스치고 지나가는 공포를.

"그들 모두 죽었어요, 프래니."

이미 나도 알고 있는 사실이었다.

3

북대서양 바다, 사가니호
이동 시즌

내 손은 건들기만 해도 피가 나기 시작했다. 나는 매일 여섯 시간씩 밧줄로 매듭을 묶는 연습을 했다. 항해할 때 가장 많이 쓰는 열 가지 매듭을 눈을 가리고, 혹은 자면서도 묶을 수 있을 때까지 익혀야만 했다. 각각의 매듭을 확실하게 알아야 하는 것은 물론이고 언제 어떻게 쓰이는지도 알아야 했다. 그리고 며칠 전 모든 방법을 터득했다고 확신했다. 하지만 아닉은 아랑곳하지 않고 계속 연습을 시켰다. 처음에는 물집이 잡히더니, 그게 터지고 핏물이 흘러나왔다. 매일 밤 딱지가 조금 내려앉았고, 다음 날 아침이면 어김없이 떨어져 나가 다시 피가 흘렀다. 내가 만지는 모든 것에 피의 흔적을 남기며 돌아다니는 꼴이었다.

　매듭을 묶는 일이 괴롭긴 했지만 내가 하는 다른 일에 비하면 비교적 수월한 일이었다. 나는 하루에 두 번씩 호스로 갑판에 물을 뿌리고 구석구석을 닦았고, 모든 장비를 깔끔하게 정리해 제자리에 두고, 무거운 기계와 기름통을 운반했다. 창이란 창은 양쪽 면 모두 깨끗이 닦아 소금기와 때를 지웠다. 실내 청소도 내 당번이었다. 진공청소기로 선실 바닥을 청소했고, 식당 바닥도 대걸레질하고 문질러 닦았다. 어디에도 물 한 방울 떨어져 있지 않게 해야 했고, 특히 잘 어는 곳은 더욱 신경 써야 했다. 물기는 배에 아주 치명적이니까. 어느 한 곳에 녹이 슬면 모든 것이 작동을 멈추기 때문이었다.

출항 후 첫 며칠 동안은 짐을 풀고 물건들을 제자리에 두느라 정신이 없었다. 우리는 몇 달을 배에서 지내야 했기에 한 군부대가 먹을 만큼의 식량을 챙겨 놓았다. 어제부터는 그물에 대해 배우기 시작했다. 사가니호는 선망어선이고, 그물 길이만 1.5킬로미터나 되었다. 그래서 선원들은 그물과 그에 달린 추와 케이블, 그리고 거대한 양망기(그물을 걷어 올리는 기계)를 정비하는 데 엄청난 시간을 쏟았다. 양망기는 기계식 도르래 시스템인데, 두루미의 발톱처럼 하늘 위로 우뚝 솟아 있었다. 하지만 우리는 멸종됐을지 모르는 청어 떼를 찾아 위험천만한 바다를 향해 중이었기 때문에 나는 아직 그게 실제로 작동하는 것을 보지 못했다. 그물에는 한쪽 모서리를 따라 연노란색 부유 장치인 코르크가 달려 있었는데, 서로 엉키지 않게 원형 모양으로 둥글게 감아야만 했다. 이 작업 역시 내 물집을 터트렸지만, 나는 하루에 여덟 시간 동안 계속 감고 감는 연습을 한 터였기에 실제로 그물을 사용하게 될 때를 대비해 빠르고 효율적으로 작업할 수 있도록 준비했다. 그 작업을 마치면 이미 닦았던 곳을 또 닦았다.

선원들이 내가 계속 항해하는 걸 포기하도록 일부러 애쓰는 것 같았다.

이들은 내가 함께하는 것을 탐탁지 않아 했으니까. 처음 새로운 계획과 새로운 항로에 대해 들었을 때 선원들은 모두 어리둥절해 했다. 자신들이 모르는, 심지어 선장도 경험한 적 없는 바다를 항해하는 것을 두려워했다. 이로 인해 나에 대한 분노가 쌓인 것이었다.

하지만 이들이 생각하지 못하는 한 가지가 있었는데, 바로 내가 이렇게 고되고 등골 휘는 하루 열여덟 시간 작업을 너무 좋아하게 되었다는 것이다. 지금껏 내 생애 이렇게 녹초가 되어 본 적이 없었고, 완벽했다. 이제야 잠에 들 수 있게 되었으니까.

*사가니*호는 그린란드 연안의 두꺼운 빙하 사이를 천천히 나아가며 거대한 얼음덩어리들을 쪼개어 항로 밖으로 밀어냈다. 그럴 때면 난생처음 듣는 소리가 났다. 하늘이 찢어질 듯 요동치며 부서지는 소리, 쉭쉭 바람을 가르는 거대한 소리, 그리고 항상 지속적으로 들려오는 으르렁거리는 바닷소리와 엔진 돌아가는 소리가 모두 합쳐진 것이었다.

나는 바람막이를 더 단단히 동여 입었다. 심지어 내의를 세 개나 껴입었는데도 여전히 추웠다. 얼음장 같은 바람이 내 양 볼과 입술을 에고, 바싹 마르게 만들고, 부르트고 갈라지게 했다. 그래도 기분은 좋았다. 가끔 맡은 일에서 잠시 벗어나 경로를 볼 수 있도록 허락될 때가 있었는데, 에니스는 위쪽 함교에 서서 위험해 보이는 얼음 사이로 조심스럽게 배를 몰고 있었다. 화난 듯 잔뜩 찌푸린 하늘 아래에서, 아무리 닦아도 계속 생기는 소금기 낀 안경을 통해 바라본 그의 모습은 짙고 무성한 수염뿐이었다. 선명한 주황색 옷을 입은 사무엘은 그의 옆에 서서 계기판을 읽고 있었고, 다른 선원들은 선미와 뱃머리를 계속 오가며 배의 항로를 관측하고 선체에 피해를 줄만큼 큰 얼음덩어리가 있는지 살폈다. 그들은 배 위에서도 그렇듯 내게 여전히 낯선 언어로 소리를 질렀는데, 정우현(abeam, 선박 또는 항공기 경로와 직각을 이루는 위치), 이물 화물창(forepeak, 뱃머리에 위치한 화물을 싣는 창고), 감아 매기(be-lay, 밧줄을 두 번 감아 고정하는 매듭) 같은 말들이었다.

북극제비갈매기들은 아직 그린란드를 떠나지 않았다. 나는 강박적으로 노트북에 나타나는 작은 빨간 점을 확인했고, 새들이 곧 움직이리라는 것을 알았다. 그때까지 우리는 운이 따라 주기를 기대하며 현재 수역을 유지하면서 항해를 계속했다.

항로를 결정하는 건 선장인 에니스의 몫이었다. 이 망망대해에서 물고기를 찾는 것이 그의 역할이고, 선원들의 생계도 전적으로 그의 능력에 달려 있기 때문이었다. 나는 배에 오른 후로 그와 대화를 나누어 본 적이 없었는데, 멀리서 키를 잡고 있는 뒷모습 말고는 거의 보기도 힘들었다. 그는 우리와 함께 식사도 하지 않았다. 바질이 말하기를 아주 흔한 일이라면서, 에니스는 대부분의 시간을 함교에서 차트와 기상정보와 수중음파탐지기를 분석하며 보낸다고 했다. 책임감의 무게가 그의 어깨를 무겁게 짓누르고 있는 것이었다.

"사냥에서 선장의 역할이 가장 중요해요." 내가 이 사실을 알아야만 한다는 듯, 아닉이 첫날 내게 건넨 말이었다. "그게 보통 선원들과 다른 점이죠."

"우리 모두를 죽지 않게 하려는 건데, 고마울 따름이죠." 사무엘이 한 번에 담배 두 개비에 불을 붙여 하나를 아닉에게 건네며 중얼거리듯 말했다.

이렇게 멀리서 선원들이 던져 주는 토막토막의 정보로 *사가니호*의 선장에 대해 조금씩 알아갔다. 선장을 위한 선실이 따로 있다는 것도 그렇게 알았다. 그를 제외한 모든 선원은 둘이서 하나의 선실을 같이 썼고, 모든 선실은 조리실과 작은 식당 칸에 인접해 있었다. 나는 리아의 선실을 같이 쓰게 됐는데, 리아는 룸메이트와 방을 나누어 쓰는 데 전혀 익숙하지 않은 사람이었다. 그녀는 명령을 지껄일 때를 빼면 내게 말도 걸지 않았다. 가까스로 침상 두 개가 들어갈 만큼 비좁은 이 작은 방에서 그나마 내가 견뎌낼 수 있었던 유일한 이유는 너무 피곤해서 깜깜한 방에 들어오면 바로 곯아떨어지는 데 있었다.

"프래니, 밖으로 나와요!" 대심이 전광석화처럼 선실을 지나가며 소리를 질렀다. "이도 좌현에 빙산!" 그의 고함 소리에 나는 자리를 박차고 일어났다.

나는 그가 무슨 소리를 하는 것인지 보려고 난간 너머로 바라봤다. 평평한 얼음층 위로 빙산 하나가 돌출해 올라와 있었고, 우리가 탄 배는 바로 그 방향으로 향하고 있었다. 그 모양새로 보아 수면 위로 보이는 것은 거대한 빙산의 일부분일 뿐, 수면 아래로 더 깊고 넓게 포진해 있을 것 같았다. 쇄빙선으로도 빙산을 가르고 지나갈 수 없을 것 같았다. 얼핏 보기에는 큰 피해를 줄 만큼 그리 대단해 보이지는 않았지만, *타이타닉*호에 탑승한 사람들도 모두 그렇게 생각했을 것이다. 그리고 선원들이 시끄럽게 소리치고 부산스럽게 움직이는 것을 보면 위험한 상황임이 분명했다.

"충격에 대비해요!"

바질이 나를 자기 품으로 잡아끌더니, 갑판으로 거칠게 몸을 밀착시켰다. 하지만 우리는 요동치는 충격을 버티지 못하고 나가떨어졌고, 나는 벽에 어깨를 심하게 부딪혔다. 배가 스스로 제자리를 찾으면서 한 번 더 크게 요동쳤고, 만약 그때 바질이 나를 붙잡지 않았다면 나는 배 밖으로 튕겨져 나갔을지도 모른다. 그는 어느새 선미로 뛰어가고 있었고, 나는 가까스로 일어나 난간을 꽉 잡고 움직임이 잠잠해지기만을 기다렸다. 다행히 배는 빙산을 지나쳐 방향을 트는 데 성공했다. 간신히 빙산의 끝부분만 스치고 지나온 것 같았다. 다시 눈앞에 얼음 하나 없는 드넓은 바다가 펼쳐졌고, 나의 곤두박질치는 심장은 속도를 높여야 할지 줄여야 할지 갈피를 잡지 못하고 있었다.

우리가 침몰하거나 뭔가 다른 일이 벌어지기를 바랐던 것은 아니지만, 제법 흥미진진한 경험이었다.

"이상무!" 우리가 빙하에서 완전히 빠져나오자 에니스가 함교 난간에서 우렁차게 외쳤다.

"네, 벗어났어요!" 리아가 답했다.

"잘했어요!" 말라차이도 외쳤다.

나는 난간에서 내려온 에니스가 배에 충격이 가해진 부분으로 성큼성큼 걸어가더니 무거운 줄사다리를 배의 측면으로 던지는 모습을 바라봤다. 사다리를 타고 내려가 편안한 자세로 줄에 매달려 피해가 어느 정도인지 확인하는 그를 몸을 기울여 계속 바라봤다. 물이 철썩이며 그의 몸을 때렸지만, 그는 이에 개의치 않고 더 아래로 내려가 빙하에 긁힌 긴 자국을 손으로 쓸며 피해 정도를 파악했다. 그러고는 다시 흔들거리는 사다리를 타고 올라와 물에 젖은 무거운 부츠로 쿵 소리를 내며 선상에 발을 디뎠다. "겉만 스쳤어." 그의 말을 애타게 기다리고 있던 선원들은 욕이 섞인 안도의 숨을 연신 내뱉었다.

"괜찮아요, 이쁜이?" 우리가 만난 그날 밤 이후로 그가 처음으로 내게 던진 말이었다.

"다들 프래니 얼굴 좀 봐요." 말라차이가 말하자 모두가 내 표정을 주시했고, 내가 어떤 표정을 짓고 있었는지 모르겠지만 선원들 모두 웃음을 터트렸다. 심지어 리아도 빙그레 웃음을 지었는데, 아닉은 그저 눈을 굴릴 뿐이었다.

에니스가 나를 지나치며 웃음 지었고, 내 어깨를 툭툭 치며 말했다. "이제 좀 알겠죠?"

"이봐요, 프래니. 이제 일어나요."

일어나기 싫다.

"얼른요."

누군가 나를 침대에서 힘껏 잡아끌었다. 아직 새벽일 리가 없는데. 희미하게 눈을 깜박이며 바라보니 대심이었다.

"뭐 하는 거예요? 더 잘래요."

"저녁식사 준비됐어요."

"너무 피곤하단 말이에요."

"안 먹으면 못 버텨요."

그는 쉽게 물러서지 않을 것이 분명했다. 나는 억지로 몸을 일으켜 비틀거리며 식당으로 들어갔다. 식사를 하는 공간은 칸막이로 만들어져 있었고, 갈색 가죽이 벗겨진 의자는 끈적거렸다. 비좁긴 했지만 그런대로 우리 일곱 명 모두가 앉을 만했다. 말라차이가 내가 껴 앉을 수 있도록 식탁 구석의 자기 옆자리를 내주었다. 위쪽 벽에는 작은 텔레비전이 놓여 있었고, 식사를 하는 동안 우리는 모두 목을 길게 빼고 배에 있는 네 개의 DVD 중 하나를 보았다. 《다이하드》(Die Hard, 1988년에 제작된 브루스 윌리스 주연의 액션 영화)였는데, 거짓말 하나 안 보태고 식당에 있는 모두가 영화에 나오는 모든 대사를 하나같이 외고 있었다. 나만 의자 등받이에 머리를 기대고 꾸벅꾸벅 졸았다.

"거기서 도대체 뭐 하고 있는 거야?" 얼마나 지났을까, 나는 대심이 외치는 소리에 깜짝 놀라 잠에서 깼다.

"몇 시예요?" 나는 몸을 제대로 가눌 수 없었다.

"새벽 1시야!" 대심이 소리쳤다. 나보고 들으라고 하는 소리는 아닌 듯했다.

"좀 기다려!" 바질의 목소리가 옆 주방에서 들려왔다.

"전 그냥 가서 자면 안 될까요?" 나는 멍한 상태로 물었다.

말라차이와 대심은 잠에 취한 나를 보고 무척 재밌어했다.

"아직도 적응이 안 되나 봐, 공주님?" 리아가 쌀쌀맞게 물었다.

나는 더 이상 이들을 신경 쓰지 않기로 하고 자리에 더 깊숙이 몸을 묻었다.

그때 사무엘이 털썩 자리에 앉으며, 내 앞으로 술잔을 들이밀었다. "이게 도움이 될 거예요, 아가씨."

말씨름할 기운도 없어 그대로 술잔을 받아 들이켰다. 속이 타들어가는 듯했다. 너무 깜짝 놀란 나머지 거의 절반은 식탁에 뿜었고, 눈물이 핑 돌 때까지 기침을 했다. 이 모습에 모두들 한바탕 웃어 젖혔다. 나는 의심의 눈초리로 사무엘을 바라봤다. "복수인가요?"

그가 빙그레 웃어 보이며 간디의 말을 인용해 대답했다. "나는 평화주의자죠. 눈에는 눈으로 맞선다면 온 세상이 눈먼 장님으로 가득할지니."

사무엘은 다른 이들에게도 술잔을 건넸다.

"나도 이 술이 싫더라." 말라차이가 내게 공감한다는 듯이 술잔을 입술로 가져가며 말했다.

"행운이 있기를." 내가 중얼거렸다.

그 순간 누군가 숨을 헉 참는 소리가 들렸고, "Putain de cre-tin!" 리아가 으르렁거리듯 내뱉었다.

"무슨 말이에요?"

"행운 어쩌고 같은 말은 하지 말라고, 이 멍청아!"

"왜요?"

"그 말은 반대로 불행을 불러온단 말이야!"

모든 시선이 내게 쏠렸고, 나는 두 손을 들어 보였다. "그걸 어떻게 알았겠어요?"

"쥐뿔도 모르시겠지." 리아가 내뱉었다.

"그럼 알려줘요."

"첫 번째 규칙." 사무엘이 목을 가다듬으며 말했다.

"배에 오를 때 절대로 왼발부터 디디지 말 것." 리아가 몸서리치며 먼저 말했다.

"금요일에 출항하지 말 것." 대심이 이어서 말했다.

"통조림을 거꾸로 따지 말 것." 사무엘이 말했다.

"바나나 금지." 리아가 계속 말했다. "휘파람 금지."

"여자 승선 금지." 바질이 양손에 접시를 들고 주방에서 나오며 말했다. 그리고 리아에게 윙크를 하며 덧붙였다. "걱정 마요. 우린 *사가니호*에서 위험천만하게 사는 데 익숙하니까."

바질이 사무엘과 대심 앞에 접시를 놓자 그들은 접시를 뚫어져라 쳐다봤다. 그럴 만도 했다. 아주 적은 양의 스파게티가 S자 모양으로 똬리를 틀고 있고, 그 주위를 붉은 소스와 노란 소스가 섬세하게 빙빙 두르고 있어 추상 작품을 연상케 했으며, 파마산 치즈처럼 보이는 조각들이 파스타 사이사이 완벽하게 자리해 높이 솟아올라 있었으니까.

솔직히 배에서 만든 음식 치고 신선한 재료를 많이 썼다는 사실에 놀라기는 했지만, 따지고 보면 이제 막 여정에 오른 차였기에 충분히 가능한 일이었다. 그리고 대심이 말하기를 날이 갈수록 식단은 점점 나빠질 것이라고 했다.

"이게 뭐야……." 말라차이는 차마 말을 잇지 못했다. 소리를 지르고 싶은 걸 억지로 참는 듯했다.

"이게 뭘 만든 거야?" 사무엘이 물었다.

"볼로네즈 스파게티요." 바질이 접시 몇 개를 더 가지고 나오며 말했다. "정상적인 요리를 먹고 싶다고 했잖아요. 그래서 준비해 봤어요."

"그런데…… 어쩌다 이렇게 됐지?"

"재해석을 좀 해 봤어요."

"흠…… 그럼 원래대로 복원을 해 주면 안 될까?"

나는 참지 못하고 입을 가리고 웃음을 터뜨렸다.

대심이 주방에서 남은 재료들을 가지고 와 접시에 얹으며 푸짐해 보이는 음식으로 변신시키는 동안, 바질은 미국인들의 넘치는 식욕에 대해 투덜댔다.

잠시 후 내게는 평범한 파스타 한 접시가 건네졌는데, 이제는 내가 채식주의자라는 사실을 모두가 알기 때문이었다. "물고기도 안 먹는다고요?" 바질이 내가 채식주의자라는 사실을 처음 알았을 때 물었는데 별것도 아닌 이 작은 정보 때문에 한동안 나는 선원들끼리 나에 대해 수군거리는 모습을 목격하기도 했다.

저녁을 다 먹고 설거지를 하고 주방 구석구석을 청소했다. 그러고 나니 잠이 좀 깨는 듯했다. 나는 복잡한 머릿속을 비우기 위해 위스키를 몇 잔 들이켠 후 담배를 피우러 갑판으로 올라갔다.

자정의 태양은 이제 볼 수 없었고, 깜깜한 어둠이 찾아왔다.

끝없이 펼쳐진 암흑 속 바다가 보고 싶어 뱃머리 쪽으로 걸음을 옮겼다. 배는 맹렬한 속도로 남쪽을 향해 미끄러지듯 나아가고 있었고, 바다는 비교적 평온하고 조용했다. 으르렁 하는 기계 돌아가는 엔진 소리와 쉬아아 일렁이는 파도 소리만 들려왔다. 나는 담배에 불을 붙였다. 한번 피우기 시작하면 멈추지 못하고, 계속 이곳에 선 채로 한 갑을 다 피울 거란 사실을 알고 있었다. 이 밤을 버텨내기 위해 한 개비 한 개비 연이어서 피우겠지. 가슴에 퍼지는 독한 담배 연기가 어쩐지 기분 좋게 느껴졌다. 폐는 괴롭겠지만.

"에니스가 말하길 이곳이 유일하게 남겨진 천연의 바다라고 하더라고요."

어느새 사무엘이 내 옆으로 다가왔다.

칠흑같이 깜깜하고 광대한 바다를 바라보며, 그가 하는 말의 의미를 이해할 수 있었다. 대심이 나를 깨워준 것에 대해서도 고마운 생각이 들었다. 일주일 전 배에 승선한 뒤로 지금껏 생각할 시간이 전혀 없었는데, 이렇게 있자니 숨통이 트이는 듯했다.

"아내분이 이렇게 더 멀리 나가는 걸 용서해 줄까요?" 내가 물었다.

"물론이죠. 그런데 당신을 용서할 것 같지는 않네요."

무슨 말을 해야 할지 몰랐다. 사과할 수도 있겠지만, 그 정도로 미안하지는 않았다.

"아내분이 이렇게 떠나 있는 걸 좋아하지 않겠죠?"

"그럼요."

"그런데 왜 하는 거예요?"

"길이 없는 숲에는 기쁨이 있고, 외로운 바다에는 황홀함이 있네. 깊은 바다 곁 아무도 침범하지 않는 곳, 그 함성 속에 음악이 있으니."

나는 빙그레 웃었다. "바이런이네요."

"이런 축복이! 이래서 내가 아일랜드 사람을 사랑한다니까." 그는 잠시 말을 멈추고 웃어 보였다. "정말로 나는 낚시를 좋아하죠."

하지만 왜? 묻고 싶었다. 도대체 이유가 뭘까?

바다에 있고 싶어 하는 마음은 이해할 수 있다. 정말로 그럴 수 있다. 나도 평생 바다를 좋아해 왔으니까. 하지만 고기잡이? 이들이 좋아하는 것이 정확하게는 고기잡이가 아니라 자유나 모험, 위험이지 않을까? 어느새 이들을 존경하는 마음이 생겨서 그런지 몰라도 그렇게 믿고 싶었다.

"꼼짝 안 하고 몇 달을 낚시만 할 수도 있을 거예요. 내가 진짜로 좋아하는 게 뭔지 알아요?" 사무엘이 물었다.

"뭔데요?"

"마을에 있는 내 소유의 작은 해변가에 낚싯대를 던져 놓고, 와인을 마시고 시를 읽으며 내 남은 생애를 보내는 거죠."

"특별히 좋아하는 시가 있나요?"

"고통과 곤경의 세상이 지성을 교육하고 영혼을 만드는 데 얼마나 필요한지 모르겠는가?"

나는 기억을 더듬어서 한번 찔러봤다. "키츠(John Keats, 영국의 시인)인가요?"

"일 점 추가."

"와인과 시가 있는 해변가라. 완벽해 보이네요. 그런데 왜 그렇게 안 하죠?"

"먹여 살려야 할 식구가 많아요."

나는 잠시 생각에 잠겼다. 그를 바다로 이끄는 것은 길 없는 숲도, 외로운 바다도 아니었다. 바로 필요에 의해서였다.

"최근 에니스는 어땠어요? 물고기는 좀 찾았나요?" 내가 화제를 돌렸다.

그러자 사무엘은 불편한 표정으로 어깨를 으쓱해 보였다. "예전엔 대단했어요. 한때 모두가 에니스 말론과 일하고 싶어 했죠. 청어를 넘치게 잡았으니까요. 하지만 이제는 그 누구에게도 결코 쉬운 일이 아니에요. 세상이 변했으니. 암울할 따름이지요." 그가 나를 바라봤다. "이렇게 세계를 누비며 새를 쫓고 있을 때가 아닌데."

나는 더 이상 똑같은 설명을 반복하지 않기로 했다. 새들이 물고기가 많은 곳으로 이끌어 줄 것이라고 누차 얘기한 터였으니까. 이들은 여전히 나를 믿지 않았다. 미신을 믿고, 반복되는 일상을 믿었다. 그리고 자신들이 항해해 온 바다를 잘 안다고 믿었다.

"오늘 그 빙산은, 그건 아무것도 아니에요." 사무엘이 말했다. "멕시코만류[Gulf Stream, 대서양의 북서부 노스캐롤라이나주 해터러스곶(串)에서 뉴펀들랜드(Newfoundland, 캐나다 최동단에 있는 주)의 그랜뱅크스(Grand Banks, 뉴펀들랜드섬 남동쪽에 발달한 대륙붕)까지 북아메리카 연안을 따라 동북쪽으로 흐르는 해류]에 다다르면 오늘보다 훨씬 심해질 거예요."

"왜요?"

"멕시코만류가 래브라도해류(Labrador Current, 래브라도반도와 뉴펀들랜드섬 해안을 따라 남동쪽으로 흐르는 한류)와 연결되면서 우리를 남쪽으로 밀어낼 거예요. 전 세계에서 가장 큰 해류 중 두 개인데, 서로 반대 방향으로 움직이죠." 그는 담배를 한 모금 빨아들였고, 그 끝이 어둠 속에서 뻘건 빛을 뿜었다. "그 두 해류가 서로 맞부딪히는 곳에 들어가면……" 사무엘은 고개를 가로저었다. "기댈 수 있는 것도 없어요. 야수와도 같은 바다, 대서양은 그런 곳이니까. 에니스가 언젠가 내게 이런 말을 했죠. 평생 동안 대서양을 항해해 봤지만 여전히 그곳은 알 수 없는 곳이라고."

"에니스는 저를 뺀 다른 사람들하고는 말을 많이 하는 것 같네요."

사무엘이 곁눈질로 나를 바라보더니 손을 내밀어 내 어깨를 살살 토닥였다. "당신은 아직 신참이니까요. 그리고 그는 집중해야 할 것이 있고."

"제게 화가 난 것 같아요."

"만약 에니스가 자신의 결정을 후회한다 해도 당신한테 화를 쏟아 내진 않을 거예요. 그리 속 좁은 사람이 아니니. 내가 궁금한 건 당신은 자신이 벌인 이 모든 일에 정말로 확신이 있느냐는 거예요. 아무런 생존 기술도 없이 원양어선에 오르는 건 무덤으로 가는 급행열차를 타는 것이나 마찬가지니까요. 뭐 설령 기술이 있다 하더라도 말이죠."

"아저씨는 살아남았네요." 나는 문득 어쩌면 그가 뚱뚱한 체구에 어울리지 않는 민첩하고 특별한 재주가 있을지도 모른다는 생각이 들었다.

"거의 매일 행운의 여신이 그 마음을 바꾸지 않기를 바랄 뿐이죠."

나는 어깨를 으쓱거렸다. "아저씨, 저는 이렇게 생각해요. 만약 제가 이 배에서 죽는다면, 그건 그냥 제 운명이라고. 그렇지 않을까요?"

"허."

"왜요?"

나를 바라보는 그의 눈빛에 뭔가 부드러운 빛이 맴돌았다. "당신처럼 젊은 사람이 뭐 때문에 그리 삶에 지쳤을까?"

내가 대답을 못하고 있자 그는 나를 안아 주었다. 나는 너무 놀란 나머지 꼼짝도 할 수 없었다. 그를 마주 안아 줄 생각도 나지 않았다. 세상에 이렇게 거리낌 없이 친절을 베푸는 사람은 거의 없었으니까.

나는 사무엘을 먼저 안으로 들여보낸 후, 그가 내게 한 말에 대해 곰곰이 생각해 봤다. 그리고 그것은 사실이 아니라는 결론을 내렸다. 바다의 흐름과 겹겹이 쌓인 얼음들, 날개를 빼곡하게 수놓은 섬세한 깃털들. 나는 이토록 놀라운 것들이 가득한 삶에 지쳐 있지 않았다. 단지 나 스스로에게 지친 것뿐이었다.

두 가지 세상이 있다. 하나는 물, 흙, 돌과 미네랄로 구성되어 있는, 핵, 맨틀, 지각 그리고 숨 쉬기 위한 산소가 있는 세상이다.

다른 하나는 두려움으로 만들어진 세상이다. 이미 너무 늦지 않았기를 바라며 다른 수감자의 눈을 바라보고 그들의 눈동자에 죽음의 그림자가 드리워져 있는지 확인하고, 지나치는 모든 얼굴 속 분노로 가득한 흥얼거림을 들으며 다음 대상이 당신이 될지 눈치를 보고, 자유를 위해, 나가기 위해 바깥공기와 하늘을 쫓아 감방의 벽을 손이 닳도록 긁어대며, 제발 이곳이 좁아터진 무덤이 되지 않기를 바라며 사는 곳. 그 세상은 죽음보다 더 악랄하다. 그 무엇보다 더 악랄하다.

나는 두 세상에서 모두 지내봤기 때문에 하나의 세상이 도저히 분간할 수 없을 정도로 다른 세상처럼 느껴질 때가 있다. 그리고 바로 지금, 그 순간이 나를 한 번 더 찾아왔다. 대서양 한복판, 이 흔들리는 선실 속에서.

오늘 밤 배에 오른 이후 처음으로 잠에 들 수가 없었다.

"첫째날개덮깃." 나는 이를 덜덜 떨면서 작게 중얼거렸다. "큰 날개덮깃, 깃 밑털, 견갑골, 등, 목덜미, 머리꼭대기…… 젠장." 심지어 이 주문도 오늘 밤에는 아무런 소용이 없었고, 나를 진정시키지도 집중시키지도 못했다. 나는 휘청거리며 자리에서 일어섰다. 이 꽉 막힌 방에서, 속이 울렁거릴 정도로 요동치는 공포에서 벗어날 방법은 아무것도 없었다.

나는 여행용 손전등을 켜서 배낭 윗부분에 끼우고, 불빛이 노트를 비추도록 각도를 맞췄다. 그리고 빠르게 적어 나갔다. 그렇게라도 하지 않으면 다시 공황 발작이 시작되는 것을 막지 못할 테니까.

나일, 지금 당신의 품이 필요한데 당신은 어디에 있는 거예요? 당신의 현명함, 당신의 변함없는 평온함이 바로 지금 필요한데.

이제 일주일이 지났고, 빙하를 빠져나왔어요. 우리는 래브라도 해류로 향하고 있는데, 사무엘이 위험한 곳이래요. 이 바다 전체가 위험하다고 하네요. 당신은 이곳을 좋아하지 않겠죠. 당신은 단단한 땅에 발붙이고 있다는 걸 좋아하잖아요. 그런데 바다도 하늘과 같아서 나는 어느 것도 질리지 않아요. 언젠가 내가 죽으면 바람에 나를 흩날려 주세요.

눈물이 눈앞을 뿌옇게 흐려 더 이상 글을 쓸 수가 없었다. 하기야 이 편지도 부치지 않겠지. 내 죽음에 대한 얘기를 보면 놀랄 테니까.

"젠장, 불 좀 꺼!" 리아가 침대에 누워 내게 쏘아붙였다.

나는 가방을 뒤적여 수면제를 찾았다. 술이랑 같이 먹으면 안 되지만, 지금 상황에서 딱히 방법이 없었다. 약을 삼킨 후 손전등을 끄고 눈을 꽉 감았다. 첫째날개덮깃, 큰날개덮깃, 깃 밑털, 견갑골, 등, 목덜미, 머리꼭대기……

나는 바다에 빠지기 일보 직전에 줄에 매달린 채로 깨어났다. 바다는 끝이 보이지 않는 암흑으로 일렁였고, 얼음장 같은 물줄기가 내 얼굴에 흩뿌려졌다. 순간 이렇게 완벽한 꿈이 있나 싶었다. 하지만 다음 순간 정신이 번뜩 들었고, 그 충격으로 몸이 크게 휘청거리며 바다에 빠질 뻔했다.

나는 에니스가 썼던 줄사다리에 매달린 채로 배가 움직일 때마다 위험천만하게 흔들리며 선체에 부딪혔다. 꽉 쥔 손깍지는 하얗게 얼었고, 옷도 제대로 입고 있지 않았다. 아니, 거의 입지 않았다.

잠결에 이곳으로 온 것이다.

나는 몸을 위로 끌어 올리려다가 이내 그만두었다. 전에도 낯선 장소에서 정신을 차린 적이 있었지만 이렇게 극적으로, 이렇게 위험한 적은 없었다. 몇 년 만에 처음으로 불현듯 살아 있음이 온몸으로 느껴졌다. 솔직히 말하면, 남편이 나를 떠나간 그날 밤 이후로 처음이었다.

따지고 보면 그 사람을 먼저 떠난 건 나였다. 그것도 셀 수도 없을 정도로 많이.

"당신을 누가 말리겠어." 언젠가 남편이 내게 말했다. 그 말은 사실이다. 그래서 나는 남편보다 훨씬 더 오래 고통을 겪고 있는 것이다.

그때 갑자기 줄사다리가 움직이며 나를 끌어 올리기 시작했다. 누군가 크랭크를 작동시킨 것이다. 나는 내 의지와 상관없이 끌려 올라갔고, 잠깐 동안이지만 크랭크를 작동시킨 누군지 모를 그 사람이 미웠다. 하지만 곧 추위가 엄습해 오면서 그런 생각도 없어졌다. 어떤 손이 나를 잡아 올려 그 품에 안았다. 한 줄기 달빛에 비친 모습을 보니 리아였다. 그녀의 크고 건장한 체구는 내 무기력한 몸을 지탱하기에 차고 넘쳤다. 나 혼자서는 서 있을 수도 없었지만 그녀가 이를 대신해 주고 있었다.

"미쳤어?"

"괜찮아요."

"젠장, 얼어 죽게 생겨서는." 그녀는 비틀거리는 나를 꽉 붙잡고 갑판 위로 끌어당겼다. "이게 도대체 뭐 하는 짓이야, 프래니?" 실제로 이유를 듣고 싶어서 묻는 건 아니었다. "대체 뭐가 문제야?"

우리는 힘겹게 사다리를 타고 갑판 아래로 내려왔다. 내 이는 드릴처럼 마구 떨렸다. 샤워기가 딸린 작은 화장실로 갔는데, 머리를 감을 땐 밖으로 나와 머리만 들이 밀어야 할 정도로 좁은 곳이었다. 그녀는 내 스웨터를 벗기고 샤워기에서 쏟아져 내리는 뜨거운 물 아래로 나를 밀어 넣었다. 너무 뜨거운 나머지 혀를 깨물었는데 구리 맛이 났다. 다리에 힘이 풀리고, 리아가 황급히 나를 잡았지만 우리는 함께 바닥에 주저앉고 말았다. 이제 우리 둘 다 좁은 화장실에 구겨진 채로 뜨거운 물에 흠뻑 젖는 신세가 되었는데, 얼음물 속과 불구덩이 속 중간 어디쯤에 낀 듯한 총체적인 난국이었다.

"도대체 뭐가 문제야?" 그녀가 다시 물었고, 이번에는 진짜 궁금해서 묻는 것이었다.

나는 웃음 섞인 숨을 내뱉으며 되물었다. "혹시 시간 많아요?"

나를 꽉 붙잡고 있던 그녀의 팔이 스르륵 내려오더니 나를 감싸 안았다.

나도 그녀를 안아 주고 싶었지만 그럴 힘조차 남아 있지 않고, 그저 한마디 말만 건넸다. "미안해요." 내 진심이었다.

4

골웨이, 아일랜드 국립대학교

12년 전

"우리는 새들을 먹었습니다." 그가 말했다. "우리는 그들을 먹었죠. 그들의 노랫소리가 우리의 목을 통해 입 밖으로 터져 나오길 바라면서 먹었습니다. 그들의 깃털이 우리 몸에서 돋아나길 바랐고, 그들의 날개를 갖길 원했고, 그들처럼 나무와 구름 사이를 자유롭게 날아오르길 바라서 그들을 먹었습니다. 그들을 창으로 찌르고, 몽둥이로 때리고, 덫을 놓고, 그물을 던지고, 꼬챙이로 찔러 뜨거운 불 위로 던져 버렸습니다. 그러고는 그 모든 것이 사랑을 위해서, 사랑했기 때문이라고 합니다. 우리는 그렇게 새와 하나되기를 바랐던 것이죠."

거대한 강당에는 정적만이 흘렀다. 비록 저 아래 강단에 서 있는 그는 작았지만, 그에게서 뿜어져 나오는 열정은 공간을 가득 채울 만큼 크게 느껴졌다. 충분히 가슴을 울렸고, 또 강렬했다. 강당에 모인 모두가 그가 던지는 말 한마디 한마디에 귀를 기울였다. 심지어 그 말이 그의 것이 아니라, 마거릿 애트우드(Margaret

Atwood, 캐나다의 작가)가 한 말을 인용하여 우리에게 던져 준 것뿐이었는데도.

"새는 이억 년 전부터 이곳에 있었습니다." 그가 말을 이었다. "그리고 그 종류는 최근까지 만여 종에 달했죠. 식량을 찾아 나서며, 생존을 위해 다른 어떤 동물보다 더 먼 거리를 이동하며 진화했고, 그렇게 지구를 개척해 나갔습니다. 칠흑같이 어두운 동굴에 사는 기름쏙독새부터 황량한 티베트고원에서만 사는 줄기러기까지. 고도 14,000피트(약 4킬로미터)의 추위에서도 살아남는 루포스 벌새부터 항공기가 지나다니는 높이로 날 수 있는 루펠 독수리까지. 이런 비범한 동물들은 의심할 여지없이 지구상에서 가장 성공한 생명체라 할 수 있을 것입니다. 용맹하게 어느 곳에서든 살아남는 법을 터득했기 때문이죠."

나는 그의 말 한마디 한마디를 놓치고 싶지 않았고, 천천히 숨을 들이 마시며 가까스로 벅차오르는 가슴을 진정시켜야 했다. 그 완벽한 화법에 순식간에 빠져들 것만 같아서 그의 말을 음미하며 세부적인 모든 사항을 기억하려고 노력했다.

교수는 강단에서 걸어 나와 간청하듯 양팔을 앞으로 뻗으며 말을 이었다.

"지구상에서 새들을 위협하는 유일한 존재는 바로 우리 인간입니다. 버뮤다 제도(Bermuda Islands, 북대서양 서부에 위치한 수백 개의 작은 섬으로 이루어진 영국령의 섬) 국조인 버뮤다 슴새(Bermuda petrel, 지구상에서 두 번째로 희귀한 바닷새로, 실제로 멸종되어 복원을 위해 노력 중이다)는 1600년대에 재앙이라 할 만큼 식용으로 사냥을 당해서 멸종되었다고 여겨졌습니다. 하지만 1951년 우연히 딱 18쌍이 다시 발견됐는데, 작은 섬의 절벽에 둥지를 틀고 숨어 지냈던 것이죠. 그 위대한 발견의 순간은 어땠을까, 저는 상상하고 또 상상하곤 합니다." 그는 지금도 그 순간을 상상하려는 듯 의도적으로 잠시 말을 멈췄는데, 그 정적에 나는 놀랄 수밖에 없었다. 나도 그의 상상 속으로 빨려 들어가 그와 함께 섬의 절벽을 오르고, 그 종의 유일한 생존자인 외로운 작은 새를 마주할 수 있었던 것이다. 그는 계속 말을 이었고, 그 목소리는 이제 간절한 듯하면서도 격렬했다. "하지만 인간의 두 번째 공격에는 살아남지 못했습니다. 더 잔인하고, 훨씬 더 파급력 있는 공격이었으니까요. 우리는 화석 연료를 태우면서 세상을 바꿨고, 그들을 죽였습니다. 지구의 기온이 올라가면서 해수면이 높아졌고, 버뮤다 슴새의 서식지는 완전히 잠겼습니다. 결국 모두 익사하고 말았죠. 하지만 이건 하나의 예시일 뿐입니다. 너무 많은 종의 새들이 이렇게 세상에서 사라졌습니다. 그리고 새뿐만이 아닙니다. 말씀드렸듯이 새는 그나마 가장 적응력이 좋은 경우입니다. 북극곰도 기온이 올라가면서 일찌감치 사라졌고, 알을 낳는 해안이 침식되면서 바다거북도 모두 사라졌습니다. 역시 같은 이유였습니다. 또한 섭씨 30도 이하에서만 살 수 있는 반지꼬리주머니쥐(Pseudocheirus peregrinus, 오스트레일리아에 서식하는 유대류의 한 종)는 단 한 번의 폭염으로 떼죽음 당했습니다. 계속되는 가뭄을 견디지 못한 사자도 사라지고, 밀렵으로 코뿔소도 모습을 감췄습니다. 그 외에도 얼마든지 있습니다. 방금 언급한 것들은 유명한, 여러분도 익히 알고 있는 정말 얼마 안 되는 일부일 뿐이죠. 서식지 파괴로 멸종된 생물을 모두 나열하려면 우리는 여기에 하루 종일 있어야 할 것입니다. 지금 이 순간에도 수천 종의 생명이 사라지고 있고, 그들의 죽음은 철저히 외면당하고 있습니다. 전부 우리가 저지른 짓이죠. 어느 곳, 그 어떤 것에도 살아남는 법을 터득한 이들을 우리가 죽이고 있는 것입니다."

그러고는 다시 강단으로 향했다. 제법 키가 크고 호리호리한 그는 어찌 보면 너무 마른 것처럼 보이기도 했다. 짧고 검은 머리에 흠잡을 데 없이 꼭 맞는 짙은 남색 정장을 입고 있었는데, 라임빛 초록색 나비넥타이는 그를 다른 시대에서 온 사람처럼 보이게 했다. 안경도 마찬가지였다. 정말로 그냥 시력에 도움을 주는 기구를 쓰고 있는 듯했다. 그런 괴짜 같은 모습에도 불구하고 그는 동료 교직원들의 사랑을 받았다. 그리고 학생이라 해도 믿을 만큼 젊은 나이에 교수가 된 그는 학생들의 우상이었다.

그가 강단 한편에 놓인 프로젝터를 켜자, 그 뒤에 놓여 있던 덮개가 덮인 테이블의 그림자가 벽에 크게 나타났다. 이어서 마술을 부리듯 과장된 동작으로 테이블에 덮여 있던 천을 벗기자, 거대한 새 한 마리가 벽에 모습을 나타냈다.

나는 그것이 모형이 아닌 진짜 새를 박제한 것이라는 사실을 알아차리기까지 제법 시간이 걸렸다. 하늘을 나는 모습을 연출하기 위해 각 신체 기관을 핀으로 고정해 놓은, 하야면서 회색빛깔을 띤 갈매기였다. 나는 더 이상 그것을 보고 있을 수 없었다. 즉시 자리에서 일어나 출구를 향해 걷기 시작했고, 같은 줄에 앉아 있던 학생들을 지나치면서 그들의 짜증 섞인 웅성거림을 들었다. 하지만 나는 개의치 않았다.

그의 목소리가 뒤에서 울렸다. "이번 학기에 우리는 새의 구조뿐만 아니라 번식, 먹이 공급, 이동 패턴도 함께 알아볼 겁니다. 그리고 인간의 간섭 이후 이런 것들이 어떻게 긍정 혹은 부정적으로 영향을 받았는지도 함께 배울 예정인데……." 그때 쿵 소리를 내며 문이 닫혔는데, 안에 있던 모두가 그 소리를 들었을 것이다. 나는 내달리기 시작했고, 발을 디딜 때마다 샌들이 찰싹 소리를 내며 리놀륨 바닥을 때렸다. 건물 밖은 햇살로 가득했고, 나는 자전거를 묶어 둔 계단까지 계속 달렸다. 떨리는 손으로 잠금장치를 풀어 최대한 빨리 달렸다. 머리카락을 뒤로 나부끼며 자갈이 깔린 도로를 지나 바다까지 쭉 달렸다.

자전거를 바닥에 내팽개치고, 껑충거리며 신발을 벗어 잔디에 던져 버린 뒤 전속력으로 달려 바다에 뛰어들었다. 그리고 수면 아래 깊숙이 잠수해 들어갔다.

이곳이 하늘이다. 소금기를 머금은 무중력의 하늘. 이곳에서 나는 날 수 있었다.

정말 다시 돌아올 생각은 없었다. 시간이 갈수록 나는 점점 더 안절부절못했다. 한때 엄마와 함께 살던 집에서 너무 가까이 있는 게 싫었다. 이곳 골웨이라면 이제 지긋지긋했다. 하지만 내게는 해야 할 일이 있었고, 대학에 있는 것이 도움이 됐다. 나는 학교에 있는 계보 프로그램을 이용해 엄마를 찾을 계획이었다.

"늦었잖아."

"널 위해서야, 마크. 잔소리하는 거 좋아하잖아." 라커에 가방을 던져 넣고 청소용 작업복을 입었다. 마크는 별 반응이 없었고, 나는 대걸레와 양동이를 챙겨 준비를 마치고 생물학과 건물 쪽으로 이동하기 시작했다.

"너는 영상과 건물 담당이잖아." 마크가 따지듯이 말했다.

"내가 실험실을 맡으면 안 될까?"

"프래니."

"대신 야근도 할게." 양동이를 끌고 나오며 약속한 후에야 마크의 동의를 얻을 수 있었다. "고마워!"

누군가 생물학과 건물 남자 화장실을 역겨운 난장판으로 만들어 놓았다. 티셔츠를 잡아 올려 코를 가리고 토하지 않도록 애쓰면서 겨우 닦았다. 내가 화장실을 청소하는 동안 남학생 세 명이 화장실을 쓰려고 기다리고 있었는데, 그들의 표정에는 그 난장판을 내가 만들기라도 한 듯 혐오와 약간의 경멸이 묻어 있었다. 그들은 화장실을 나오는 나를 바라보려고 하지 않았고, 그중 한 명은 등을 돌리기도 했다. 놀랄 일도 아니지. 이 학교에서 거의 모두가 그러니까. 청소부라는 직업은 사람들 눈에 띄지 않는 능력이 있는 듯했다. 그래서 그 능력을 테스트해 봤다. 내가 학생들에게 미소를 지으면 거의 대부분은 약간 정신 나간 사람인 줄 알고 서둘러 지나가기 마련이었다. 하지만 간혹, 드물게 미소로 반겨주는 이들도 있었는데, 그 미소는 평생 간직하고 싶을 정도로 달콤했다.

나는 학교에서 제공받은 열쇠로 실험실 문을 열고 들어갔다. 실험실에는 아무도 없었다. 수업 시간도 지났고 문도 잠겨 있었기 때문에 당연할 수 있겠지만, 보통 실험실에는 세상일에는 관심이 없고, 몇 시가 됐든 이곳을 떠나려 하지 않는 강박적인 학생들이 옹기종기 모여 있을 때가 많았다. 나는 지나치게 밝은 형광등 대신 보안 화면에서 깜박거리는 빨간 불빛으로만 둘러싸인 시원한 실험실을 조용히 거닐었다. 견본들은 열고 닫을 때 쉬이 소리가 나는 금속 냉장고 서랍에서 훨씬 더 낮은 온도로 보관되고 있었다. 손가락으로 모서리를 쓰다듬으며 안에 들어 있는 작은 보물들을 상상하자 엿보고 싶은 강한 충동이 일었다. 하지만 위험을 감수할 필요는 없겠지. 그러다 만에 하나 망가뜨리기라도 한다면 큰일이니까. 그래서 문에 놔둔 청소도구는 까맣게 잊은 채 그냥 계속 거닐었다. 대체로 실험실에는 여러 종류의 실험 기구들이 놓인 책상이 빼곡하고, 수백 개의 유리 항아리와 병, 관이 놓인 선반들이 있다. 이곳도 그랬다. 흐릿하게 깜박이는 빨간 불빛이 유리에 반사될 때마다 반짝였다. 빈 유리병들을 지나 에탄올에 담긴 곤충과 파충류 쪽으로 걸음을 옮겼다. 뒷걸음질 치고 싶은 만큼 섬뜩했지만, 동시에 매혹적이기도 했다. 에탄올에 담긴 채 아무런 움직임도 없이 떠 있는 모습이 실제 같아 보이지 않았다. 아니면 너무 실제 같아서 더 그렇게 보였는지도 모르겠다.

　오늘 아침에 강당에서 본 새에 비하면 이것들을 보는 건 아무것도 아니었다. 더 잘 알아야 해. 이런 생각이 뭉게뭉게 피어올랐다. 그리고 고개를 살짝 돌리자 마침내 보였다. 저기, 눈 한편에 그것이 들어왔다.

나는 항상 죽은 것에 대한 두려움이 있었다. 특히 다른 무엇보다 새의 죽음에 대해 더욱 그랬다. 하늘을 날기 위해 태어난 존재가 생명력 없이 쳐져 있는 것보다 신경 쓰이는 건 없었다.

박제된 새하얀 새에서 시선을 돌렸을 때, 누군가와 눈이 마주쳤다. 꺅 하는 비명 소리가 입에서 터져 나왔다. "깜짝이야!" 나는 손을 들어 쿵쾅거리는 심장을 꽉 눌렀다.

그 교수였다. 그가 어둠 속에서 나를 바라보고 있었다.

"오늘 내 수업에서 도망간 학생이군요." 교수가 말했다. 그의 시선이 문 옆에 놓인 청소도구로 갔다가, 다시 내게로 향했다. "이쪽으로 와 봐요."

그가 내 팔꿈치를 잡고 죽은 갈매기 쪽으로 나를 이끌었고, 순간 나는 깜짝 놀랐다. 멋대로 내 몸에 손을 댄 것 때문에 입술이 바싹 말랐다. 하지만 늘 대범함을 갈망하는 내가 아니었던가. 한편으로는 온몸에 전율이 돋았다. 그리고 그가 이끈 곳에서 그 피조물을 마주했을 때, 그가 내 팔을 잡은 것에 대한 생각은 모조리 사라지고 그저 여기서 빠져나가야 한다는 생각 말고는 아무런 것도 머릿속에 떠오르지 않았다. 내가 문을 향해 몸을 돌리자 놀라운 일이 벌어졌다. 그가 내 팔을 잡더니 빠져나가지 못하게 나를 더욱 꽉 잡고, 이 섬뜩한 새 앞에 나를 세운 것이었다.

"겁먹지 말아요. 그저 몸과 깃털 말고는 다를 게 없어요."

그걸 모를까 봐? 바로 그게 문제란 말이야.

"눈을 떠 봐요."

나는 살며시 눈을 뜨고 바라봤다. 꽁꽁 언 새가 나를 마주보고 있었다. 깃털은 깨끗하고 매끈했지만, 눈은 생명력을 잃은 터였다. 아무런 움직임도 없는 그 모습이 너무 슬퍼서 가슴이 아렸다. 섬세하고 예뻐서, 그래서 더 슬펐다.

교수는 내 손을 들어 죽은 새에게로 가져갔다. 그걸 만지는 건 죽기보다 싫었다. 하지만 이미 내 의식은 꿈꾸듯 헤매고 있었고, 팔다리는 더 이상 내 말을 듣지 않았다. 내 손가락 끝이 새 날개깃의 끝부분에 아주 가볍게 닿았다.

"첫째날개덮깃이에요." 그가 나지막이 말했다. 그러고는 내 손가락을 깃털의 윗부분으로 가져가 날개의 다른 깃으로 이동시키며 말을 이었다. "큰날개덮깃, 깃 밑털, 견갑골." 그다음에는 몸 윗부분, 어깨 부분, 목을 가리켰다. "등이에요." 그는 작은 소리로 계속 말했다. "여긴 목덜미." 끝으로 손가락은 둥그스름한 모양의 머리 부분에 다다랐다. "정수리."

그가 나를 잡고 있던 손에 힘을 풀었을 때 내 손은 힘없이 떨궈졌다. 그리고 찾아온 고요한 무중력의 순간 속에서 나는 다시 한 번 더 그것을 만지고 싶은 강한 충동을 느꼈다. 내 살갗을 그 깃털과 섞고 공기를 다시 그 폐에 불어 넣고 싶었다.

"한때 삶이 아름다웠던 것처럼 지금 이 모습도 아름답죠." 교수가 말했다.

그 순간 나는 꿈에서 깼다. "이런 식으로 학생들을 꼬시나 봐요? 어두운 실험실에서 과학 용어 써가면서?"

그는 놀라서 눈을 깜박거렸다. "그런 건 아니에요."

"날 만져도 된다고 한 적 없는데요."

그는 바로 물러섰다. "미안해요. 사과할게요."

내 심장은 불붙은 듯 미친 듯이 뛰고 있었다. 나 스스로를 통제 불능으로 만든 그를 벌하고 싶었지만 한편으로는 그게 좋았다. 너무 혼란스러웠다. 나는 그를 돌아보지도 않고 그대로 문으로 향했다.

"수업에 늦지 말아요." 내가 양동이를 잡고 복도로 끌고 갈 때 그가 외쳤다. 하지만 다시는 그 사람, 나일 린치 교수 근처에는 얼씬도 하지 않겠다고 생각했다.

내가 얻어 탄 차는 젊은 두 여자가 모는 낡고 오래된 포드였다. 히치하이킹을 할 때 나만의 규칙이 있는데, 밴, 트럭, 남자 혼자 있는 차는 타지 않는 것이었다. 이 규칙은 내가 경험을 통해 얻은 것으로, 열네 살 때 어리석게도 중년 남자가 혼자 몰고 있는 소형 밴에 올라탔다가 구강 섹스를 강요당한 적이 있었다.

두 여자의 차 위에는 서핑보드가 매달려 있었고, 내 자리 여기저기에 모래가 널려 있었다. 둘 다 서퍼였고, 이름은 클로이와 메건이었다. 이들은 높은 파도를 찾아다닌다고 했다. 차는 해안을 따라 남쪽으로 내려가다가 한 호스텔에 멈춰 섰고, 우리는 그곳에서 머리가 멍해질 때까지 술을 마시며 우리가 가진 두려움에 대해 이야기했다. 밖에는 찌르르 거리는 찌르레기 울음소리가 하얀 하늘에 아름답게 울려 퍼졌다.

나는 바다를 찾아 나섰다. 바다 냄새와 그 끌림을 찾아내기까지 그리 오랜 시간이 걸리지 않았다. 내 심장에는 북쪽이 아니라 진짜 바다로 향하는 나침반이 있었고, 내가 어느 쪽으로 몸을 돌리든지 언제나 틀림이 없었다. 낮은 파도 소리가 가장 먼저 내게 다가왔고, 늘 그렇듯 이어서 비릿한 바다 냄새가 느껴졌다.

클로이와 메건이 뒤따랐고 나는 이들을 바다로 이끌었다. 레드 와인을 마셔서 우리의 입술은 모두 검붉게 물들어 있었고, 우리는 나중에 먹으려고 챙겨 온 꼬시래기를 모닥불을 피워 캠핑용 냄비에 조리해서 게걸스럽게 손으로 먹어 치웠다. 달빛에 반사돼 은빛으로 반짝거리는 빈 조개껍데기들이 해변에 널려 있고, 그 빛은 점점 크게 일렁이며 나를 인도했다. 나는 따뜻한 웃음소리와 목소리를 뒤로 한 채 이를 따라나섰다. 그 길은 나를 바다로 이끌었고, 나는 옷을 벗어던지고 바다로 뛰어들었다. 폐를 칼로 찌르는 듯한 추위에도 내 웃음소리는 새된 비명으로 하늘 높이 날아올랐다.

이곳은 버런이라 불리는 넓게 퍼진 해안으로, 엄마의 가족이 바로 이곳 출신이었다. 수백 년 동안 은빛으로 도배된 언덕이 자리한 이곳에 엄마의 가족이 살아왔던 것이다. 열여섯 살에 처음 이곳에 와 봤지만 아무도 찾을 수 없었다. 열아홉 살에도 마찬가지였다. 그리고 지금, 스물두 살에 다시 이곳을 찾은 것이다. 이번에는 시간이 얼마나 걸리든 계속 머물 생각이었다. 셰어하우스로 방을 빌리고 일도 구했다. 일이 없을 때면 도서관에 가서 가계도를 그려 보기도 했는데, 너무 많은 사람이 같은 이름을 쓰고 있어서 내가 어느 라인에 속한 것인지, 심지어 아이리스 스톤이 진짜로 엄마 이름이 맞기나 한지 확신이 없었기 때문에 어려움이 있었다. 하지만 단 한 명이라도 엄마를 아는 가족을 찾는다면 그들이 나를 엄마에게 이끌어 줄 것이라고 마음속 깊이 바랐다.

날이 밝자 클로이와 메건은 서핑복을 입고 부서지는 파도에 그들의 에너지 넘치는 몸을 내던졌다. 서핑보드에 누워 노를 젓고 일어서고 파도를 타는 모습을 하루 종일 볼 수 있을 것 같았다. 그들은 바다를 잘 알고 있었다. 하지만 어찌된 건지 바다와 싸우고 있었다. 바다를 때리고 강타하며, 광을 낸 그들의 무기로 파도를 가르며 나아갔다. 폭력적이었다.

나는 수영복도 입지 않고 보드도 없이, 그저 나의 여윈 맨몸으로 그들에게 합류했다. 바다가 내게 남아 있던 쓰라린 상처들을 씻겨주며, 나를 다시 새롭게 만들어 주는 것 같았다. 나는 계속 웃음이 났고, 너무 크게 웃어서 입이 귀에 걸린 듯했다. 바다에서 나온 우리 세 사람은 따뜻한 모래 위에 널브러졌고, 클로이와 메건은 서로의 서퍼복 지퍼를 내려 주며 낄낄거렸다.

"지금 물속 온도가 9도야." 클로이가 웃으며 말했다. 그녀가 엉겨 붙은 머리카락을 흔들어 털어내자 한 움큼의 모래가 후드득 떨어져 내렸다. "어떻게 수영복도 없이 버틸 수 있는 거야?"

나는 어깨를 으쓱해 보이며 미소 지었다. "물개 체질이라고나 할까."

"아, 그래, 까무잡잡한 게 닮긴 했네."

전에도 그런 말을 들어 본 적이 있었다. 검은 머리카락, 검은 눈동자에 창백해 보일 만큼 흰 피부. 옛날부터 전해 오는 설화(說話)대로 사람들이 진짜로 바다에서 왔을지도 모른다고 믿던 시절의 검은 아일랜드인이 나처럼 생겼다고 한다. 엄마도.

"우리 오늘은 어디로 갈까?"

"난 여기서부터 걸어갈게." 내가 대답했다. "태워줘서 고마워."

"어떻게 돌아가려고?" 메건이 물었다.

"돌아가다니?"

"골웨이. 네 일상으로. 안 돌아갈 거야?"

뭐라고 대답해야 할지 몰랐다. 지금 내 일상은 그저 여기, 내가 있는 곳에 있다고 생각했으니까.

보웬 씨 가족은 킬페노라 외곽에 위치한 분홍색 오두막집에 살았다. 시내에 '리나네스'라는 술집을 운영하고 있었고, 가족 모두가 전 세계를 투어하며 공연하는 킬페노라 실리 밴드의 멤버였다. 나는 온라인으로 그들의 영상을 봤고, 너무 기쁘게도 골웨이의 지하 음악 상점에서 그들의 음반을 두 개나 찾아냈다. 그들의 음악을 한 달 동안 반복해서 듣고 또 들었는데, 막상 그 집 앞에 와 있자니 떨려서 말이 안 나올 지경이었다. 갖은 용기를 다 짜내서 대문을 두드렸지만 아무런 대답이 없었다. 대문 옆으로 빼꼼히 안을 들여다보니 아무도 없는 듯했다.

나는 홀린 듯 울타리를 뛰어넘었다. 엄마를 찾고 싶은 마음이 간절했다. 엄마가 이곳에 산 적이 있는지, 혹은 그저 잠깐 들른 적이라도 있는지 알고 싶었다. 이들이 엄마의 사촌이나 육촌, 혹은 팔촌일지도 모르니까. 아니면 이모할머니뻘인지도 모른다. 아니면 내가 틀렸을지도 모르고, 그보다 더 먼 친척일지도 모른다. 그것도 아니면 수 세대 전에 가계도가 틀어졌는지도 모른다. 하지만 어떤 방법으로든 이들이 내 가족일 것 같은 느낌이 들었고, 그거면 충분했다.

집 안을 좀 더 살펴보니 세탁물이 빨랫줄에 널려 있었고, 뒷문이 살짝 열려 있었다. 문 쪽으로 다가가려는 순간, 무언가가 몇 초간 짖어대더니 곧바로 나에게 돌진해 왔다. 흰색 털에 검은색 무늬가 있는 양치기 개였다. 혀와 눈, 네 발 모두 신난 모양으로 껑충껑충 뛰어댔다. 그 모습이 너무 귀여워 깔깔대고 우쭈쭈 하며 개와 씨름하고 있을 때였다.

"누구시죠?"

고개를 들자 뒷문에서 나오는 나이 든 여자가 눈에 들어왔다. 보라색 울 스웨터를 입고, 짧은 백발 머리에 안경을 쓰고, 슬리퍼를 신고 있었다.

"저는…… 안녕하세요. 정말 죄송합니다. 저는…….."

"무슨 일이죠?"

나는 그녀에게 다가가려고 했지만 양치기 개가 평생 나를 그리워해 온 듯 내 발에 꼭 붙어 기대고 있어서 몸을 일으키기 어려웠다. "마거릿 보웬 씨를 찾아왔어요."

"전데요."

"저는 프래니 스톤이라고 합니다." 내가 말했다. "멋대로 들어와서 죄송해요."

"스톤이라고요? 그럼 우린 먼 친척이겠네요."

그녀의 얼굴에 미소가 번지기 시작하더니 활짝 웃으며 나를 집 안으로 안내했다. 그녀는 내게 차를 내주는 내내 웃음을 멈추지 않았고, 내가 차를 얻어 타고 걷고 하면서 어떻게 여기까지 온 건지 설명하는 동안에도 계속 웃었다. 가족들에게 전화를 돌리며 오늘 저녁에 이쪽으로 넘어와야 한다고 말하는 동안에는 더 크게 웃었다. 나는 그 웃음이 거짓이 아닌 정말 기쁘고 행복해서 짓는 웃음이라는 것을 알았고, 그녀가 항상, 매일, 매 순간 이렇게 웃고 지낼 거란 것 또한 알았다. 그녀의 남편인 마이클도 옆 의자에 앉아 있었는데, 마거릿이 나를 그에게 소개할 때 나는 그가 말을 잘 못하고 거동도 불편하다는 사실을 알았다. 하지만 내가 평생 동안 본 적 없는 가장 기쁜 눈빛으로 그도 그녀와 마찬가지로 크게 웃음을 지어 보였고, 그녀가 평생에 걸쳐 사랑의 손길로 그를 잘 보살피고 있다는 사실이 느껴졌다. 그녀는 기쁨, 그 자체였다. 그리고 오늘 같은 날은 지루하게 차를 마실 게 아니라 뜨거운 토디 (Toddy, 독한 술에 설탕과 뜨거운 물을 부어 만든 술)가 필요하다는 그녀의 농담에 나는 바로 울음을 터트릴 뻔했다.

"그럼 자긴 어느 쪽 집안에서 온 거예요?"

나는 순간 당황해서 머뭇거리다가 입을 열었다. "호주 쪽에서 왔어요."

"호주?" 그녀의 표정이 어리둥절해 보였다. "오 이런, 정말 먼 거리네요. 무슨 연유로 여기까지 찾아 온 거예요?"

나는 나도 그녀와 같은 아일랜드 사람이라는 사실을 말하지 못했다. 사기를 치는 것처럼 느껴졌기 때문이다. 그녀야말로 진정한 아일랜드 사람이고, 나는 단지 그런 척하는 사람 같았다. 대신에 나는 우리 선조가 다섯 세대 전에 아일랜드를 떠나서 호주에 정착했는데, 전해 듣기로 아빠 쪽이 그러했다고 말했다. 그리고 늘 다시 이곳에서 다른 친척들, 그러니까 떠난 쪽이 아니라 이곳에 남았던 선조의 후손들을 찾아보고 싶었다고도 말했다. 이건 내 진심이었다. 나는 떠난 사람이자 찾아 나서는 사람이며 방랑하는 사람 쪽이었으니까. 한결같이 머물러 있는 쪽이 아니라, 조류에 휩쓸려 떠다니는 부류이니까. 결코 부정할 수 없는 사실이겠지. 하지만 내 마음 한편에는 이곳에 남고 싶은 바람도 항상 있었으니까.

그녀는 호주에서 넘어온 다른 친척들에 대해서 말해 주었는데, 정말 끝없이 많은 계보의 친척들이 모두 자신의 유산이라고 생각하는 것에 홀려서 이곳에 왔노라고 했지만 왜 홀리는지, 왜 무리지어 이 작고 바람 많은 지역에, 평범하기 짝이 없는 이곳에 찾아오는 건지 그녀는 딱히 이해하지 못하겠다며 미소 지었다. 나는 어떻게 대답해야 할지 몰랐다. 그저 설명하기 다소 애매하지만 음악과 이야기, 시, 뿌리, 가족, 관계, 그리고 호기심 때문일지 모른다고 말할 수밖에 없었다. 그녀는 내 말에 수긍하는 듯했다. 그러고는 곧바로 일어서더니 시간이 아무리 오래 걸리더라도 내게 반드시 뜨거운 토드를 만들어 주겠노라며 주방으로 향했다.

오래 걸리지 않아 그녀의 가족들이 집에 도착했다. 아들 셋, 딸 넷, 그리고 그들의 배우자와 아이들까지. 모두 처음 보는 사이였지만 나와 반갑게 악수하거나 볼에 키스를 하고 즐겁게 인사를 나누며 웃고 떠들었다. 우리는 상석 자리에 마이클의 휠체어가 들어갈 수 있게 자리를 비워 둔 채 작은 주방 식탁에 옹기종기 모여 앉아 초콜릿 비스킷을 먹고 엄청 큰 코카콜라를 나누어 마셨다. 그러다가 느닷없이 각자 악기를 하나씩 꺼내 들더니 연주하기 시작했다.

음악이 나를 둘러싸자 나는 큰 감동을 받아 아무 말도 못하고 가만히 앉아 있었다. 날뛰듯이 켜고 튕겨지는 바이올린 세 대, 피리, 장구, 플루트, 기타 두 대, 그리고 몇몇은 그에 맞춰 노래를 불렀다. 음악은 점점 더 풍성해져서 주방 구석구석을 가득 채우고도 넘쳤고, 삶과 감동, 즐거움이 폭발하는 현장으로 바뀌었다. 전 세계적으로 유명한 킬페노라 실리 밴드의 멤버 절반이 작은 주방에 모여 연주하는 것을 눈앞에서 목격하고 있다니. 마거릿은 앉은 자리에서 즐거움 가득한 반짝이는 눈빛으로 들썩이다가 내 손을 잡았다. 내가 속삭이듯 물었다. "매일 밤 이렇게 모여 연주하나요?"

"아니죠. 그쪽을 위한 거예요." 그녀의 말에 눈물이 핑 돌아 흘러내렸다.

잠시 후 그들은 쉬는 시간을 이용해 내게 노래를 하라며 부추겼고, 나는 조금의 부끄러움도 없이 아는 노래가 하나도 없어 부를 수 없다고 실토했다.

"하나도 없다고요?" 마거릿의 아들 존이 물었다. "에이, 알고 있는 게 있잖아요. 괜찮으니까 제목만 말해 봐요. 아니면 그냥 시작해 봐요. 우리가 함께 불러 줄게요."

"저는…… 호주에서는 흔하지 않거든요. 이렇게 노래하는 게요. 거기선 정말로 노래를 배우지 않을뿐더러 노래 자체를 안 해요. 정말 창피하네요."

다들 놀라서 할 말을 잃은 듯했다.

"그럼 숙제를 하나 내줘야겠네요. 다음에 다시 방문할 땐 우리한테 불러줄 노래 한 곡 정도는 꼭 배워 오는 거예요."

나는 목이 부러져라 고개를 끄덕였다. "약속할게요."

어느새 그들 모두 집에 가야 할 시간이 되었고, 마거릿은 남편을 침대에 눕혀야 했다. 나는 어떻게 해야 할지 몰랐다. 정확히는 어디로 가야 할지 몰랐다. 왜 그랬는지는 모르겠지만 나는 이미 머물 숙소가 있다고 거짓말을 한 상태였다. 더 이상 폐를 끼치는 것은 예의가 아니라고 생각한 모양이었다.

마거릿은 무척 피곤해 보였지만 나는 절박한 심정으로 떠나기 전 마지막으로 물었다. "혹시 '아이리스 스톤'이라는 사람을 아시나요?"

그녀가 양 미간을 모으며 생각에 잠겼다가 고개를 가로저었다. "모르는 것 같아요. 가족 중 한 사람인가요?"

나는 마른 침을 삼키며 대답했다. "엄마예요."

"아, 만약 자기 엄마가 이쪽에 올 일이 있으면 한번 꼭 들르라고 전해 줘요."

"그럴게요."

"그나저나 알고 싶은 게 많았을 텐데 더 많이 알려주지 못해서 너무 아쉽네요. 생각해 보니 내가 아는 사람 중에 성이 스톤인 사람은 남편의 사촌인 존 토페이와 결혼한 마리 스톤밖에 없는 거 같고요. 마지막으로 전해 들은 소식으로는 북쪽 어딘가에 살고 있다고 했었지, 아마."

나는 그 사람들이 누군지 몰라도 반드시 찾아내겠다고 다짐했다.

"그럼 밤길 조심하고요, 프래니." 그녀가 이어서 말했다. "정말 우리 집에서 안 자고 가도 돼요?"

"그럼요. 고마워요, 마거릿. 오늘은 정말로 저한테 뜻깊은 날이었어요."

나는 어두운 밤길을 나섰다. 시내까지 갈 길이 멀었지만 괜찮았다. 여름이라 포근했고, 달도 크고 밝았다. 게다가 나는 걷기를 좋아했다. 오늘 이 발걸음이 엄마가 내디뎠을 발걸음과 같지는 않겠지만 엄마의 발걸음을 찾는 데 한 걸음 더 가까워졌다고 느껴졌다.

이제 골웨이로 다시 돌아갈 시간이다. 거기서 마리 스톤과 그녀의 남편 존 토페이를 찾아야 한다.

그리고 그곳에는 그 남자가 있으니까. 그의 날개덮깃, 목덜미, 등, 정수리가 있고, 죽었거나 살아 있는 새들이 있는 곳이니까. 어쩐지 내 의지와 상관없이 내 안의 뭔가가 그를 향하고 있는 듯했다.

5

북대서양, 사가니호
이동 시즌

사람들이 서로 팔꿈치로 밀치며 내 주변으로 모여들었다. 모두가 노트북 모니터에 나타난 세 개의 작은 빨간 점을 보기를 원했다.

그 점들은 남쪽으로 이동하고 있었다.

"그러니까 이걸 우리가 따라가야 한다는 거죠?" 말라차이가 물었다.

나는 고개를 끄덕였다.

사무엘이 내 표정을 보더니 흐뭇한 얼굴로 내 등을 토닥였다. "잘했어요."

"이 추적기 믿을 만한 거야?" 리아가 회의적으로 물었다.

"이 위치 추적기는 말이에요." 내가 대꾸했다. "아주 정확하지는 않아도 위도와 경도를 계산해서 대략적인 위치를 불빛으로 알려줘요."

"그러니까 완전히 믿을 만한 건 아니라는 거네."

이 장치에 대해 내가 아는 한에서 그녀의 말에 동의할 수밖에 없었다.

"머리 좀 치워 봐." 바질이 더 가까이에서 보고 싶었는지 대심을 옆으로 밀치며 말했다.

우리는 모두 세 점에서 눈을 떼지 못했다. 비록 내게 분노를 쏟아내기는 했지만, 모니터에서 움직이는 세 점을 보면서 그들 역시 열망이 꿈틀거리고 있었던 것이다. 새들은 이제 막 그린란드를 출발한 터라 아직 우리보다 훨씬 북쪽에 있었지만, 빠른 바람을 영리하게 이용해 곧 우리를 따라잡을 것이다.

잠시 후 세 개의 점이 살짝 벌어지는가 싶더니 다시 한 곳으로 모였고, 곧이어 점 하나가 방향을 틀려는 듯 보였다.

"이대로라면, 그럼 이제 우리는 어떻게 해야 하죠?" 말라차이가 내게 물었다.

나는 곧장 노트북을 들고 함교로 올라갔다. 이곳에 들어온 건 처음이었다. 그저 멀리서 안을 들여다보면서 여기서 내리는 결정을 궁금해 하기만 했을 뿐이다. 에니스는 홀로 앉아 키를 잡은 채 바다와 하늘이 맞닿는 먼 곳을 내다보고 있었다. 함교는 돛대 꼭대기에 있는 망대 다음으로 배에서 가장 높았는데, 나는 눈앞에 펼쳐진 세상의 전경을 보고 잠시 넋을 잃었다. 태양이 떠오르면서 바다와 하늘을 온통 붉은색으로 선명하게 물들이고 있었다.

"저렇게 빨갛게 떠오르는 태양은 처음 봐요." 내가 속삭이듯 말했다.

"태풍이 오는 징조죠." 에니스가 말했다. 그리고는 나를 보지 않고 물었다. "어떻게 왔어요, 프래니 린치?" 그의 목소리와 태도에 까칠함이 묻어 있었다. 겉으로 티를 내는 건 아니지만 그는 나를 불신하고, 내게 분노하고, 심지어 나를 살짝 증오하는 것 같았다. 이유는 정확히 모르겠지만 나는 느낄 수 있었다.

"북극제비갈매기들이 그린란드를 출발했어요."

나는 함교 중앙에 놓인 큰 원탁 위에 노트북을 내려놓았다. 그제야 에니스가 다가왔고, 우리는 함께 모니터에 나타난 점들을 바라봤다.

"서로 갈라진 게 보이죠?" 두 개의 점은 동쪽을 향하고 있었고, 다른 한 개는 서쪽으로 방향을 틀고 있었다.

"드문 일인가요?" 그가 물었다.

"아니요, 그럴 수 있어요. 보통 두 갈래 길 중 하나를 택하는데, 혼자 이동하거나 소규모로 이동하기도 하죠. 아프리카 해안을 따라 동쪽으로 이동하거나 아메리카를 따라 서쪽으로 큰 S자 모양을 그리며 이동해요. 절대로 직선으로 이동하는 법이 없죠."

"왜 더 먼 길을 택하는 걸까요?"

"바람과 먹이 때문에 그래요. 당신이 조류의 흐름을 따르는 것처럼."

"전에 당신이 했던 말이 이거였군요. 물고기를 잡을 수 있는 곳을 찾을 수 있다는 말."

"맞아요."

"이번엔 어디로 갈지 예측할 수 있나요?"

"한때 새들이 이동했던 예전 지도가 있긴 한데, 옛날 데이터예요. 그때는 물고기가 있었으니까. 하지만 지금은 바다가 거의 텅 빈 상태라 상황이 다를 거예요."

"그럼 나더러 어쩌라는 겁니까, 프래니?"

"제 생각엔 두 마리를 쫓아 아프리카 쪽으로 가는 게 좋을 것 같아요. 확률이 높으니까."

그는 모니터에 떠오른 좌표를 보며 오랫동안 생각에 잠겼다.

그의 시선을 따라 나도 모니터를 보면서 새들이 어디로 갈지 생각하다 보니 심장이 마구 고동치기 시작했다. 아일랜드로 갈까, 아니면 그냥 지나칠까.

에니스가 고개를 저었다. "우리는 서쪽으로 이동하는 이 한 마리를 따라가죠. 이곳 조류를 더 잘 알고 있기도 하고."

"위험이 더 큰데요." 내가 경고하듯 말했다. "물고기를 찾을 확률이 반으로 줄어도 괜찮은 거예요?"

"그래도 부질없이 대서양 반대쪽으로 따라가진 않을 겁니다."

바로 그게 우리가 해야 하는 일의 핵심이라고 상기시키고 싶었지만 꾹 참고 입을 열었다. "선장님 좋으실 대로."

"그건 여기다 둬요. 그래도 되죠?"

노트북은 내 옆에 둬야 한다고 따지려다가 그게 얼마나 멍청한 생각인지 바로 깨달았다. 그가 이걸 보지 않고서는 새를 따라갈 수 없을 테니까. 마지막으로 한 번 더 점들을 바라본 뒤 노트북을 그에게 내주고 문으로 향했다.

"그럼 말해 봐요." 그의 말이 나를 붙잡아 세웠다. "이제 추적기는 나한테 있는데 당신이 내게 필요한 이유가 뭐죠?"

나는 몸을 돌려 그의 눈을 바라봤다. 그린란드를 출발한 이후로 그가 나를 바라본 것은 그때가 처음이었다. 그의 눈빛은 도전적이고 까칠함이 묻어 있었다. 나를 다시 해안에 떨구고 싶은 거겠지? 나는 그의 마음을 읽을 수 있었고, 그래서 속이 부글부글 끓었다. 나는 그에게 나를 떨굴 테면 감히 그래보라고 쏘아붙이고 싶었다. 나 없이 새를 쫓아간다면 이 망할 배를 태워서 재로 만들어 버릴 것이라고 속마음 그대로 소리 지르고 싶었다. 하지만 그러기에는 이미 너무 멀리 왔고, 너무 많은 것을 견뎌낸 터였다.

하지만 그런 흉포한 마음 한편에는 차분한 마음도 있었다. 그것이 내는 소리는 남편을 많이 닮았는데, 지금 그것이 내게 조심하라고 일러주며, 아직 갈 길이 많이 남았기에 분노보다는 간계가 훨씬 도움이 될 것이라고 내게 경고해 주고 있었다.

나는 흥분을 가라앉히고 말했다. "당신에게 나는 필요 없겠죠. 하지만 내가 당신을 필요로 해요. 그리고 당신이 양심에 따라 행동할 거라고 믿어요."

에니스가 주저하는가 싶더니 다시 고개를 돌려 키를 잡았다.

"손은 좀 어때요?"

대답할 필요가 없었다. 그는 내 손이 어떤지 이미 알고 있을 테니까. 그리고 더 이상 나는 신세를 지고 있는 척 행동하지 않으리라 마음먹었으니까.

선장은 내게 그만 나가보라고 말했다.

"선장은 왜 그렇게 나한테 화가 난 걸까요?" 그날 밤에 식탁 너머로 내가 물었다.

카드놀이를 하고 있던 선원들이 나를 올려다봤고, 리아는 잠시 눈을 굴리더니 다시 카드에 집중했다.

"화난 게 아니에요." 사무엘이 말문을 열었다.

"그럼 누가 진실을 말해 줄래요? 내가 도대체 뭘 잘못한 거죠?"

"뭘 잘못해서 그런 게 아니에요." 말라차이가 주저하며 말했다.

"그냥 당신 자체가 문제죠." 아닉이 불쑥 말했다.

그는 전혀 읽을 수 없는 무표정한 얼굴을 하고 있었다. "제가 왜요?"

"훈련도 안 됐고." 그가 말을 이었다. "위험하니까요. 이런 배를 타는 건 무모한 짓이죠."

그 말이 내 입에서 맴돌았다.

공기가 전부 빠져나간 듯한 침묵이 흘렀다.

"그렇다고 당신 잘못은 아니에요." 대심이 달래듯이 말했다.

하지만 맞다. 그게 사실이다.

의도한 건 아니지만 북극제비갈매기를 확인하기 위해 매일 두 번씩 함교로 올라갔다. 빨간 불빛이 어쩌면 마지막일지도 모를 새의 여정을 쫓아 꾸준하고 빠르게 깜박거렸다. 우리가 쫓는 새는 남서쪽 캐나다 해안으로 우리를 안내했다. 에니스는 갈매기가 그 이동 궤적을 유지할 경우 우리가 갈매기를 만날 수 있다고 예상되는 경로를 모두 기록하고 있었다. 그는 나에게 아무런 말도 하지 않았고, 눈길도 그다지 주지 않았지만 상관없었다. 매번 함교에 갈 때마다 나는 빨간 점이 점점 더 좋아졌고, 더 관심이 갔고, 더 사랑에 빠지게 됐으니까.

오후에는 고요했고, 하늘에는 구름 한 점 없었다. 우리는 잔잔하고 속이 훤히 비치는 물을 가르며 천천히 나아갔다.

나는 매일 매듭 연습을 했고, 깜짝 놀랄 만큼 발전의 발전을 거듭했다.

"가지 꼴로 묶기를 해 봐요." 아닉이 말했다.

얇은 줄로 두꺼운 줄을 둘러 고리를 만들고, 다른 고리 하나를 더 만들어 반쯤 걸고 세게 당기면서 매듭을 만들어 보였다.

아닉이 꼬투리 잡을 게 없는지 살피며 무표정하게 물었다. "언제 쓰는 거라고 했죠?"

"길게 뭔가를 당겨야 할 때요. 아니면 윈치가 걸려서 팽팽해진 아딧줄을 느슨하게 풀 때요."

그가 내 얼굴을 유심히 쳐다보더니 다시 입을 열었다. "그게 무슨 뜻인지는 알고 하는 말이에요?"

"모르죠."

그가 거의 웃을 뻔한 것 같았다. 그러더니 그 망할 자식이 내게 같은 매듭을 족히 오십 번은 더 시키고 다시 새발매듭으로 바꾸라고 지시했다.

아닉이 자리를 뜬 후에야 나는 밧줄을 내려놓고, 고개를 뒤로 젖혀 햇살을 만끽할 수 있었다. 공기는 여전히 차가웠지만 갑판 위는 따뜻했다. 처음으로 오십 겹의 옷을 껴입지 않아도 될 정도였다. 이런저런 생각을 하다가 나일이 떠올랐다. 언제나 그렇듯이. 남편은 이 생활을, 이렇게 고된 노동 생활을 어떻게 생각할지 궁금했다. 언제나 해답이 없는 질문에 대한 답을 찾느라 바쁜 그의 마음은 아마도 지루함 때문에 멍해지겠지. 하지만 너무 생각이 많은 그에게는 잠시 쉴 시간이 되어 줄 테니 오히려 좋을지도 모르고. 그래, 차라리 머리보다 몸을 쓰는 생활을 더 많이 했으면 좋았을지도 몰라. 하지만 그 사람 손은, 부드럽고 가늘고 상처 하나 없는 손인데 어떻게 이런 생활을 할 수 있겠어. 이 순간, 그의 손길이 너무도 생생하게 느껴졌다. 햇볕에 그을린 내 살갗을, 마른 입술을, 피곤에 지친 눈꺼풀을 만져주는, 늘 그랬듯이 욱신거리는 내 머리도 어루만지는 그의 손길이. 내 손이 겪고 있는 이 고통을 그가 겪는 모습을 보고 싶지 않았다.

그때 하늘에서 목소리가 크게 울렸다.

나는 햇살에 눈을 찡그리며 망대에 있는 대심을 올려다봤다. 그는 환하게 웃으며 손가락으로 어딘가를 가리켰다.

나도 모르게 들고 있던 밧줄을 떨어뜨리고 허겁지겁 난간으로 향했다. 심장이 터질 듯이 부풀어 올랐다. 저 멀리서 새하얀 모습으로, 점점 더 가까이 날아오는 그들이 보였다.

6

여섯 살 때 나는 엄마와 뒷마당에 앉아 까마귀들이 거대한 버드나무 위에 앉아 있는 광경을 보곤 했다. 겨울이면 떨어지지 않고 매달려 있는 오랜 나뭇잎들이 땅에 쌓인 눈처럼, 혹은 나이 든 남자의 듬성듬성한 구레나룻처럼 하얗게 변했고, 그 사이에 숨어 있는 까마귀들은 석탄처럼 또렷이 모습을 드러냈다. 아무것도 모르는 겨우 여섯 살의 나였지만, 내게 까마귀들은 뭔가 심오한 존재였다. 뭔가 외로운 존재, 혹은 그 반대의 존재였다. 까마귀들은 시간이자 세상이었다. 그들은 자신들이 날아갈 수 있는 만큼의 거리였으며 내가 절대 따라갈 수 없는 장소이기도 했다.

엄마는 내게 까마귀에게 먹이를 주면 위험해질 수 있으니 절대 주지 말라고 당부했지만, 엄마가 집에 들어가 있을 때 나는 엄마 몰래 어떻게든 먹이를 가져다주었다. 내가 먹던 토스트 부스러기나 헤이즐 아저씨네 오렌지 케이크 조각을 조심히 주머니에 숨겨 서리 낀 땅 위에 살며시 흩뿌렸다.

까마귀들은 내가 주는 먹이를 기대하고 점점 자주 오기 시작하더니 머지않아 매일 우리집 뒷마당을 찾았고, 버드나무 위에 앉아 내가 부스러기를 떨어뜨리는 걸 지켜봤다. 까마귀는 전부

열두 마리였는데, 때때로 그 수가 줄기도 했지만 느는 법은 없었다. 집 안에 있을 때면 나는 엄마가 다른 데 정신이 팔려 있는 틈을 타 몰래 집을 빠져 나왔다.

까마귀들이 나를 따라다니기 시작했고, 우리가 상점에 걸어가면 까마귀들도 같이 날아와 근처에 있는 집들 지붕 위에 자리를 잡았다. 내가 돌담 벽을 따라 언덕을 오르면 그들도 그 위를 선회했고, 학교까지 나를 따라와 수업이 다 끝날 때까지 나무 위에서 기다렸다. 까마귀들은 언제까지나 내 동반자였다. 엄마는 내가 까마귀들을 숨기고 싶어 한다는 사실을 눈치챘지만, 내게 헌신적인 그 까만 구름들을 계속 못 본 척해 주었다.

어느 날부터 까마귀들이 내게 보답으로 선물을 가져오기 시작했다.

작은 돌멩이나 반짝거리는 사탕 봉지가 정원에 놓여 있거나 내 발 근처에 떨어졌다. 종이 클립, 머리핀, 장신구 조각, 혹은 쓰레기들, 간혹 조개껍데기나 돌, 플라스틱 조각도 있었다. 나는 그것들을 모두 박스에 모았고, 해가 갈수록 박스는 점점 더 커져 갔다. 심지어 내가 먹이 주는 것을 깜박한 날에도 그들은 내게 선물을 가져다주었다. 그들은 나의 것이었고, 나는 그들의 것이었다. 우리는 서로를 사랑했으니까.

그렇게 4년이 흘렀다. 하루도 빠짐없이 먹이를 주고 선물을 받았다. 내가 엄마와 열두 마리의 까마귀들을 떠날 때까지. 가끔 까마귀들이 그 나무 위에서 돌아오지 않는 소녀를 기다리는 꿈을 꾼다. 매일 소녀에게 줄 소중한 선물을 가져오지만 사랑받지 못하는 까마귀들에 대한 꿈을.

북대서양, 사가니호
이동 시즌

아직 여정의 초입에 불과했지만 새들은 벌써부터 지친 기색이 역력했다. 그들을 발견할 수 있어서 다행이었다. 하늘이 산산 조각나 무너져 내리기라도 하듯 새들이 *사가니호*를 향해 곧장 날아오더니 모두 배 위에 내려앉았다. 적어도 스무 마리는 됐다. 날개를 접고 스쳐 지나가는 세상을 조용히 바라보는 모습을 보고 있자니 배를 잡아탄 게 마냥 행복한 듯했다. 혹시나 그들이 놀라 달아나지는 않을까 걱정스러운 마음에 온몸에 힘이 잔뜩 들어갔다. 하지만 숨을 참고 제자리에 서서 오래도록 새들을 지켜보고 있자니, 그들이 어떤 것에도 좀처럼 놀라지 않는다는 사실이 분명해졌다. 내 존재 자체를 전혀 신경 쓰지 않았으니까. 대심이 망대에서 내려왔고, 다른 선원들도 하던 일을 멈추고 갑판으로 와 가까이에서 새들을 바라봤다.

"잊고 있었어. 이렇게 실제로 다시 보기 전까지는……." 바질이 말을 흐렸다. 하지만 우리는 그가 무슨 말을 하고 싶은지 이미 알고 있었다. 모두 새들이 한때 얼마나 많았는지, 얼마나 흔하게 볼수 있었는지 까맣게 잊고 있었던 것이다. 그리고 그들이 얼마나 사랑스러운지도.

아닉이 가장 먼저 흥미를 잃고 내게 하던 연습이나 마저 하라고 명령했지만, 내가 가운뎃손가락을 세워 보이자 더 이상 간섭하지 않고 나를 가만히 놔두었다.

나는 깊은 밤 추위가 가장 심할 때만 선실로 들어갔고, 나머지 시간에는 새들에게 최대한 가까이 다가가 그들과 함께 앉아 나일에게 편지를 썼다. 모든 것을 기록하는 나만의 방식으로 아주 세세하게 북극제비갈매기들을 남편에게 묘사해 주고 싶었다. 어떻게 부리를 이용해 깃털 아랫부분을 긁는지. 내가 세상 모든 것을 주고서라도 배우고 싶은 그들의 언어로 어떻게 서로를 부르는지. 날고 싶을 때 어떻게 날개를 펴고 자리에서 날아오르는지. 그리고 아무런 이유 없이 그저 재미 삼아 그러듯 하늘로 날아올라 선회하는 모습도. 그를 위해 모든 것을 적었다. 이 글을 그가 읽을 수 있다면, 바람이 갈매기의 깃털을 가득 채운 것처럼 남편이 그들의 용기로 가득 채워질 수 있도록.

새들이 우리와 함께 한 지 24시간이 지나서야 에니스가 갑판에 모습을 보였다. 그는 내 옆으로 와 앉았다. 잠시 새들에게서 눈을 뗀 유일한 시간이었다. 관자놀이의 은빛 구레나룻이 오후의 햇빛을 받아 반짝거렸다.

"태풍이 온다는 말은 틀린 거 같은데요." 내가 말했다.

"당신의 새가 어느 거죠?" 에니스가 물었다.

나는 깃털에서 삐죽 튀어나온 다리에 플라스틱 조각이 달린, 함교 위에 혼자 앉아 있는 새를 가리켰다. 눈을 감고 있는 모습이 자고 있는 듯 보였다. 그녀의 짝은 이곳에 있는 새들 중에 한 마리

일 것이다. 따로 떨어져서 이 긴 여정을 꾀하지는 않았을 테니까.

"왜 다시 떠나지 않는 거죠?" 에니스가 물었다.

"바람이 거의 없어서 그래요. 잠시 쉬려고 배를 이용하는 거죠."

"우리가 내쫓으면요?"

나는 그를 쏘아봤다. "안 돼요. 절대로 내쫓으면 안 되죠. 가고 싶을 때 갈 거고, 그 뒤를 우리가 따라가면 돼요." 할 수만 있다면 새들을 내내 태워가고 싶었다. 험난한 여정으로부터 그들을 보호하고 싶었다. 그러다가 이내 그들의 본능을 막으려는 이 생각이 얼마나 어리석은 것인지 알게 됐다.

에니스는 별다른 말없이 다시 함교로 돌아갔다. 나는 소금기 낀 안경 너머로 잠깐 그를 바라보다가 다시 사랑스러운 새들에게로 시선을 돌렸다.

땅거미가 질 무렵 바람이 일었다. 일분일초도 낭비할 수 없었기에 나는 자리를 벗어나지 않았다. 선원들이 돌아가면서 내게 음식을 가져다주었고, 내 옆에 잠깐 앉아서 새에 관한 이런저런 질문을 했다. 새들이 어디로 갈지 어떻게 알죠? 왜 그렇게 멀리 날아가는 걸까요? 왜 이 새들은 다른 새들보다 운 좋게 살아남은 걸까요? 그런데 왜 이 새들이 마지막이라고 생각해요? 나도 모른다. 하지만 최대한 아는 대로 대답했다. 어쨌든 선원들이 정말로 원한 것은 질문의 정답이 아니라, 그저 사람이 아닌 생물을 사랑하는 느낌이 어떤 것인지 기억하기 위해서일 테니까. 새들이 점점 줄어들고, 동물들이 점점 줄어드는 것에 대한 이름 모를 슬픔이었다. 이 넓은 세상에 오직 인간만 남게 된다면 얼마나 외롭고 쓸쓸할까.

　갑판에서 새들과 가능한 한 많은 시간을 보내려고 한 것은 비단 나뿐만이 아니었다. 어젯밤에는 말라차이가 다가오더니 새들을 담요에 싸서 자기 선실로 데려가 안전하고 따뜻하게 해주고 싶다고 했다. 그들에게 마음이 넘어간 것이었다. 하지만 나는 잡아 가두는 것이 마지막 여정을 시작한 새들에게 좋은 방법이 아닐뿐더러, 아직 초입이라 새들도 여전히 힘이 있고 비행하는 걸 행복해한다고 그를 설득해야 했다. 그리고 리아가 새에게 노래를 불러주는 모습도 목격했다. 바질은, 분명히 그러면 안 된다고 했는데도, 새들에게 그들이 관심도 안 보이는 빵 부스러기를 몰래 가져다주었다. 새들이 먹이를 찾는 걸 쫓고 있는 상황이기에 그들에게 먹이를 주는 행위가 얼마나 멍청한 짓인지 알면서도.

　선원들이 하나둘씩 갑판에 모습을 보이기 시작하더니 마침내 모두가 한곳에 모였다. 날씨가 바뀌면 새들이 떠날 것이라고 말해 두었기에 작별 인사를 하러 나온 것이었다.

　첫 번째로 날아오른 새는 나의 새였다. 그녀를 나의 새라고 생각하게 된 이유는 내 가슴속에 파고들어 깊이 자리 잡았기 때문이었다. 황금빛 태양을 뒤로하고 그녀가 날개를 펴고 날아올라 주위를 맴돌았다. 바람을 시험하려고, 혹은 배가 고파서, 아니면 본능적으로 그러는 것일 수도 있다. 뭐가 됐든 상관없다. 그녀가 날개를 한 번 퍼덕이자 마치 하늘로 떠오르듯, 힘들이지 않고 높이, 더 높이 자유롭게 날아올랐으니, 그것이면 된 것이다.

　다른 새들도 그녀를 뒤따라 날아올랐고, 선원들은 손을 흔들어

작별 인사를 하며, 그들이 무사히 여정을 마칠 수 있기를 빌었다.

사무엘이 두툼한 손으로 눈가의 눈물을 훔쳤다. 내가 보고 있는 걸 확인하더니 손을 펼쳐 보이며 힘없이 말했다. "이 새들이 마지막이라면……."

말을 끝마칠 필요도 없었다.

"너무 멀리 가진 마." 아닉이 날아오르는 새들 중 하나에게 부드럽게 말하는 소리가 들렸다.

나는 하늘에서 길을 앞장서 날아가는 나의 새를 다시 한 번 더 바라봤다. 반으로, 반으로 점점 더 작아지고 있었다.

가지 마. 나는 속으로 속삭였다. *떠나가지 마.*

하지만 그래야 한다는 것을 알고 있었다. 그게 그녀의 본능이니까.

7

아일랜드, 골웨이, 아일랜드 국립대학교
12년 전

"수업을 빼먹었더군요." 내가 화장실 변기를 닦고 있을 때 그의 목소리가 들렸다.

나는 어깨너머로 힐끗 본 뒤, 다시 변기를 닦았다.

"수업을 빠지면서까지 이렇게 지저분한 걸 청소하는 이유가 뭐죠?"

"이런 걸 일이라고 하죠. 그리고 더 더러운 곳도 청소해야 하고요."

"그러니까 대체 왜 학생이 여기서 청소를 하고 있냐고요?"

변기 물을 내리고 몸을 일으키다가, 순간 그의 특권의식에 화가 치밀었다. 그가 교단 뒤에 서 있을 때보다 더 크고 당당한 자세로 내 앞에서 화장실 문을 가로막고 서 있었다. "지나갈게요."

그가 나를 더 자세히 관찰하려는 듯 고개를 살짝 옆으로 기울였는데, 이해할 수 없는 표본을 관찰할 때처럼 그의 눈은 나를 살피고 있었다. 정장에 어울리지 않는 연보라색 나비넥타이를 매서 그런지 멍청해 보였지만 그게 또 포인트인 것도 같았다. "또 빠지면 그땐 결석으로 처리할 거고, 성적이 바닥을 치게 될 겁니다."

나는 빙긋 웃어 보였다. "마음대로 하시고, 이만 비켜 주세요. 아니면 이 더러운 장갑으로 문지를 거예요."

그가 뒤로 물러났다. "이름이 뭐예요?"

나는 탁 소리가 나게 장갑을 벗어서 쓰레기 더미에 던져 넣은 뒤 쓰레기봉투를 모두 벗겨 들고 쓰레기장으로 향했다.

"여기서 뭐하는 거냐고요?" 그가 내게 외쳤다.

퍽이나 좋은 질문이네.

그를 다시 본 건 같은 날 오후, 내가 학교 식당 밖 광장을 쓸고 있을 때였다. 그는 동료들과 함께 모처럼 구름 사이로 드러난 햇살을 받으며 커피를 마시고 있었다. 그의 시선은 광장을 가로질러 나에게 꽂혀 있었다. 일부러 그를 안 보려고 무척이나 신경을 썼는데, 어떻게 그의 시선이 느껴진 건지는 나도 잘 모르겠다. 그냥 그런 느낌이 들었다. 광장을 쓸다 보니 나도 모르게 그가 있는 쪽으로 가깝게 다가가기 시작했고, 마침내 그가 있는 바로 옆자리까지 가게 되었다. 그곳에는 매운 감자칩이 한 무더기 쏟아져 있었다. 내가 몸을 구부려 쓸어 담고 있는데, 갈매기 한 마리가 내려앉더니 쓸어 담고 있던 감자칩을 내게서 뺏어 가려고 했다. 나는 웃음이 터져 나왔다.

"그래, 알았어. 네가 이겼다. 욕심쟁이 같으니라고." 나는 감자칩을 새에게 내주며 문득 이 광장에서 갈매기를 본 게 오랜만이라는 사실을 깨달았다. 한때는 갈매기 떼한테 습격을 당하지 않고는 밖에서 식사를 못할 정도였는데. 이제는 더 이상 이들의 시끌벅적한 남은 음식 쟁탈전을 볼 수 없는 조용한 장소가 되었다.

"실례지만." 한 여자의 목소리가 들려왔다. 올려다보니 내 얼굴 앞에 접시 하나가 내밀어져 있었다. 린치 교수와 함께 있는 여자들 중 한 명이었고, 접시는 먹다 남은 음식으로 지저분했다. 전에도 본 적이 있었다. 과학학부 교수 중 하나로 금발의 매력적인 외모를 가진 삼십 대 여자였다. 하지만 인내심은 전혀 없어 보였다.

"저는 종업원이 아닌데요." 내가 말했다. 자기가 먹은 접시는 자기가 치워야 하는 게 상식 아닌가.

"그럼 뭐죠?"

"청소부예요."

"그러니까…… 여기요." 그녀가 더 강하게 접시를 내미는 바람에 어쩔 수 없이 나는 그것을 받아들 수밖에 없었다.

"제가 안으로 모셔다 드릴게요. 그래도 될까요?"

그녀가 몸을 홱 돌려 놀란 눈으로 나를 바라봤다. 그녀는 나 같은 사람은 처음 본다는 듯, 그리고 나 같은 사람을 싫어하는 기색이 역력한 채로 가늘게 눈을 뜨며 대답했다. "그래주면 좋겠네요."

"화장실도 데려다 드릴까요? 제가 엉덩이도 잘 닦는데."

그러자 그녀의 입이 떡 벌어졌다.

무슨 생각이었는지 모르겠지만 접시를 들고 식당으로 가면서 나일 린치 교수에게 윙크를 했다. 순식간이었지만 그의 표정은 완전히 어리둥절해 보였고, 이로써 모든 것을 보상받은 느낌이었다.

그날 밤 자전거 앞바퀴에 구멍이 나서 자전거를 끌고 곶을 따라 걸을 때였다. 그날만 벌써 세 번째로 그를 보게 됐다. 그는 내가 좋아하는 벤치에 앉아서 쌍안경을 들고 바다 새들이 깍깍 울며 먹이 사냥을 하는 모습을 지켜보고 있었다. 가마우지가 어둑한 물속으로 용맹스럽게 날아드는 모습을.

나는 그의 옆에 멈춰 섰다. 해가 지기 시작했지만 이맘때 이곳은 너무 북쪽이라 해가 곶 너머로, 구름의 장막 옆으로 사라지는 모습을 보기는 어려웠다. 세상이 잿빛으로 바뀌고 있었고, 바다는 무언가를 찾아 헤매듯 열정적이고 거칠었다.

잠시 후 내가 말했다. "저기요."

린치 교수가 소스라치게 깜짝 놀랐다. "이런, 젠장. 깜짝 놀랐잖아요."

"복수죠."

내가 쌍안경을 바라보자 그는 아무 말 없이 내게 건네주었다. 새들은 더 이상 작은 점이 아니라, 우아하고 결의에 찬 모습을 뚜렷이 드러내며 실제로 내 앞에서 날고 있는 듯했다. 언제나 그렇듯 자유자재로 날갯짓하며 하늘을 나는 그들의 모습은 숨을 멎게 할 만큼 황홀했다.

"나일입니다."

나는 쌍안경에서 눈을 떼지 않고 말했다. "알아요."

그 순간 그가 엄청난 속도로 자리를 박차고 일어났고, 나는 무슨 일이 일어난 것을 직감했다. 쌍안경을 내리고 그가 손가락으로 가리키는 곳을 쫓아 다시 쌍안경을 들어 들여다봤다. 노 젓는 배였다. 그 작은 배는 해안가 아래쪽에 몇 년째 놓여 있던 것으로, 배로서의 제 수명을 다하고 오로지 광고판 용도로만 사용되는 것이었다. 선체 여기저기에 낚시와 상관없는 온갖 용품들이 놓여 있었는데, 플라스틱 조화, 장식용 끈 등이었다. 그리고 선체 앞부분에는 '난의 꽃가게'라는 글자가 금색으로 휘갈겨 쓰여 있었다. 평소에는 닻을 내려 안전하게 해변가 바위에 고정되어 있었는데, 바다 멀리 빠르게 떠내려가는 걸로 보아 닻이 사라졌거나 누가 치워버린 듯했다. 요란스럽게 퍼진 채 꽂힌 빨갛고 노란 파라솔 때문에 바람이 부는 대로 무작정 떠내려가고 있는 것이었다. 그리고 배의 한 가운데에는 아이 두 명이 타고 있었다.

"바람을 제대로 탔어요." 나일이 말했다. "하지만 그것보다 저 파도가 문제예요." 저 멀리 어두운 경계선과 맞닿아 무자비하고 끈기 있게 먹이를 향해 파도가 밀려오고 있는 것이 보였다.

나일이 곧장 신발을 벗기 시작했다.

"수영 잘해요?" 내가 물었다. 나 또한 그럴 생각이었고, 몸이 먼저 반응하고 있었다.

"아니요, 하지만……."

"도와줄 사람을 데려와요. 배를 찾고 앰뷸런스도 부르세요."

"이봐요!"

내 쓸모없는 자전거는 땅에 처박아두고 뛰기 시작했다. 여기서부터 물에 들어가 힘을 빼는 것은 멍청한 짓일 테니까. 곶을 따라 길게 뻗은 길을 따라가다 보면 바다로 연결된 곳이 있고, 그 끝에서부터 수영을 해서 가면 더 쉽고 조류의 영향도 덜 받을 터였다.

울퉁불퉁한 땅을 달리는 동안 잡다한 생각이 머리를 스쳤다. 운동화를 신고 와서 다행이야. 달리다 물에 들어가기도 전에 지치면 안 되는데. 저기까지 수영을 해서 가려면 더 힘들 테니까. 물은 얼마나 차가울까? 그런데 저 애들이 벌써 얼마나 멀리 간 거지? 그리고 저 배, 엄청 불안해 보이는데.

그렇게 몇 분이 지나고, 마침내 나는 하얗게 부서지는 파도와 마주했다. 재킷을 벗자 바람에 날려 뒤로 떨어지더니 이내 소용돌이에 휩쓸렸다. 신발을 벗어 던지고 바다를 향해 해변을 몇 발자국 뛰다 보니 심장에서 익숙한 아드레날린이 뿜어져 나왔다. 1년 내내 수영을 한 바다였다. 날씨가 어떻든 상관없이 매일, 할 수 있는 한 자주, 낮이고 밤이고 수영한 바다다. 그래서 깨달은 사실이 있는데, 어떻게 바다를 이기는지가 아니고, 어떻게 살아남는지는 더더욱 아니고, 그저 그 수많은 세월이 지났어도 바다는 언제나 변덕스럽다는 점이었다. 그러니 오늘 밤 바다가 나를 데려갈지도 모르겠다. 하지만 멈추지 않을 것이다. 어릴 때도 그랬고, 혹은 더 나이 들어도 그러겠지. 언젠가 엄마가 내게 말한 적이 있다. 아주 멍청한 사람만이 바다를 두려워하지 않는다고.

충분히 멀리 왔을 때 숨을 깊게 들이마시고 물속으로 잠수했다. 물이 차가웠지만 견딜 만했다. 더한 추위에서도 수영한 적이 있는 나였다. 문제는 얼마나 빨리 내 체온이 떨어지느냐겠지. 하지만 지금은 그걸 걱정할 때가 아니다. 걱정해 봐야 소용도 없고. 대신에 조류의 흐름과 파도의 높이에 더 집중하고 부드럽게 어깨를 돌리고 젖은 발로 빠르게 발을 구르고, 그리고 언제나, 항상,

폐에 산소를 공급하는 것에 집중했다. 숨쉬기는 완벽해야만 한다. 메트로놈처럼, 꾸준하고 확실하게.

나는 종종 멈춰서 수면 위로 올라와 배의 위치를 확인하고 방향을 조정했다. 배는 매 순간 내게서 더 멀어지는 것 같았다. 조류의 힘은 상상 그 이상이었다. 나 스스로 겁을 먹고 되돌아가길 바라기도 했다. 이렇게 죽고 싶지 않았다. 아직 못다 한 모험들이 많았다. 계속 같은 생각이 맴돌았다. 이제 돌아갈 수도 없는 데까지 왔어. 이제 여기서 저 애들과 같이 빠져 죽을지도 몰라. 하지만 이게 무슨 소용이람? 나는 계속 수영을 했고, 애들이 바람결에 내 목소리를 들을 수 있는 곳까지 가까워졌다.

"파라솔을 접어!"

아이들은 내가 하란 대로 하려고 애썼지만 바람이 매섭게 휘몰아치고 있어서 그 상대가 되지 않았다.

내 손끝이 마침내 선체 끝에 닿았고 배의 모서리를 잡았다. 배 위로 올라가려고 안간힘을 쓰다 보니 팔이 떨려왔다. 이제 그만 바다의 품속으로 편하게 가라앉는 상상을 하는 순간, 작은 손들이 내 손목을 움켜쥐고 나를 도우려 애쓰고 있었다. 더 싸우라고 부추기는 그 작은 손에 힘입어 나는 혼신의 힘을 다했고, 드디어 낮은 동물 신음 소리를 뿜어내며 배에 오를 수 있었다.

나는 곧장 파라솔을 잡고 안간힘을 짜내 접었다. 배의 속도가 눈에 띄게 줄었고, 천만다행으로 배에 노가 있었다. 육지로 가려고 열심히 노를 저어 봤지만, 이대로는 절대 도달할 수 없다는 것을 금세 깨달았다.

"남쪽에 작은 만이 있어요." 남자아이가 말했다.

그제야 아이들을 제대로 바라봤다. 여덟 살, 혹은 아홉 살 정도 되려나. 적갈색 주근깨가 있는 아이와 까만 눈을 덮은 까만 앞머리가 있는 아이였고, 둘 다 놀라울 정도로 침착했다.

주근깨가 있는 아이가 남쪽을 가리켰고, 그 생각이 옳다는 생각이 들었다. 만은 여기서 멀지 않았다. 파도만 잘 타면 쉽게 도착할 수 있을 듯했다. 나는 노 하나를 물속에 담가 크게 원을 그리며 배가 남쪽으로 향하도록 했다.

"배가 오래 버티지 못할 거야." 내가 말했다. "수영할 수 있니?"

"조금이요."

배의 방향이 바뀌자 나는 다시 힘껏 노를 젓기 시작했다. 가장 가까운 육지를 향해 빠르고 강하게 저었다. 하지만 예상한 대로 배에 물이 차기 시작했다. 발목까지 차더니 금세 무릎까지 차올랐다.

"자, 이제 물에 뛰어들 거야. 내 옆에 잘 붙어 있어야 해."

우리는 바다로 미끄러지듯 들어가서 헤엄치기 시작했다. 아이들의 용기는 가상했지만 그들의 허우적대는 작은 팔로는 할 수 있는 게 아무것도 없었다. 조금이라고? 전혀 아니었다. 전혀 도움이 안 되었다. 나는 왼손으로 그들의 재킷 뒤쪽 목덜미 부분을 잡고, 오른손으로 물을 저으며, 짐승처럼 미친 듯이 발을 차며 달팽이가 기어가는 속도로 조금씩 앞으로 나아갔다.

20분이면 땅에 닿겠지. 어쩌면 한 시간, 아니 두 시간. 알게 뭐야. 인정하기는 싫었지만 언제까지 버틸 수 있을지 나도 확신이 없었다. 이미 한계가 지난 지금의 내 근육으로는 불가능할지도 몰라. 강하다고 생각했던 내 근육이 한없이 연약하게 느껴졌다. 게다가 더 큰 난관이 우리를 기다리고 있었다. 호주의 해변처럼 우리를 부드럽게 맞이해 줄 모래사장은 어디에도 없다는 점이었다. 그저 단단하고 뾰족한 바위와 우리를 밀어 당기는 골난 파도만 있을 뿐이었다. 어떻게 해서든 내가 먼저 땅에 발을 딛고 내 위로 아이들을 끌어안고 충격으로부터 보호해야 했다. 하지만 파도의 날카로운 이빨은 내 옆구리를 할퀴어 뜨거운 불을 일게 만들었다.

그러나 잠시도 머뭇거릴 시간이 없었다. 다음 파도가 더 강하게 우리를 후려칠 것이고, 그 손아귀에서 벗어나야만 했다. 나는 아이들을 강하게 끌어당기며 바위 위로 기어 올라가라고 외쳤고, 그들은 내 말대로 비틀거리고 미끄러지며 마른 바위 위로 기어올랐다. 나도 다음 파도가 덮치기 직전에 안전한 곳으로 힘겹게 몸을 피했고, 우리 셋은 그 자리에서 주저앉고 말았다. 그대로 바위 속으로 녹아 흡수될 것만 같았다.

그렇게 나와 아이들은 아무 말도 하지 않고 앉아 있었다. 얼마나 지났을까, 파도의 으르렁거리는 소리 너머로 저 멀리 앰뷸런스 사이렌 소리가 들려왔다.

미치도록 추웠다.

나일 린치 교수가 내 자전거를 타고 먼저 도착했다. "다들 괜찮아?"

우리 셋은 고개를 끄덕였다.

"너희 부모님이 오고 있어." 그가 말했고, 그제야 나는 그 사람이 조금이라도 빨리 우리에게 오기 위해 구멍 난 자전거를 타고 왔다는 사실을 깨달았다. 언덕을 따라 한 무리의 사람들이 다가오고 있었고, 나일 교수는 오들오들 떨고 있는 아이들에게 자신의 재킷을 걸쳐 주었는데, 옷이 너무 커서 자꾸만 흘러내렸다.

나는 몸을 일으켰다. 나중에야 어렴풋이 기억해 낸 사실이지만 온몸이 아팠던 것 같다. 곧 무시무시한 통증이 나를 통째로 집어삼킬 것이라는 생각도 했지만, 그때는 그저 머리가 멍하고 심하게 이가 떨리고 있다는 정도만 생생했다.

"피가 나잖아요." 나일 린치가 말했다.

"별거 아니에요." 피가 났지만 딱히 다른 할 말이 없었다.

자전거를 일으키려고 몸을 구부렸다. 잠시 뒤 그도 손을 뻗었고, 우리는 같이 자전거를 일으켰다. 그가 내 신발과 어디론가 날아갔던 재킷을 건넸는데, 그때까지도 나는 그가 그것들을 챙겨온 사실을 모르고 있었다.

"고마워요." 내가 말하자 그는 나를 아주 유심히 들여다봤고, 나는 고개를 돌려 아이들을 바라봤다.

아이들과 눈이 마주쳤다. 아이들이 나를 보며 활짝 웃었고, 그거면 됐다. 충분하고도 넘쳤다. 그들의 부모가 건넬 감사 인사나 응급처치, 병원, 이런저런 질문들은 하나도 필요 없었다. 그들의 미소면 충분했다. 나도 그들에게 방긋 웃음을 지어 보인 뒤 손을 짧게 흔들어 보이며, 언덕 쪽 풀밭을 향해 다시 자전거를 끌기 시작했다.

언덕을 오르다 한 번 더 뒤를 돌아봤다. 나일이 내가 무슨 말이라도 해 주기를 기다리는 듯 계속 나를 보고 있었다. 그래서 생각나는 유일한 한마디를 던지고 집으로 향했다. "또 봐요."

피가 하수구로 씻겨 내려갔다. 샤워기를 틀어 놓고 바닥에 몸을 웅크리고 앉았다. 뜨거운 물이 점점 식기 시작했다. 곧 찬물이 나오고 몸은 다시 얼음장 같아지겠지. 하지만 여전히 움직일 수가 없었다.

아이들의 이름을 물어보는 걸 깜박했다. 중요하지 않다고 생각했지만 지금은 알아 두었으면 좋았을걸 하는 생각이 들었다. 몇 시간 전으로 돌아갈 수만 있다면 좋을 텐데.

바위에서 떨어져 나온 날카로운 돌조각 두 개가 엉덩이에 박혀 있었고, 옆구리와 허벅지는 긁혀서 살갗이 벗겨졌다. 뼈마디 깊숙이 배어 있던 통증이 시작되면서 몸 여기저기에 멍이 올라왔다. 더 이상 이러고 있을 수만은 없었다. 힘겹게 몸을 일으키고 수도꼭지를 잠갔다. 몸을 말리는 것조차 너무 힘이 들었다. 변기 뚜껑에 겨우 걸터앉아 핀셋으로 살에 박힌 돌조각을 빼냈다. 소독약이 없어서 속옷과 티셔츠를 입고 주방을 뒤져 테킬라를 찾았다. 의자에 앉아 한 잔은 엉덩이에 뿌리고, 한 잔은 목구멍으로 들이켰다.

나와 집을 나누어 쓰는 애들이 반쯤 남은 병을 들고 의자에 앉아 있는 나를 쓱 쳐다보더니, 별로 놀라는 기색도 없이 잔을 들고 와서 자리에 합류했다. 그러다 금세 한 명씩 차례로 자리를 떴고,

나만 다시 똑같은 자리에 혼자 남게 되었다. 달라진 점은 이제 테킬라 병은 비었고, 통증은 점차 뒤편으로 사라졌으며, 아드레날린이 뿜어져 나와 맥박이 세차게 뛰고 있다는 것이었다. 당장 밖으로 나가고 싶었지만 자리에서 옴짝달싹할 수 없었다. 그저 앞뒤로 흔들거리는 몸으로 믿기지 않는 이 현실을 받아들이는 것밖에 할 수 있는 것이 없었다.

엄마 생각이 났다. 엄마는 언제나 삶의 경이와 위험에 대해 알고 있었고, 그 두 가지가 서로 너무 가깝게 얽혀 있다는 사실도 잘 알았다. 그런 엄마가 무엇 때문에 바다를 건너 그 괴물 같은 사람의 침대로 들어간 건지 곰곰이 생각해 봤다. 엄마는 그가 어떤 사람인지 알았을까? 알았는지도 모른다. 어쩌면 엄마는 그가 어떤 사람인지 잘 알기에 더 끌렸는지도 모르겠다. 다시 한번 버려지는 걸 감수하더라도. 과연 무엇이 분노의 벽을 무너뜨릴 수 있었던 것일까? 과연 무엇이 아빠로 하여금 다른 사람의 목을 자신의 손으로 조르게 만든 것일까? 그런 짓을 하면서 조금의 후회도 없었을까? 스스로 만들어 낸 괴물의 공포가 순간적으로 표출된 걸까? 아빠는 감옥에서 무슨 생각을 하고 있을까? 그의 분노는 이제 지쳐 힘겨운 오랜 친구 같은 것일까? 아니면 지금도 불타오르는 연인 같은 느낌일까? 아마 아빠는 그걸 싫어할지도 모르지. 아니면 자기가 죽인 남자의 목에 그 분노를 묻어 뒀을지도 모르고.

이런 젠장. 취했군. 생각하기도 싫은 이런 생각들이 자꾸 스멀스멀 올라오는 걸 보니.

의자에서 내려와 시네이드와 린과 같이 쓰는 방으로 걸어갔다.

둘 다 벌써 잠들어 있었다. 시네이드의 코 고는 소리가 작게 들렸다. 나는 바닥에 깔린 매트리스에 누워 잠든 바다를 생각했다. 하지만 오늘 밤 바닷소리는 어딘가 불편했다. 내게 차분함을 안겨주지 못했다. 좀처럼 잠이 오지 않았다.

새벽 3시였다. 누군가 현관문을 두드렸다. 나는 여전히 깨어 있었고, 종이보다 얇은 벽을 통해 소리가 울려 퍼졌을 때 린의 알람시계를 보고 몇 시인지 알았다. 누군지 모르지만 큰일을 치르게 생겼군. 이 집에 함께 살고 있는 일곱 명 모두 잠에서 깨어 저마다 입에 담지 못할 욕을 내뱉고 있었으니까.

현관에서 가장 가까운 방을 쓰는 헨리가 문을 박차고 나왔고, 우리 모두는 마룻바닥을 따라 울려 퍼지는 그의 거친 발소리를 듣고 있었다.

"뭐요? 대체 지금이 몇 신 줄이나 알아요?"

"3시 2분인 걸로 압니다." 목소리를 듣자마자 나는 그 주인공이 누군지 알아챘다. "실례했다면 죄송합니다."

나는 게슴츠레한 눈으로 일어나 앉았다.

"프래니 스톤이 여기에 사나요?" 그 말이 떨어지기 무섭게 투덜거리는 소리가 집 구석구석에서 터져 나왔고, 시네이드와 린은 문으로 비틀거리며 걸어가는 나를 향해 자신들의 베개를 집어 던졌다.

나일 린치 교수가 은백색 달빛을 받으며 현관 계단에 서 있었다. 저녁에 입고 있던 옷을 그대로 입고 있었고, 담배를 피우고 있었다. 호리호리하고 창백해 보였다. 도대체 저 사람의 어디가 모든 사람을 홀리게 하는 거지? 나는 도통 모르겠는데. 적어도 새에 대한 이야기를 하고 있지 않을 때는 그랬다.

"여기서 뭐하는 거예요?"

"들어가지는 않을 겁니다."

나는 눈을 깜박였다. "당연히 그러셔야죠."

"필래요?" 그가 직접 말은 듯한 담배를 내밀었다.

"으, 아니요."

"그럼, 여기요." 뭔가 잔뜩 들어 있는 천 가방을 내밀었다. 안을 들여다보니 붕대, 소독약, 진통제, 그리고 진 한 병이 들어 있었다.

"고마워요. 저도 있긴 하지만……."

"그럴 것 같긴 했어요." 그는 머쓱하게 손을 들어 보였다. "아까는 그냥 가버려서, 게다가 몰골은 말도 아니었고, 심지어 어느 누구도 당신에게 고맙다는 말을 안 했잖아요."

"그래서 고맙다는 말을 하려고 온 거예요?"

그가 어깨를 으쓱했다. "네, 아마도."

"알았어요."

그가 담배를 다 피고 신발로 짓이겨 끄더니 담뱃갑을 또 뒤적거렸다.

"저건 그대로 둘 건가요?"

그가 내 시선을 따라 담배꽁초를 보더니 살짝 웃어 보였다. "왜요, 피고 싶어요?"

"더러우니까 그냥 줍기나 해 주시겠어요?"

그가 웃으며 몸을 숙였다. "이런, 그러려고 했어요. 시간이 시간인지라 굼떠서 미안해요." 그가 몸을 바로 세울 때는 웃고 있지 않았다. "아까는 당신이 죽는 줄만 알았어요. 그 아이들도 같이."

뭐라고 해야 할지 몰랐다. 그가 무슨 대답을 기대하는지 알 길이 없어 그냥 어깨를 으쓱해 보였다.

"죽기를 바라거나 뭐 그런 거예요?"

그 질문에 나는 화가 치밀어 올랐다. 당신도 물에 뛰어들 준비를 하고 있었잖아? 그 상황에서 누군들 안 그러겠어?

"여긴 대체 왜 온 거예요, 교수님?"

나일 린치 교수는 내게 서류철 하나를 건넸다. 어두워서 첫 장에 적힌 글씨를 알아보는 데 시간이 좀 걸렸지만 잠시 후 나는 똑똑히 읽을 수 있었다. '아일랜드 국립대학교 신청서'.

더러운 기분에 얼굴이 화끈거리기 시작했다. "이게 뭐죠? 그리고 내가 여기 사는지 어떻게 알았어요?"

"당신 상사한테 물어봤죠. 학생이 아니더군요."

"그래서요?"

"그래서 내 수업에 계속 들어올 수 있도록 초대하는 거예요. 제대로 입학절차를 밟고 등록할 수 있도록 도와주는 거죠. 제법 친절하지 않아요?"

"아니, 됐어요."

"왜요?"

"당신이 상관할 바는 아니잖아요. 그리고 말 나온 김에 하는 말인데, 이런 거 말이에요." 나는 그가 이 시간에 집 앞에 와 서 있는 게 못마땅하다는 손짓을 하며 말을 이었다. "전혀 멋지지 않아요. 게다가 나는 내 이름을 말해 준 적도 없고요."

내게 대학은 없는 거나 마찬가지였지만, 내가 고등학교도 제대로 졸업하지 못했다는 사실을 그가 알 필요는 없었다. 나는 서류를 되돌려 주려고 했으나 그는 받을 생각이 없는 듯했다.

그가 담뱃갑에서 미리 말아둔 두 번째 담배를 꺼내 성냥에 불을 붙이고 불꽃을 담배 끄트머리로 가져가는 것을 잠자코 지켜봤다. 담배 끝이 작고 동그랗게 타올랐다. 그가 종교 의식이라도 하듯 눈을 지그시 감은 채로 깊게 연기를 들이마시는 것도 지켜봤다. 저 입과 혀에서는 더러운 맛이 나겠지.

"내버리든지 태워버리든지 마음대로 해요." 그가 말했다. "그래도 한번 읽어 보기나 해요. 그리고 내 수업에는 빠지지 말고요." 그가 작게 웃어 보였다. 보고만 있기에는 너무 위험한 웃음이었다. "학교에는 아무 말 안 할게요."

그가 멀어지는 것을 보며 나는 속으로 외쳤다. 안 돼, 묻지 마, 물어보면 안 돼.

"나한테 왜 이러는 거예요?"

나일은 멈춰 서더니 뒤돌아 어깨너머로 나를 바라봤다. 그의 머리카락과 눈동자는 칠흑같이 까맣고 살결은 달빛과 같은 은백색이었다. 그가 천천히 입을 열었다. "당신과 내가 앞으로 남은 생을 함께 보낼 거 같으니까요." 그러고는 덧붙였다. "또 봐요."

집 안으로 들어오자 숨 쉬기가 버거웠다. 방으로 돌아오자 시네이드와 린이 낄낄거리며 웃는 소리가 들렸다. 나는 무시하고 매트리스에 몸을 뉘었다.

그가 건넨 서류 사이에는 까만 깃털 하나가 숨겨져 있었고, 나는 다시 한번 바다의 숨결을 느낄 수 있었다.

나는 모두가 다시 잠들기 기다렸다가 깃털 끝을 입술에 가져다 댔다. 뜨거웠다. 그리고 나일 린치를 생각하면서 내 몸을 어루만졌다.

8

북대서양, 사기니호
이동 시즌

울려 퍼지는 뱃고동 소리가 이렇게 반가운 적이 있었나? 그 소리
가 배의 침몰을 알리는 것이든, 또 다른 빙산이든, 아니면 강력한
폭풍이든 이 작은 공간에서 나를 빼내 줄 수 있는 것이라면 뭐든
상관없었다. 나는 서둘러 일어나서 내복에 바람막이를 둘러 입었
다. 깡충거리며 부츠를 신는데 벌써 없어진 지 오랜 발가락이 없
는 오른발 때문에 균형을 잡기가 여전히 어려웠다. 그러고는 리
아를 따라 뛰어 나갔다. 다른 선원들은 이미 갑판으로 이어진 계
단을 오르고 있었다.

　바질이 내게 미소를 지으며 말했다. "그 녀석이 뭔가 엄청난 걸
찾았나 봐요."

　뭔가를 찾은 녀석이 에니스가 아니고 새들이라는 생각을 하면
서 나도 미소로 화답했다. 선원들을 따라 눈부신 조명이 환하게
빛나고 있는 갑판 위로 올라갔다. 두 개의 조명은 바다 한가운데
멈춰 선 갑판을 밝히고 있었고, 다른 하나의 빛줄기는 부드럽게

움직이며 바다를 비추고 있었다. 우리 모두는 곧장 난간으로 달려갔다. 까만 바다가 희미하게 은빛으로 반짝였고, 수면 바로 아래에서 수백 마리는 되어 보이는 물고기들이 헤엄치고 있었다. 그리고 그 위를 북극제비갈매기들이 선회하며 배를 채우기 위해 물속으로 뛰어들기를 반복하고 있었다.

선원들이 흥분에 차서 함성을 질렀다. 그럴 만도 했다. 정말 드문 일이었으니까.

"자, 움직이자!" 에니스가 함교에서 큰 소리로 외쳤고, 나는 언제 다시 보게 될지 모를 그의 미소를 보기 위해 고개를 돌렸다.

말라차이와 대심이 서둘러 크랭크를 작동시키자 소형 보트 하나가 바다로 내려갔다. 아닉이 난간을 훌쩍 뛰어넘어 보트 위에 안착했는데, 그 아름다운 움직임이 마치 무용수 같았다. 그는 배가 바다에 닿기를 기다렸다가 연결선을 풀었고, 나는 그가 두꺼운 그물망을 끌며 바다 한가운데로 보트를 몰고 나아가는 모습을 지켜봤다. 리아는 크랭크 앞에 서서 보트에 연결된 그물망이 풀려나가는 것을 지켜보면서 엉키거나 다른 문제가 발생하지 않는지 확인하고 있었고, 아닉은 저 멀리 어둠 속으로 그물망을 끌고 갔다. 그물망의 위쪽 끝부분에는 이제 내게도 너무나 익숙한 노란 코르크가 부력으로 떠 있었고, 아래쪽 끝부분은 납이 달린 줄과 함께 아래로 가라앉아 있었다. 아닉이 물고기 떼 주변으로 거대한 원을 그리며 그물망을 당겼다.

"이제 어떻게 되는 거죠?" 내가 물었다.

옆에 있는 말라차이가 그물망을 가리키며 대답했다. "아닉이 임무를 완수하면 선장이 신호를 줄 거고, 우리는 다 같이 저 아래에서 헤엄치고 있는 물고기들이 꼼짝 못 하도록 재빨리 크랭크로 케이블을 오므리고 끌어당겨야 해요. 그리고 양망기로 그물망을 들어 갑판으로 올리는 거죠. 이제 준비해요, 초짜 프래니 양. 지금까지 힘들다고 생각했겠죠? 하지만 이제부터가 진짜 일을 시작하는 거예요. 물고기 떼를 잡아 보자고요."

원을 그리던 아닉이 이제 원의 끝에 맞닿았다. 너무 쉽고 빠르게 움직이는 그를 보니 놀라울 따름이었다. 1.5킬로미터나 되는 그물망을 단 저 작은 보트를 다루는 모습이 타고난 듯했다. 말라차이가 소형 보트를 모는 사람은 모두 아웃사이더라고 말한 적이 있었다. 그들은 뭐든 혼자 해야 하는 사람들이라고 하면서. 저 작은 보트로 외롭게 혼자 이동하는 모습을 보니 이제야 그 말뜻이 이해가 됐다.

크랭크에 연결된 케이블이 팽팽하게 당겨졌다.

"오므려!" 에니스가 외쳤다.

우리는 크랭크와 연결된 케이블이 엄청난 무게의 그물망을 끌어당기기 시작하는 광경을 지켜봤다. 물속에서 무슨 일이 일어나는지 보이지는 않았지만, 아래에 있는 그물망이 움직이면서 물위에 떠 있는 코르크가 이리저리 비틀리고 홱 당겨졌다. 그러자 은빛 비늘의 물고기들이 정신없이 움직였다. 물 표면으로 튀어오르기도 하고 놀라서 서로 부딪히며 물속을 마구 휘젓고 다니기도 했는데, 뭔가 공포스럽게 보였다. 마치 심해에서 잡힌 거대한 바다 괴물이 끌어 올려지는 듯했다.

자신들의 축제를 방해받은 새들은 위로 멀리 날아올랐고, 갑자기 걱정이 밀려왔다.

크랭크의 움직임이 멈추자 리아가 외쳤다. "들어 올릴 준비해!"

말라차이와 대심이 아닉과 그의 보트를 다시 갑판으로 끌어 올렸고, 셋은 서둘러 비닐 작업복과 큰 고무장갑을 착용했다. 그들은 선장에게 준비됐다는 신호를 보낸 뒤 갑판에서 그물망이 올라오기만을 기다렸다.

에니스도 함대에서 크레인으로 양망기를 조종하면서 모두에게 준비하라고 외쳤다. 크레인이 날카로운 소리를 내며 움직이더니 서서히 무거운 그물망이 수면 위로 올라오기 시작했다. 마침내 그물 사이로 바닷물이 우렛소리와 함께 뿜어져 나오며 물고기들이 모습을 드러냈다. 수백 마리, 아니, 그 이상이었다. 수천 마리의 물고기가 들어 있는 그물망 안에서 필사적으로 몸부림치고 있었다. 그물망이 아무리 큰들 저만큼 많은 물고기가 잡힐 것이라고 예상하지 못했다.

보고 싶지 않았다. 하지만 안 볼 수도 없었다. 어떻게든 막고 싶었다. 하지만 막을 방법도 없었다.

바질은 기쁨의 환호성을 터트렸고, 나는 속이 울렁거렸다. 내가 정말로 여기 서서 이 살아 있는 물고기들이 도살당하는 모습을 지켜볼 수 있을까? 이들이라고 새들과 다른 게 뭐지? 내가 목숨까지 바쳐가며 보호하려고 하는 새들하고 뭐가 달라.

그때 그물망 안에 있는 뭔가가 내 시선을 사로잡았다. 나머지와는 확연히 다른 뭔가가 있었다. 미간에 힘을 주고 더 가까이 어둠 속을 꿰뚫어 보려고 노력했다. 정확히 보이지 않았지만 물고기가 아닌 것만은 확실했다.

"저게 뭐죠?"

내가 묻자 말라차이와 대심이 내가 가리키는 곳을 바라보며 양미간을 찌푸렸다.

"조명!" 대심도 손가락으로 그쪽을 가리키며 외쳤다.

에니스와 위에 같이 함교에 올라가 있던 사무엘이 조명을 움직여 대심이 가리키는 곳을 비췄다. 그러자 대낮같이 밝아지며 그 실체가 똑똑히 보였다. 그물 안에 잡혀 있는 것은 거대한 바다거북이었다.

"멈춰요!" 대심과 말라차이가 동시에 외쳤다. "선장, 멈춰요!"

에니스가 그들의 목소리를 듣고 크레인을 멈췄다. 물고기로 가득 찬 그물망이 바다 위에서 흔들거렸고, 그 어마어마한 무게 때문에 배도 함께 요동쳤다. 에니스가 번개처럼 함교에서 내려와 난간으로 달려왔다. "풀어 봐!" 그가 바질에게 명령했다.

"뭐라고요? 선장, 이렇게 많이 잡혔는데!"

"당장 풀어!"

놀란 마음에 나는 얼마나 세게 난간을 잡고 있었는지 한쪽 손에 쥐가 났다. 다른 손으로 쥐가 난 손을 주무르면서 그 불쌍한 바다거북을 바라봤다. 물고기들의 숨 막힐 듯한 무게에 짓이겨 지느러미만 아주 가늘게 움직이고 있었고, 그마저도 그물에 엉킨 채 반쯤 밖으로 삐져나와 있었다. 어쩌면 저대로 지느러미를 잃을지도 모른다는 생각에 두려움이 일었다.

오므려졌던 케이블이 풀리면서 물고기들이 아래로 후드득 떨어지기 시작했다. 수천 마리의 물고기가 한 번에 첨벙거리며 물속으로 다시 빠져 들어갔고, 그 파장으로 배가 다시 한 번 더 크게 출렁거렸다. 그럼에도 여전히 많은 물고기가 그물 안에 갇혀서 빠져나가지 못하고 퍼덕거렸다. 바다거북 또한 마찬가지였다.

"갑판으로 올려 주세요, 사무엘!" 에니스가 외쳤다. "조심히요!"

거대한 고리가 흔들거리며 그물망을 이동시켰고, 갑판 아래로 천천히 내려왔다. 바다거북은 그물에 엉켜 꼼짝하지 못했고 모두 달려들어 도우려 했다. 그때 에니스가 모두 멈추라고 소리쳤다.

그는 조심히 걸음을 옮겨 그물에 갇힌 바다거북에게 다가갔다. 그리고 바다거북의 모습을 잘 볼 수 있도록 주변의 그물을 걷어 올렸다. 에니스가 바다거북 옆에 낮게 자리하고 조심스럽게 하나하나 바다거북의 지느러미와 머리에 얽힌 그물을 풀어 주는 모습을 보면서, 나는 심장이 튀어나올 것만 같았다. 겁을 잔뜩 집어먹은 바다거북이 그에게 달려들기도 했지만 그는 여전히 다정했고, 혹여나 다치게 하지 않을까 더욱 조심히 움직였다. 그는 바다거북의 커다란 등껍질에 손을 올려 부드럽게 토닥였다.

"이 먼 곳까지 어떻게 온 거니?" 그가 부드러운 목소리로 말하자 바다거북은 이에 대답이라도 하듯 머리를 최대한 들어 올리며 갈고리 모양의 입을 벌렸다가 다시 다물었다.

마침내 에니스가 그물을 다 풀었고, 우리는 바다거북을 다시 바다로 돌려보내기 수월하도록 난간까지 그물을 잡아당겨 한쪽으로 치웠다. 바다거북의 몸집이 워낙 컸기에 에니스, 바질, 말라차이와 대심이 함께 온 힘을 다해 들어 올려야 했다.

나는 바다거북이 거대한 물보라를 일으키며 물속으로 들어가는 모습을 보고 나서야 안도의 웃음이 번졌다. 손등으로 얼굴에 흐르는 눈물을 훔치며 바다 깊숙이 사라지는 바다거북을 바라봤다. 그리고 바다거북과 함께 저 어두운 바다 깊숙한 곳으로 내려가는 상상도 했다.

다른 선원들은 그물에 남은 길 잃은 물고기들을 다시 물속으로 던져 주었고, 에니스는 바다를 조용히 바라보고 있었다. 아닉이 그의 어깨를 한 손으로 토닥였다. 처음으로 본 그의 친절한 행동이었다.

"다 그런 거지 뭐." 에니스가 어깨를 으쓱하며 말하자 아닉이 고개를 끄덕였다. "그럼 그물을 정리해 볼까?" 그가 선원들에게 말했고, 누구 하나 지친 기색 없이 거대한 그물을 다시 풀었다 감는 작업에 착수했다.

에니스가 나를 바라보며 물었다. "왜 그렇게 놀란 눈을 하고 있어요?"

나는 입을 벌렸지만 아무 말도 나오지 않았다. 당신이 어부라서, 욕심에 끝이 없을 줄 알았다고 말하고 싶었다.

"가서 좀 쉬어요." 내 대답이 없자 에니스가 말했다.

"도울 수 있어요. 나도 훈련받았잖아요."

"방해만 될 거예요, 이쁜이. 가서 쉬어요." 나를 거의 쳐다보지도 않고 지나쳐 가며 그가 말했다.

민망한 나머지 나는 한동안 갑판에 그대로 서 있었다. 그래도 안심이었다. 물고기들은 우리의 손이 닿지 않을 만큼 멀리 헤엄쳐 갔을 것이고, 새들도 다음 사냥을 위해 다시 힘찬 날갯짓을 하고 있을 테니까. 그리고 바다거북도. 나는 선장의 말을 무시하고 다른 선원들을 도우며 내내 바다거북을 생각했고, 코르크를 둥글게 감으면서 바다거북의 눈을 떠올렸다. 그물에 갇힌 자신에게 곧 죽음이 닥치리란 것을 예감한 듯한 그 눈빛을.

물집 아래 긴 기름때는 어떻게 해도 지워지지 않았고, 하필이면 오늘 또 엔진 손보는 걸 도와야 했다. 리아가 먼저 빌지 펌프에서 작업하고 있었다. 그게 뭔지 모르겠지만.

"압축기로 필요 없는 물을 배 밖으로 내보내는 장치야." 기름이 덕지덕지 묻은 펌프에 몸을 구부리고, 언제나 그렇듯 투덜거리며 리아가 말했다.

"지금은 뭘 하려는 건데요?" 나는 으르렁거리는 엔진 소리 너머로 목소리를 높여 물었다.

"뚫어야지. 뭐가 이렇게 잔뜩 끼는지. 거기 렌치 좀 줘 봐."

그녀는 내가 건넨 렌치로 펌프를 열고 그 속으로 손을 깊숙이 집어넣었다. 그러고는 오물 냄새가 진동하는 기름진 오물 덩어리를 꺼내더니 내 무릎 위로 던졌다.

"와, 멋지네요."

"양동이에 넣어서 배 밖으로 던져 버려."

그러고 보니 양동이는 그녀 바로 옆에 있었다. 나 말고 거기에 바로 던져 넣을 수도 있었을 텐데. 나는 양동이를 가지고 엔진실을 나가면서 그녀가 히죽거리는 모습을 포착할 수 있었다. 그럼 그렇지 뭐. 나는 삭은 생선 비린내가 나는 오물 덩어리를 몇 바가지나 더 갑판으로 옮기고 나서야 할당량을 마칠 수 있었고, 숨을 쉴 때마다 속이 울렁거렸다.

작업을 마친 리아가 펌프의 기계 장치를 닦는 동안 그녀의 팔 근육을 부러운 눈으로 바라봤다.

"줄곧 배를 탔어요?" 내가 물었다.

그녀가 어깨를 으쓱해 보이며 대답했다. "한 10년 배를 고쳤지. 전엔 더 오랫동안 기계공으로 지냈고."

"왜 기계를 만지게 된 거예요?"

이번에는 아무 말 없이 어깨만 으쓱했다.

"프랑스 어디에 살았어요?"

"파리 레 쥘리. 오빠가 축구를 해서 가족이 다 그쪽으로 이사했지."

"오빠가 축구 선수예요? 멋지네요."

그녀는 고개를 내저으며 더 이상의 말은 하지 않았다.

"그럼 그전에는요?"

"멕시코 과달루페."

"거긴 어땠어요?"

그녀는 다시 어깨를 으쓱해 보일 뿐 대답이 없었다.

"어쩜 이리도 과묵하실까." 나는 한숨을 쉬며 말을 뱉었지만, 한편으로 다행이다 싶었다. 지난 며칠 동안 말라차이가 내 귀에 달려 있다시피 했으니까. 그는 정말 쉴 새 없이 떠들어 댔다.

그는 홀어머니, 세 자매와 함께 자메이카에서 런던으로 이사한 뒤로 브릭스턴에서 쭉 자랐다. 그는 열 살 연상인 여자를 쫓아 어선을 타기 시작할 정도로 여자에 대한 집착이 강했다. 결국 차이고 말았지만 자신은 도전을 두려워하지 않았다며 자랑처럼 당시 상황을 늘어놓았다. 대심과 사랑에 빠져 이전에 탔던 배에서 쫓겨나기 한참 전의 일이었다. 대심의 부모는 한국의 작은 시골 마을을 떠나 자신들이 생각하는 가장 번잡하고 자유로운 곳인 샌프란시스코로 이주했다. 대심의 말에 따르면 그들은 자신이 앞으로 어떤 상황에 처할지도 몰랐고, 그냥 대세에 따라 움직였으며, 그에게 행위 예술가나 페미니즘 철학자가 되라고 부추겼다고 한다. 하지만 대심은 부모의 뜻대로 되기를 원하지 않았다. 오히려 반항심만 커져서 극심한 뱃멀미에도 불구하고 선박 기관사가 되어 새우잡이 트롤선에 처음 올랐다고 했다. 예상과 다르게 그의 부모는 너무나 좋아했다고 한다. 떠들기 좋아하는 사람은 말라차이만이 아니었다.

사무엘은 심지어 술 냄새만 맡아도 아무도 조용히 시킬 수 없을 정도로 말이 많았고, 정말 허구한 날 눈물을 흘렸다. 그는 뉴펀들랜드 출신으로, 모든 항구마다 자식이 있다는 말라차이의 말은 농담이었다. 지금의 아내와 함께 지나치게 많은 아이들을 낳은 것뿐이었다. 사무엘의 표현을 빌리자면, 자신은 사랑이 넘쳐서 나누어 줘야 했다나 뭐라나. 바질도 한번 말을 시작하면 제법 많은 편이었다. 하지만 그의 이야기에는 사랑이 좀 덜했다. 그는 어린 시절을 배에서 보냈는데, 당시에는 자신의 아버지처럼 선원이 되지 않겠다고 다짐했다고 한다. 분명 그의 아버지는 엄격한 사람일 거라는 생각이 들었다. 그는 정말로 시드니에서 요리 경연 프로그램에 출연한 적이 있는데, 성질을 부리다 탈락한 후 그 스캔들을 피해 도망치다시피 집을 나와 언제나 그를 기다리고 있었던, 결코 피할 수 없는 운명인 이 길을 받아들인 것이었다. 바닷사람은, 그들이 원하든 원하지 않든, 결국 언젠가 바다로 끌려오기 마련이다. 아닉만큼은 말이 별로 없었다. 그에 대해서는 다른 선원들이 여기저기서 흘리는 말로 짜 맞추어 유추할 수밖에 없었다. 그는 사가니호에서 다른 누구보다 더 오래 에니스와 일했는데, 그들이 함께하게 된 배경에는 분명 알 수 없는 뭔가가 있는 듯했다. 하지만 그 이유를 말해 주는 사람은 아무도 없었다.

아닉의 어머니는 한때 앵커리지에서 물리학을 가르쳤고, 나이 많은 아버지는 놀랍게도 아직까지 개 썰매를 끌며 사람들을 관광시켜준다고 했다. 그리고 사람보다 허스키를 더 사랑한다고 했다.

사가니호에 오른 선원들은 여느 다른 집단에 속한 사람들처럼 다양하고 서로 다르지만, 나는 이들이, 여기 있는 모두가 어떤 면에서는 똑같다고 말할 수 있다. 육지에서 이들의 삶은 어딘가 비어 있었고, 그래서 이들은 그 답을 찾아 나섰으니까. 그게 뭐든 간에 각자의 답을 찾았다고 나는 일초의 망설임도 없이 말할 수 있다. 육지에서 이주해 온 이들은 삶의 다른 방식을 제공하는 이곳 바다에서의 삶을 사랑하고, 이 배를 사랑하고, 또한 서로 다투고 싸우는 만큼이나 서로를 사랑하기에. 그리고 비록 언젠가 이런 생활도 끝날 거란 사실을 알면서도, 어떻게 살아남아야 할지는 모른 채, 각자의 방식으로 슬퍼하고 있기에.

나는 더 이상 뱃멀미를 무시할 수 없는 상황에 이르렀다. 엔진실의 냄새와 소리가 나를 덮쳤고, 화장실로 달려가 토악질을 했다. 리아가 코웃음을 쳤다. 그때 파도가 심하게 치는 바람에 나는 옆으로 넘어지며 화장실 벽에 부딪쳤고, 한동안 화장실 변기를 꽉 붙잡고 있어야만 했다. 밤이 깊어질수록 파도는 점점 더 사나워졌고, 나는 화장실 변기를 두고 대심과 싸워야 했다. 이 광경에 모두들 배꼽을 잡고 웃었다. 내 안에 있는 모든 것을 고통스럽게, 그것도 반복해서 배출해 냈는데, 토하는 것 자체가 하나의 지옥이었다. 폭풍이 다가온다고 한 에니스의 말은 사실인 듯했다.

나를 가엾이 여긴 사무엘이 내게 멀미약을 주었고, 몇 시간은 변기를 벗어나 뻗어 있을 수 있었다. 내가 깨어났을 때는 아직 밤이었고 바다는 잠잠해져 있었다. 나는 갑판으로 올라가 봤다. 아닉이 뱃머리에 서 있었는데, 표정을 보아 지금은 누구에게도 방해받고 싶지 않은 듯했다.

"아닉은 남쪽으로 가는 걸 싫어해요." 바질이 어둠속에 앉아 마리화나를 말고 있었다. "좋아할 리가 없죠."

나 또한 바질 옆에 있고 싶은 기분은 아니었다. 언제는 그런 적이 있었을까. 하지만 짜증을 받아 줄 만한 누군가가 필요할는지도 모르지. 나는 그의 옆에 앉아 함께 바닷소리에 귀 기울이며 물었다. "왜요?"

"북쪽에 그의 집이 있으니까요."

바질이 내게 마리화나를 건넸다. 한 모금 들이키자 따뜻한 기운이 나를 감싸며 금세 멍한 기분이 들었다.

"그럼 왜 출발한 걸까요?" 내가 물었다.

"모르죠. 누가 알겠어요. 하지만 에니스랑 뭔가 관여된 게 분명해요. 예전에 무슨 계약이나 약속 같은 걸 했을지도 모르죠. 그래서 뭐가 됐든 선장과 함께 하나 봐요."

궁금했지만 더는 묻지 않기로 했다.

"자는 동안 폭풍이 지나갔나 보네요?" 숨을 크게 들이마셔 봤지만 평상시 공기의 습도와 별로 다르지 않았다. 그냥 소금과 기름 냄새밖에 안 났다.

"아직 시작도 안 한 걸요." 바질이 답했다.

나는 맑은 하늘을 올려다봤다. 별이 무수히 많았다.

"점점 다가오고 있어요." 내가 의심하고 있는 것을 눈치채고 바질이 말했다.

"걱정할 정도일까요?"

"이거나 한 모금 더 해요." 잠시 후 그가 다시 입을 열었다. "우리 가족도 아일랜드 혈통이에요. 아주 옛날 일이죠."

"무슨 죄로요?" (1800년대 중반 아일랜드는 대기근을 겪으며 100만 명 이상의 사람들이 먹을 것을 찾기 위해 미국, 호주, 캐나다 등으로 이주할 수밖에 없었고, 먹을 것을 훔치다 붙잡혀 강제 추방되는 일도 많았다.)

그가 내가 던진 농담에 미소 지었다. "그 이후로 몇 세대가 지났죠. 생각해 보면 그들도 그저 더 나은 삶을 찾아 나섰을 뿐이죠."

"어떤 거보다 나은 삶이요?"

"가난이겠죠. 모든 이주자들이 그러지 않아요? 가난 아니면 전쟁 때문이겠죠. 부모님 중 어느 분이 호주 출신이에요?" 그가 물었다.

"아빠 쪽이요."

"두 분은 어떻게 만나셨대요?"

"몰라요."

"안 물어봤어요?"

나는 고개를 끄덕였다.

"어머니는 아일랜드 사람이 확실하고요?"

"네."

나는 그가 진한 연기를 뿜어내는 모습을 바라봤다. 그가 몽롱한 목소리로 말했다. "아는 여자가 있었어요. 아일랜드 클래어 주에 있는 푸른 회색빛 돌로 된 집에서 살다가 죽었죠. 그녀의 몸은 바다 건너로 싣고 올 수 있었을지 몰라도 그녀의 영혼은 그 해안가에 계속 남아 있을 거예요." 바질은 무언가를 찾는 듯 손금 생명선을 따라가며 자신의 손을 바라봤다. "그런 느낌은 처음이었어요. 호주를 사랑하고, 내 고향인데, 그곳을 위해 목숨을 바칠 수는 없을 거 같은 느낌이요. 무슨 말인지 알겠어요?"

"당신 나라가 아니라서 그래요."

그는 그 말에 상처받은 듯 인상을 찌푸렸다.

"내 나라도 아니고요." 내가 덧붙였다. "우리 모두 그곳에 속할 수 없겠죠. 갑자기 나타나 추한 국기를 땅에 꽂고 학살하고 빼앗고 우리 거라고 했을 뿐이니까요."

"맙소사, 여기에 상처 입은 영혼이 또 하나 있었네요." 그가 한숨을 내쉬며 말했다. "그럼 어째서 아일랜드도 고향처럼 느껴지지 않는 거죠?" 그게 마치 내 탓인 양 그가 물었다. "나도 내 고향을 찾아 열여덟 살에 그곳에 갔지만 도저히 찾을 수 없었어요."

나는 더 이상 이런 식으로 질문을 오갈 수 없었다. "얼마나 더 오래 이 일을 할 수 있을 거 같아요, 바질?"

그가 나를 바라보더니 연기를 내 얼굴로 자욱하게 뿜었다. "모르죠." 그 목소리는 진심이었다. "사무엘은 확실히 아는 거 같아요. 그는 우리가 살아온 만큼이나 오래 고기잡이를 해 온 사람이니까요. 그가 말하길 신은 우리를 저버리지 않기에 언젠가 물고기가 돌아올 거라고 했어요. 예전엔 사무엘의 말을 귀담아 듣곤 했는데. 지금은 제재니 처벌이니 하는 말을 너무 많이 해요."

"그렇게 될 거 같아요?"

"누가 알겠어요."

"당신은…… 아니, 왜 모두들 지금 이 상황에 대해 별로 신경 쓰지 않는 것처럼 보이죠?"

"당연히 모두 신경 쓰고 있죠. 한때는 돈 벌기 좋은 수단이었잖아요." 그는 팔짱을 끼고 잠시 생각에 잠기더니 다시 말했다. "그리고 그거 알아요? 우리 때문이 아니에요. 우리가 물고기를 잡아서 사라지는 게 아니란 말이에요. 온난화가 물고기를 죽이는 거지."

나는 그를 쳐다보며 물었다. "물고기를 지나치게 잡고 독소로 물을 오염시키는 건 차치하고, 누가 온난화를 야기한다고 생각하는데요?"

"그만해요, 프래니. 지루한 얘기잖아요. 정치 얘기는 하지 맙시다."

그를 믿을 수 없었다. 정말로 그럴 수가 없었다. 나는 크기를 잴 수 없는 산의 밑바닥에 서 있는 느낌이었고, 진이 다 빠진 터였다. 바질에게, 그리고 그의 편협하고 이기적인 세계에 진절머리가 났다. 그리고 같은 인간으로서 그 사람만큼이나 책임이 있는 나 자신의 위선에도. 그래서 결국 나는 자리에 털썩 주저앉아 입을 닫아 버렸다.

네가 결정한 거잖아. 어선으로 목적지까지 항해할 가치가 있다고 결정한 건 너잖아. 그러니 받아들여.

"그럼 당신은 어때요?" 그가 물었다.

"뭐가요?"

"당신이 있을 곳은 어딘가요?"

만약 내게 갈 곳이 있다 하더라도, 이미 오래전에 떠나온 곳이겠지.

바질이 내게 마리화나를 다시 건넸고, 그때 우연히 우리의 손가락이 맞닿았다. 얼마 만일까? 사람의 살결을 느껴 본 게. 내 안에 숨어 있던 아픔이 다시 고개를 들었다. 그리고 바다의 거친 파도 소리가 들려왔다.

"당신이 있을 곳은 어디에요, 프래니?" 바질이 다시 물었다.

내가 왜 당신한테 말해야 하지? 나는 이렇게 생각하고 나서 그에게 키스했다. 그를 전혀 털끝만큼도 좋아하지 않았기에 나 스

스로를 파괴하는 느낌이 들었다. 그에게서 담배와 마리화나 연기가 뒤섞인 맛이 났고, 그건 나도 마찬가지일 거라는 생각이 들었다. 계속 토악질을 한 뒤라서 더 나빴을지도 모르고. 그가 손으로 나의 팔을 꽉 잡았다. 내 팔을 더듬는 그 놀라운 손길에서 그의 내면에 숨겨진 크나큰 욕망을 엿볼 수 있었다. 그 자신조차 품고 있었는지 몰랐을 욕망을.

나는 키스를 마치고 뒤로 물러나며 사과했다. "미안해요."

그는 마른침을 삼키며 긴 머리를 손으로 쓸어 넘겼다. "괜찮아요."

"잘 자요."

"잘 자요, 프래니."

잠에서 다시 깼다. 처음에는 엄마에 대한 악몽 때문에, 지금은 따뜻한 액체가 내 손목을 타고 내려서 깼다. 멍한 상태로 자리에 앉았지만 여기가 어딘지 도무지 감이 오질 않았고, 몸을 움직일 때마다 고통이 느껴졌다. 다만 이 축축함과 한밤의 기억처럼 녹슨 냄새는 익숙했다.

깊이 숨을 들이마시고 머리를 진정시켰다. 이곳은 감옥이 아니야. 배를 타고 있는 거지.

흔들림이 점점 더 심해졌다. 배는 위험하다 싶을 정도로 한쪽으로 심하게 쏠린 상태로 앞뒤로 흔들리며 내 손목을 세게 끌어당겼다. 손목에 묶인 줄을 타고 축축한 피가 팔로 흘러내렸다. 한 손으로 미끈거리는 압박 매듭을 풀었다. 배우기 어려운 이 매듭을 터득한 나 자신이 자랑스러웠다. 밤에 잠들기 전 침대에 나를 묶어 놓아야겠다고 결심한 터였다. 내 안에 감춰진 또 다른 자아가 이 선실에서 탈출해 바다를 찾아가려고 할 것이 분명했기 때문에, 적어도 그 자아가 쉽게 그러지 못하도록 하려는 내 의도였다.

매듭을 풀자마자 나는 헝겊 인형처럼 침대에서 굴러 떨어졌다. "괜찮아?" 리아가 물었다. "깬 거 맞지?"

"그런 거 같네요." 나는 서둘러 잠긴 선실 문을 열고 핀볼 게임처럼 양쪽 벽에 번갈아 부딪치면서 비틀거리며 계단으로 향했고, 양쪽 정강이를 계단에 부딪치는 바람에 제법 깊은 상처가 났다.

"프래니, 뭐 하는 짓이야? 그만둬!"

리아의 만류에도 나는 기어이 갑판으로 올라갔다. 빗줄기는 거세게 내려치고 바람은 무섭게 울어댔고, 아침이지만 하늘은 여전히 어두컴컴했다. 나는 망설이지 않고 갑판 위로 뛰쳐나갔다. 똑바로 서 있을 수가 없었다. 폭풍으로 이리저리 당겨지고 밀쳐지며, 자연의 갑작스런 흉포함에 살갗이 벗겨지는 듯했다. 한 순간 놀라울 정도로 제자리에 멈춰 서는가 싶더니, 발이 미끄러지는 바람에 거의 배 밖으로 튕겨져 나갈 뻔했다. 가까스로 난간을 움켜잡은 덕분에 이 세상에 살아남을 수 있었다. 다시 발을 갑판에 단단히 딛고, 두 번째 계단을 향해 힘껏 내달렸다. 반드시 에니스에게 가야만 했다. 지도와 위치 추적기를 보고, 내 새들이 괜찮은지 확인해야 했다. 폭풍에 그대로 노출된 계단을 오르는 일은 위험했다. 손톱은 계단 가로대에 긁혀 부러지고, 어깨는 멍이 들도록 세게 부딪히고, 발은 계속 미끄러지며 이미 상처가 난 정강이를 계속 긁었지만, 나는 곧 함교에 다다를 수 있었다. 문을 활짝 열고 깜깜하고 조용한 함교 안으로 힘겹게 들어갔다. 내 등 뒤로 문이 쾅 닫혔을 때 잠깐 동안 나는 여전히 내 귓가에서 울리고 있는 듯한 폭풍의 울부짖음에 정신이 나간 채 멍하니 있었다.

"뭐 하는 짓이에요?" 에니스가 내게 소리쳤다.

나는 벼락을 칠 듯한 그의 표정을 외면한 채 물었다. "상황이 안 좋은 거죠?"

그 순간 배가 크게 휘청거렸고, 우리 몸도 함께 벽으로 날아갔다. 이제야 똑똑히 알 수 있었다. 지금 이곳에서 무슨 일이 벌어지고 있는지. 폭풍이 어마어마한 파도의 기복으로 배를 위아래로 밀어붙이고 있는 것이었다. 파도의 벽 꼭대기까지 올랐다가, 철썩이고, 그다음에는 밑바닥까지 빠르게 가라앉았다.

"닻을 모두 내리고 엔진을 모두 가동했지만 계속 뒤쪽으로 밀리고 있어요. 그나마 버티고 있는 게 다행이죠."

"상황이 더 나빠지면요?"

"가라앉겠죠." 그가 눈을 가늘게 뜨고 나를 바라봤다. "하지만 그렇게 돌아다니다가는 그러기도 전에 바다에 빠져 죽기 십상이죠."

"돌아다닌 게 아니에요. 이곳에, 당신에게 오려고 한 거예요."

속내를 알 수 없는 눈빛이 그의 파란 눈동자에 가득 차올랐다. "왜죠?"

배가 거대한 파도를 한 번 탈 때마다 내 안의 모든 것이 바닥

으로 빠져나가는 듯했고, 나는 선장용 의자 뒷목을 꽉 붙잡아야
만 했다.

"새들은." 내가 다시 입을 열었다.

그때 에니스가 구명조끼를 꺼내 내 머리 위로 씌어 주었는데,
그 움직임에서 연민이 느껴졌다.

"에니스, 지금 새들은 어디에 있어요?"

그가 내 발을 보며 고개를 까닥였다. "부츠는 벗는 게 좋겠네요."

"왜요?"

"수영을 해야 할 수도 있으니까요."

지금 이 순간, 모든 상황을 겪고 난 후인데도 불구하고 그것이
다시 나타났다. 나의 광기 어린 흥분이, 내가 평생을 찾아 나선 그
흥분이 바로 지금 되살아난 것이다. 위험한 상황에서 전율을 느
끼는 것은 여러모로 바람직하지 않겠지만 나는 지금 흥분해 있
었다. 온몸으로 전율하고 있었다. 그것도 몹시. 차이점이 있다면
예전에는 이런 점을 자랑스러워했지만, 지금은 아니다. 부끄러울
따름이었다.

9

나는 오후 내내 대학 도서관 컴퓨터 앞에 앉아 마리 스톤과 존 토페이 부부를 찾고 있었다. '마리'라는 이름은 온라인에서 거의 찾아볼 수 없었다. 적어도 내가 찾는 마리 스톤일 것 같은 사람은 그랬다. 하지만 같은 지역, 비슷한 나이대에 있는 존 토페이는 여러 명 찾아냈다. 그들의 주소를 적고 있을 때 나일 린치 교수가 책 한 더미를 들고 길게 줄지어 있는 컴퓨터 사이를 지나갔다. 그는 나를 보지 못했지만 나는 마치 중력에 끌리듯, 아니면 아직 뭐라고 꼬집어 말할 수는 없지만 덜 과학적인 무언가에 끌리듯 시선이 그에게로 향했다. 근 한 달 전 그날 밤, 그가 우리 집에 찾아와 이상한 말을 남기고 간 이후로 우리는 서로 말을 하지 않았다. 그의 수업에 들어갔지만 그는 나를 한 번도 바라보지 않았고, 이 모든 일이 그가 의도한 대로 흘러가는 것 같았다. 그 사람이 아무런 힘도 들이지 않고 나를 집착하는 존재로 만들어 버렸으니까.

나는 인터넷 검색을 까맣게 잊은 채 자리에서 벌떡 일어났다.

다행히 주소를 적은 종이는 잊지 않고 청바지 주머니에 구겨 넣었다. 자리를 뜨기 직전에 생각난 것이지만. 나는 거의 무의식적으로 도서관을 나서는 그를 따라갔다. 이리저리 구부러진 길을 따라 몇 개의 건물을 지나는 몇 분 안 되는 짧고 소중한 시간 동안 나는 그의 발자취를 밟고, 그의 선택을 따르고, 그의 삶을 사는 것 같은 착각에 빠졌다. 그는 어떤 사람일까? 어디 출신일까? 무슨 생각을 하고 있을까? 왜 그런 말을 했을까? 진심이었을까? 나 스스로가 그러지 않아도, 나를 산산이 부숴줄 수 있는 누군가를 기다리고 있었다는 것을 어떻게 알았을까? 나는 내가 그 사람이라고 상상해 봤다. 그 사람도 나처럼 자유롭고 싶었던 적이 있었을까? 다른 삶을 위해 지금의 삶을 버리는 상상을 해 본 적이 있었을까? 그를 그리워하는 사람은 있을까? 그를 사랑하는 사람은 누굴까?

그는 내가 복도에 있을 때도, 모퉁이를 돌 때도, 저녁 햇살을 받는 나무 뒤에 숨어 있을 때도 나를 발견하지 못했다. 그는 자전거 자물쇠를 풀고 잠시 학생 한 명과 이야기를 나눈 뒤 자전거에 올라 페달을 밟았다. 나도 자전거 자물쇠를 풀고 그 뒤를 따라갔다.

그는 꽤 빠른 속도로 달렸지만 따라잡는 데 문제가 되진 않았다. 오히려 반대로 몇 번은 너무 가깝게 붙지 않기 위해 일부러 속도를 줄여야 할 때도 있었다. 그를 따라 도심을 지나가며 신호등에 멈춰 서기도 하고, 자갈이 깔린 야외 상점 앞을 지날 때는 자전거에서 내려 햇살을 만끽하며 거리에서 연주하는 뮤지션들의 생기 넘치는 음악도 한 소절 들었다. 그러고 나서 그는 도심을 빠져나와 풀이 무성하고 하늘이 드넓게 펼쳐진 곳을 향해 달렸다. 바다에서는 멀리 떨어진 곳이지만 황금빛으로 물든 푸른 들판이 있는 이곳도 나름대로의 아름다움이 있었다. 그는 구부러진 언덕을 지나면서 속도를 줄였고, 나는 그가 시야에서 사라질 때마다 정신을 차리고 몇 번이고 돌아가려고 마음을 먹었지만 다시 그가 나타나면 속절없었다. 솔직히 이렇게까지 내게 영향을 준 사람이 지금까지 있었나? 이 또한 그 사람이 만들어낸 환상일 거야. 더 이상은 안 돼. 머리로는 알았다. 하지만 몸은 여전히 그를 따라가고 있었다. 좁은 길을 따라 줄지은 거대한 나무들이 양 옆에 펼쳐진 들판을 가리면서 세상이 어둡게 변하더니 끝이 보이지 않는 터널이 만들어졌다.

마침내 아치형 문에 도착한 나일은 잠기지 않은 대문으로 들어가 진입로까지 자전거로 이동했다. 나는 잠시 멈춰서 자세를 낮추고 주변을 살폈다. 어마어마한 대지에 벽돌로 된, 거의 성 같은 저택은 몇 층이나 될 듯한 높이였고, 그 앞에 렉서스 한 대가 주차되어 있었다.

그가 이제 뒤를 돌아서 둥글게 말린 철장과 담쟁이덩굴에 둘러싸인 나를 빤히 바라보겠지. 설명해야 한다면 어떻게 해야 할까 잠시 고민했다. 하지만 그는 뒤돌아보지 않았고, 호기심이 나를 더 자극했다. 미친 짓임을 감안하고 창피함도 무릅쓰고, 나도 대문을 통과했다. 굽은 진입로를 지나고 돌로 된 분수를 돌아가 옆길로 계속 내려가다 보니 나일이 사라지는 모습이 보였다. 나는 깔끔하게 손질된 큰 울타리 뒤에 자전거를 숨겨두고 집주변을 따라 살금살금 걸어갔다.

집의 뒤쪽은 앞쪽과 사뭇 달랐다. 키 큰 나무들과 걷잡을 수 없이 아무렇게나 자란 식물들, 너무 길게 자란 풀들로 무성했다. 그리고 그 너머에는 은빛으로 빛나는 호수가 넓게 펼쳐져 있었고 그 끝에는 살랑살랑 흔들리는 소형 보트가 있었다. 나일이 저 멀리 덩굴식물이 드리워져 가려진 작은 온실 건물 안으로 사라지는 것이 보였다. 온실의 지붕은 거미줄이 잔뜩 쳐진 유리로 되어 있었고, 가까이 다가가 보니 전 면의 창문들은 너무 더러워 안이 잘 들여다보이지 않았다. 하지만 눈을 가늘게 뜨고 자세히 보니 식물들과 작업대 사이를 오가는 그를 볼 수 있었다. 그는 축 늘어진 다육식물 사이에 잠깐 보였다가 다시 사라지기를 반복했다. 이번에는 저쪽에서 슬쩍 나타났다가 다시 사라졌다. 그에게서 눈을 떼지 않고 따라가다 보니 온실의 뒤쪽까지 가게 되었는데, 그만 배수로를 밟고 발목을 삐끗했다. 순간적으로 너무 아파서 욕이 나오려는 걸 입술을 깨물며 간신히 참았다. 창턱을 움켜쥐고 다시 건물 안을 들여다본 나는 그 순간 모든 고통이 사라졌다. 온실 뒤쪽에는 거대한 새장이 있었고, 그 안은 살아 숨 쉬며 날개를 퍼덕이는 새들로 가득했기 때문이었다.

온몸의 피가 얼굴로 쏠리는 듯했다. 나는 창문에서 뒷걸음질 치며 숨을 돌리려고 애썼지만 그러기는 쉽지 않았다. 홀린 듯 온실의 입구로 다시 돌아가서 곧장 안으로 들어갔다. 꿈에서나 볼 수 있을 듯한 선명한 색들 사이로 족히 수십 마리는 되는 새들의 울음소리가 내 안을 파고들었다. 그들의 깃털이 내 옆구리를 스치는 것을 느낄 수 있었다. 참새, 지빠귀, 찌르레기, 굴뚝새 등 내가 한눈에 알아볼 수 있는 새들도 있었다. 나일은 새들의 쩍쩍거리고 깍깍거리는 소란한 울음소리 때문에 내가 들어오는 소리를 듣지 못한 채 새장 안에서 새들에게 먹이를 주고 있었는데, 새들의 형형색색의 날개가 그 주변에서 퍼덕이며 돌개바람을 일으키고 있었다. 그 모습을 보고 있자니 나 자신도 모르는 사이에 나도 새장 안으로 들어와 있었다. 나를 바라보는 그의 표정은 놀란 듯했지만, 또 놀라지 않은 것 같기도 했다. 그리고 나는 새들의 날갯짓 사이를 뚫고 그에게 다가가 키스를 했다.

우리는 서로를 열정적으로 움켜잡았고, 아마도 그 순간 나는 두 번째 결심을 받아들이게 된 건지도 모르겠다. 언제나 나 스스로와 맞서고 있었지만 나를 움켜쥐는 그의 행동으로 그 의지가 깨어남을 확인했고, 마침내 진정한 모험을 계획하게 된 것이었다. 어쩌면 나를 잡아두기에 충분할지도 모르는 모험을.

그가 떨어지며 말했다. "우리 결혼합시다." 나는 웃음을 터트렸고, 그도 따라 웃었다. 그리고 우리는 키스를 하고, 또 했다. 나는 우리가 정신이 나갔고, 이건 말도 안 되는 상황이며, 멍청하고 또 어리석은 짓이 분명하다고 생각했지만, 또 한편으로는 결국 이렇게 될 수밖에 없는 운명이라는 생각도 들었다. 이렇게 외로움이 끝나리라고.

북대서양, 사가니호
이동 시즌

"침착해요." 폭풍 때문에 불안에 떨며 정신을 못 차리던 와중에 에니스가 말했다. "물론 그런 상황까지는 안 갈 거예요."

"수영이요?"

그는 고개를 끄덕였다. "우린 괜찮을 겁니다."

그가 바닥에 고정된 선장용 의자에 앉았다. 그는 몇 초 간격으로 휘청거리며 요동치는 파도를 온몸으로 버텨내고 있었다. 나는 계속 의자에서 굴러떨어졌기 때문에 이제는 부상을 피하려고 아예 바닥에 누워 발로 버티며 앞쪽으로 오는 충격을 완화시켰다. 에니스는 내가 뒤로 미끄러질 때를 대비해 내 머리 뒤쪽으로 구명조끼를 받쳐 주었는데, 그는 내가 여기 있는 걸 원하지 않았지만 그렇다고 다시 갑판 아래로 내려가는 위험을 감수시킬 수도 없는 것 같았다.

어두운 빗줄기가 창문을 때리고 있는 함교 안은 비좁게 느껴졌고, 우리는 폭풍우가 지나갈 때까지 이곳에 갇혀 있어야 했다. 야수로 변해버린 바깥 하늘은 우리를 침몰시키려는 의도를 품은 듯했다. 아니면 티끌만큼 작은 우리를 전혀 의식하지 않을지도 모르고.

내 눈은 노트북 모니터에 고정되어 폭풍의 진로에서 깜박거리는 빨간 점을 응시하고 있었다. 새들이 어떻게 이 폭풍에서 살아남을지 가늠조차 안 되었지만 살아남을 거란 사실은 알고 있었다. 느낌으로 알 수 있었고, 무엇보다 강하게 믿고 있었다.

에니스가 자신도 모니터를 볼 수 있게 노트북의 방향을 살짝 바꿨다.

"아이들은 어떻게 잃었어요?" 내가 물었다.

대답이 없었다.

"애들 엄마랑 무슨 일이 있었던 거예요?"

내 말을 들은 척도 하지 않았다. 그러더니 살짝 어깨를 으쓱였다. 이제야 진전이 보이네.

"누가 먼저 끝낸 건데요?"

그는 내가 그만 입을 다물었으면 하는 바람으로 나를 빤히 쳐다봤다. "애들 엄마죠."

"당신이 바다에서 일하는 걸 싫어해서요?"

"그건 아니에요."

"당신이 나를 싫어하는 이유가 내가 훈련이 안 돼서 그렇다고 아닉이 그러더라고요. 그래서 위험하다고요."

그가 낮은 한숨을 내뱉었다.

"정말 그런 거예요?"

그는 아무런 대답이 없었다.

나는 마르고 갈라진 입술을 훔쳤다. "좋아요. 계속 이럴 수 있어요. 당신하고 나하고 이대로 지낼 수도 있다고요. 무슨 이유인지는 모르겠지만 당신이 날 싫어하면서, 뭐, 괜찮아요. 그런 것쯤이야 견딜 수 있으니까요. 하지만 우리가 그냥 툭 터놓고 얘기하면 둘 다 더 편하게 지낼 수도 있잖아요."

한참 동안 아무 말도 없기에 나는 그가 첫 번째 방법을 선택했다고 생각했다. 사실 나도 왜 그렇게 그가 신경 쓰이는지 잘 몰랐다. 중요한 것들이 워낙 많은 그이기에 이런 일쯤이야 대수롭지 않게 여길 텐데. 생각조차 안 할지도 모르지. 그런데 하루하루 지날수록 그의 무관심이 계속 신경 쓰이는 이유는 뭘까. 이 배에서 엉덩이도 못 붙이고 일하는 나를 좀 존중해 주었으면 하는 작은 바람 때문이려나.

"그런 게 아니에요." 그가 마침내 입을 열었다.

나는 잠자코 기다렸고, 그는 나를 쳐다보지 않고 말을 이었다. "당신 같은 사람을 잘 알죠."

"나 같은 사람이요?"

"환경 운운하는 사람들."

"이런, 이제 빌어먹을 바질처럼 말하는군요."

"당신이 뭘 믿든 관심 없어요. 내가 상관할 바는 아니니까. 하지만 배에 태워달라고 할 때는 언제고 왜 그런 눈으로 우리를 그렇게 쳐다보는 거죠?"

"뭘 어떻게 쳐다봤다는 거예요?"

"우리가 쓰레기인 것처럼. 내가 쓰레기인 것처럼."

나는 너무 놀라서 말이 나오지 않았다. "당신을 그렇게 생각해 본 적 없어요."

그는 아무 말도 하지 않았다.

"에니스, 정말이에요."

그는 여전히 입을 다물고 있었다. 내 말을 믿지 않는 게 분명했

다. 내가 정말 그렇게 느끼도록 행동한 적이 있었는지 생각하자
니 머릿속이 복잡했다. 어제 바질과의 대화를 빼면 어느 누구에
게도 내 생각을 말한 적이 없었기 때문이다. 게다가 굳이 지난 시
간을 더듬어 볼 필요도 별로 없었다. 이들을 쓰레기라고 생각해
본 적이 없으니까. 그리고 말이 안 되지만 솔직히 이 사람들이 좋
아지기까지 시작했으니까. 하지만 한편으로는 언제나 이들이 하
는 일에 속이 울렁거리는 것도 사실이다. 한때 세상은 우리가 사
냥하는 방식을, 모든 것을 집어삼켜버리는 살생을 용납했을지 모
르겠지만 이제 더 이상은 아니니까.

나는 책상의자를 잡고 일어나 앉으며 마른 침을 삼켰다. "그럴
의도는 없었어요." 내가 말했다. "미안해요. 그냥 잘 모르겠어요."

"잘 모르는 것도 사치죠."

머리를 보호해야 하는 것을 깜박하고 있었는데 손이 미끄러져
뒤로 밀리면서 머리를 쾅 세게 부딪혔다. 고통으로 눈이 시큰거
리며 눈앞이 흐려졌다. "당신은 배를 오래 타면서 거칠게 살았으
니 어떤 거에도 상처받지 않을 줄 알았는데." 나도 털어놓고 말했
다. "내가 무슨 생각을 하든지 신경 안 쓸 줄 알았다고요. 그러니
까 내 말은, 전 아무것도 아니잖아요, 에니스. 아무것도 아니죠."

나를 잠깐 바라보는 그의 눈빛에 전광이 스쳐 지나갔지만, 그
는 아무런 말도 하지 않았다. 그는 원래 그런 사람이니까. 어떤 말
도 잘 안 하는 사람이니까.

피곤이 뼈까지 사무쳤다. 지금이라면 꿈도 꾸지 않고 잘 수 있
을 것만 같았다. 이리저리 흔들리며 벽에 부딪혀 여기저기 깨지

겠지만 확신할 수 있었다. 내가 심해에 사는 생물이라면 이런 폭풍우 따위는 아무것도 아닌 그저 위에서 벌어지는 풍경, 아름답게 도색된 세상의 지붕 같은 것일 텐데.

"자주 이런 식인가요?" 피곤에 지친 목소리로 내가 물었다.

"그냥 안 좋은 날일 뿐이죠." 그가 내 질문을 잘못 이해한 듯했다. "더 안 좋은 날도 있고, 그래도 좋은 날이 더 많아요."

나는 고개를 끄덕였고, 언제나 그렇듯이 갑자기 물밀듯이 생각이 났다. 남편에 대한 그리움이 나를 덮쳤다. 그 역시도 폭풍을 좋아했다.

"전에 책에서 읽었어요." 내가 말했다. "바다에 대해 내가 알게 된 사실을 말해 줄까요?"

에니스는 다시 침묵했고, 나는 이를 거절의 의미로 생각하고 눈을 감고 그 글귀를 혼자 떠올렸다.

"말해 봐요, 그럼." 그때 그가 말했고, 그 말에 내 안에 긴장하고 있던 마음이 녹아내렸다.

"바다는 세계를 돌아다니는 것을 절대 멈추지 않는데요. 북극 지방에서 천천히 내려오면서 일부는 얼음이 되고, 일부는 소금기를 더 머금고 차가워져서 아래로 가라앉기도 하고요. 그렇게 깊고 차갑게 가라앉은 물은 어둠밖에 없는 만 이천 피트(약 3.65킬로미터)까지 내려가서 대양 바닥을 따라 남쪽으로 이동하죠. 남쪽 바다에 도달하면 남극의 얼음과 만나면서 태평양과 인도양으로 뿌려지게 되고요. 그리고 천천히 녹는 거예요. 점점 따뜻해지면서 수면으로 다시 올라오고, 결국 다시 집으로 돌아가는 거죠. 다시 북쪽으로, 웅장한 대서양 쪽으로. 이렇게 바다가 세계를 도는데 얼마나 걸리는지 알아요?"

"얼마나 걸리는데요?" 그가 나를 놀리는 게 분명했지만 기분 나쁘지 않았다. 그래서 나도 웃어 보이며 말했다.

"천 년이요."

그도 나와 같이 웃음 지었다. 어떻게 안 그럴 수 있겠어? 이런 대단한 걸 알아낸 사람이 누굴까? 아마도 남편 같은, 다른 사람들이라면 엄두도 내지 않을 질문에 평생을 바쳐 답을 찾으려는 사람이겠지.

"지금 이렇게 우리를 이리저리 던져대는 이 바다도 이곳에 없었어요." 내가 말했다. "육천만 년 전에는 그랬죠. 하지만 지구가 움직이면서 바다가 생겼고, 어느 때보다도 더 강렬하게 활동하고 있죠. 더 고집스럽게 말이에요. 이 얘기는 책에서 본 게 아니고 사무엘이 말해 준 거예요." 나는 스르르 눈을 감았다. "우리는 바다에 대해서 전혀 몰라요. 정말로, 저 심해에 뭘 품고 있는지 모르죠. 우리는 바다를 품고 있는 행성에 살고 있을 뿐이에요. 지구는 지금껏 인류가 알아낸 우주를 통틀어서 너무 뜨겁지도 너무 차갑지도 않은 바다에 최적화된 행성이죠. 그래서 우리가 살아 있을 수 있는 거예요. 바다가 우리에게 필요한 산소를 제공해 주니까요. 그렇게 생각하면 정말로 우리가 여기 있는 건 기적 같은 일이죠."

"그렇게 얘기하는 방법은 부모님한테 배운 거예요?" 에니스의 질문에 나는 놀랐다.

"전…… 네, 엄마요."

"당신이 여기 있는 걸 가지고 뭐라고 안 하세요?"

"모르고 있어요."

"아빠는요?"

"알 리가 없죠. 아는 게 하나도 없는걸요. 내 이름이라도 아는지 모르겠네요."

흐르는 침묵 속에서 바람 소리가 길게 울며 지나갔다.

"애는 있어요?" 에니스가 다시 물었다.

나는 고개를 가로저었다.

"젊으니까 아직 시간이 많아요."

"원한 적이 없어요. 몇 년 동안 그 문제로 남편이랑 싸웠죠."

"그래서 지금은요?"

나는 한동안 생각에 잠겼다. 당장 진실을 말하기에는 내 상처가 너무 컸다. "바다를 얼마나 아나요, 에니스?" 대답 대신에 내가 물었다.

그는 대답을 회피하며 낮은 신음을 내뱉은 후 눈을 감았다.

"나는 조금 알아요." 내가 말했다. "평생을 좋아했으니까요. 더 가까이, 더 깊이 갈 수 없을 정도로 다가가 봤죠. 사람이 아니라 물개로 태어났으면 더 좋았을 텐데."

그 순간 나는 그에게서 뭔가가 바뀌었다는 걸 알 수 있었다. 얼음 장벽이 무너져 내린 듯한 공기의 변화로 느낄 수 있었다.

우리는 계속 앞뒤로 흔들리고 있었지만 나는 더 이상 새들을 걱정하지 않았다. 폭풍이 점점 잠잠해지기 때문일지도 모르고,

어쩌면 계속 얘기를 나누고 있기 때문일지도 몰랐다. 나일은 항상 내가 좋아하는 것을 공부하기를 간절히 원했다. 그가 이해할 수 있는 방법으로, 사실에 기반해서 내가 배워나가기를 바랐다. 하지만 나는 늘 다른 방법으로 배우려 했다. 만지고 느끼면서 배우기를 원했다.

"한 지점이 있어요." 말을 꺼낼 때면 늘 그렇듯 에니스가 느릿느릿하게 말했다. "바다 저 멀리 태평양 한가운데 있는데, '포인트 니모'라고 불리는 곳이죠."

"《해저 2만리》(Vingt mille lieues sous les mers, 1869년에 발표된 프랑스 작가 쥘 베른의 고전 과학소설) 때문에요?"

그는 어깨를 으쓱했다. "세상에서 가장 먼 곳이죠. 육지에서 가장 멀리 떨어져 있죠." 그의 목소리가 낮고 깊게 울렸다. 그러다 문득 지금 내가 아빠와 함께 있는 거라면 이런 기분이지 않을까 하는 막연한 생각이 들었다. 물론 이 사람의 마음이 계속 이렇게 녹아 있다면 말이지. 폭풍 속에서 아이들에게 필요한 것은 이런 기분일 테니까.

"안전과는 거리가 먼 곳이죠. 수천 킬로미터나 더 떨어져 있으니까요." 그가 덧붙였다. "더 잔인하고, 더 외로운 곳은 없을 만큼."

그 말을 듣자 나는 몸이 으스스 떨렸다. "가본 적 있어요?"

에니스가 고개를 끄덕였다.

"어땠어요?"

"고요했어요."

나는 지친 몸을 굴려 공처럼 말았다. "가보고 싶네요."

내 상상일지도 모르겠지만 혼잣말처럼 내뱉은 그 말에 그의 대답을 들은 것 같았다. "다음에 데려갈게요."

"알았어요."

하지만 이다음의 여정은 없을 것이다. 더 이상의 바다탐험은 없다. 아마도 그래서 지금 내가 평온함으로 가득한지도 모르겠다. 내 삶은 목적지 없는 이동이 전부였고, 그 자체로도 말이 안되는 것이었다. 그저 이동하기 위해 나는 아무 이유 없이 떠났고, 수천 번, 아니, 수만 번 가슴이 에였다. 하지만 마침내 내게 목적이 생겼고, 그래서 마음이 놓인 것이었다. 멈춘다는 것이 어떤 느낌일지 궁금했다. 그 후에 우리는 어디로 가는지, 과연 사후세계로 이어질지 궁금했다. 하지만 우리는 아무 데도 가지 않을 것이고, 아무것도 없을 거란 생각이 들었다. 유일하게 가슴 아픈 점이 있다면 더 이상 나일을 볼 수 없다는 것뿐이었다. 우리에게는 모두 그렇게 짧은 시간이 주어졌고, 어찌 보면 불공평해 보이기도 한다. 하지만 그래서 더 소중하고, 그래서 더 충분하고, 그래서 옳은 것인지도 모른다. 우리 몸이 흙으로 분해되어 우리의 에너지를 다시 땅에게 돌려주고, 땅속 작은 생물들의 먹이가 되고, 토양에 영양분을 제공하고, 그러면서 우리의 의식이 서서히 잠드는 게 아닐까. 이런 생각을 하다 보니 마음이 편해졌다.

내가 떠나고 나면 내게 남겨진 건 아무것도 없을 것이다. 내 유전자를 물려받은 아이도 없고, 글이든 위대한 행동이든 내 이름을 기념할 만한 작품도 없으니까. 그러한 삶의 영향력에 대해 생각해 봤다. 조용하고, 너무 작아서 눈에 띄지 않는 삶에 대해서.

가본 적도 없고 보이지도 않는 '포인트 니모' 같은 삶에 대해서.

하지만 그보다 더 분명한 사실이 있다. 삶의 영향력이란 무엇을 주고 무엇을 남겼느냐로 측정될 수도 있지만, 세상에서 무엇을 얻었는지로 측정될 수도 있다는 점 말이다.

10

우리는 새장에서 키스한 바로 그날 저녁에 결혼했다. 서둘러 각자의 자전거에 올라타고 시내까지 내달렸다. 중고품 가게에 들러 그 사람은 유행 지난 갈색 정장을 사고, 나는 연하고 부드러운 복숭앗빛의 긴 실크 드레스를 골랐는데, 그 감촉이 아직도 선명하게 남아 있다. 나일이 어느 집 정원 앞에 멈춰 서더니 나의 머리와 그의 옷깃에 꽂을 하얀 꽃을 고르기 시작했다. 모든 꽃의 이름을 알고 있던 그는 스위트피만 골라서 한 묶음 꺾었다. 우리의 다음 목적지는 조이스 슈퍼마켓이었고, 거기서 백조에게 나누어 줄 빵과 샴페인 한 병을 샀다. 그러는 중에도 나일은 시종 전화기를 붙잡고 누군가와 계속 통화를 했는데, 그가 지닌 재력과 모든 인맥을 동원해 순식간에 혼인증명서를 떼고 바로 주례를 봐줄 사람을 구한 것이었다. 의례적인 결혼식은 나일 린치에게 안 어울렸다. 그래, 확실히 그랬지.

항구에서 신발을 벗고 우리는 맨발로 그 끄트머리까지 걸어가 바다와 만났다. 그가 어디서 결혼식을 올리고 싶은지 물었을 때 나는 여기, 바로 이곳에서 하고 싶다고 말했다. 언젠가 새가 되어버린 한 여자의 이야기를 들은 적이 있던 바로 이곳에서. 그날 나의 일부가 이곳에 남겨졌는데, 지금 그 일부를 다시 찾은 건지, 아니면 또 다른 일부를 남기는 건지 잘 몰랐다.

파란 바다가 세상을 흠뻑 적시고, 우리의 살결도 적시며 우리를 포근히 감쌌다. 주례자가 우리를 합법적인 부부로 선언해 주었고, 심지어 서약도 그 자리에서 즉흥적으로 만들어 서로 낭독했다. 나중에 그 내용이 너무 창피해서 깔깔 웃으며 다시 써야 했지만. 우아한 곡선의 목을 자랑하는 하얀 백조가 내려앉는 모습이 힐끗 보였다. 우리가 주려고 가져온 빵을 기다리는 거겠지. 그리고 나는 그 사람의 귀 옆에 있는 점과 웃을 때 오른쪽 뺨에 드러나는 보조개를 바라봤다. 전에는 보지 못했던 진한 갈색 눈에 있는 황반까지 볼 수 있었다.

우리는 주례자에게 감사의 인사를 건네고 그녀를 보낸 후, 항구 끄트머리에 앉아 발을 달랑거리게 내려 두고 샴페인을 마시며 백조에게 빵을 나누어 주었다. 백조가 끼루룩끼루룩 부드럽게 울었다. 우리는 특별한 말은 하지 않았다. 서로를 보고 웃으며 술을 병째로 마셨다. 설명할 수 없는 침묵의 시간도 있었다. 그가 내 손을 잡았다. 태양은 지고 있었고, 백조는 헤엄치며 멀어져갔다. 눈물이 내 뺨을 타고 흘렀고, 어둠 속에서 그의 입술이 느껴졌다.

지금도 여전하지만 완전히 정신 나간 짓이었다. 단 한 톨의 의심도, 일말의 의구심도 없었다. 그저 필연적이라는 생각뿐이었다. 이는 운명이며, 언젠가 내가 이를 망치게 되더라도 이 순간만큼은 오롯이 나의, 그 사람의, 우리의 것이었다. 그러나 나일은 그렇게 생각하지 않았다. 내가 스스로 한 선택이라고 했다. 프래니 스톤이 자신을 선택했고, 이제 세상이 바뀌었다는 표현을 썼다. 앞으로도 내가 스스로 계획을 세우고 항상 그렇게 될 것이라고도 했다. 나는 자연의 힘이고, 그는 그런 나를 가만히 지켜보며 사랑하는 조용한 사람이라고 말했다. 그때도 그랬고, 심지어 지금도 그렇게 말할 것이다. 생각해 보면 웃긴 일이다. 나는 항상 내가 그를 따라다니는 사람이라고 생각하고 있었으니까.

우리가 결혼한 그날 밤에 거친 대서양을 함께 바라보면서 나일이 말했다. 우리가 만나기 전부터 그 사람이 꿈꿔 오던 사람이 바로 나였다고.

"정확히 말하면 처음부터 당신이었던 건 아니에요. 물론 그랬죠. 하지만 그날 밤 내 실험실에서 우리가 기러기를 만지던 그날, 당신의 행동에서 뭔가가 느껴졌어요. 그리고 바다에 빠져 죽을 뻔한 아이들을 구하는 당신의 모습을 볼 때도 그랬고요. 낯익은 모습이었죠. 그때 당신을 알아본 거예요."

"어떤 느낌이었는데요?"

그는 잠시 생각에 잠기더니 말했다. "뭔가 과학적인 느낌."

솔직히 그 말에 살짝 실망했지만 이게 그의 냉소적인 모습 그대로였다. 하지만 그건 내 착각이었다. 그 말이 그가 내게 전한 가장 로맨틱한 말로 지금까지 남아 있으니까. 훨씬 나중에야 깨닫게 되었을 뿐.

아일랜드, 골웨이 대학병원
4년 전

그들은 내가 잠든 줄 알고 있지만 어둠 속에서 나는 그들의 소곤대는 목소리를 듣고 있었다.

"진짜 무슨 일이 있었던 건지는 아직 몰라."

"자백했다니까. 자기가 그렇게 하려고 했다고 말했어."

"충격을 받은 상태였잖아. 인정되지 않을 수도 있어."

"무조건 인정될 거야."

"얼마나 멀리 걸어온 건지 못 봤어?"

"같은 학교에 다녔다고 해서 봐주려고 하지 마. 저런 년은 감옥에 처넣어야 해. 그런 걸로 고민해 봤자 너한테도 좋을 게 없어."

"고민하는 게 아냐. 그냥 이해가 안 되는 것뿐이야."

"당연히 이해가 안 되지. 라라, 네가 어떻게 살인자의 마음을 이해할 수 있겠어."

나는 어떻게든 자보려고 뒤척였다. 하지만 수갑이 채워진 손목은 침대에 묶여 있었고, 베개는 울퉁불퉁했으며, 내 발은, 젠장, 불 속에서 뜨겁게 타들어 가는 느낌이었다. 발가락 몇 개를 잃을지도 모른다고 그들이 말하는 소리를 들었다. 하지만 그건 요란한 비명을 질러대며 새까맣게 타들어 가는 내 마음에 비하면 아무것도 아니었다.

북대서양, 사가니호
이동 시즌

뭔가 날카로운 소리가 났다.

금속과 금속이 맞부딪히는 째질 듯한 소리에 잠에서 깨어나 벌떡 일어섰다. 에니스는 인터콤으로 뭔가를 빠르게 지시하는 중이었고, 그의 목소리에 어느 때보다 더 긴박함이 묻어 있었다. 좁은 선장실에서 어렵사리 몸을 일으켜 보니 폭풍은 아직 지나가지 않은 상태였다. 여전히 격렬하게 울부짖고 있었고, 에니스가 하는 말을 알아듣는 데까지 어느 정도 시간이 걸렸다.

"그물을 내리고, 모두 대기. 반복한다. 물고기 발견. 그물을 내린다."

"지금요?"

에니스가 나를 바라보더니 단호하게 고개를 끄덕였다. 돌풍 때문에 닻도 제대로 지탱하지 못하는 마당에, 게다가 3미터가 넘는 파도가 갑판을 후려치고 있고, 갑판 위는 너무 미끄러워 세상 무엇이라도 파도에 휩쓸려 바다에 빠질 게 뻔한 상황인데 그물을 내리려고 하다니. 나는 에니스의 모니터에서 바다의 깊이와 양의 변화를 측정하는 수중 음파 탐지기를 확인했다. 그가 가리키는 곳에 빨갛게 뾰족한 것이 보였는데, 그가 설명해 주지 않아서 틀릴지도 모르겠지만 추측해 보건데 200미터 수면 아래에 있는 거대한 몸집의 해양 생물이거나 물고기 떼인 것 같았다.

엄청나게 쏟아지는 빗줄기 때문에 선원들이 위험을 무릅쓰고 갑판으로 나오는 모습이 거의 보이지 않았다. 그저 그들의 밝은 오렌지색 작업복과 파카만이 아른거렸다. 오늘은 모두 하얀 헬멧도 쓰고 있었고, 저마다 재빠르게 행동을 취하며 케이블을 제 위치로 당기고 그물에 연결했다. 가장 큰 위험을 감당해야 하는 사람은 아닉이었다. 그는 소형 보트를 타고 요동치는 바다로 내려가고 있었다.

"저기 들어갔다간 살아남지 못할 거예요." 내가 말했다.

에니스는 갑판에 있는 대심과 계속해서 수신을 취하고 있었는데, 그의 역할은 선장에게 받은 모든 명령과 진행할 사항을 선원들에게 전달하고, 그들의 상황을 선장에게 보고하는 것이었다.

"아닉이 내려갑니다!" 대심이 말했다. "지금 윈치 케이블을 확인했고, 줄이 풀려 나가고 있습니다. 모두 정위치하고, 바질!"

그때 대심이 소리치는 동시에 라디오가 끊어졌고, 바질이 미끄러지는 모습이 보였다. 잠깐 동안 그가 시야에서 사라졌다가 밧줄을 잡고 있는 모습이 다시 포착되었다.

"보고해, 대심." 에니스가 침착하게 말했다.

"바질은 괜찮습니다. 선장. 일어났어요."

에니스가 이번에는 다른 모니터를 자세히 관찰했다.

"저게 뭐죠?" 내가 물었다.

"그물이 어디 있는지 쉽게 확인할 수 있게 달아 놓은 센서죠." 그가 다시 주파수를 돌리자 이번에는 아닉과 연결되었다. "그물을 더 크게 칠 수 있겠어, 아닉?"

"알겠어요, 선장. 그런데…… 파도가 너무 거칠어서…… 지금은 이게 최선이에요."

"빌어먹을." 나는 눈을 감고 심호흡을 했다. 폭풍우 속에서 아닉의 배가 보이지 않았다. 저 아래 어딘가에서 이리저리 파도에 치이며 거대한 1톤 그물을 혼자 치느라 고군분투하고 있을 텐데.

"별일 아니에요." 에니스가 말했다. "다 됐어. 제대로 위치 잡았고, 대심, 이제 아닉을 끌어 올려."

사내들이 비와 바람과 파도의 맹공격을 받으면서도 잽싼 몸놀림으로 아닉을 배 위로 끌어 올린 뒤 서둘러 물고기를 잡을 채비를 했다. 악몽과도 같았다. 이렇게 위험지역에서 벗어나 그들을 지켜보고 있자니 마치 꿈을 꾸는 것만 같았다. 뭔가 잘못됐다고 느껴졌다.

"오므려." 에니스가 주의를 기울이며 본격적인 작업을 시작했다. "올려." 그는 천천히 명령을 내렸고, 나는 배가 섬뜩할 정도로 기울고 있다고 느꼈다. "젠장." 그가 너무 부드럽게 말하는 바람에 내가 잘못들은 줄 알았다. "엄청나군."

"선장, 양망기에 하중이 너무 커요." 대심이 보고했다. "케이블이 한계까지 갔어요."

"그대로 기다려."

"무게가 얼마나 나갈 거 같아요?" 대심이 믿을 수 없다는 듯이 물었다.

"한 100톤 정도."

그때 갑판에서 누군가 다급하게 외치는 소리가 났고, 나는 창문에 코를 짓눌러가며 아래에 무슨 일이 벌어진 건지 확인하려

했다. 그물이 거의 물 밖으로 나왔을 때 케이블 하나가 끊어지고 만 것이었다.

"엎드려!" 누군가 외치자 선원 모두가 갑판에 납작 엎드렸다. 하지만 그중 한 명이 너무 늦게 움직이는 바람에 홱 당겨져 날아오는 케이블에 몸이 맞으면서 배의 측면으로 날아가 버렸다. 무게도 없고 생명력도 없고 부서지기 쉬운 인형처럼, 장난감처럼 날아갔다. 나는 두려움에 숨도 쉬지 못하고 아래에서 들려오는 겁에 질린 외침에 귀를 기울였다. 누군지 모르겠지만 움직임이 없었다.

한편 물고기로 가득 찬 그물은 간신히 버티고 있었지만, 그것도 잠시였다. 양망기와 모든 도르래에 더 큰 부담이 가해지자 배가 기울기 시작했다. 누군가 양망기 꼭대기를 향해 A자형 탑을 오르고 있었다. 큰 키에 다부진 몸으로 봐서 말라차이라는 걸 한눈에 알 수 있었다. 꼭대기에 다다른 그가 파도가 배에 부딪힐 때마다 위험천만하게 흔들렸다. 금방이라도 고꾸라질 것 같았다. 이렇게 차가운 물에 빠졌다가는 즉사하고 말 것이다.

"저 사람 뭐 하는 거예요? 왜 보고만 있는 거죠?" 내가 따지듯 물었다.

"보조 케이블을 연결하는 중이에요."

"제발 그냥 포기할 수 없는 거예요?"

"엄청난 양이잖아요."

"지금 장난해요?"

에니스는 나를 무시했고, 그래서 나는 강풍 속으로 뛰쳐나갔다.

"프래니!" 그가 외치는 소리가 들렸지만 나는 고개를 숙이고 쇠로 된 계단을 쿵쾅거리며 뛰어 내려갔다. 밖으로 나오자마자 파카는 곧 흠뻑 젖어 무용지물이 되었고, 충격적일 정도의 추위가 밀려왔다. 나는 필사적으로 버텼다. 에니스를 구하려고 피오르에 몸을 던졌을 때보다 더 심했다. 그보다 더 예전에, 바닷가 근처에 살 때 겨울이면 꽁꽁 얼어붙을 정도로 추웠던 작은 나무집에서 바람이 벽 사이로 울부짖으며 몰아칠 때마다 이러다 죽으면 어떡하지, 아니, 진짜로 죽겠구나 생각했던 그 집에서 맞이하는 겨울 아침보다 더 심했다. 정말이지 몇 배는 훨씬 더 추웠다. 빗물이 파카 속으로 흘러들어 내 등을 타고 내렸고, 장갑으로 스며들어 손끝을 얼음장으로 만들었다. 귀는 떨어져 나가는 것 같았다. 이런 미친 현장에서 역할에 따라 충실히 일해야 하는 불쌍한 선원들을 생각하며 나는 정신을 똑바로 차렸다. 갑판에 도착했을 때 폭풍우의 괴성으로 귀청이 떨어질 것만 같았다. 나는 쓰러진 사무엘의 몸에 옹송그리고 있는 아닉 곁으로 바싹 몸을 붙였다. 리아와 바질, 대심은 여전히 윈치 케이블을 붙잡고 용감무쌍하게 버티는 중이었다. 오로지 근육의 힘으로만 그걸 잡고 버티며 내내 입에 담지 못할 욕설을 내뱉고 있었다. 그동안 말라차이는 필사적으로 보조 케이블을 연결하기 위해 애쓰고 있었다.

나는 의식이 없는 사무엘에게 집중했다. "같이 안으로 들여요!" 아닉이 외쳤고, 우리는 서로 한 팔씩을 잡아 끼고 휘청거리는 갑판 위로 그 큰 몸집을 끌었다. 하지만 순간 발이 미끄러지면서 나는 그만 갑판에 머리를 심하게 부딪쳤다. 온몸에서 공기가 빠져

나가는 듯했다. 그러고는 기억을 잃었다.

나는 익사하고 있었다. 숨이 턱 막혔다. 공포에 질릴 채로 숨을 쉬려고 했지만 그럴 수 없었다. 하늘이 핑 돌면서 내 얼굴로 떨어져 내렸다. 눈을 뜨자 아닉이 보였다. 그의 손이 내 갈비뼈 사이에 놓이는 게 느껴졌고 그의 목소리가 들렸다. "진정해요. 천천히 호흡해요, 천천히." 그제야 나는 다시 제대로 숨을 쉴 수 있었다. 물에 빠진 것이 아니었다. 지체할 틈이 없었다. 그러고 나서 우리는 곧장 다시 움직였고, 끌고 미끄러지기를 반복하면서 마침내 선실 안으로 내려가는 사다리 꼭대기에 다다랐다.

"어떻게 내리죠?" 내가 숨을 헐떡이며 물었다.

아닉이 비틀거리며 사다리를 내려가더니 모습을 감추었다. 끔찍하도록 길게 느껴진 시간이 지나고 나서야 구급용 들것을 들고 다시 나타났다. 우리는 함께 사무엘을 들것 위로 굴리고 끈으로 고정시켰다. 그의 척추가 다치지 않을까 걱정되었지만 다른 방법이 없었다. 아닉이 몇 걸음 내려가서 사무엘의 발을 붙잡았고, 우리는 들것을 밀어 계단 아래로 미끄러뜨렸다. 그다음 해야 할 일은 다시 사무엘을 들어 올리는 것이었다. 하지만 천 톤, 아니, 백만 톤은 나가 보였고, 내가 들기에는 버거웠다. 도저히 자신이 없었다.

"프래니." 그때 아닉이 침착하게 말했다. "아무도 도우러 올 수 없어요. 다들 정신없으니까. 당신이 들어야만 해요."

나는 고개를 끄덕이고 무릎을 구부렸다. 나는 전보다 강해졌으니까. 심지어 내가 수영하던 시절보다 더 강해졌지. 감옥살이 덕분이야. 나를 더 강하게 만들었지. 우리는 사무엘을 실은 들것을 들어 올리고 비틀거리며 복도를 이동했다. 배가 들썩거릴 때마다 벽에 강하게 부딪혔고, 그때마다 폐에서 공기가 빠져나갔다. "계속 가요." 아닉도 숨을 헐떡거렸다. 하지만 우리는 계속 부딪히며 이동했고, 마침내 주방 안으로 들어가서 그를 의자에 내려놓을 수 있었다.

"숨을 안 쉬어요." 내가 거칠게 숨을 몰아쉬며 말했다. "맥박이 없는 거 같아요."

"제세동기를 가져올게요."

하지만 그가 찬장을 뒤지는 동안 시간은 자꾸만 지체되었다. 더는 기다릴 수 없었다. 나는 몸을 숙여 사무엘의 입에 공기를 불어 넣었다. 그러고 나서 주방 의자 위로 올라가 그의 큰 몸에 걸터앉고 최대한 강한 힘으로 그의 가슴을 압박하기 시작했다. 이게 효과가 있을지 확신할 수는 없었다. 사무엘의 몸은 너무 단단했다. 뼈랑 근육이 너무 단단하게 심장을 보호하고 있어서 내 힘이 거기까지 미치지 못하는 것 같았다. 나는 다시 그에게 숨을 불어 넣었다. 너무 불안한 마음에 그의 가슴이 충분히 부풀어 오르는 것이 내 몸에 느껴질 때까지 더 길게 불어 넣었다.

"비켜요, 빨리."

내가 재빨리 내려오자 아닉은 사무엘의 파카를 벗기고 셔츠를 찢었다. 그러고는 작은 충격 패치를 심장이 있을 만한 위치에 붙였다. 패치는 모니터가 달린 작고 검은 상자에 선으로 연결되어 있었다.

"어떻게 하는지 알아요?" 내가 물었다.

"아니요."

"하나는 옆으로 붙이고 하나는 아래에 붙이는 거 같아요."

"어떻게 알아요?"

나도 확신이 없어서 어깨만 으쓱했다.

잠시 망설이던 아닉은 그래도 내가 하라는 대로 했다. 전원을 키자 충격기 자체에서 동력을 공급했고, 점점 더 충전이 되더니 빛이 파란색으로 바뀌었다.

아닉의 눈빛이 다급하게 흔들리고 있었다. 그가 버튼을 누르려고 손을 댔지만 그럴 필요가 없었다. 이 장치는 심장 박동을 감지하지 못하면 스스로 작동하는 방식이었다. 전기가 사무엘의 거대한 몸을 타고 흘렀고, 그 즉시 그의 몸이 새빨갛게 변했다. 하지만 다행히 죽지는 않았다. 정말 다행이었다. 사무엘이 숨을 헉 하고 내뱉더니 내가 상상해 오던 것보다 훨씬 더 빠르게 의식을 되찾기 시작했다. 그는 낮게 신음을 내뱉으며 구역질을 했고, 우리는 기도가 막히지 않게 그를 옆으로 굴렸다.

"젠장, 무슨 일이 있었던 거야?" 사무엘이 물었다.

"모르겠어요." 내가 대답했다. "케이블에 맞더니 그대로 뻗었어요. 심장도 멎었었다고요."

그가 다시 등을 대고 눕더니 천장을 응시했다. 겁을 먹은 우리는 그를 가만히 바라봤다. 어떻게 한순간에 의식을 잃을 수 있는지 전혀 믿어지지가 않았고, 자꾸만 한 번 더 그의 몸 위로 뛰어올라 가슴을 압박하고 그의 차디찬 입 속으로 숨을 불어넣는 상상을 했다. 만약 그가 다시 정신을 잃는다면 그래야만 할 테니까.

그때 사무엘이 입을 열었다. "난파선처럼 우리는 우리 안으로 들어가 죽는다……."

나는 놀랐지만 웃음을 터트릴 수밖에 없었다. 심지어 이런 상황에서도 시를 읊을 생각을 하다니. 그리고 내가 이어서 읊었다. "마치 우리 심장 속에서 익사하는 것처럼."

사무엘이 힘없는 목소리로 말했다. "역시 아일랜드 사람이야." 그러고는 눈을 감고 계속 숨을 내쉬었다.

결국 물고기는 놓쳤고 케이블은 완전히 끊어져 나갔다. 사무엘은 케이블에 맞아 등에 심한 열상을 입었다. 선원들은 모두 지쳤고, 놓친 물고기 때문에 속상해하면서도 사무엘을 걱정했다. 에니스는 스스로에게 너무 화가 났는지 아예 입을 닫아 버렸다.

나는?

내게 더 이상 날개는 없었다.

내 새들의 길을 보여주던 빨간 불빛이 폭풍의 콧바람에 날려 햇빛도 닿지 않는 저 깊은 바다 아래로 끌려 내려가 사라졌다. 처음부터 이렇게 될 운명이었던 것처럼.

11

아일랜드, 여자 교도소

4년 전

어떤 소리만 들려도 몸이 움찔했다. 불안함이 온몸을 관통했다. 멍한 상태는 사라졌고 온 신경이 곤두서 있었다.

나는 구금 상태였기 때문에 언제든지 변호사가 나를 찾아올 수 있었다. 경비가 개방된 접견실로 나를 데려가 테이블에 앉혔다. 유리창이 벽면 높게 천장 바로 아래에 붙어 있었고, 실금만큼 아주 살짝 열려 있었다. 그래도 내가 있는 감방보다는 나았다.

나는 내 변호사인 마라 굽타를 기다리며 시간이 굉장히 더디게 간다고 느꼈다. 오십 대로 보이는 그녀는 집요하고 완강한 사람이었는데, 어리고 잘생기고 게다가 굉장히 똑똑해 보이는 보조 도널드 링컨을 데리고 다녔다. 딱 봐도 그녀보다 최소 서른 살은 어려 보였다. 지난번에 그들을 처음 만나고 나서 이들이 같이 자는 사이라는 것을 알아챘는데, 옛날의 나였다면 그들의 관계를 기뻐하며, 특히 마라를 축복해 주었겠지만 지금은 그렇게 할 수가 없었다. 쉽게 사랑을 나누어 주던 마음이 완전히 침묵하고 있었다. 내 마음은 차갑게 식어 버렸다.

이유가 있었다.

두려움의 세계가 나를 그렇게 만들었다. 나의 새로운 집인 이곳에서 두려움을 안고서는 살아남지 못할 것이다. 하지만 두려움을 안고 살아남으려면 그렇게 될 수밖에 없었겠지.

"어떻게 지내고 있어요?" 마라가 내게 물었다.

나는 어깨를 으쓱였다. 어떻게 지내는지에 대해 특별히 할 말이 없었다.

"돈은 충분한가요?"

나는 멍하게 고개만 끄덕였다.

"프래니, 과학 수사에서 새로운 증거가 나왔어요. 그것에 대해 얘기를 좀 나눠야 할 거 같네요."

나는 잠자코 앉아서 은은하게 빛나는 그녀의 금색 손목시계를 바라봤다. 가격이 얼마나 할지 궁금했다. 나일의 부모님을 조금씩 알아가며 고역스러운 8년의 세월을 보내다 보니 확실히 그녀의 시계가 비쌀 거라는 생각이 들었다. 문득 그녀를 다시 해임하고 싶은 생각이 들었다. 벌써 내가 두 번이나 그녀를 해임했지만 그때마다 재선임 되었다. 린치 가문은 자신들이 원하는 것을 꼭 가져야만 했고, 그들은 내가 여기서 나가기를 원했다.

나도 한때 거대하고 비현실적인 것들을 원했던 적이 있다. 하지만 지금 유일하게 원하는 것은 남편뿐이었다.

"프래니?"

마라가 무슨 말을 했는지 놓쳤다는 사실을 깨달았다. "뭐라고 했어요?"

"내가 하는 말에 집중하세요. 정말 심각한 사안이니까."

심각하다고. 그렇겠지. "밖에서 시간을 좀 보내고 싶은데, 이곳 사람들은 제게 그렇게 해 줄 생각이 없는 거 같네요."

"노력하고 있는 중이에요. 전에 말했듯이 심리학자에게 당신이 겪고 있는 폐쇄 공포증에 대해 분명하게 말해야 해요."

"했어요."

"프래니, 30분 동안 한마디도 안 하고 그냥 앉아만 있었다면서요. 그래서 진단을 내릴 수 없었다고 하던데요."

기억이 나지 않았다.

"다시 면담을 잡을 테니까 이번엔 반드시 말해야 돼요, 알겠죠? 이제 새로운 증거에 대해 얘기해 봅시다." 마라의 눈은 큼지막했다. 이미 녹초가 되어 있던 나는 누군가의 기침소리에 깜짝 놀라 몸을 움찔했고, 너무 놀라서 제대로 움직일 수도 없었다. 마라가 내 손을 잡고 집중시키며 자신이 하는 말을 새겨듣도록 노력했다.

"과학 수사에서 나온 새로운 증거 때문에 검사 측은 사고가 아니라고 주장하고 있어요. 당신도 나도 알고 있듯이 이건 분명한 사고지만, 그들은 계획범죄라 보고 있단 말이에요. 여기에 대해 우리가 반박할 수 있도록 당신이 법정 증언을 해야 할 상황이에요. 그러니까 다시 한번 정말로 무슨 일이 있었는지 나에게 솔직히 얘기해 줘요."

"계획범죄라."

"계획범죄라는 건 말이에요." 도널드가 설명을 덧붙였다. "당신이 원하는 걸 얻기 위해서 계획을 짜고 그대로 실행했다는 거죠."

"계획범죄가 뭔지는 저도 알아요." 내 말에 그의 얼굴이 붉어졌다. "그래서 새로운 증거가 뭔데요?"

"잠시 후에 얘기해 줄게요, 프래니. 그 전에 내 얘길 잘 들어요. 지금은 상황이 바뀌었어요." 마라가 말을 이어갔다. "검사 측은 당신을 과실치사가 아니라 두 건의 살인으로 구속시키려 하고 있어요."

나는 그녀를 뚫어지게 쳐다봤다. 두 변호사 모두 아무런 말이 없었다. 아마도 내가 그 말을 받아들이도록 시간을 주는 것 같았다. 하지만 나는 이미 이런 얘기가 나올 것이라는 사실을 수천 번 곱씹은 상태였고, 이때를 기다리고 있었다. 나는 마라의 손을 꼭 쥐면서 말했다. "당신은 이 사건을 맡지 말았어야 했어요. 진즉 말하려고 했는데, 미안해요."

북대서양, 사가니호
이동 시즌

"안타깝네." 내가 폭풍을 이겨내지 못했을 북극제비갈매기에 대한 이야기를 하자 리아가 말했다. 위치 추적기를 단 내 새들이 살아남지 못했다면 그 무리의 다른 새들도 마찬가지일 가능성이 높았다. "정말 안타깝다." 반복해서 말하는 그녀를 보면서 그녀 또한 가슴 아파하고 있다는 걸 느낄 수 있었다.

나는 할 말이 생각이 나지 않아 고개만 끄덕였다. 이 사실은 리아에게만 알렸는데, 그녀가 나 대신에 다른 선원들에게 전해 주리라는 생각이 들었다. 내 마음에 커다란 구멍이 생겼고, 눈을 감으면 새들이 보였다. 한 마리 한 마리, 바다 무덤으로 떨어지고 있는 새들이.

오늘 저녁 식사시간은 조용했다. 사고를 당해 꼼짝하지 못하는 사무엘의 부재는 편안함을 주던 그의 존재감을 새삼 깨닫게 했다. 바질의 큰 무릎이 내 다리로 계속 파고들어와 짜증이 났다. 그가 추근거리는 게 정말 싫었지만, 그렇다고 달리 다리를 피할 공간도 없었다.

다시 항로가 정해졌다. 우리는 뉴펀들랜드 래브라도주의 세인트존스로 가기로 했다. 사무엘의 가족이 거기서 그를 기다리고 있었고, 사무엘은 곧장 병원 치료를 받을 예정이었다. 그리고 끊어진 케이블도 수리하기로 했다. 그 이후의 일정은 나도 몰랐다. 에니스는 너무 멀기도 하고 잘 알지 못하는 대서양을 가로지르고 싶진 않지만, 그쪽이 우리가 새를 따라갈 수 있는 유일한 곳이라고 말했다.

아마도 그는 새를 따라가는 데 지친 건지도 모르겠다.

내가 다시 그를 설득할 수 있을지 모르겠지만, 어쨌든 나는 함교로 발걸음을 옮겼다.

처음으로 에니스가 키를 잡고 있지 않았다. 아닉이 수평선에 시선을 고정하고 그의 자리를 대신하고 있었다. "선장은요?"

"쉬고 있어요. 며칠 동안 잠을 못 자서. 그러니 그냥 놔둬요, 프래니."

나는 의자에 털썩 주저앉았다. 차마 빨간 점을 확인하기 위해 노트북 모니터를 열어볼 수 없었다. 아닉의 시선이 잠깐 내게 머물렀고, 그의 눈빛에 무게가 느껴졌다.

"가서 일하라고 말할 참인가요?" 내가 물었다.

"말하면 들을 거예요?"

"아닐걸요."

아닉의 큰 입이 둥글게 미소 지었다. 처음으로 본 그의 진짜 웃음이었다. 그가 다른 언어로 뭐라고 말을 이었는데, 설명해 주길 기다렸지만 그는 그대로 몸을 돌려 키를 잡았다.

"무슨 언어에요?" 내가 물었다.

"이누피아트."

"이누이트 언어인가요?"

그가 고개를 끄덕였다. "북알래스카어죠."

"거기서 에니스를 만났나 봐요?"

그가 다시 고개를 끄덕였다.

"어떻게 만났는데요?"

"배에서 만났죠. 달리 뭐가 있겠어요?"

"어떤 곳이에요?"

"질문이 너무 많네요."

"백만 가지는 더 있어요."

그는 다시 인상을 잔뜩 찌푸리던 평상시 모습으로 돌아왔다.

하지만 놀랍게도 대답이 이어졌다. "죽어 있는 곳이죠. 그리고 살아 있기도 하고. 진정 죽음과 삶이 공존하는 곳이죠."

나는 우리 앞에 펼쳐진 바다를 바라보며 수평선 너머로 곧 육지가 나타나리라 기대했다. "거기까지 가려면 얼마나 걸릴까요?" 내가 물었다.

"이틀 정도는 걸릴 거예요. 그런데 이제 어쩔 거예요? 새들이 전부……."

"전부 다 죽은 건 아니에요." 그의 말을 자르며 내가 말했다. "하지만…… 솔직히 모르겠어요." 손에 있는 딱지를 계속 뜯어서 피가 흘러내렸다. "에니스가 계속 하길 원하지 않는 이상은……."

"당신은 다른 방법을 찾겠죠." 아닉이 딱 잘라 말했다.

하지만 그는 모른다. 내가 수개월 동안 내 계획에 응해 줄 이 사람을 찾기 위해 얼마나 헤매고 다녔는지를.

"새들이 전부 다 죽은 건 아니다." 아닉이 내 말을 되뇌었다.

나는 숨을 깊게 들이마셨다. 그의 말이 맞다. 하지만 새들이 희미한 형체로 바다에 가라앉는 모습이 계속 눈앞에 아른거렸고, 사무엘의 가슴에 숨을 불어 넣을 때 그 공허함이 계속 머릿속을 떠나지 않았다. 그 생각에 자꾸만 몸서리가 쳐졌다. "사무엘이 깨어나기 전에 말이에요. 그러니까 우리가 전기 충격을 주기 전에……."

아닉이 곁눈질로 나를 바라봤다.

"무서웠어요."

"네."

"잠깐 동안이지만 죽어 있었던 거잖아요. 더 이상 그의 몸이 아닌 듯했어요. 내가 숨을 불어 넣었는데 풍선처럼 부풀어 올랐어요. 그때 그는 그냥…… 그냥 텅 비어 있는 것 같았어요."

아닉이 고개를 끄덕였다. "내 할머니라면 잠깐 동안 사무엘이 영적인 세계에 갔었다고 말할 거예요. 우리가 다시 그를 불러왔고, 아마 우리에게 고마워하겠죠. 고마워하지 않을지도 모르겠지만. 어떤 사람들은 그렇게 억지로 다시 불려온 걸 안 좋은 거라고 생각하기도 하나보더라고요."

"그런 사람과 얘기해 본 적 있어요?"

"갔다 왔다고 하는 사람이 몇 명 있기는 했죠."

"그 말을 믿나요?"

그렇다고 대답해 주기를 원했다. 너무 간절히 원했지만 그는 그저 어깨만 으쓱일 뿐이었다.

"뭐라고 하던가요? 어떤 곳이래요?"

아닉이 잠시 생각에 잠긴 사이, 내가 너무 앞쪽으로 몸을 기울이고 있어서 의자에서 떨어지기 일보직전이라는 사실을 문득 깨달았다.

"아무런 규율도 없고 벌도 없는 곳이라고 하더라고요." 아닉이 말을 이었다. "그리고 중력도 없고 정말로 아름다운 곳이라고 했어요."

갑자기 눈물이 흘렀다. "모든 사람이 죽으면 다 그곳에 갈 수 있을까요?"

"그렇다고 하더라고요."

"심지어 우리도요? 나 같은 사람도?"

"네."

"우리가 사랑하는 사람들도요?"

"그럼요."

눈을 감자 눈물이 뺨을 타고 흘러내렸다. 그가 말한 영혼, 내 영혼이 자유로워지고 그곳으로 길을 찾아 떠나는 모습을 느낄 수 있었다. 아직 내 몸이 그걸 온전히 허락하지 않을 뿐. "그러면 그 아이가 그곳에서 나를 기다리고 있겠네요."

"누가요?"

내가 눈을 떴을 때, 나를 바라보고 있는 그의 갈색 눈동자와 마주쳤다.

"내 딸이요."

아닉은 숨을 깊게 내쉬며 어깨를 떨궜다. 그의 눈에도 역시 눈물이 고였다.

"프래니." 한 손으로 내 머리를 쓰다듬으며 아닉이 말을 흐렸다. 우리는 함께 바다를 바라봤다. 육지를 기다리면서, 그리고 절대 그곳에 닿지 않기를 바라면서.

12

뉴펀들랜드 외곽 래브라도 해협, 사가니호
이동 시즌

오늘 아침 배가 뉴펀들랜드 해안에 가까워지면서 배 안은 온통 암울한 분위기가 돌았다. 물고기를 찾는 노력은 더 이상 없었고, 이들이 느끼는 상실감의 깊이를 나는 헤아릴 수 없었다. 이들이 고기잡이를 할 수 없을 때가 되어서야 비로소 바다가 얼마나 선원들의 사기를 북돋는지, 이들이 고기잡이에 얼마나 깊이 빠져 있는지 쉽게 알 수 있었다.

사무엘이 래브라도 해류에 대해, 그리고 그것이 멕시코 만류와 만나는 지점에서의 위험에 대해 내게 경고해 준 적이 있었다. 그럼에도 불구하고 나는 그 모습을 상상해 볼 수조차 없었다. 어떤 것도 우리를 멈출 수 없다고 생각할 정도로 빠른 물살이 배를 내던지다시피 이끌고 있었으니까. 게다가 하나는 얼음장같이 차갑고 다른 하나는 따뜻한, 서로 다른 두 해류가 만나면서 육지에 가까워질수록 안개가 자욱하게 깔리기 시작했다. 나는 뱃머리에 서서 난간을 꽉 붙잡고 있었다. 우리가 나아가는 길에 있는 바위는 말할 것도 없고, 내 얼굴 앞으로 내민 손조차 보이지 않을 정도로 안개가 짙었다.

뱃고동이 머리 위로 울려 퍼지고, 나는 갈매기의 날카로운 울음소리와 안개 속을 휘젓고 날아다니는 갈매기의 날개 소리를 상상했다. 이런 해안가에는 수백 마리의 갈매기가 있어야 마땅했다.

배는 천천히 속도를 줄였다. 갑판 위에서 선원들이 서로를 향해 뭐라고 소리쳤고, 길게 쭉 뻗어 나온 등대 빛이 안개 사이로 길을 안내했다. 똑같은 리듬으로 울려대는 뱃고동 소리에 맞춰 내 심장도 함께 뛰고 있었다. 조금도 어렵지 않은 것처럼 에니스는 세인트존스 항구로 우리를 차분히 이끌고 있었다. 하지만 나는 선원들의 스트레스가 이미 어마어마하다는 사실을 알고 있었다. 선원들 모두 아침 내내 긴장을 풀지 못하고 있었는데, 날씨나 선장의 기술은 자신들이 통제할 수 없는 영역이었기 때문에 마냥 손을 놓고 배가 무사히 정박하기만을 기다리고 있어야 했기 때문이었다.

나는 다른 이유로 긴장을 멈출 수 없었다. 내 여권이 가짜였기 때문이었다.

글쎄, 사실을 정확히 말하자면 여권이 가짜는 아니었다. 그저 내 것이 아닐 뿐.

항구에 가까워지자 무엇보다 먼저 외침 소리가 내게 들렸고, 바람을 타고 점점 더 많은 외침과 목소리가 들리기 시작했다. 그러고 나서 안개 사이로 서서히 모습이 드러났다. 팻말을 높이 들고 사람들이 외치고 있었다. "학살을 멈춰라! 바다는 인간의 것이 아니라 물고기의 것이다! 살생을 멈춰라!"

숨이 턱 막혔다. 주먹 쥔 손을 가슴으로 가져가야 했다. 외침 소리는 거의 폭력에 가까웠고, 나도 너무나 잘 알고 있는 분노로 가득 차 있었다. 우리가 야기한 운명, 화가 치밀어 오르는 그 필연적인 운명을 막기 위해 그들이 할 수 있는 최소한의 노력으로 연호하고 외칠 때, 그들이 담고 있는 분노는 내 남편의 것과 같았을 테니까.

리아가 내 옆으로 다가왔다. 차가운 눈빛에 이를 꽉 물고 있었다. "저들을 쳐다보지 마." 그녀가 냉정하게 말했다.

다른 것에 비해 더 크게 쓰여 있는 한 팻말이 눈에 들어왔다. '얼마나 더 파괴해야만 하나?' 끝 모를 부끄러움이 내 안에 피어올랐다. 내가 지금 저 팻말의 반대편에 서 있다니.

땅에 다시 발을 대고 있자니 이상한 기분이 들었다. 고작 몇 주 동안 바다에 있었을 뿐인데 벌써 육지가 부자연스럽게 느껴졌다. 발아래에 놓인 땅이 너무 단단해서 매 걸음마다 내가 조금씩 다시 만들어지는 듯했다. 나는 통로를 따라 세관 터미널로 향하는 동안 내내 *사가니*호 선원들 틈바구니에 끼어 있으려고 애썼다. 세관 신고서를 건네받고 더블린에 거주하는 '릴리 로치'라는 여자의 신상정보를 기입했다. 지나치게 열성적인 세관 직원이 나를 계속 유심히 지켜봤지만 카운터 뒤편의 남자는 나를 대충 힐끗 보고는, 내가 얼굴 특징이 살짝이나마 가려지도록 그에게 함박웃음을 지어 보이자 여권에 도장을 찍어 나를 통과시켰다.

울타리를 사이에 두고 시위대와 떨어져 있었지만 그들의 소리를 분명하게 들을 수 있었다. 한 명 한 명의 얼굴도 제대로 보였다. 모두 우리를 혐오스러운 표정으로 바라보고 있었고, 그들의 얼굴에는 내게도 똑같이 있었을 불신과 착잡함이 묻어 있었다. 시위대 끄트머리에 줄무늬 비니를 쓰고 있는 남자가 팻말을 크게 흔들어 댔다. '물고기에게 정의를, 어부에게 죽음을!' 그걸 보고 온몸이 다시 오싹해졌다. 잠깐 동안 그 사람과 눈이 마주쳤는데 마치 그 남자가 내 안을 꿰뚫어 보고 나를 괴물이라고 낙인찍는 것만 같았다.

"어서 와요." 바질이 내 팔꿈치를 잡아끌며 말했다. "저들한테 보람을 느끼게 해 주면 안 돼요."

우리는 길에 사람이 없을 때까지 계속 걸어 나왔고, 사무엘을 병원으로 이송할 앰뷸런스를 기다렸다.

"괜찮아?" 리아가 내게 부드러운 말투로 물었다. 우리 두 사람은 다른 일행과 좀 거리를 두고 서 있었다.

나는 곁눈질로 힐끗 그녀를 쳐다봤다. "제가 왜요?"

"그냥 초조해 보여서."

그녀가, 이 프랑스 출신 기계공이 나를 지켜보기 시작한 것이었다. 그러고 보니 언젠가부터 그녀의 짙은 눈동자가 자주 나를 향해 있는 느낌을 받았다. 그리고 때때로 내가 시선을 마주치면 그녀는 재빨리 시선을 돌리곤 했다. 그녀가 신경 쓰고 있는 것이 내 정신 건강인지, 아니면 좀 더 가슴 아프고 친밀한 감정 때문인지는 아직 확신이 서지 않았다.

에니스는 사무엘과 함께 앰뷸런스를 타고 먼저 병원으로 이동했고, 우리는 택시를 나누어 타고 그 뒤를 따랐다. 나는 이동하는 동안 창밖으로 구불구불한 도시를 바라봤다. 밝게 채색된 집들이 험준한 바위 언덕 속에 지어져 있었다. 모든 것이 여전히 심한 안개에 덮여 있어 비현실적인 느낌을 풍겼다.

대기실에 도착하자 피곤에 지쳐 팔다리를 늘어뜨리고 앉아 있는 에니스가 보였다. 우리도 그 옆 의자에 가서 앉았다. "지금 검사받고 있는 중이야. 가미도 지금 여기로 오는 중이고."

30분이 지나서야 사무엘의 아내인 가미가 도착했다. 두꺼운 가죽 부츠를 신고 승마용 레깅스와 텁수룩한 울 스웨터로 건장한 몸을 가린 채 문을 열고 성큼성큼 대기실로 걸어왔다. 머리카락은 사무엘처럼 빨간색이고 이마에는 땀이 송골송골 맺혀 있었다. 양 볼은 홍조를 띠고 있었다. 에니스를 꽉 끌어안으며 그의 등을 툭툭 쳤는데, 그녀의 파란 눈은 걱정을 한가득 품고 있었다. "그이는요?"

에니스가 길을 안내했고, 우리는 다시 한번 조용하게 기다렸다. 그러나 나는 좀처럼 기다림에 익숙해지지가 않았다.

"저들은 얼마나 오래 결혼생활을 한 걸까요?" 내가 대심에게 물었다.

"한 30년 정도 됐을 거예요. 애들이 지금 12명 정도인 걸 감안하면 그 정도는 됐겠죠."

"말도 안 돼."

"안 되긴요. 사무엘은 사랑이 넘쳐난다고 했잖아요. 물어봐요,

사무엘한테."

"물어봤죠. 이미 골백번은 더 들었어요, 나도."

우리는 대심이 가져온 듯한 카드 게임을 하며 시간을 보냈고, 한번은 리아와 내가 병원 밖으로 나가서 에그롤과 커피를 사 가지고 왔다. 오후 중반 즈음 가미가 창백한 얼굴로 마침내 다시 모습을 보였다.

"저 멍청이를 밤새 지켜봐야 한대요. 감염 때문에 강한 항생제를 썼고, 심장은 더 지켜봐야 된대요. 문제가 있을지 모른다고."

"제세동기 때문은 아니겠죠?" 내가 물었다.

가미가 나를 보더니 부드러운 목소리로 말했다. "천만에요. 저 사람 심장 문제는 다치기 전부터 있던 거예요. 오히려 당신이 저 사람 목숨을 살렸어요." 그러더니 고개를 홱 돌려 에니스를 쳐다봤다. "어쩌면 망할 케이블도 저 사람 목숨을 같이 구한 건지도 모르겠네요. 케이블에 맞고 쓰러지지 않았다면 심장이 더 악화될 때까지 몰랐을 테니까. 내가 당신에게 고맙다는 말을 할 줄은 꿈에도 몰랐네요, 에니스 말론."

나는 농담일 거라 생각했지만 웃는 사람이 아무도 없었다. 에니스가 그 말이 무슨 의미인지 알겠다는 듯이 고개를 약간 떨궜다. 그 뒤로도 가미는 꽤 오랜 시간 동안 에니스를 바라봤는데, 그녀의 표정을 읽을 수가 없었다. 마침내 그녀가 손을 들어 보이며 말했다. "자. 이제 갈까요? 집에 먹여야 할 굶주린 짐승들이 기다리고 있고, 당신네들도 제대로 씻고 먹어야 할 테니."

나는 에니스, 리아와 함께 가미의 차를 탔고, 다른 사람들은 모두 렌터카를 찾아 나섰다. 가미와 사무엘의 집은 시내 외곽에 자리하고 있었다.

"이제 이 정도면 충분할 거 같은데요, 에니스 말론." 가미가 말했다. 아마 그녀는 성과 이름을 다 말하면서 권위를 찾는 사람들 중 한 명인 것 같았다. 그녀의 억양은 사무엘과 똑같았는데, 아일랜드와 캐나다인의 혼혈인 확실한 뉴펀들랜드인의 억양이었다. "전에 그렇게 파도에 선원을 잃었어도 아무도 당신을 막지 못했지만." 그녀가 차갑게 말을 덧붙였다. "이제 누군가는 당신이 직접 그들을 바다에 던지기 시작했다고 생각할지도 몰라요."

정말 무섭도록 잔인한 말이었다. 나는 그녀가 말한 목숨을 잃은 그 불쌍한 선원들에 대해 궁금했고, 그들의 죽음에 에니스가 관여되어 있는지, 그렇다면 그가 후회는 하는지 궁금했다. 하지만 놀랍지는 않았다. 그 지독한 폭풍 속으로 아닉을 보낸 사람이 바로 그였으니까. 게다가 물고기를 잡겠다는 그의 결심 때문에 사무엘은 거의 죽을 뻔했잖아? 우리들도 마찬가지고.

그래도 한편으로 나는 선장의 그런 의지를, 마음은 불편하지만 그를 이해하는 나 자신을 발견할 수 있었다. 비슷한 것을 전에도 두 번이나 겪었으니까. 나 자신에게서 한 번, 그리고 남편에게서 또 한 번. 그리고 그게 얼마나 파괴적인지도 알고 있었다. 에니스는 자신이 원하는, 그 신화에나 등장하는 골든 캐치를 잡으려고 얼마나 더 멀리 가려 할까? 그는 무엇을 더 희생할 수 있을까?

"이제 사무엘은 집에 왔잖아요, 가미." 뒷좌석에서 조용하게 에니스가 말했다. 나는 사이드 미러로 그를 훔쳐봤다. 그는 지쳐서 머리를 유리창에 기댄 채 왼쪽으로 펼쳐진 바다를 바라보고 있었다. 그의 욕망의 무게가 무겁게 그를 짓누르고 있었다.

"너무 늦었어요, 에니스 말론. 너무 늦었지. 그래도 뭔가 다른 문젯거리가 있으면 도와줄게요."

"우리가 시내에 머물러도 돼요. 그게 더 편하다면."

"말도 안 되는 소린 하지 마요."

"선장의 잘못이 아니었어요." 리아가 목소리를 높여 완강하게 말했다. "우리 모두 위험을 안고 시작한 일이니까요. 배에 오르면서 매번 당연히 살아 돌아올 거라고 생각하는 사람은 멍청이밖에 없죠. 당신도 알고, 사무엘도 알고 있는 거잖아요."

가미가 거울로 자신보다 훨씬 어린 그녀를 물끄러미 바라봤다. "그럼 그게 타당하다고 생각해요? 의지에 반하는 그들의 헌신을 이용하는 짓이? 말하는 대로 할 때까지 그들의 마음을 흔드는 짓이? 총알도 대신 맞아주도록 만드는 짓이 타당한가요?"

아무도 말이 없었다.

가미가 다시 나를 바라봤고, 이번에는 내가 혼쭐이 날 차례구나 생각하며 마음의 준비를 하고 있었다. "그러고 보니 당신은 처음 보는데, 어떻게 에니스가 당신을 생지옥으로 옭아맨 거죠?"

"제가 스스로 선택한 거예요."

"그럼 다행이네요. 신께서 당신한테 그게 필요하다고 느낀 거겠지. 슬슬 저 앞쪽 언덕에서 멀리 우리 집이 보이기 시작할 거예요."

우리가 굽은 길을 따라 둥글게 돌자 곳에 등대 하나가 하늘로 우뚝 솟아 있는 것이 보였다.

"설마." 내가 입을 떼었다. "정말이에요?"

가미가 내 표정을 보고 웃음을 터트렸다.

등대는 원격으로 작동했지만 완전 자동은 아니어서, 여전히 수동으로 조작해야 했다. 가미가 자신의 가족 이야기를 통해 등대가 세대를 거듭하며 어떻게 전해지고 지켜져 왔는지 말하는 모습을 보면서 고향에 대한 그녀의 깊은 애정을 느낄 수 있었다. 차에서 내려서 바위를 밟고 걸을 때에도 그런 애정이 느껴졌고, 하늘과 철썩이는 바다와 울부짖는 바람 소리에서도 느낄 수 있었다. 그녀가 성큼성큼 걸어가 등대로 들어가는 뒷모습에서도 느껴졌다. 그녀는 이곳에 속해 있고, 이곳은 오롯이 그녀의 것이었다. 이는 논란의 여지가 없는 분명한 사실이었다. 이렇게 깊숙이, 그리고 기꺼이 어딘가에 묶여 산다는 건 어떤 기분일까?

"괜찮아요, 이쁜이?" 에니스가 트렁크에서 꺼낸 배낭을 내게 건네며 물었다.

나는 고개를 끄덕이고 그를 따라 집 안으로 들어갔다. 집은 등대 바로 옆에 있고 평범했다. 등대처럼 역사가 느껴지는 것은 아니었고, 정말로 그저 평범한 현대식 건물이었다. 집 안의 천장은 낮았고 난로가 놓여 있었는데, 아이들이 있는 집답게 어지럽혀져 있었다.

곧이어 아이들이 모습을 나타냈다.

순간적으로 나는 아이들을 외면하려고 했다. 하지만 나도 모르는 사이 방에서 쏟아져 나오고, 바깥 언덕에서 뛰어 들어오는 아이들을 들뜬 마음으로 바라보고 있었다. 아이들은 열두 명이 아니라 여섯 명이고 모두 여자아이들이었다. 막내가 여섯 살이고 첫째가 열여섯 살이었는데, 똑같이 제멋대로 자란 빨간 머리에 옅은 주근깨가 있고 아무도 신발을 신고 있지 않았다. 아이들은 강해 보였다. 약간 꼬질꼬질해 보이긴 했지만 오히려 대단히 자유분방한 느낌을 풍겼다. 아이들도 똑같이 관심 어린 표정으로, 초롱초롱하고 장난기 가득한 얼굴로 나를 빤히 쳐다봤다. 각자의 이름을 알기도 전이었지만 벌써부터 나는 마음을 홀딱 빼앗겼다. 아이들의 아일랜드적인 모습, 그 친숙함 때문인지도 몰랐다. 아니면 그들의 닮은 모습에 대한 놀라움이거나, 혹은 그래서 낯설었기 때문인지도 모르겠다.

아이들은 한 명씩 신이 나서 에니스에게 안겼고, 그다음은 리아, 그리고 렌터카에서 내리는 나머지 선원들에게도 차례로 가 안겼다. 하지만 나는 달랐다. 아이들의 경계의 대상이었다.

"헤일리예요." 첫째가 나와 악수를 하며 자신을 소개했다. 가장 머리가 부스스한 그녀는 맑은 날 바다보다 더 깊고 진한 파란 눈동자를 가지고 있었다.

"그리고 얘는 블루, 샘, 콜, 브린, 퍼드예요."

아이들과 한 명씩 인사를 나누며 나는 유별난 이름들을 기억하려고 애썼다.

"걱정 마세요. 우리 이름을 전부 기억하는 사람은 없으니까요." 브린이라고 생각되는 아이가 말했다.

"그래도 최선을 다해 볼게."

"손님이 오면 가끔은 나도 애들한테 이름표를 달게 해요." 가미가 자백하듯 말을 던졌다.

"아일랜드 사람이에요?" 헤일리가 내게 물었다.

나는 고개를 끄덕여 보였다.

"우리도 다 아일랜드 사람이에요!" 퍼드가 외쳤다.

"거슬러 올라가면 그렇다는 거예요." 블루가 덧붙이며 말했다. "어느 지역에서 왔어요?"

"골웨이에서."

"아일랜드 공화국(1919년 아일랜드 민족주의 세력에 의해 선포된 공화국)이네요." 헤일리가 끼어들었다. "그럼 독립 전쟁과 영국의 북아일랜드 식민지화 종식을 지지했나요?"

내가 눈을 깜박이며 말했다. "글쎄…… 내가 몇 살처럼 보이니, 정확하게?"

헤일리는 얕은 한숨 소리를 냈는데, 내가 그 문제에 대해 더 깊게 질문할 대상이 아니라고 판단한 모양이었다.

다른 사람들은 모두 큰 주방 식탁에 둘러앉아 있었고, 나는 아이들에게 둘러싸여 거실에 서 있었다. 해가 높게 떠 있는 지금 시간에도 난로를 활활 태우고 있었는데, 바깥바람이 집을 반 토막 낼 기세로 강하게 불었기에 집 안의 공기는 차가웠다.

"나중에 아일랜드에 한번 오렴." 나는 아이들에게 말을 건네며 푹 꺼진 가죽 의자에 털썩 앉았다. "마음에 들 거야."

"계속 같이 있어도 돼요?" 헤일리가 물었다.

놀란 표정으로 나는 대답했다. "물론이지."

그러자 막내 퍼드가 내 무릎 위로 타고 올라와 편하게 자리를 잡았다.

"안녕."

"안녕하세요." 아이는 작은 손가락으로 내 머리카락을 빙글빙글 돌리고 기분 좋은 듯 콧노래를 부르며 내 인사를 받았다.

"역사를 좋아하는구나, 그렇지?" 내가 헤일리에게 물었다.

그녀가 고개를 끄덕였다.

"엄마는 언니가 대학에서 역사를 공부하길 바라요." 블루가 끼어들었다.

"프래니 이모 좀 놔 줘, 괴롭히지 말고." 가미가 주방에서 외쳤다. 큰 울 스웨터를 벗은 그녀의 모습에서 근육으로 다져진 우람한 팔과 어깨가 돋보였다.

아이들이 마지못해 자리를 떠나려고 하자 내가 서둘러 말했다. "괜찮아, 가지 마."

그 이후로 여섯 개의 그림자가 줄곧 나를 따라다녔다. 헤일리는 내게 질문 공세를 퍼부었고, 막내 퍼드는 늘 안겨 있기를 좋아하는 듯했다. 콜은 한마디도 하지 않았지만 내 얼굴에 우주의 비밀이 담겨 있는 것처럼 나를 빤히 쳐다봤다. 블루와 브린은 자기들끼리 시시덕거리며 노느라 바빴지만 가까이 붙어 있었고, 샘은 누가 무슨 말을 하든 상냥한 웃음을 짓고 있었다.

"우리 정원 보러 갈래요?" 퍼드가 물었다.

주방에서는 바질과 가미가 저녁 요리에 대해 서로 말싸움을 벌이고 있었다. 바질이 오지랖 넓게도 남의 집 주방에서 이래라 저래라 하는 모양이었는데, 이에 용감히 맞서 싸우는 사람은 가미가 처음이었다. 대심과 말라차이는 또 카드 게임을 하면서 서로 화를 돋우며 티격태격 싸우고 있었다. 리아는 소리로 짐작하건대 가미의 자동차 엔진을 정비하고 있는 듯했다. 아닉은 밖으로 나가더니 어딘가로 사라졌고, 에니스도 어디로 갔는지 알 길이 없었다.

나는 정원을 보는 것 외에 마땅히 할 일이 없었다. 내가 웃음을 지어 보이자 퍼드가 내 등에 업히려고 다가왔고, 나는 그런 그녀를 기꺼이 들쳐 업고 밖으로 나섰다. 그녀의 꼬물거리는 손이 내 목을 부드럽게 감싸 안았다.

"우리가 몇 달 동안 재배하고 있어요." 놀라울 정도로 길게 늘어선 채소밭이 언덕을 뒤덮고 있었다. 그곳을 오르며 샘이 덧붙였다. "여름 내내 기른 거예요."

"어떤 채소를 기르고 있는데?" 이랑 사이로 난 굽은 자갈길을 걸으며 내가 물었다.

"여기에는 양파를 기르고 있고요." 블루가 손가락으로 가리키며 내게 말했다. "저 멀리 있는 밭에는 감자가 있었는데, 지금은 우리가 다 캤어요. 그리고 여기는 비트랑 당근, 양배추, 음…… 이게 뭐였지, 콜?"

"케일." 콜이 속삭이듯 말하며 자주색과 초록색이 선명한 잎사귀를 손가락으로 매만졌다.

"콜이 제일 좋아하는 거예요." 블루가 말을 이었다. "장미처럼 생겼죠?"

"저기 더 많이 있어요." 샘이 끼어들었다. "여기저기에 허브가 많아요. 민트도 있고 다른 것도 있어요."

"민트, 웩." 브린이 싫다는 표정으로 코를 부여잡았다.

"정원 가꿀 줄 알아요?" 헤일리가 내게 물었다.

"조금. 너희만큼은 아니고."

"정원을 잘 못 가꾸면 어떻게 먹고 살아요?"

나는 웃음을 꾹 참으며 대답했다. "맞아, 잘 해야 하는데 배에서 지내다 보면 어려워."

"음, 그렇긴 하네요." 그녀가 맞장구를 쳤다. "그럼 집에 갔을 때 하면 되겠네요."

나는 고개를 끄덕였다.

"우리는 우리가 기르는 채소랑, 닭이 낳은 달걀, 바다에서 잡은 물고기 말고 다른 건 안 먹어요."

"오랫동안 물고기는 못 먹었어요." 브린이 한숨을 내쉬며 말했다.

"다른 고기는?" 내가 물었다. "가축은 하나도 안 기르니?"

"기르더라도 다른 고기는 안 먹어요." 헤일리가 가슴을 살짝 내밀고 질겁한다는 표정을 지으며 말했다. "아빠가 고기는 먹을 필요 없다고 했거든요."

사무엘이 그렇게 말했다고? 그가 배에서 고기를 먹는 걸 분명히 봤는데 말이지. 그러고 보니 내가 채식주의자라고 했을 때 왜 그렇게 멋쩍은 표정을 지었는지 이제 알겠네.

"정말 대단하구나. 부럽다." 내가 이 말을 했을 때 헤일리의 곤두서 있던 눈빛이 살짝 누그러졌다.

"허수아비 망도 내렸어요, 보이죠?" 헤일리가 정원의 끝자락을 가리키며 말했다. 그곳에는 긴 망을 두른 철로 된 허수아비가 놓여 있었다. "야, 거기서 나와." 그녀가 흙 밭에서 서로 몸싸움을 하다가 엉망진창이 된 블루와 브린에게 소리쳤다.

"왜 내렸는데?" 내가 헤일리에게 물었다.

그녀는 어깨를 으쓱하며 대답했다. "최근에는 새들이 먹으려고 덤벼들지 않아서요."

"새들이 다 없어져서 그래." 블루가 확실하다는 듯이 말했다.

나는 마른침을 삼켰다. "슬픈 일이지."

헤일리가 어깨를 으쓱거렸다. "저도 그렇게 생각해요."

"채소들한테는 다행이에요!" 퍼드가 내 어깨 뒤에서 활기찬 목소리로 말했다.

다음으로 우리는 넓고 큰 미로처럼 생긴 닭장으로 가서 시간을 보냈다. 그 안에는 닭들이 잘 수 있게 나무로 만든 집과 넓게 깔린 잔디가 있어 그들이 마음껏 헤집고 돌아다닐 수 있었다. 모두 23마리였고, 사람 손을 너무 많이 타서 만지거나 잡아도 가만히 있었다. 얼룩덜룩한 깃털은 비단처럼 매끈했고, 부드럽게 우는 소리는 정답기 그지없어 이곳에 있는 시간이 너무 좋았다.

우리가 언덕을 내려가 길게 뻗은 모래사장이 있는 해변가에 다다랐을 때에는 이미 어둑하게 땅거미가 내려앉고 있었다. 아이들이 신이 나서 앞서 달려 나갔지만 퍼드는 내 등 뒤에서 가만히 있었다. 아이가 점점 더 무거워져 왔지만 나도 어떻게 해서든 아이와 떨어지고 싶지 않았다.

어느샌가 사라졌던 두 아이가 거대한 흑마를 데리고 다시 해변으로 오고 있었다. 나에게 손을 흔들어 보이고는 차례로 훌쩍 몸을 날려 말에 오르더니 해변을 따라 달렸다. 거대한 말발굽 소리가 울려 퍼지고 모래가 사방으로 튀었다. 말에 올라탄 아이들이 작은 장난감 인형을 올려놓은 것처럼 보였지만, 그래서 그 모습이 더욱 현실적으로 느껴졌다.

퍼드가 꿈틀대며 등에서 내려와 언니들과 모래를 만지며 놀기 시작했다. 나는 모래 언덕에 자리를 잡고 앉아 말을 탄 두 아이가 넓은 해변을 오가며 질주하는 모습을 지켜봤다. 금빛 황혼이 하늘을 분홍빛으로 물들이고 바다를 반짝이게 했다. 나는 손과 발을 거친 모래에 묻고 피부로 느끼며, 오늘 저녁과 같은 일상을 사는 삶이 어떨지 스스로에게 물어봤다. 하지만 나는 이런 삶과는 거리가 멀었다. 지금껏 오늘 같은 달콤함을 위해 살아왔다고 해도 어느 순간이면 그런 삶을 통째로 집어삼켜서 피로 흘려보냈을 것이기에, 결국 아무것도 남아 있지 않을 게 뻔했다. 나는 다른 종류의 삶을 살았고, 그것은 어쨌든 죽음과도 같은 것이었을 테니까.

에니스가 와인과 맥주를 가지고 조용히 나타나 내 옆에 앉았다. 내게는 와인을 건네고 자신은 맥주를 마셨다. 의도적으로 나를 피해 온 그였기에 그가 내 옆자리에 앉자 나는 깜짝 놀랐다.

"대단한 아이들이죠?" 여자아이들을 바라보며 그가 물었다.

나는 고개를 끄덕였다. "당신 아이들은 어때요?"

대답을 기대하지 않고 던진 질문이었는데 그의 말이 이어졌다. "모르겠어요. 이제 더 이상 아이들에 대해서 아는 게 없어요."

"이름이 뭐예요?"

"오웬과 헤이즐이요."

목이 멘 듯한 그의 목소리를 듣고 나는 아이들에 대한 질문을 더 이상 하지 않았다.

대신에 그동안 궁금했던 걸 물었다. "도대체 그 대단한 비밀이 뭐죠? 아닉이 어떻게 당신의 일등 항해사가 된 건지 아무도 내게 얘기를 안 해 주던데요?"

"비밀이랄 것도 없는데." 에니스가 말했다. "그냥 그들이 직접 할 얘기가 아니었던 거죠. *사가니*호를 타기 전에 아닉과 난 다른 배를 함께 타고 있었어요. 폭풍을 맞고 침몰했는데 우리만 빼고 전부 죽었죠. 돛대 조각을 붙잡고 서로 의지하면서 구조될 때까지 삼일 동안을 물에서 버텼죠. 그래서 지금도 서로가 아니면 배를 안 띄워요. 그 외에 다른 건 없어요. 그게 다예요."

나는 조용히 있었다. 내가 생각했던 것과는 많이 달랐다. 바다에서 그렇게 오래 있게 되면 어떤 기분이 들까? 그 시간을 함께 견뎌낸 누군가와는 평생 함께할 수밖에 없는 운명으로 엮이게 되는구나. 그런 생각을 하고 있자니 등골이 서늘해졌다.

"왜 내게 말을 거는 거죠?" 마침내 내가 묻고 싶던 걸 물었다.

에니스가 나를 빤히 쳐다봤다. "연민이랄까."

나는 어이가 없다는 듯 그에게서 시선을 돌렸다.

말이 우레 같은 소리를 내며 지나갔고, 두 여자아이의 빨간 머리카락이 까만 말갈기와 함께 헝클어져 뒤쪽으로 흩날렸다.

"물고기는 돌아올 겁니다." 갑작스레 에니스가 말을 던졌다.

"아니요. 이제 안 돌아와요. 사람들이 있는 한."

"항상 주기적으로……."

"지금은 달라요. 대량 멸종 상태라고요, 에니스. 돌아오지 않아요."

그의 얼굴이 강하게 일그러졌다. 그의 그런 표정은 처음이었다.

"왜 스스로에게 이렇게까지 하는 거예요?" 그에게 물었다. "마치 벌을 주는 것처럼. 왜 그러는 거예요?"

"다른 게 없으니까요. 내겐 아무것도 없어요. 물고기를 잡는 것과 내 아이들밖에 없죠. 하지만 내가 이 일을 계속하지 않으면, 뭔가를 내가 해내지 못하면 아이들도 더 이상 내 곁에 남지 않겠죠."

"내가 잘 몰라서 하는 말이라면 알려줘요. 이 일이 양육권이랑 무슨 상관이 있는 거죠?"

"이 일을 못 해서 돈을 못 벌면 아이들을 데려올 수 없잖아요."

"우선 아이들에게 돌아가요. 그리고 택시 운전을 하든, 건물 청소를 하든, 술을 따르든, 뭐든 하면 되잖아요. 아이들 옆에 붙어 있지 않는 한 결코 아빠가 될 수 없어요."

그는 고개를 저었다. 내 말을 하나도 듣지 않는 것 같았다. 그런 그를 빤히 바라보는데 갑자기 무언가 천천히 내 온몸에 스며드는 것 같았다. 그래, 그런 거였어.

에니스와 나는 똑같은 부류였다.

언젠가 내가 그를 판단하고 있다고, 자신을 쓰레기로 생각하고 있다고 그가 말한 적이 있다. 사실 그랬다. 나도 그와 전혀 다를 것이 없는데 어떻게 그의 파괴적인 욕망을 판단할 수 있을까?

"젠장, 나 자신을 멈출 수가 없어요." 에니스가 인정하며 말했다. 그러고는 스스로를 진정시키려는 듯 맥주를 벌컥벌컥 들이켰다. "병이죠."

나도 나일에게 정착하지 못하고 방랑하는 내 발에 대해, 계속해서 그를 떠나고 그에게 상처 주는 것에 대해 똑같이 말한 적이 있다. 하지만 지금 그 얘기를 반대 입장에서 들어 보니 이기적인 변명으로밖에 들리지 않았다.

에니스는 자신을 내려놓고 뭔가 확실한 대답을 듣고 싶어서 계속 말을 이었지만 사람을 잘못 찾아 왔다. 나는 해 줄 수 있는 말이 없었다. "고기잡이는 수백 년 동안 이어온 가업이죠. 세대를 거듭해 모두가 어부였고, 다른 일은 꿈도 꾸지 않았죠. 내가 자라면서 보고 들은 거라곤 골든 캐치를 찾아야 한다는 것뿐이에요. 그걸 찾으려는 수많은 어부들 중에서 가장 먼저 찾아야 한다고."

그는 한동안 말을 멈췄다가 조금은 부드러워진 목소리로 덧붙였다. "그리고 내가 잘할 수 있는 유일한 거예요. 좋은 아빠이면서 여전히 나로 살아갈 수 있는 방법이 있으면 좋겠네요."

나 또한 거기에 대한 답은 없었다. 얽매여 있으면서 동시에 자유로울 수 있는 방법을 나도 여태껏 찾지 못했으니까.

맥주잔을 잡은 그의 손이 떨렸다. "내가 아이들과 함께 있기 위해서 모든 것을 포기해야 한다면 그럴 수 있어요. 하지만 잘 끝내야 해요. 뭔가를 반드시…… 이뤄내야만 해요."

"그게 다른 사람들을 위험에 처하게 하더라도 말이죠."

"그래요." 그의 목소리가 갈라졌다. "그렇다 하더라도."

우리는 서로 아무 말 없이 아이들이 이리저리 뛰어다니며 노는 모습을 바라봤다. 우리 사이에 흐르는 무거운 침묵은 수치심을 동반하고 있었지만 새로운 이해를 포함하기도 했다.

"다른 사람들은 봐 주는 게 어때요?" 내가 물었다.

"나 혼자서는 할 수 없어요."

"저랑 하면 되잖아요?"

에니스가 나를 바라봤다. "우리 둘이서요?"

나는 고개를 끄덕였다.

그는 천천히 고개를 저었다. "아니요, 그럴 수는 없죠." 하지만 그의 눈빛에서 무언가 작은 변화가 느껴졌다. 한줄기 빛을 본 듯한 느낌이 들었다.

"저녁식사요!"

우리가 같이 몸을 돌려 보니 바질이 집에서 우렁차게 외치고 있었다. 에니스가 일어섰다. 그의 희끗한 턱수염이 빛에 반사되어 은빛으로 반짝였다.

"저는 아이들이랑 같이 갈게요." 나는 혼자만의 시간이 필요했다.

말의 하얀 구절(fetlock, 말굽 바로 윗부분 뒤쪽 돌기)은 두껍고 덥수룩했고, 작은 몸을 싣고 달리는 근육의 떨림은 애정을 담고 있었다. 제일 막내인 퍼드가 여섯 살이다. 나처럼, 그 애 아빠처럼 새까만 머리카락을 가진 내 딸도 지금 저 나이였을 텐데.

13

캐나다, 뉴펀들랜드
이동 시즌

"왜 울어요?"

눈을 떠 보니 퍼드가 내 앞에 앉아 있었다. 다른 아이들은 말을 끌고 언덕을 오르고 있었다. 태양은 이제 완전히 지고 반짝이는 별들이 하늘을 뒤덮고 있었다.

"난 항상 울거든." 얼굴에 흐르는 눈물을 닦으며 내가 말했다.

"헤일리 언니도 맨날 울어요. 엄마가 그러는데 언니의 전생이 자꾸만 몰래 찾아와서 그런 거래요."

나는 미소를 지었다. "좋은 말이구나."

"아마 그게 맞을 거예요. 엄마가 말한 거니까요."

"그래, 그런 거 같네."

"우리 가요. 배 안 고파요, 프래니 패니?" 아이는 내 이름으로 말장난을 치며 웃었고, 나도 아이를 따라 웃음 지었다.

"그래, 배고파 죽겠다." 아이가 내 손을 잡고 집으로 이끌었다. 등대의 불빛이 밀물과 썰물처럼 끊임없이 돌고 돌았다. 비추고 사라지고, 비추고 사라지고.

카드 게임을 하던 테이블도 큰 저녁 식탁에 더해졌지만 14명이 모두 앉으려니 비좁을 수밖에 없었다. 그래도 가미는 아이들까지 다 함께 모여 식사하기를 원했고, 아이들 또한 모두 식탁에서 예의 바르게 행동했다.

"아빠를 위해서." 콜이 꿈속에서 말하듯 속삭였고, 우리는 다 같이 사무엘을 위해 잔을 들었다.

저녁 메뉴는 입맛을 돋우는 겨울 채소 스튜였다. 바질은 평상시 시큰둥한 모습을 감추고 식탁을 한 바퀴 돌며 모든 그릇에 로즈메리 한 줄기와 레몬 한 조각씩을 올려 주었고, 어른들에게는 와인을 한 잔씩 가득 따라 주었다. 그의 꼼꼼함과 열정, 그리고 작은 부분까지 신경 쓰는 세심한 모습에 흡족해하고 있는 나 스스로에게 깜짝 놀랐다. 그런 나를 향해 바질이 윙크를 날렸고, 그것으로 산통이 깨졌다.

"어쩌다 보니 아직 당신네 새로운 아가씨에 대해 듣지를 못했네." 가미가 말을 꺼내자 모든 시선이 내게로 향했다.

"조류학자예요." 말라차이가 말했다. "그녀의 새들이 우리를 물고기가 있는 데로 안내하고 있죠."

"이제 남은 물고기는 없는데요?" 퍼드가 따지듯이 물었다.

"아직 있단다." 내가 말했다. "숨어 있을 뿐이지."

"어떤 새예요?" 헤일리가 물었다.

"북극제비갈매기야." 나는 불현듯 남편이 처음으로 이 새에 대해 말해 주었던 그의 실험실이 떠올랐다. 이 작은 새들의 이동과 그 용기에 대해 설명해 주면서 처음으로 내게 눈물을 보이던, 정말로 눈물방울을 뚝뚝 떨구던 그와 함께 있던 그곳이 생각났다. "이 새들은 세상에서 가장 먼 거리를 이동하는 새야. 북극에서 남극으로 갔다가, 다시 그 먼 길을 돌아오는 새지."

"그래서 새들을 따라가는 거예요, 프래니?" 가미가 물었다. "연구하기 위해서?"

나는 고개를 끄덕였다. "세 마리에 위치 추적기를 달아놓았어요." 나는 침을 꿀꺽 삼켰다. "아, 이제 두 마리네요. 미안해요."

"왜 직접 따라나서는 거죠?"

"연구 방법의 일환이에요."

"팀이 없어요? 혼자서 그 먼 길을 따라간다고요?" 그녀는 내게서 눈을 떼지 않고 천천히 고개를 저으며 말했다. "왜 그렇게 외로운 삶을 택한 거예요?"

내 대답을 기다리는 동안 아무도 말이 없었다.

나는 무릎에 손을 포개고 그 질문의 의미를 되뇌었다. "인생은 언제나 외롭잖아요. 새들과 함께하면 그나마 좀 덜 외롭죠. 예전에 남편을 만나게 된 것도 새들 때문이고요."

도대체 내가 무슨 소리를 하는 거지?

침묵은 더 길어졌다.

"완전히 넋이 나갔군." 바질이 불쑥 말을 던졌다.

"말조심해, 바질." 아이들이 낄낄거리는 모습을 보고 대심이 말했다.

저녁식사 후 여자아이들이 노래를 부르기로 했다. 내가 아이들을 한데 모으자 족히 5분 동안 무슨 노래를 처음에 부를지 말싸움을 벌였다. 결국 헤일리가 나를 위해 아일랜드 노래만 불러야 한다고, 그래야 내가 고향을 덜 그리워할 것이라고 딱 잘라 말했다.

솜씨는 미숙했지만 순식간에 아이들의 노래는 가족처럼 나를 위해 주방에서 연주해 주던 킬페노라 실리 밴드가 되었고, 바닷가 옆 엄마의 오두막집이 되었고, 엄마를 그리는 노래가 되었다. 내 몸은 멀리 떨어져 닿지 않는 곳에 있지만 내 남편이 되었고, 절대 원한 적도 없고 낳지 않으려 몸부림쳤던, 하지만 비극적으로 너무나 사랑하게 되어버린, 잃어버린 내 딸이 되었다. 그리고 막내 퍼드가 내 목을 손가락으로 감싸 안고 뜨거운 입김을 내 귓가에 불어 넣었을 때 내 마음의 빗장이 부서져 열리며, 이제 다시 한번 내 팔에 내 아기가 안겨 있었다. 가장 소중한 그 애가, 너무 고요하게, 숨도 쉬지 않고, 온기도 없이 안겨 있었다. 이 아픔과 고통은 아무리 떨쳐 버리려고 해도 사라지지 않았다. 참을 수 없을 정도로 아무런 무게감 없이 내 팔에 안겨 있는 그 공허한 느낌은 절대 사라지지 않았다.

내가 문을 향할 때 이미 몸에서 감각이 느껴지지 않았다. 바깥은 엄청 추웠지만 나는 추위를 느끼지 못했다. 문이 닫히기 전 내 등 뒤에서 블루가 하는 말이 들렸다. "우리가 이모를 화나게 했나요?" 그러자 아닉이 대답했다. "아니, 어두운 그늘이 그런 거야."

나는 언덕을 지나 해변으로, 그리고 바다로 걸어 들어갔다. 옷을 모두 벗어던지고 얼음장같이 차가운 물을 헤치며 나아갔다.

어마어마할 고통도 아무렇지 않게 느껴졌다. 아무것도 아니었다.

나는 바다에 누워 지금까지 경험하지 못한 가장 큰 상실감을 느끼고 있었다. 내게는 고향을 그리워할 자격이 없었다. 내가 늘 필사적으로 떠나려고 했던 것들을 그리워할 자격이 없었던 나였기 때문이었다.

사랑은 할 수 있지만 머물지 못하는 부류의 존재에게는 그럴 자격이 없는 게 마땅하겠지.

리아와 가미, 헤일리가 마침내 나를 발견했다. 그들은 해변가로 나를 끌어 올려 담요로 온몸을 감싸 주었다. 어디선가 계속 그냥 죽게 내버려 두라고 외치는 소리가 들렸다. 가미가 내 이마에 키스해 주었고, 헤일리는 내 머리를 쓰다듬었다. 그들이 나를 너무 꽉 껴안아 줘서 서로의 몸이 함께 떨렸고, 그 순간 나는 그 외침의 주인공이 나였다는 사실을 깨달았다.

"진정해요." 헤일리가 내 귀에 속삭였다.

하지만 나는 그럴 수 없었다.

노르웨이, 트론헤임

8년 전

"여보세요?"

"나예요." 나는 한참 동안 남편의 숨소리를 들었다.

"지금 어디예요?" 그의 목소리는 매우 피곤해 보였다.

"트론헤임(Trondheim, 노르웨이 쇠르트뢰넬라그주에 있는 도시)이요."

그가 상황을 파악하고 다시 대답하기까지는 약간의 시간이 걸렸고, 나는 그의 안부에 대해 이것저것 물으며 그를 지치게 했다. "왜 트론헤임에 간 거예요?"

"오슬로에 있었는데 시내 불빛 때문에 오로라가 보이지 않아서요."

"그래서 결국 오로라를 찾은 거예요? 어때요?"

"지금 발코니에서 보고 있어요. 너무 아름답고 대단해요, 나일. 너무 멋져요."

"누구네 집 발코니예요?"

"친구네요."

"괜찮은 거죠?"

"그럼요."

"누구네 집인지 내게 이름과 주소를 문자로 보내줄 수 있어요?"

"저녁 먹으면서 만난 부부의 집인데, 앤하고 카이라고 해요. 조금 있다가 문자로 보내 줄게요."

"돈은 충분히 있고요?"

"네."

"언제 집에 올 거예요?"

"곧 갈게요."

그가 잠시 말을 멈췄다. 나는 벽에 등을 기대고 스르르 미끄러지며 바닥에 앉았다. 초록과 자주색 빛이 밝게 하늘을 휘저으며 춤추고 있었다. 수화기를 통해서 남편을 느낄 수 있었다. 그 느낌이 너무 강해서 마치 그를 만지고 있는 것 같았고, 내 뺨에 닿는 그의 숨결과 향기가 느껴지는 듯했다. 그 친밀한 느낌이 그의 부재를 더욱 실감 나게 만들자 현기증이 났다.

"여기 너무 외로워요, 여보." 눈물이 볼을 타고 흘러내렸다.

"여기도 너무 외로워요, 여보." 나일이 대답했다.

"끊지 말아요."

"안 끊을게요."

그렇게 우리는 오래도록 전화를 끊지 않았다.

캐나다, 뉴펀들랜드
이동 시즌

그들은 나를 침대에 눕히고 뜨거운 물병 여러 개를 내 발 주변에 놓아두었다. 한편으로는 창피함에 몸 둘 바를 몰랐지만 지금은 그저 정적을 원할 뿐이었다.

일단 정적이 나를 찾아들 때면 그것은 전혀 다른 나, 괴물을 만들어 낼 테니까. 정적이 내게 스며들어 나를 집어삼키기 전까지는 그저 더할 나위 없이 평온해 보이겠지만.

자리에서 일어서자 관절마다 통증이 느껴지고 머릿속에 비명 소리가 울려 퍼졌다. 나는 서둘러 통로를 지나 계단을 내려갔다. 그리고 다시 바깥으로 나갔다. 어쨌든 추위를 느끼지 못했기 때문에 밖이 얼마나 추운지는 상관없었다. 나는 곶으로 걸어 올라가 거친 대서양을 바라볼 수 있는 곳에 자리를 잡고 앉았다. 그리고 사랑하는 당신과 함께했던 처음 그날로 되돌아갔다. 언제나 내가 그랬던 것처럼.

2장

PART TWO

14

아일랜드, 골웨이

12년 전

처음에는 간질간질 했다가 점점 더 깊이 파고들더니, 상처가 나고, 찢어지고, 숨이 막히는 지경까지 갔다. 내가 할 수 있는 것이라고는 내 몸속에서 자라난 깃털을 토해 내고 또 토해 내는 것뿐이었다. 그렇게라도 하지 않으면 단 한 숨도 들이마실 수가 없었다.

"프래니!"

무언가가 나를 위에서 땅으로 짓눌렀다. 오, 이런. 사람인 듯한데.

정신을 차리고 보니 남편이 나를 침대에서 꼼짝 못 하게 누르고 있었다. 갑작스럽게 손발이 묶여 힘을 못 쓰게 되자 나는 이에 저항하듯 몸을 한껏 웅크린 채 발버둥 치고 있었다.

나일이 급하게 뒤로 물러서며 두 손을 들어 보였다. "침착해요. 괜찮아요."

"지금 뭐 하는 거예요?"

"프래니, 잠에서 깨어 보니 당신이 내 목을 조르고 있었어요."

나는 숨을 고르며 그를 바라봤다. "아니…… 숨이 막힌 건 나였는데……."

그의 눈이 더욱 커졌다. "아니에요, 당신이 내 목을 조르고 있었어요."

두려움이 내 안에 자리잡기 시작했다. 나는 지금껏 누군가의 옆에서 잠을 자 본 적이 없고, 깨어난 적도 없었다. 어젯밤에 우리는 결혼을 했고, 오늘 아침에 내가 그 사람을 죽이려 했다니.

나는 이불에 걸려 비틀거리며 침대에서 내려오자마자 화장실로 달려가 변기에 구토하기 시작했다. 그가 뒤따라와 내 머리카락을 잡아주려 했지만 내가 뿌리쳤다. 도움받고 싶지 않았다. 너무 창피했다. 속에 있는 걸 다 게워내고 입을 헹군 후에도 한동안 그를 똑바로 쳐다볼 수가 없었다.

"미안해요. 몽유병이 있어요. 가끔 다른 증세도 있고요. 미리 말했어야 했는데."

이 말을 듣자 그가 말했다. "그랬군요. 뭐, 좋아요, 젠장." 그러고는 웃음을 지어 보였다. "그래도 조금 마음이 놓이네요."

"마음이 놓이다니요?"

"난 당신이 어젯밤 일을 정말로 후회하는 줄 알았잖아요."

그의 목소리에 왠지 씁쓸함이 묻어 있어서 나는 나도 모르게 피식 웃음이 나왔다. "잠결이었어요."

"지독한 악몽을 꿨을 거예요."

"생각도 안 나요."

"숨이 막힌다고 그랬어요."

그래, 내 입과 가슴 속에 상처가 났었지. 나는 몸을 부르르 떨며 기억이 떠오르려고 하는 것을 애써 차단했다.

"자주 그런 꿈을 꿔요?"

"아니요." 그를 지나쳐서 주방으로 가며 거짓말로 대답했다. 속의 내용물을 다 쏟아 내서 그런지 배가 고팠다. 그의 아파트는 내 취향과 다르게 심플하고 너무 현대적이어서, 어젯밤 우리는 신혼집이 될 만한 새로운 장소를 물색해 보기로 했다.

그의 냉장고에 있는 것이라고는 건강식 곡물과 열매뿐이었다. 지금 당장은 어제 마신 알코올을 모두 흡수시킬 음식이 필요했다. "우리 나가서 기름진 음식 먹으면 안 될까요?"

"정말 큰일은 아닌 거죠?" 그가 어리둥절해 하며 물었다. "매일 밤 목 졸리는 걸 감당해야 하는 건 아니겠죠? 다른 증상이라는 건 또 뭐예요? 집을 나가기도 해요? 위험하진 않아요?"

잠에서 깬 뒤 처음으로 나는 그의 얼굴을 똑바로 바라봤다. 다시 그 사람이 눈에 들어왔다. 침대에서 나를 꼼짝 못 하게 누르며, 나보다 모든 면에서 힘이 세고, 눈빛에 어딘가 놀라움과 단호함이 보이는 사람. 그 사람이 잠에서 깼을 때 내 모습은 어떻게 보였을까?

"다시는 이런 일 없을 거예요." 내가 말했다. "약속해요. 복용하는 약도 있으니까요." 또 다른 거짓말을 했다. 사실 이런 문제를 해결해 줄 약 같은 건 없다. 하지만 그 사람이 나를 걱정하게, 혹은 나를 두려워하게 만들고 싶지 않았다. 그의 눈동자에 서린 저 표정을 원하지 않았다. 나를 짓누르던 그의 손에 의해 잠에서 깨어났을 때 내가 느꼈던 그 감정을 그 사람도 느끼게 하고 싶지 않았다.

3일 동안 똑같은 일이 있었다. 정확히 말하자면 목을 조른 것은 아니고 아파트를 서성이다가 몸부림치며 주방 벽장을 뜯어냈다. 나일은 무엇보다도 내가 나 자신을 다치게 할까 봐 겁이 난 모양이었다. 나는 낯선 집에서 다른 누군가와 함께 지내며 현실에서 동떨어진 생활을 해 본 적이 한 번도 없었기 때문에 평상시보다 증상이 더 자주 일어나는 것 같다는 말은 하지 않았다. 대신에 그에게 침실에 있는 날카로운 물건을 모두 없애고, 다른 가구도 다 치워달라고 부탁했다. 그리고 안에서 잠가도 문을 열 수 없도록 열쇠를 내가 찾을 수 없는 곳에 숨겨달라고 부탁했다.

이렇게까지 하면서 나도 너무 긴장되었지만, 그 말은 차마 그에게 할 수 없었다.

밤에 잠자리에 들었을 때면 벽이 오그라지고 천장이 내려앉아서, 당장 문을 박차고 나가거나 창문을 깨부수고 이 빌어먹을 아파트에서, 이 도시에서, 아니, 이 나라에서 도망치고 싶다는 말을 어떻게 그에게 할 수 있을까. 그 어떤 말도 그에게 하지 않았다. 그냥 내 손목을 침대 기둥에 묶고, 우리가 자는 동안 내가 이 불쌍한 남편의 목을 조르지 않기를 바랄 뿐이었다.

"오늘 뭐 할까요?"

나일이 내 손목을 풀어 주었고, 나는 옆으로 뒹굴어 그의 얼굴을 빤히 바라봤다.

"일해야 하잖아요."

"그게 중요한가요?" 그가 대답했다. "그런다고 변하는 것도 없는데."

그에게서 이 말을 듣고 놀랐지만 티를 내면 안 될 것 같았다. 어쨌든 열정의 이면에는 우울함이 있기 마련이니까. 학생들을 가르치는 일은 언제나 중요하다고 일러주는 대신에 그에게 키스를 했다. 우리는 아침 햇살을 받으며 사랑을 나눴지만 깃털에 대한 기억으로 신경이 쓰였고 손목이 아파서 온전히 그와 함께 있다는 느낌을 받을 수 없었다. 내가 숨기고 있는 괴물의 존재를 전혀 모르는 남자와 한 침대에 있다는 기분만 들었다.

그가 오늘 뭘 하고 싶은지 다시 물었다.

"당신이 하고 싶은 거요." 내가 말했다.

"정말로? 따로 계획한 것도 없고요?"

"오늘 쉬는 날이거든요."

"알아요. 밖에서 특별히 뭐 하려고 했던 것이 없는지 묻는 거예요."

나는 인상을 찌푸리며 그를 바라봤다.

그가 웃으며 실토했다. "어제 전화 통화하는 걸 들었거든요. 두린에서 누구 만나기로 했잖아요."

"엿들었어요? 음흉하기는!"

"아파트가 작잖아요."

나는 오만상을 찌푸렸다.

"그래서 직접 운전할래요? 아니면 내가 할까요?" 그가 물었다.

"혼자 다녀오겠다고 하면요?"

"그럼 혼자 가야죠."

그에게 무슨 꿍꿍이가 있는지 잠시 살펴봤지만 그는 진심인 듯했다. 그래서 나는 어깨를 으쓱하며 무관심한 척 말했다. "가고 싶으면 같이 가요. 지루하겠지만요."

그는 곧바로 샤워를 하러 가며 대꾸했다. "지루함은 지루한 사람들을 위한 거니까."

두린으로 가는 내내 음악을 듣거나 대화를 나누지도 않았다. 계속되는 정적이 한편으로는 편안했지만 다른 한편으로는 어색하기 그지없었다. 차 안의 공기까지 답답하게 느껴져 바깥 추위에도 불구하고 창문을 내리고 달렸다.

목적지에 가까워질수록 나는 점점 더 초조해졌고, 이곳에 오기로 한 건 내 실수라고, 이제라도 다시 돌아가야 한다고, 분명 안좋은 일만 있을 뿐이라고, 그래서 엄마도 나를 이곳으로 데려오지 않은 것이라고 계속해서 나 스스로를 설득했다.

"당신 억양에 대해서 말해 줘요." 내 초조함을 눈치챘는지 나일이 말을 걸었다.

"내 억양이 어때서요?" 오른쪽에 펼쳐진 바다에 시선을 고정한 채 내가 되물었다.

"솔직히 말해서 어디 억양인지 전혀 파악을 못하겠어서요." 그가 실토했다. "가끔은 영국식인 거 같기도 하고, 어떨 때는 미국식인 거 같기도 하고. 그게 순수 아일랜드식인 건가."

"내 혈통도 모르고 결혼했네요."

"그런 거죠." 그가 말을 받았다. "당신은 정확히 알고 있어요?"

"내가 어디 출신인지요?" 그를 향해 몸을 돌리고 대답을 하려고 입을 벌렸지만 바로 대답이 나오지 않았다. "내 생각에는……모르겠네요."

"결국 그런 거죠?" 나일이 우리 앞에 펼쳐진 도로를 향해 고개를 끄덕이며 말했다.

나도 고개를 끄덕였다.

"좋아요, 그럼. 오히려 멋있네요."

그 조그마한 집은 산등성이에 자리하고 있었다. 진입로로 들어가면서 우리는 파릇파릇한 풀들이 비탈지게 펼쳐져 바다까지 연결되어 있는 광경을 볼 수 있었다. 그 사이로 바위가 듬성듬성 놓여 있고 땅도 고르지 못한 방목장이 넓게 가로질러 있었으며, 곳곳에 염소들이 흩어져 있었다.

내가 노크를 주저하자 나일이 나섰다. 문을 열어 준 남자는 천 년은 살아온 듯 나이 들어 보였고 온갖 풍파에 시달린 매정한 얼굴을 하고 있었다. 그는 눈을 가늘게 뜨고 우리의 정체를 파악하려 했다.

"안녕하세요, 선생님." 나일이 인사를 건넸다. "존 토페이 씨를 찾아 왔습니다."

"그 사람이 나요. 땅 문제로 온 게 아니라면 그 옛날 재키는 이제 없소."

나일이 웃음을 지어 보이며 말했다. "땅 문제로 온 건 아니고요."

내가 나서야 할 차례였다. 나일은 내가 이곳에 온 이유를 몰랐기에 더 이상 설명할 수 있는 건 없었으니까. "혹시 '아이리스 스톤'이라는 사람을 아시는지 궁금해서요."

존은 거의 눈을 감을 정도까지 가늘게 뜨고 나를 뚫어지게 바라봤다. "지금 농담하는 거요?"

"아닙니다."

"그럼 자네가 작은 딸내미인가 보네. 자네가 세상에 났다는 얘기는 들었는데, 이제 보니 다 컸군." 깊게 한숨을 푹 내쉬며 그는 우리를 안으로 들였다.

나는 무슨 상황이 벌어질지 몰라 내내 긴장하고 있었지만 진실에 한 발 더 가까워졌다는 느낌만큼은 강하게 들었다.

집은 단출했고, 다른 누군가가 떠나고 남겨진 삶을 보여주듯 여기저기에 여자의 손길이 묻어 있었다. 이제는 그 끝이 지저분해진 레이스가 달린 낡은 커튼과 선반 위에 놓인 한때는 생기가 넘쳤겠지만 지금은 대부분 이가 빠진 도자기 조각상들이었다. 모두 먼지가 두껍게 쌓여 있었고, 창문은 너무 더러워서 빛줄기가 틈새로만 겨우 새어 들어왔다. 집이 너무 쓸쓸해 보여서 순간 서글픈 마음이 들었다. 벽난로 위 선반에는 한 장의 사진이 놓여 있었는데 지금보다 훨씬 어려 보이는 존이 놀라울 정도로 선명한 오렌지색 부스스한 머리를 하고 있었다. 그리고 그 옆에는 그의 아내 마리로 보이는 검은 머리의 여자와 그들 사이에 작은 여자아이가 있었다. 아이도 자신의 엄마와 똑같이 잉크처럼 까만 머리카락을 지니고 있었다. 그때 존이 손짓으로 자리에 앉으라고 하는 바람에 더 자세히 들여다볼 수 없었다.

"그래, 알고 싶은 게 뭐지? 땅 얘기라면 나눌 이야기가 아주 많겠지만."

나는 머릿속이 혼란스러워 얼굴을 찌푸렸다. "아니에요. 저는 그냥 엄마에 대해 여쭙고 싶어서 온 거예요. 킬페노라의 마거릿 보웬 씨가 이곳에 오면 알 수 있지도 모른다고 했거든요."

그러자 그가 웃음을 터트렸고, 그 소리는 곧 헐떡거리는 기침으로 바뀌었다. "아, 이제야 알겠군. 마거릿이 깜박깜박하나 보네. 누가 어디에 있는지 하나도 기억을 못 하는 거 보면."

그러고는 그는 부엌으로 향했고, 나일과 나는 그가 이리저리 움직이는 소리를 가만히 듣고 있었다.

"도와드릴까요, 존?" 나일이 물었지만 존은 대답하지 않았고, 낮게 신음을 내뱉으며 꽃무늬가 그려진 쟁반을 들고 자리로 돌아왔다. 쟁반 위에는 초콜릿 비스킷이 담긴 접시와 물 두 잔이 올려져 있었다.

"고맙습니다." 물 잔을 받아 들고 안에 낀 찌든 때를 보면서 내가 말했다. 하지만 존은 전혀 개의치 않는 듯했다.

"그럼 바로 얘기를 해 줘야겠네. 별로 아는 게 없어 보이니."

"부탁드립니다."

"아이리스는 내 딸이야."

꼼지락거리던 내 손가락이 순간 움직임을 멈추더니 내 몸의 모든 기능도 함께 정지했다.

"지금껏 수십 년 동안 딸을 보지 못했는데, 저기에 있는 아이지." 그가 벽난로 위의 사진을 가리켰다.

나는 떨리는 다리로 일어나 벽난로 위의 사진을 집어 들었다. 숨을 제대로 쉴 수가 없었다. 가까이 들여다보니 꼬마 여자아이는 나랑 꼭 닮아 있었다. 왜 바로 알아보지 못한 걸까. 하기야 엄마의 어린 시절 사진을 한 번도 본 적이 없으니까. 다시 자리에 앉아 사진을 무릎 위에 두고 엄마의 얼굴과 까만 머리, 그리고 엄마가 입은 작고 빨간 드레스에 손가락 끝을 댔다.

"바닷가에서 찍은 사진이야." 창밖으로 쭉 뻗은 언덕 아래, 우리가 지금 보고 있는 바다였다.

나는 목소리를 가다듬고 말했다. "그러면 만약에…… 만약 정말 당신이 내 할아버지가 맞으면 왜 제가 여기로 보내지지 않았던 거죠?"

"무슨 말이지?"

"그게…… 엄마가 저를 두고 떠났던 적이 있거든요."

"그랬었구나."

나는 멍하니 고개를 끄덕였다. "제가 열 살 때 일이에요."

존의 어깨가 축 늘어졌다. 그의 얼굴이 한순간 누그러지면서 주름이 살짝 사라졌고, 그의 촉촉한 작은 눈에서 진심으로 슬퍼하는 빛이 보였다.

"저런, 다 내 탓이구나. 참 어두운 시절이었지."

"무슨 일이 있었는지 제게 다 말씀해 주실 수 있나요? 부탁드려요. 우리 가족에 대해 아는 게 하나도 없어요."

나일이 내 손을 꽉 잡았고, 순간 나는 깜짝 놀랐다. 그가 함께 있다는 사실조차 까맣게 잊고 있었던 것이다.

존은 늙고 쭈글쭈글한 손을 무릎 위로 한데 모았다. 나이 때문인지 살짝 떨고 있었다. "그 사진 속에 있는 아내 마리는 방랑자였는데, 한시도 가만히 있지를 못했지. 날마다 바닷가에 나가서 수영을 했는데, 모든 남자들의 선망의 대상이었지. 나는 그걸 견딜 수가 없었어. 때때로 며칠씩 사라지기도 했는데 그럴 때마다 내 여자니까 아무 문제없을 것이라고 나 스스로를 달래듯 말하곤 했지. 이상하지만 사랑스러운 여자였으니까. 그러니 모든 남자들이 원했을 만도 했지. 그러다 아이리스가 태어났는데 갑자기 내 자식이 아닐지도 모른다는 생각이 들기 시작하더군."

나는 다시 사진을 들여다봤다. 정말로 사진 속 여자아이는 남자를 닮은 구석이 한 군데도 없었다.

"마리는 하늘에 맹세코 내 아이라고 했어. 당분간은 괜찮은 듯했지만 그게 날 조금씩 갉아먹고 있었고, 어느 날 더 이상 참을 수가 없게 됐지. 마리에게 아이를 데리고 진짜 애 아빠에게 가라고, 그게 어디든 누구 아이든 상관없으니 그냥 떠나버리라고 했어. 그 둘과 함께 있는 게 너무 괴로웠지. 결국 마리는 나와 이혼을 하고 다시 스톤으로 성(姓)을 바꿨고, 아이리스도 지 엄마를 따라 스톤이 된 거지. 그 후 그들은 나와 어떤 식으로든 엮이기를 원하지 않았고, 그렇게 20여 년이 흐른 어느 날 마리가 죽었다는 편지를 아이리스에게 받게 되었어."

그는 이제 내게서 눈길을 돌려 창문을 바라보며 말했다. "아직

네가 태어나지 않았을 때였지." 그러고는 오랫동안 아무 말도 하지 않았다.

나도 잠시 숨을 돌릴 수 있는 시간이 생겨서 다행이었다. 그리고 나일이 내 손을 꽉 잡아줘서, 그 온기가 있어서 너무 다행이었다. 이렇게 내 손을 잡아 준 사람은 지금껏 없었는데.

"그 애가 떠났었다고 했지, 애야?" 한참이 지나서 그가 내게 물었다.

나는 다시 고개를 끄덕였다.

"그 저주가 딸에게는 전해지지 않길 바랐는데."

"하지만 그렇게 된 거 같네요." 그리고 그 손녀도 그 저주를 물려받았죠.

"그때 아이리스가 너를 내게 보내지 않은 건 당연해." 존이 이어서 말했다. "그 애에게 난 아빠가 아니었으니까. 단지…… 몇 날 며칠을 잠 못 이루면서 깨닫게 된 사실은 모든 게 내 탓이고, 결국 그 아이는 내 딸이었다는 것뿐이지."

나는 흐르는 눈물을 주체할 수가 없었다. 눈물 한 방울이 사진 위로 떨어져 할머니의 얼굴을 일그러뜨리며 할머니를 숨 막히게 만들었다. 나는 할머니가 다시 숨을 쉴 수 있도록 얼른 눈물을 닦아 주었다.

"그래서 또 어디에 갔었니?" 존이 물었다.

하지만 그에게 말하고 싶지 않았다. 자신의 가족을 소중히 여기지 않고 버린 이 남자에게는 나에 대해 어떤 것도 알려주고 싶지 않았다.

"아빠에게 갔었어요." 나는 거짓말을 했다.

"좋은 사람이던? 그 애가 자기를 사랑해 주는 좋은 사람을 만난 거니?"

"좋은 분이에요. 엄마가 돌아올 때까지 기다려 줬으니까요." 정말 말도 안 되는 소리였다. 하지만 그 뻔한 거짓말이 어쩐지 나를 갑옷처럼 감싸고 보호해 주는 듯했다.

하늘이 점점 어두워지기 시작했다. 밤이 곧 내리겠지.

"그 애는 어떠니?" 존이 불쑥 물었다. 그 목소리에서 고통과 그리움이 느껴졌다. 나도 그와 똑같은 고통과 그리움이 느껴졌지만 속 좁은 못난 내 마음은 그런 그가 밉기만 했다. 엄마를 찾는 데 아무런 도움이 안 되고, 나보다 더 모르는 것이 많은 그가 미웠다. 하지만 내 마음 다른 한편에서는 그런 그가 싫지만은 않게 느껴졌다. 하지만 이 모든 것을 한꺼번에 감당하기에는 너무 어려웠고, 나는 자리에서 일어섰다.

"잘 지내세요." 그러고는 딱히 설명할 수 없는 이유로, 그저 그렇게 말하는 것이 좋을 것 같아서 덧붙여 말했다. "엄마가 늘 할아버지를 좋게 말씀하셨어요. 그러니까 엄마가 기억하는 한 할아버지의 모습을요……."

존은 떨리는 손으로 얼굴을 가렸다. 끔찍한 일이었다. 그는 너무 오랜 세월을 낭비한 것이었다. 나는 당장 이곳에서 나가고 싶었다.

"만나 주셔서 감사해요." 나는 완고하게 말했다. "이제 가야 해서요."

"같이 저녁 먹고 가지 그러니?"

"아니에요, 괜찮아요."

나는 천천히 문 쪽으로 몸을 옮겼다.

"다시 보러 와 주겠니, 얘야?"

갑자기 피곤이 몰려왔다. 숨을 크게 내쉬고 대답했다. "그러지 못할 거 같지만, 그래도 감사합니다."

문에 다다르고 나서야 내가 아직도 손가락 마디가 하얘지도록 사진을 꽉 쥐고 있다는 사실을 깨달았다. 다시 난로 위에 사진을 올려 두면서 내 안의 뭔가가 사라진 듯한 느낌을 받았다.

"안녕히 계세요, 존." 내가 힘겹게 말했다. 그리고 다시 입을 열었다. "고맙습니다."

그러고는 밖으로 나와 바다에서 불어오는 바람을 맞았다. 등 뒤에서 나일이 존과 대화하는 소리가 들렸고, 잠시 후 그가 서둘러 나를 차에 태웠다.

그는 골웨이 쪽으로 차를 몰지 않고 불빛이 반짝이는 작은 시내로 들어가는 굽은 도로 쪽으로 방향을 잡고 시내를 지나쳐 바닷가로 향했다. 하늘은 분홍과 옅은 보랏빛으로 물들어 있었고, 수평선은 붉게 타오르고 있었다.

아란 제도로 가는 배를 타고 싶었지만 이렇게 늦은 시간에는 운행하지 않았다. 우리가 차를 댈 때 즈음에는 주차장도 텅 비어 있었다. 우리는 차에서 내려 바위를 타고 내려갔다. 바다는 여전히 사납게 울부짖고 있었다.

"아까 그분, 이제 당신 가족이잖아요." 나일이 입을 떼었다.

"아니에요."

"충분히 될 수도 있었어요."

"날 찾지도 않던 사람이에요. 내가 왜 그를 가족으로 받아들여야 하죠?"

그가 가만히 나를 바라봤다. 바람에 날린 머리카락이 자꾸만 얼굴을 가려서 뒤로 쓸어 넘겼다.

"나는 다른 사람 다 싫어요. 당신만 빼고." 그가 말했다.

나를 놀리려고 하는 말인 줄 알았기에 웃음이 나왔다. 하지만 내 팔을 꽉 잡은 그의 손과 불처럼 활활 타오르는 것 같은 표정은 내 웃음을 잦아들게 만들었고, 내 안에서 다른 무언가가 깨어나기 시작했다. 그때 나일이 고개를 뒤로 젖히고 있는 힘껏 소리를 질렀다.

전율이 흘렀다. 질투심 많은 남자 때문에 버려진 한 여자의 잃어버린 수십 년 동안의 슬픔도 함께 일었다. 나도 소리를 질렀다. 존을 향해, 존을 위해, 그의 외로움을 위해 소리를 질렀다. 그리고 엄마에 대한 그리움과 만나 보지 못한 나의 할머니를 위해 소리를 질렀다. 나만큼 제정신이 아닌 것 같은 내가 결혼한 이 남자를 위해 울부짖었다. 우리는 그렇게 고래고래 소리를 지르고, 함께 웃음을 터트리며, 우리만의 세계를 만들었다.

그 후 나는 잠깐 동안 바다에 들어가 수영을 하고 다시 그의 곁으로 와 함께 바위에 앉아 어둡게 변해 가는 하늘을 바라봤다. 그는 내게 팔을 둘렀고, 나는 최대한 가까이 그의 옆에 붙어 있었다. 물에서 나와야 하는 이 시간은 언제나 아쉽게 느껴졌는데, 나를 기다리고 있는 그와 함께 있기에 괜찮았다. 더 없이 좋았다.

"엄마는 지금 어디에 있어요?" 그가 물었다.

거짓말이 너무 쉽게 내 입에서 흘러나왔다. "바닷가 옆 나무로 만든 집에 살아요. 내가 자란 곳이죠."

그가 이 말을 곰곰이 되새기더니 물었다. "그런데 나는 왜 당신이 엄마를 찾고 있는 것처럼 보일까요?"

나는 대답할 수 없었다.

"괜찮아요, 말해 봐요. 어디에 있는지 알아요, 프래니?"

고개를 저을 때 목이 메어왔다.

"그럼 어릴 때 이후로 계속 엄마를 만나지 못한 거예요?"

"계속 찾으려고 노력했어요."

그는 조용히 내 말을 받아들이고 있었다. "아빠는요?"

"아빠 같은 건 없어요."

"아빠에게 무슨 일이라도 있었던 거예요?"

"알 게 뭐예요."

내가 아빠에 대한 진실을 과연 나일에게 말할 수 있을지, 아니면 계속 내 안 어두운 곳에 묻어둘 수 있을지 나 스스로도 궁금했다.

"당신 엄마는 왜 당신을 그에게 보낸 걸까요?"

"유일하게 남겨진 곳으로 나를 보낸 것뿐이에요. 뉴사우스웨일스에 있는 친할머니한테."

"호주요? 젠장." 그는 짧게 자란 수염을 긁적였다. "이제야 분명해졌네요. 그래서 억양을 알 수 없었던 거네요. 그럼 얼마나 오래 할머니와 지낸 거예요?"

"무슨 질문이 이렇게 많아요?"

"알고 싶으니까요."

"전에는 안 그랬잖아요."

"전에도 알고 싶었어요."

"그럼 왜 진작 안 물어 봤어요? 왜 지금이냐고요?"

그는 대답이 없었다.

"왜 우리 둘 다 질문 하나 없었을까요?" 내가 힘주어 말했다. "우리 참 어리석었네요."

"벌써 후회하는 거예요?" 그가 물었다. 이 결혼을 말하는 거겠지. 그렇게 불릴 수 있다면.

유독 길게 느껴지는 1분 동안 내 머릿속의 대답은 예스였다. 확실히 그랬다. 하지만 내가 입을 떼었을 땐 다른 대답이 나왔다. 그리고 그 말이 진심인 것처럼 느껴져 놀랐다.

저 멀리 돌풍에 떠밀리듯 날아다니는 왜가리 한 마리가 보였다. "귀여운 새야, 네겐 너무 센 바람이구나." 나일이 새에게 속삭이듯 중얼거렸다. 새는 바람에 다시 날리더니 시야에서 사라졌다.

"몇 년 동안 할머니와 함께 지냈어요." 내가 말했다. "할머니 이름은 에디스였고, 내가 너무 많이 돌아다닌 탓에 결국 할머니가 돌아가시기 전까지 많은 시간을 함께하진 못했죠."

"어떤 분이셨나요?"

적절한 표현을 찾으려고 애썼지만 내 마음은 다시 그곳, 그 농장과 힘들었던 마음, 외로움이 있던 곳으로 돌아가기를 꺼렸다.

"잘못을 용서하지 않는 분이셨어요."

나일이 내 머리카락을 머리 뒤로 넘겨주고 볼에 키스를 했다.

"엄마는 그렇지 않았어요." 내가 작은 소리로 말했다. "따뜻하고 다정하고, 다만 갈 길을 잃은 분이셨죠. 엄마를 너무 사랑했어요. 엄마도 방랑벽이 있었고, 그걸 두려워했죠. 나보고 자기를 떠나지 말라고 애원했어요. 내가 세상에 나오기 전까지는 혼자 잘 지냈지만, 이제 내가 없는 세상은 생각만 해도 끔찍하다고, 그런 생각이 들 때마다 죽고 싶다고 했어요. 그런데 한 남자애가 나타났고, 그 애를 좋아하게 되었죠. 그 애와 함께 해변에 가고 싶어서 엄마에게 말도 안 하고 그냥 갔어요. 내가 왜 그랬을까요? 이틀을 꼬박 떠나 있었죠. 아니, 3일인지도 모르겠네요. 내가 집에 돌아갔을 때는 이미 너무 늦었죠. 엄마는 없었어요. 엄마가 내게 경고해 왔던 것처럼 된 거죠."

"그냥 그렇게 떠나신 거예요?"

나는 고개를 저었다. 그가 잘못 이해하고 있었다. "내가 떠난 거죠." 그를 바라보면서 진실을 마주하기로 했다. 가장 끔찍한 진실을. "나는 항상 떠돌아다니는 사람이에요."

그는 한참 동안 말이 없었다. 그러고는 마침내 내게 물었다. "하지만 돌아올 거죠?"

나는 머리를 그의 어깨에 기댄 채 그의 손에 몸을 뉘었다. 그는 내가 기대기에 안전한 곳, 심지어 머물기에도 안전한 곳 같았다. 하지만 그는 어디에 머물러야 하지? 매일 밤마다 괴물이 되는 여자의 품에 머무는 것보다 더 잔인한 운명이 어디 있을까?

몇 년 동안 나는 두린에서 보낸, 내가 처음으로 그의 여자가 되었다는 사실을 알게 된 그날 밤의 일을 마음속에 따뜻하게 간직했다. 하지만 남편은 이런 내 기억에 대해 의아해했다.

"나는 당신이 죽은 것들을 싫어하는 줄 알았는데." 나일이 말했다.

그제야 나는 오랫동안 잊고 있었던 기억이 떠올랐다. 우리가 바위를 따라 걸을 때 바닷새 한 마리가 목이 부러지고 날개가 심하게 비틀어진 채로 바위틈에 끼어 죽어 있었던 것이다. 그 이미지는 갑자기 불이 나간 것처럼 내 기억 속에서 지워져 있었다.

15

아일랜드, 리머릭 교도소
4년 전

드물게 찾아오는 혼자 있는 시간을 기다렸다가 조잡하게 끝을 갈아 낸 칫솔로 손목을 그었다. 생각했던 것보다 더 아팠지만, 다시한 번 더 깊이 그었다. 밤하늘처럼 검붉은 피가 흘러나오고 나서야 제대로 그었다는 생각이 들었다. 그리고 이왕 시작했으니 제대로 끝장을 보고 싶었다. 반대편 손목도 마저 그으려고 시도했지만 흐르는 피 때문에 칫솔이 손에서 자꾸 미끄러졌다.

그녀가 내 앞에 무릎을 꿇자 달콤한 싸구려 설탕 냄새가 풍겼고, 내 팔을 강하게 잡아당기자 어설프게 만든 무기는 손이 닿을수 없는 곳으로 날아갔다. 그리고 그녀는 큰 소리로 도움을 요청했다. 나는 흐느끼면서 그녀에게 말했다. 나를 내버려 두라고, 제발 죽게 내버려 두라고.

그녀는 내 감방 동료 베스였다. 내가 자살을 시도한 처음 며칠이후 우리는 서로 대화를 하지 않았다. 다시는 내게 말을 걸지 않을 것 같은 생각이 들었지만 상관없었다. 그녀와 나는 감방에 있는 다른 여자들과 다르게 밤에 울지 않았다. 그들이 서로에게 짜증을 내거나 교도관에게 입에 담지 못할 욕설을 고래고래 지를 때에도 우리는 그러지 않았다. 그들이 그렇게 소리치고 울부짖으며 분노를 표출하는 이유는 그렇게라도 하지 않으면 그들의 존재감마저도 사라질지 모른다는 두려움 때문이었을 것이다. 하지만 베스는 침묵으로써 나를 무시했고, 나는 사방을 막은 벽과 내가 한 짓에 대한 공포에 떨며 누워 있을 뿐이었다. 나는 그곳에 적응하지 못하고 있었다.

겨우 한 달 남짓하게 지나서 나는 베스와 함께 리머릭 교도소로 이감되었다. 상대적으로 편했던 싱글 침대와 침대보, 주방, 달콤한 향을 풍기는 보디 워시가 있는 여자 교도소에서 완전히 차원이 다른, 죄수에게 훨씬 더 적합한 곳이었다. 이곳의 감방은 좁고 잿빛 콘크리트로 되어 있었고, 베스와 나는 철로 된 변기를 공유해야 했다. 철창 멀찍이 유리창은 있었지만 불투명해서 밖을 내다볼 수는 없었다.

이곳에는 주로 마약과 알코올 때문에 폭력을 행사하고 잡혀 들어온 여자들이 있었다. 중독으로 문제를 겪는 여자들, 물건을 훔치거나 기물을 파손해서 잡혀 온 여자들, 아이를 학대한 엄마들, 집 없이 거리에서 온갖 말썽을 피우고 다니는 비렁뱅이 여자들이었다. 혼성 교도소였기에 남자들도 있었고, 서로 멀리 떨어뜨려 두지 않았다. 정확히 말하면 문 하나를 사이에 두고 있었다. 아무튼 무서운 곳이었고, 다양한 인간군상이 있었다. 하지만 사람을 두 명 죽인 여자는 오직 나뿐이었다.

그 일은 이곳에 온 지 거의 넉 달이 지났을 때 처음 발생했다. 살인자인 내가 전혀 폭력적이지 않고, 심지어 긴장증 환자라는 사실을 그들이 깨닫는 데까지 그렇게 오랜 시간이 걸린 것이었다. 나는 말도 안 하고, 거의 먹지도 않고, 바깥에서 청소하고 운동장을 뱅글뱅글 걸을 때를 제외하면 그다지 움직이지도 않았다. 그런 내가, 말 한마디 나눈 적 없는 랜디 셰이를 기분 나쁘게 한 모양이었다. 내 눈빛이 마음에 안 든다나 뭐라나. 그녀는 내 온몸에 피멍이 들도록 두들겨 팼다. 그리고 한 달 뒤에 똑같은 일이 다시 벌어졌고, 그 후 삼 주 뒤 또다시 일어났다. 나를 두들겨 패는 건 이제 그녀의 습관이 되었고, 그만큼 나는 쉬운 먹잇감이었다.

세 번째 공격을 받은 후 나는 다시 병원으로 보내졌다. 갈비뼈가 부러지고 턱에 금이 가고 한쪽 눈의 모든 핏줄이 터졌는데, 지옥이 따로 없었다. 감방으로 돌아온 나를 더 이상 보고만 있을 수 없었는지 마침내 베스가 행동하기 시작했다. 그녀가 내게 말을 건 것은 자살 소동 이후 처음이었다.

"일어서." 고향인 벨파스트 억양으로 그녀가 말했다.

나는 일어서지 않았다. 아니, 일어설 수가 없었다.

그녀가 내 손목을 잡아끌어 나를 강제로 일으켜 세웠다. 앉아서 버티는 것보다 그녀의 힘에 굴복하는 편이 덜 아팠다.

"지금 멈추지 않으면 안 끝날 거야."

나는 무기력하게 고개를 저었다. 얻어터지는 거라면 이미 포기한 터였다.

그러자 베스가 말했다. "여기서 뒈질 생각은 하지도 마. 이 짐승 우리 안에서는 안 돼. 죽을 거라면 나가서 뒈지란 말이야."

이상하게도 그 말에 마음이 차분해졌고, 머릿속에 한 가지 생각이 피어올랐다.

"손을 올려 봐." 그녀가 복서처럼 주먹을 쥐고 자신의 손을 들어 보였다. 무모한 짓 같았다. 나는 이런 타입이 아니었으니까. 싸움과는 거리가 멀었으니까. 하지만 그녀는 망설일 틈을 주지 않았다. 내 팔을 홱 잡아 올려 자세를 만들었고, 순간 나는 부러진 갈비뼈 통증으로 헉 소리와 함께 등이 굽어졌다.

그녀가 느닷없이 내게 펀치를 날렸다. 나는 고통 속에서 숨을 멈추고 얼굴을 부여잡았다.

그때 베스는 봤을 것이다. 내 눈에 비친 한 줄기 분노를. 완전히 사라지지 않고 남아 있는 의지를. 그녀가 내게서 그것을 다시 소생시킨 것이었다. 그래 좋아, 안 될 것 없지. 피어올랐던 막연한 생각이 하나의 계획으로 내 마음속에 새겨지는 순간이었다. 죽더라도 나가서 죽는 거야.

16

캐나다, 뉴펀들랜드
이동 시즌

안개가 자욱이 깔린 새벽, 이슬이 내려 축축한 잔디를 걸었다. 밤새 한숨도 제대로 못 잔 터라 컨디션이 최악이었지만, 내게 주어진 길을 계속 나아가겠다는 다짐을 하고 나니 기운이 샘솟았다. 애초에 이 여정이 순탄하리라는 기대를 하지 않았다. 그러니 첫 번째 장벽에 부딪힌다 하더라도 포기하는 건 말도 안 되잖아?

나는 뒷문을 통해 주방으로 들어갔다. 이른 아침인데도 불 켜진 집 안은 이미 매우 동요된 상태였다. 선원들과 아이들이 함께 거실에서 북적대며 뉴스를 보고 있었고, 난로에 석탄을 채워 넣는 것도 잊었는지 거의 다 타고 꺼지기 일보 직전이었다. 분위기를 보니 뭔가 잘못되었다는 생각이 강하게 들었다.

대심이 나를 힐끗 바라봤고, 다른 사람들의 시선은 텔레비전 화면에 고정되어 있었다. 그가 속삭이듯 중얼거렸다. "상업용 고기잡이배를 모두 회수한대요."

무슨 뜻인지 감이 오지 않았다. "네? 그게 무슨 말이에요?"

"돈 버는 목적으로 고기잡이를 하는 걸 금지한다는 거죠."

"어느 지역에서요?"

"어느 곳에서든."

"잠깐만요, 고기잡이배 전부를요?"

"하나도 빠짐없이." 바질이 대답했다. "당분간 육지에 발이 묶이는 거죠. 말대로 안 하면 배의 소유권을 몰수한대나 뭐라나, 빌어먹을."

"말조심해요." 가미가 쏴붙였다. 이번에는 웃는 아이들이 없었다.

"그럼 우린 여기서 꼼짝도 못 한다는 말인데." 리아가 말했다.

나는 에니스를 바라봤다. 아무 말도 없는 그의 얼굴은 창백했다.

이렇게 되기까지 오랜 시간이 걸렸다. 고기잡이로 생계를 유지하는 사람들과 이와 관련된 시장에는 치명타일 게 뻔했다. 그리고 내 계획에도, 아이들을 되찾으려 애쓰는 불쌍한 에니스에게도 분명 재앙이었다. 하지만 그렇다 하더라도 나는 속으로 미소 지을 수밖에 없었다. 안 좋은 소식이 아니니까, 실제로 대단히 좋은 소식이었으니까. 이는 굉장한 전환점이었다. 마침내 권력을 가진 이들에 의해 진일보하게 된 것이었다. 지금 내 옆에 나일이 있다면 그가 어떤 미소를 짓고 있을지 빤히 짐작이 되었다.

세인트 존스 호텔방 하나에 남자 넷과 여자 둘이 들어가 있자니 숨이 막힐 것 같았다. 나는 창문 밖으로 머리를 꺼내 놓고 앉아 담배를 피웠다. 담배를 가진 바질은 내 맞은편에 앉아 있었는데,

그가 담배를 한 개비 피우는 동안 나는 세 개비를 피웠다. 에니스
는 가미에게 부담을 안겨주기 싫어했다. 그래서 우리는 다시 시
내로 나와 사무엘에 관한 소식을 기다리며, 각자 앞으로 어떻게
해야 할지에 대해 생각하며 무기력하게 있었다. 선장은 오후 내
내 모습을 보이지 않았다. 그에게도 혼자 슬퍼할 시간이 필요해
서 나갔을 것이라고 아닉이 말했다.

해안경비대에서 곧 발효될 새로운 법안과 *사가니*호가 어떻게
될지에 관한 정보를 얻었다. *사가니*호는 모항에 정박된 것이 아
니기 때문에 30일 동안 이동이 금지되고, 그 후에는 선장인 에니
스가 곧바로 그의 모항인 알래스카로 배를 이동시켜 정박시켜야
했다. 다른 곳으로 우회해도 안 되고, 모든 과정은 해양 경찰의 동
행 하에 진행될 예정이었다.

나만 유일하게 갈 곳이 없었다. 아일랜드로 돌아갈 수도 없었
다. 가석방 규칙을 어겼기 때문에 그랬다가는 꼼짝없이 경찰에
체포될 테니까.

내가 할 수 있는 유일한 것은 남은 두 마리의 북극제비갈매기
를 따라갈 다른 방법을 찾아보는 일이었다.

"괜찮아요?" 바질이 낮은 목소리로 내게 물었다.

머릿속이 복잡했기에 나는 그의 말을 무시했다. "한 개비만 더
줄래요?"

담배를 건네면서 그가 내 손가락을 움켜쥐었고, 나는 그의 손
을 강하게 뿌리쳤다.

"도대체 뭐가 문제예요?"

"아무 문제도 없어요." 그냥 누구든 내 몸에 손대지 않길 바랄 뿐이지. 특히 너, 바질.

바질이 인상을 찌푸렸다. 그가 너무 과하게 몸을 가까이 기울여 나를 바라보고 있었기에 하마터면 그의 얼굴을 확 갈겨 버릴 뻔했다. "프래니, 나 당신 좋아해요. 그러니 아무 걱정할 필요 없어요."

나는 터져 나오려는 웃음을 간신히 참았다. "내가 걱정하는 게 고작 그런 거라고 생각하는 거예요?"

"글쎄요, 그럼 뭔데요?"

그의 건방짐과 오만함은 가히 측정불가였다. 나는 도저히 웃음을 참을 수 없었고, 그의 얼굴이 붉게 달아올랐다. 그리고 우리는 침묵 속에서 가만히 앉아 담배만 피웠다. 하지만 입 안에 악취만 남길 뿐, 마음을 진정시키는 데는 전혀 도움이 되지 않았다.

"나가서 좀 걷고 올게요." 내가 말했다.

"같이 가 줄까요?" 말라차이가 물었고, 나는 고개를 저었다.

"혼자 생각할 게 있어서요."

나는 부두로 내려가서 해변에서 서성이는 몇몇 선원들과 같이 담배를 피우며 대화를 나누었다. 이런 일이 벌어질 거라는 소문은 오래전부터 돌았지만, 이렇게 빨리 올 것이라고는, 그리고 이런 식으로 그들이 사랑하는 일을 끝내게 되리라고는 어느 누구도 예상하지 못했다. 그들의 향후 계획을 묻자 대부분은 고향에 내려가 다른 용도로 배를 개조해 팔고, 먹고살 다른 방도를 찾아 볼 생각이라고 했다. 몇몇은 이미 구체적인 대안까지 구상해 놓고 있었다. 그들 중 딱 봐도 온갖 풍파에 시달린 흔적이 얼굴 깊이 새겨진 나이 많은 남자는 눈물까지 흘렸다. 내가 위로하려 하자 그는 고개를 저으며 말했다. "일을 잃어서 그런 게 아니라오. 우리가 이 세상에 남긴 폭력성을 이제야 알게 되었기 때문이라오."

나는 관광 영업소 두 곳을 지나치며 나를 저 먼 곳까지 데려다 줄 배를 빌릴 여력이 되는지 잠시 고민해 봤다. 어림도 없겠지. 어떻게 그렇게 큰돈을 급하게 구할 수 있겠어. 훔친다면 모를까.

코너를 돌자 시내에 들어오면서 봐 둔 술집이 나타났다. 나는 그곳에서 위스키를 시키고 난로가 활활 타오르는 앞자리에 자리를 잡았다. 옆에는 젊은 남자가 데이지라 불리는 비글을 데리고 있었다. 데이지는 쿵쿵대며 내 손 냄새를 맡더니 쓰다듬어 달라는 듯 내 발 앞에 몸을 뉘었다. 강아지 주인이 내게 계속 말을 걸려고 했는데 내가 별 대꾸가 없자 금방 식상해졌는지 데이지를 남겨 두고 다른 대화 상대를 찾아갔다.

잠시 후 리아가 옆자리에 앉더니 내게 기네스 한 잔을 건넸다.

"경호원은 필요 없는데요." 내가 말했다.

"꼭 필요하지. 여차하면 바다로 뛰어드니까."

나는 위스키를 다 비우고 바로 기네스를 집어 들었다. 아직 내 옆에 엎드려 있는 데이지의 귀는 비단처럼 부드러워 보였고, 나를 올려다보는 초콜릿색 눈망울은 깊이를 알 수 없었다. 내가 녀석의 귓불을 쓰다듬자 스르르 눈을 감았다.

"우리가 *사가니호*를 비상업적인 용도로 바꿀 수도 있을까요?" 내가 물었다.

"어떻게?"

"모르죠. 양망기를 떼고, 그물이랑 냉동고…… 아무튼 낚시 장비는 모조리 떼어 내면 가능하지 않을까요?"

그녀가 안쓰럽게 나를 바라봤다. 그 눈빛이 은근히 신경에 거슬렸다. "너 정말로 절박하구나, 어? 도대체 왜 그렇게까지 하려는 거야?"

"반드시 해야 할 일이 있으니까요."

"그 새들이 어디서 죽는지가 왜 그렇게 중요한 거지? 이렇게 죽든 저렇게 죽든 어차피 죽을 건데, 안 그래? 그런데 그게 뭐가 그렇게 중요하냐는 거야. 어떻게 죽든 우리에겐 아무런 차이도 없잖아."

그 말에 숨이 막혀 왔다. 그 무관심에 더 이상은 할 말이 없었다.

그러다가 그녀가 이를 갈듯 턱을 움찔거리는 모습이 눈에 들어왔다. 그녀도 신경이 곤두선 채로 자신이 처한 위기를 어떻게든 스스로 감당하기 위해 애쓰고 있었던 것이다.

"당신이 일할 수 있는 다른 배들이 있을 거예요." 내가 말했다. "다 괜찮을 거예요."

"도대체 왜 바질이랑 잔 거야?" 리아가 느닷없이 물었다. "그 개자식이랑."

나는 그녀를 응시하며 대답했다. "안 잤어요."

"바질 얘기는 다르던데?"

어이가 없었다. 하지만 설령 그랬다 하더라도, 그게 정말 놀랄 일인가?

"뭐 때문에 그렇게 자신에게 벌을 주려고 안달이야?" 리아가 몰아붙였다.

"그게 뭐가 그리 중요한 일이라고 그래요?"

"내겐 중요해. 그리고 당신 남편한테도 중요한 일이겠지."

"남편은 이미 날 떠났어요."

이번에는 그녀가 한동안 할 말을 잃은 듯했다. "아, 미안. 왜 그랬는데?"

내가 천천히 고개를 저었다. "그 사람에겐 제가 있어 봐야 좋을 게 없으니까요."

"지금 힘든 시기인 거 알아." 그녀가 참을 수 없다는 듯 얘기를 이었다. "나도 그런 적이 있었으니까. 그래도 정신 똑바로 차려야지. 바다가 얼마나 위험한 곳인지 몰라서 그래? 내가 계속 지켜보고 있을 수도 없잖아."

"이제 그럴 필요 없잖아요. 바다로 돌아가지도 못하게 되었으니까요. 안 그래요?" 어쨌든 그녀를 다시 이 일에 끌어들일 수는 없으니까.

그녀가 시선을 떨궜다.

나는 자리에서 일어나자 그녀도 나를 따라 일어났다. 나를 따라 오려는 듯했다. "혼자 있고 싶어요. 미안해요. 걷고 나면 괜찮아질 거예요. 방에서 봐요."

술집에서 나오면서 도박장을 그냥 지나쳐야 했는데, 바로 그곳에 그가 있었다. 에니스는 슬롯머신 앞에 앉아 있었고, 나는 망설이다가 그에게 다가갔다.

"여기 있었네요."

그는 아무 생각도 없는 기계처럼 자리에 앉아 반복해서 버튼을 누르고 있었다.

에니스에게 도박 문제가 있다는 말라차이의 말이 떠올랐다. 그게 무슨 말이었는지 이제 정확히 알게 되었다.

"나가서 바람 좀 쐴래요?" 내가 물었다.

그가 낮게 뭔가를 중얼거렸는데 싫다고 하는 말 같았다. 그러고는 럼을 섞은 콜라를 단숨에 들이켰다.

"여기 얼마나 있었던 거예요, 에니스?"

"얼마 안 됐어." 매우 취한 목소리였다.

"좀…… 땄어요?"

그는 말이 없었다.

"같이 호텔로 돌아가요. 그게 좋을 거 같아요."

"꺼져, 프래니." 그가 심드렁하게 말했다. "그냥 내 인생에서 꺼지라고."

그게 소원이라면. 나는 그대로 술집을 나섰다.

바깥은 점점 더 추워졌다. 바다로 발걸음을 옮기던 중, 한 블록도 못 가서 뭔가 이상한 낌새를 느끼고 멈춰 섰다. 불과 몇 초 전과 지금, 뭐가 달라진 것인지는 몰라도 문득 이상한 느낌이 들었다. 나는 곧장 호텔로 방향을 틀었고, 최대한 빠른 걸음으로 저 멀리 호텔 불빛을 향해 속도를 올렸다.

본능이었다. 항상 머리보다 몸이 먼저 반응했다.

그때 불쑥 한 남자가 내 앞길을 막아섰다.

"릴리 로치 맞지?"

나는 바로 그 남자를 알아볼 수 있었다. 줄무늬 비니를 쓰고 나를 꿰뚫어 보던 시위자였다. 나는 아무 대답도 하지 않았지만, 어떻게 이 남자가 내 가짜 이름을 알았을까 하는 생각에 심장이 미친 듯이 뛰기 시작했다.

"사가니호 일행이지?"

"사람 잘못 봤어요."

"지랄하네."

"실례할게요." 나는 그냥 그를 무시하고 지나칠 생각으로 걸음을 옮겼다. 하지만 그의 손이 내 팔을 잡았다. 머리카락이 곤두섰다.

"너도 너랑 네 일행이 세상에 한 짓을 알고 있겠지?"

"동감해요." 나는 재빨리 대답했다. "분명 잘못된 일이죠. 하지만 이제 법이 바뀌었잖아요. 다 끝난 일이죠."

"그걸로 충분하다고 생각하는 거야? 네놈들이 저지른 죄를 그렇게 은근슬쩍 넘어가려고? 말도 안 되지!" 그는 미친 듯이 화가 나 있었다. 어떡해야 하지? 나는 어떻게 이 상황을 모면해야 할지 몰랐다.

"이봐요, 저는 그들과 일행이 아니에요. 그저……."

"내가 널 봤는데도 시치미를 떼는 거야? 망할 년 같으니라고. 이대로 벌도 안 받고 보낼 순 없지. 네 선장이 어디 있는지 순순히 말하는 게 좋을 거야."

내 안에 있던 동물적인 본능이 깨어났다. "젠장, 난 모른다니까."

그는 적어도 내 몸집의 두 배나 되는 거구였고, 그가 나를 벽으로 밀쳤을 때 그 힘을 실감했다. 대를 거듭해 내려온 여자의 본능으로, 그 오래전부터 반복된 힘의 위협을 느끼면서, 내 속에서 아드레날린이 온몸으로 솟구치는 것이 느껴졌다. 지금 당장 이 남자를 치고 싶었다. 정말 그러고 싶었다. 하지만 나는 이 모든 본능과 위협을 느끼면서 적당한 때가 오기를 가만히 기다렸다. 진흙탕 싸움을 벌였다가는 승산이 없을 테니까. 엄청난 고통, 혹은 그보다 더한 성적 학대, 심지어 여기서 죽을 수도 있다는 사실을 알면서 나는 가만히 있었다. 그러다가 갑자기 너무 분노가 치밀어 올랐다. 빌어먹을 세상을 다 불태워 버리고 싶었다. 나는 이빨을 드러내고 그를 물어뜯을 기세로 덤벼들었다.

나의 갑작스러운 공격에 그는 놀랐는지 뒤로 주춤거렸다. 그러더니 코웃음 치며 내 목을 잡고 벽으로 강하게 밀어붙였다. 숨을 쉴 수가 없었고, 머리를 강하게 벽에 부딪치자 그 고통이 척추를 타고 온몸으로 흘러내렸다.

"그놈들이 어디 있는지 말해."

내가 계속 입을 열지 않자 그는 모퉁이를 돌아 어두운 골목으로 나를 질질 잡아끌고 들어갔다. 그가 스스로 세웠던 고귀한 목적이 무엇이었든 간에 지금 그것은 증오로 오염되어 있었고, 그 앙갚음을 풀기 위해 내게 하려는 짓으로 인해 나는 그 사실을 확실히 깨닫게 되었다. 그의 손은 내 가랑이를 쥐어 잡고 내 바지를 벗기기위해 버튼을 찾고 있었다. 바로 그때 나도 완전히 폭발해 버렸다.

나는 있는 힘을 다해 비명을 지른 뒤, 베스에게 조용히 감사의 기도를 하며 그의 몸통을 향해 왼손 잽을 날렸다. 그리고 두 번째, 세 번째 잽을 연달아 날렸다. 당황한 그가 손아귀에 힘을 살짝 풀었을 때를 놓치지 않고 오른손으로 그의 목을 향해 주먹을 날렸고, 이어서 턱을 향해 또 한 방을 날렸다. 온 힘을 다해, 지금껏 날려 본 그 어떤 펀치보다 더 강하게, 두려움과 분노를 가득 담아서 그의 콧대에 다시 한 방 더, 이어서 그의 갈빗대에 주먹을 깊숙이 찔러 넣었다. *감히 네가 나를 가질 수 있다고 생각해?* 그가 정신을 차리기 전에 최대한 많이 때려 놓아야 했다. 그는 예상치 못한 내 공격에 고통스러워하면서도 가까스로 반격을 가했고, 나는 비록 그의 주먹을 막아 내기는 했지만 그 힘이 워낙 강해 팔과 머리에 충격이 고스란히 전해졌다. 순간 무릎이 꺾이면서 세상이 빙글빙글 돌았다. 그렇다고 이대로 물러설 수는 없었다. 나는 한쪽 무릎을 꿇은 상태에서 그의 낭심을 노렸다. 하지만 이미 그는 내 공격을 예상하고 있었다. 내 오른팔을 잡더니 내가 고통스럽게 비명을 지를 때까지 비틀었다. 나를 도와주러 오는 사람은 아무도 없었다. 내가 이렇게 비명을 고래고래 질러대는데 아무도 오지 않는다는 사실을 믿을 수가 없었다. 이곳에서 나는 혼자였고, 이놈은 내 팔을 아예 부러뜨릴 기세였다. 내 간절한 비명을 세상이 거절했다는 생각에 분노가 용솟음쳤다. 숨쉬기 힘들 정도로 내 온몸이 분노로 가득 찼다. 나는 왼손으로 부츠에 늘 꽂고 다니던 휴대용 칼을 잡았다. *이거나 처먹어라. 도움 따위 필요 없어.* 속으로 생각하며 칼을 비틀어 빼들고 그놈 목에 칼날을 쑤셔 넣었다.

그는 충격으로 숨을 헐떡거렸고, 그의 손에서도 힘이 풀렸다.

그리고 폭포처럼 흘러내리는 피가 우리 두 사람을 붉게 물들이기 시작했다.

주위에서 움직임이 느껴지는 걸 보니 사람들이 도착한 듯했다. "대체 이게 무슨……." 누군가의 목소리가 들렸다. 다른 누군가는 경찰을 부르라고 소리쳤고, 또 다른 누군가는 모두 조용히 하라고 외치며 나를 일으켜 세웠다. 칼이 피로 흥건한 내 손에서 미끄러지듯 떨어졌다. "괜찮아요." 그가 내 귀에 대고 조용히 말했다. 그놈은 여전히 나를 보고 있었다. 나를 째려보며 피를 멈추려고 목을 부여잡은 채 내게서 눈을 떼지 않았다. 그러더니 무릎을 털썩 꿇었고, 악착같이 정신을 차리려 버티기에 더 이상은 무리인 듯했다. 나 또한 거의 제정신이 아니었다.

"침착해요." 낯익은 목소리가 들렸다. 나를 일으켜 세운 사람은 바로 에니스였다.

그는 나를 거의 안다시피 부축하여 어딘가로 데려갔다. 호텔로 돌아가는 건가? 충격 때문에 머리가 멍했다.

어느 순간 다른 선원들도 합류했고, 우리는 서로를 끌고 당기며 점점 더 빠르게 움직였다. 우리가 서둘러 향하는 곳은 호텔이 아니었다. 사가니호였다. 우리가 쫓기는 신세가 되었기 때문이라는 생각이 들었다. 우리는 도망치고 있었다. 아드레날린이 뿜어져 나오기 시작하자 눈은 흐릿했지만 갑판을 뛰어다니는 발소리와 낮은 목소리로 다급하게 외치는 명령 소리가 선명하게 들려왔다. 눈을 깜박이자 나는 배 위에 있었고, 선원들이 배에 시동을 걸려고 미친 듯이 움직이고 있었다. 다시 눈을 깜박였다. 사가니호가 부드럽게 해안에서 멀어지며 바다로 나가고 있었다. 또다시 눈을 깜박였다. 처음 보는 방에 들어와 있었고, 에니스의 선실 같았다. 멀리서 그의 목소리가 들렸다.

"당신은 혼자가 아니야, 이쁜이." 그가 말했다. "쉬고 있어요."

진심으로 하는 말일까?

"그 사람 죽었어요? 내가 죽인 거예요?"

"나도 몰라요."

온몸에 힘이 빠졌다. 댐이 무너져 내리듯 피곤함이 밀려왔다. 기절하지 않으려고 노력하며 눈을 깜박이자 나는 침대에 누워 있었다.

"우리 떠나는 건가요?" 내가 물었다.

"이미 떠났죠." 에니스가 말했다. "한숨 푹 자요."

"내가 다 망친 거죠?"

"아니에요, 이쁜이." 그가 답했다. "우리에게 자유를 준 거죠."

하지만 난 결코 자유로워질 수 없겠지. 문득 궁금했다. 아빠도 사람을 죽인 그날 이런 기분을 느꼈을까?

17

호주, 뉴사우스웨일스 남부해안
19년 전

오늘 밤 에디스 할머니는 소총을 들고 밖에서 잠복을 하고 있었다. 굶주린 여우들의 희번덕거리는 눈을 감시하며 양 떼를 지키기 위해서였다. 할머니는 굳이 싫다고 하는 내게도 억지로 같은 일을 시키곤 했는데, 나는 어떤 이유에서든 동물을 죽이기 싫었다. 그게 소중한 가축을 보호하기 위한 목적이더라도 싫었다. 게다가 양을 지키는 일은 당나귀 피네간의 역할이라고 수천 번은 더 넘게 할머니에게 말했지만 소용없었다. 할머니는 내 손에 강제로 소총을 쥐어 주고 여우가 오는지 감시하라며 추운 바깥으로 나를 내보냈다. "때가 되면 좋든 싫든 네가 해야 할 일을 하게 될 게다." 할머니는 어떠한 논쟁도 용납하지 않는 그녀만의 방식으로 말했다. 하지만 아직 여우를 한 마리도 보지 못한 나로서는 할머니의 말이 맞는지 확신할 수 없었다.

어쨌든 오늘이 기회였다. 나는 할머니가 침대 밑에 숨겨 둔 비밀 상자를 호시탐탐 노리고 있었다. 엄청난 노력 끝에 열쇠를 훔쳐서 복사까지 해 둔 터였다. 그 열쇠를 오랫동안 내가 가지고 있으면 분명 할머니가 알아차릴 거라는 사실을 나는 알고 있었기 때문이다. 열쇠를 복사하는 일 자체도 쉽지 않았다. 시내에서 멀리 떨어진 농장에 발이 묶여 있고, 연습용 운전면허증도 열여섯 살이 되어야 발급받을 수 있는데, 그러려면 아직도 1년이나 남아 있었기 때문이다. 그래서 나는 학교에서 항상 약에 취해 있어 그리 믿을 만한 녀석은 아닌 스키니 매트에게 돈을 주고 그 일을 부탁해야 했다. 그다음에는 양의 분만기까지 기다려야 했다. 어린 새끼 양이 마구 태어나는 시기여서 어미들이 많이 지쳐 있는 상태이기에 이를 노리는 온갖 포식자로부터 밤낮으로 지키고 있어야만 했다. 여우는 물론이고 독수리나 때때로 야생 개들도 덤벼들었는데, 야생에서는 점점 먹잇감을 구하기 어려운 상황이라 그들 포식자 또한 점점 더 굶주림에 허덕이고 있었다. 때문에 이때야말로 내가 할머니에게 발각되지 않을 유일한 시기였던 것이다. 할머니는 해야만 하는 상황이 오면, 몸이 녹초가 되고 먼지로 뒤덮일 때까지 밖에 숨어서 단호하고, 조용하고, 냉정하게 포식자들을 기다리곤 했으니까.

할머니가 숨겨둔 상자에 내가 지나치게 집착하는 것처럼 보일 수 있겠지만, 어쨌든 그 상자는 내가 이 망할 농장에 오고 난 이후로 관심의 대상이었다. 할머니는 누구보다 냉정한 사람이었고, 부모님에 대한 이야기는 절대로 하지 않았다. 그리고 명령할 때를 제외하면 내게 별로 말을 걸지도 않았다. 내가 할머니가 시키는 노동을 완벽에 가까운 수준으로 완수하지 못하면 서핑 구조

훈련에 나를 보내지 않았다. 내가 이 낯선 나라에 와서 유일하게 좋아하게 된 것이 그것뿐이었고, 게다가 동메달을 받은 후에는 구조 순찰까지 책임져야 하는 상황이었지만 할머니는 그 중요성을 전혀 이해하지 못하는 듯했다. 그런 할머니가 꼭꼭 숨겨 두려고 하는 상자이니, 여기에 내가 알고 싶은 비밀이 숨겨져 있다는 확신이 들었다. 할머니 방에 불을 켜고 들어갔다가는 방목장에서 볼 수 있을지도 몰랐다. 나는 불을 켜지 않고 어둠 속으로 살금살금 기어들어 가기 시작했다. 배를 땅에 대고 누워 상자의 차고 단단한 모서리가 만져질 때까지 손을 더듬거렸다. 상자는 생각보다 더 무거웠다. 나는 그것을 힘껏 잡아당겨 꺼내는 데 성공했고, 서둘러 내 방으로 가져갔다.

상자가 무거웠던 이유는 여러 개의 무공훈장 때문이었다. 그 주인은 놀랍게도 할아버지였는데, 메달에 새겨진 문구를 손가락으로 더듬어 읽으며 퍼즐 조각을 맞추듯 유추해 보니 경기병 연대 소속이었던 것 같았다. 그런데 왜 할아버지에 대한 얘기를 안 했을까? 그리고 왜 집에 사진이 하나도 없지? 두 분의 결혼 생활에 뭐가 그렇게 비밀스러운 점이 많아서 모든 흔적을 꼭꼭 숨겨 두었을까?

메달을 치워 두고 다양한 종류의 서류 뭉치들을 집어 올렸다. 몇몇 서류는 농장 소유 증서, 주택 담보대출 증명서 등의 사업적인 문서였는데 읽어 볼 필요가 없어서 한쪽으로 던져뒀다. 내가 정확히 무엇을 찾고 있는지 나도 몰랐지만, 내가 생뚱맞은 농장으로 보내진 것이 아니라는 단서 같은 것이 필요했다. 이 농장의 여주인 에디스 할머니에게는 사실 아들이 없고, 그래서 내 진짜 할머니가 될 수 없다는 잘못된 상황이 벌어지지 않게 할 무언가가 필요했다. 할머니는 아빠나 엄마에 대해 전혀 말을 안 해 주니까, 아빠가 어디에 있는지 무엇을 하는지 내가 알 방법이 없으니까, 심지어 아빠 이름도 모르는 내가 할 수 있는 일은 스스로 찾는 것밖에 없었다.

한 서류 뭉치 사이에서 사진들이 스르르 떨어지며 카펫 위에 펼쳐졌다. 나를 올려다보는 사진 속 얼굴을 보자 숨이 턱 막히면서 얼굴에 열이 올랐다. 아빠였다. 나는 그 사람이 내 아빠라는 것을 바로 알아봤다. 모든 사진마다 할머니가 있었기 때문이다. 젊었을 적 할머니가 어린아이를 안고 있는 모습, 소년이 된 아이와 함께 해변을 거니는 모습, 훌쩍 큰 십 대 아이와 함께 주방 의자에서 채소를 써는 모습, 이제 청년이 다 된 남자와 함께 모닥불 주변에 앉아 있는 모습 등이 사진에 담겨 있었다. 몇몇 사진에서 그 남자의 머리카락은 히피 스타일의 긴 금발이었고, 다른 사진에서는 짧게 자른 모습이었다. 잘생긴 얼굴에 까만 눈동자, 웃고 있어서 더 그렇게 보일 수도 있지만 커다란 입이 도드라졌다.

그리고 임신한 엄마와 함께 있는 사진도 있었다. 사진 속 남자는 엄마에게 팔을 두르고 있었고, 엄마는 그를 향해 함박웃음을 짓고 있었다. 정말로 행복해 보였다. 그들 뒤로 방목장이 있었다. 내가 매일 학교버스를 타기 위해 지나치는 곳이었다. 나는 내가 흘린 눈물이 사진을 적실 때까지도 내가 울고 있는지 몰랐다. 그리고 사진 뒷면에는 엉성한 손글씨가 적혀 있었다. '돔과 아이리

스, 크리스마스에.'

아빠 이름이 돔이었구나.

그 소중한 사진을 내 베개 밑에 넣어 두고 다른 서류들을 살펴봤다. 바로 다음 서류 뭉치에 아마도 내가 찾고 싶었던 내용이, 적어도 그 일부분이 적혀 있을 터였다.

'도미니크 스튜어트, 투옥 나이 25세.'

서류를 들고 첫 줄을 읽는 순간 나는 움직일 수 없었고, 오직 그 단어만 뚫어지게 쳐다봤다. 법률 문서가 분명했고 다른 내용도 적혀 있었는데, 정신없는 눈동자로 읽어 내려갈수록 그 내용이 내 마음속에서 울려 퍼지며 흩어졌다. '시드니 롱베이 교정 센터. 종신형. 가석방 기간 없이 20년. 유죄 인정. 의도적 살인. 살인으로 유죄판결.'

말도 안 돼!

머리가 어지러웠다. 들고 있던 서류가 힘없이 손에서 떨어져 내렸다. 그때 밖에서 총소리가 들렸고, 나는 허둥지둥 흩어진 서류들을 다시 상자에 채워 넣었다. 할머니가 금방 돌아오지는 않겠지만, 나는 더 이상 이 상자에 볼 일이 없었다. 차라리 열어 보지 말았어야 했는데. 아무것도 모르던 때로 돌아갈 수 있다면 좋을 텐데. 나는 이렇게 후회하고 자책하며 너무 많은 시간을 지체하고 말았다.

"프래니!" 할머니가 외치는 소리가 들리더니 내 방문이 벌컥 열렸다. 할머니는 내가 어지럽힌 광경을 물끄러미 내려다봤고, 한동안 서로 아무런 말이 없었다. 잠시 후, 할머니는 내가 지금껏 본 가장 차가운 눈빛으로, 가장 무서운 눈빛으로, 그리고 내 생각에 가장 놀란 듯한 눈빛으로 여전히 나를 내려다보며 말했다. "내가 피네간을 쐈다."

그 말을 이해하는 데 시간이 한참 걸렸다. "뭐라고요?"

"그 망할 녀석이 여우를 쫓아가는 걸 내가 어두워서 못 보고 쐈어."

"뭐라고요? 안 돼!"

나는 곧장 어두운 밖으로 뛰쳐나갔다. 양들은 바다와 집 사이에 있는 가장 가까운 방목장에 풀어져 있었고, 나는 그 울타리 기둥 쪽으로 달려가다가 숨을 헐떡이며 멈춰 섰다. 저 멀리 어두운 형체에 시선이 고정되었다.

"네가 마지막 가는 길에 함께 있고 싶어 할 거란 생각이 들었어." 할머니가 말했다.

"아직 살아 있는 거죠?"

"오래 못 버틸 거야. 총알이 목을 관통했거든."

"수의사를 부르면 안 돼요? 아니면 지금 당장 우리가 데려가요! 같이 트럭에 실어요, 빨리요!"

"지금 할 수 있는 건 없어, 프래니. 편하게 보내주는 수밖에 없지. 그러니까 같이 갈 건지 말 건지는 네가 결정해."

"하지만 피네간은 내 친구란 말이에요!" 나는 필사적이었다. 그를 끌고 다닌 사람도 나고, 사과를 먹인 사람도 나고, 발굽도 내가 고정시켰고, 손이 새까맣게 더러워질망정 귀를 긁어준 것도 나였다. 그를 사랑한 사람은 나밖에 없었다.

"그래서 널 부른 거잖니." 할머니는 너무나 차분하고 매정했다. 스스로 한 짓에 대해 무신경했고, 아무런 잘못도 없는, 그저 밤에 어린 양들을 용감하게 지키려고 했을 뿐인 예쁘고 나이 많은 내 당나귀를 방금 총으로 쏜 것에 대한 조금의 가책도 없었다.

"나쁜 년!" 나는 분명한 목소리로 외쳤고, 할머니는 물론이고 욕을 한 나 자신도 크게 놀랐다. 그 무서운 할머니에게 욕을 한 것도 놀랄 일이지만, 지금껏 그 어느 누구에게도 이렇게 심한 욕을 해 본 적이 없기 때문이었다. "할머니는 진짜 못돼 처먹은 나쁜 년이야!" 분노와 슬픔과 무기력이 온몸을 휘감았다. "일부러 그런 거야. 아빠에 대해 말 한마디도 안 한 것처럼."

할머니는 손에 소총을 들고 철문을 나서면서 내가 따라올 수 있도록 문을 살짝 열어 두었다. "그래서 갈 거야, 말 거야?" 할머니는 풀밭을 지나 여전히 숨을 헐떡이고 있는 당나귀에게 향하며 내게 물었다.

그럴 수 없었다. 나는 더 가까이 갈 수가 없었다. 너무 두려웠다. 당나귀가 죽으면 어떻게 될까, 어떤 모습일까, 무엇이 남겨질까 하는 생각에 꼼짝할 수가 없었다.

"그럼 문이나 닫아." 할머니가 말했다.

나는 문을 닫았고, 할머니는 피네간의 머리에 총을 쐈다. 그 소리는 크고 끔찍했다. 나는 몸을 돌려 곧장 트럭으로 달려갔다. 대시보드에 있는 열쇠를 꺼내 시동을 걸었다. 이 지옥에서 벗어날 거야. 할머니가 가르쳐 준 덕분에 이 트럭을 지난 몇 년간 운전해 왔다. 비록 면허도, 돈도, 가진 것은 아무것도 없지만 상관없었다.

내 베개 밑에 사진을 두고 왔지만 그것도 상관없었다. 바래고 말라서 먼지가 될 때까지 평생 그 베개 밑에서 있기를 바랐다.

그 순간 우악스러운 손이 창문을 비집고 들어와 열쇠를 낚아채면서 시동이 꺼졌다. "안 돼!" 내가 악을 써 봤지만 할머니는 이미 집 쪽으로 무심하게 걸어가고 있었다.

당장 이곳에서 벗어나고 싶었다. 나는 곧바로 할머니를 뒤쫓았고, 손에서 열쇠를 뺏으려고 애썼다. 이곳은 내가 있을 곳이 아니었다. 이곳에 계속 있다가는 숨이 막혀 죽을 것 같았다. 할머니는 그런 나를 왜 이해하지 못하는 걸까.

"정 떠나고 싶다면 그렇게 해." 할머니가 말했다. "하지만 내 트럭을 마음대로 가져가게 둘 수는 없지."

절망의 한숨이 터져 나왔다. 흐르는 눈물을 주체할 수가 없었다. "제발요."

"네가 원하는 대로 항상 세상이 돌아가진 않아. 그리고 우리는 고상하게 그 사실을 받아들이는 법을 배워야 하지."

굴욕적인 순간이었다. 나는 할머니가 너무 싫었다.

할머니가 집 안으로 들어간 후 나는 홀로 현관에 앉아 흐느꼈다. 내 유일한 친구였던 피네간을 그리며, 그리고 엄마가 보고 싶어서 눈물을 흘렸다. 할머니는 나를 전혀 신경 쓰지 않았다. 내가 이곳에 보내진 것 때문에 할머니의 삶이 망가진 듯이 나를 대했다. 적어도 이제는 왜 나를 그렇게 미워하는지 알았다. 나를 보면 자신의 쓸모없는 아들이 생각날 테니까.

몇 시간을 그렇게 앉아 있다가 다시 집으로 들어갔다. 오늘 밤

나는 할머니를 다시 마주할 자신이 없었다. 그래서 할머니가 잘 거라는 확신이 들 때까지 밖에서 기다렸다가 들어간 것이다. 하지만 내 방으로 가는 도중에 뒷문에서 작은 소리가 들렸다. 나는 궁금증을 참지 못하고 이끌리듯 소리가 나는 쪽으로 살금살금 걸음을 옮겼다. 할머니였다. 둥근 등불에서 나오는 빛을 받으며 뒤쪽 계단에 앉아 있었다. 혼자서 피네간의 귀에 달려 있던 이름표를 들고, 작게 흐느끼고 있었다.

　나는 머리를 벽에 기댄 채 힘없이 미끄러져 내렸다.

　"미안해요, 할머니." 내 속삭임을 유리창 너머의 할머니는 들을 수 없었을 것이다.

　아침 식사를 하면서 둘 중 어느 누구 하나 먼저 입을 열려고 하지 않았다. 하지만 평상시에도 그랬기에 특별히 이상할 건 없었다. 할머니는 어젯밤 자신의 비밀 상자를 돌려달라고 하지 않았다. 그래도 나는 열쇠를 잠가서 다시 침대 밑에 넣어 두었고, 다시 한번 더 후회가 밀려왔다. 베개 밑에 넣어 둔 사진만은 그대로 두었는데, 딱히 그 사진을 다시 보고 싶어서 그런 것은 아니었지만, 그렇다고 할머니에게 다시 돌려주고 싶은 마음도 들지 않았다. 지금은 그저 밤새 이리저리 뒤척이느라 피곤할 따름이었다. 오트밀 한 접시를 다 비우고 나서야 가까스로 용기를 짜내어 물어볼 수 있었다. "아빠가 정말 사람을 죽인 거예요?"

　할머니는 신문에서 눈을 떼지 않고 고개를 끄덕였다.

　"누구를요?"

"레이 영."

"레이 영이 누군데요?"

"근처에 살던 남자애였지."

"왜 그런 거예요?"

"모르지. 이유를 말해 주지 않았으니까."

할머니가 어깨를 으쓱했다. 그 무신경한 얼굴에 놀라 나는 잠시 동안 멍하니 할머니를 쳐다보고만 있었다.

"엄마랑은 어떻게 만났대요?"

"모르지. 아일랜드 어디서 만났으려나."

"물어 보지도 않았어요?"

"내가 상관할 바는 아니잖니."

"서로…… 사랑한 것처럼 보였나요? 엄마를 여기로 데려온 건 언제예요?"

할머니는 마침내 신문에서 시선을 떼고 돋보기 너머로 나를 쳐다봤다. "그게 무슨 상관이라고 묻는 거니?"

나도 모른다.

"그 남자애를 죽인 거랑 네 엄마는 아무런 관계가 없어. 그건 확실하지. 그리고 네가 저 소파에서 울부짖으면서 아이리스의 뱃속에서 나온 바로 그 날, 돔이 유죄 선고를 받은 거랑도 아무런 관계가 없어. 너를 받은 사람도, 아이리스의 피를 멎게 한 사람도 나니까 확실히 알고 있는 거야. 네 엄마는 외로움에 계속 눈물만 흘렸고, 둘 사이에 어떤 감정이 있었는지 모르겠지만, 결국 네 엄마가 너를 데리고 이곳을 떠나는 걸 막진 못했지."

할머니는 신문을 접어 테이블 위에 두고 식사를 마친 그릇을 싱크대로 가져갔다.

"네가 좀 도와야겠다. 피네간의 무덤을 파야 하니." 할머니가 말했고, 나는 고개를 끄덕였다.

"네, 할머니."

할머니가 부츠를 신을 때 내가 물었다. "어떻게 죽인 건데요?"

"죽을 때까지 목을 졸라서." 할머니가 대답했다.

18

아일랜드, 더블린

12년 전

차가운 빗방울이 내 얼굴을 묵직하게 때렸다. 우의도 우산도 없이 그대로 비를 마음껏 맞았다. 더블린은 잿빛 하늘 아래 음울한 기운을 풍기는 곳이지만, 그래도 뭔가 쓸쓸하면서도 신비롭고 빠져들 것 같은 분위기를 물씬 자아내고 있었다. 나는 부두 가까이에 있는 도서관으로 향했다.

  거의 매일 아침 나는 출근하는 남편의 모닝 키스를 받으며 잠에서 깨어났다. 오늘은 창문 사이로 불빛도 거의 비치지 않는 어둡고 이른 새벽에 꿈을 꾸듯 그의 키스를 받았다. 나는 오늘 근무가 없는 날이어서 아파트를 좀 더 집답게 꾸미려고 했다. 새로운 색으로 벽을 칠하고 식물과 예술 작품을 들여놓는 등 어떻게든 분위기를 새롭게 바꾸고 싶었다. 하지만 사방이 막힌 이 딱딱한 벽 속에 갇혀 있자니 내 발이 가만히 있지를 못하고 부산스럽게 까닥거렸고 손가락도 꼼지락거렸다. 이런 증상을 애써 무시하려고 했지만 어느새 목이 묵직하게 조여 오는 기분이 들었다. 그때 문득 언젠가 더블린 도서관에 가 보려고 했던 기억이 떠올랐다. 곧장 아파트에서 나와 골웨이 역에서 기차를 탔다. 그래서 지금 이렇게 빗속을 걸으며 편안히 숨 쉬고 있게 된 것이었다.

커다란 도서관 건물로 들어가 천장이 높은 모자이크 바닥을 지나 돔처럼 생긴 열람실 안으로 들어갔다. 처음 아일랜드에 왔을 때 즐거웠던 기억이 있는 곳이다. 딱히 무엇을 찾고 싶어서 온 것인지는 나도 몰랐다. 기껏해야 가계도를 뒤져 보겠지만, 우선은 가만히 서서 이 넓은 공간을 즐기기로 했다. 그러고 나서 나는 책 속에 파묻혔다.

얼마나 지났을까, 가방 속에서 진동이 느껴졌다.

받으려는 순간 전화가 끊겼다. 핸드폰 화면을 들여다보자마자 심장이 덜컥 내려앉았다. 뭔가 잘못되었다는 기분이 물밀 듯이 밀려들었다. 여덟 통의 부재중 전화가 와 있었다. 발신자를 확인해 보니 역시 나일이었다. 나의 위치를 묻는 세 개의 메시지도 함께 와 있었다. 서둘러 바깥으로 나오니 벌써 어둠이 내려앉아 있었다. 내가 책에 몰입해 있는 동안 거의 하루가 그냥 지나가 버린 것이었다.

나는 그에게 전화를 걸었다.

그가 내 전화를 받자마자 물었다. "괜찮은 거죠?"

나는 애써 밝은 목소리로 대답했다. "괜찮아요, 미안해요. 전화가 온 줄 몰랐어요. 지금 더블린에 있어요."

그는 잠시 아무 말도 하지 않다가 물었다. "왜 거기에 있어요?"

"도서관에 오고 싶어서요."

"그냥…… 갑자기요?"

"그런 거 같아요."

"내게 알려야겠다는 생각은 안 들었어요?"

"뭐……" 끔찍한 사실은 내가 그래야겠다는 생각이 전혀 안 들었다는 것이다. 우리가 결혼한 이후로 지금까지 오늘처럼 내 발이 이끄는 대로 내버려 둔 적은 없었지만 말하고 싶었다. 이건 아무것도 아니라고, 그저 두 시간 거리에 있는 도서관에 온 것뿐이라고, 원했다면 더 멀리 갔을 수도 있고, 나는 언제든지 내가 가고 싶은 곳에 갈 수 있다고. 하지만 나는 말하지 않았다. 그렇게까지 하는 것은 아직 그에게는 너무 잔인한 짓이라고 내 안의 본능이 말해 주고 있었다.

"점심에 보려고 집에 들렀는데 없더라고요. 그리고 저녁거리를 사 가지고 집에 막 왔는데도 없어서 내내 걱정했어요. 당신이 어디 있는지 알 방법이 없었으니까."

갑자기 다시 숨이 턱 막히는 기분이 들었다. "미안해요. 진작 말했어야 했는데. 생각도 못 했어요."

그는 또 말이 없었다. 그 침묵 속에서 그의 고통이 느껴졌다. "집에는 조만간 오는 거죠?"

"네, 미리 계획한 건 아니지만 하루나 이틀 정도 머물다 가려고요."

"그래요, 알겠어요. 그럼 나중에 집에서 봐요." 그가 전화를 끊었다.

나는 잠시 핸드폰을 들여다보다가 다시 빗속을 걸었다. 더 거

세진 빗속을 뚫고 기차역으로 향했다. 그리고 골웨이행 다음 열차표를 끊었다.

생물학부 건물은 생기로 가득 차서 북적였는데, 화요일 밤이라서가 아니라 어떤 요일이라 하더라도 이상한 일이었다. 건물의 모든 불이 켜져 있고, 건물 식당에는 적어도 서른 명 정도 되는 사람들이 모여 있었다. 기차역에서 바로 이곳으로 왔기에 내 신발은 질퍽거렸고 머리는 흠뻑 젖어 있었다. 나는 슬그머니 안으로 들어가 벽에 등을 대고 나일을 찾았다. 아직 일하고 있으리라 생각했는데, 이곳에 도착하고 나서야 직원 파티가 한창이라는 사실을 알게 되었다.

남녀 여럿이 모인 그룹 한가운데 서 있는 나일을 발견했다. 무슨 말을 하고 있기에 사람들의 마음을 사로잡고 있는지 궁금했다. 조금 더 가까이 다가가 보니 그 사람의 얼굴에 어두운 그림자가 드리워져 있었다.

"인간이란 이 세상에서 빌어먹을 역병과도 같은 존재일 뿐이죠." 나일이 말했다.

그러고 나서 그가 고개를 들었고 나를 발견했다. 우리 사이의 빈 공간을 가로지르며 서로의 눈이 마주쳤다. 그의 얼굴에 안도의 빛이 보였고, 그런 그의 모습에 나 역시도 안심이 되었다. 그때 그가 제법 놀랍고 멋진 행동을 보였다.

내게 성큼성큼 다가오더니 볼에 키스를 하며 말했다. "왔네요."

기차에서 연습했던 그 무수한 말들이 한순간에 사라지고, 나는 고개를 끄덕였다.

"지금 폭동이 일고 있어요. 어떤 망할 놈의 밀렵꾼들이 보호구역에 몰래 들어와서 마지막 남은 코끼리들의 상아를 잘라 가져갔거든요." 그의 목소리가 무거웠다.

내 마음도 아팠다. 이런 소식은 좀처럼 적응이 되지 않았다. 하루가 멀다 하고 쏟아져 나오는 세상이지만 결국 바뀌거나 해결되는 것은 없었다. 울고 싶었지만 그럴 수 없었다. 나보다 더한 고통을 받고 있을 나일을 위해서라도 그럴 수 없었다. 그는 이제 정말 희망을 잃어가는 것 같았다.

뭐라고 말해야 할지 생각하기도 전에 그가 고개를 저었다. 그러고는 천천히 깊은 한숨을 내뱉은 뒤 근처 테이블에 있는 와인을 가져와 내게 한 잔 따라주며 속삭였다. "같이 가요." 그는 나를 그의 동료들에게 데리고 갔다. "친구들, 이쪽은 내 아내, 프래니."

자리에는 듣자마자 이름을 잊어버린 남자 교수 두 명과 실험실 조교 한나, 그리고 언젠가 내게 지저분한 접시를 건네던 금발의 새년 번 교수가 있었다. 나는 그녀의 놀란 눈과 마주쳤다. 듣고도 믿기지 않는 듯한 얼굴이었다. "아내라고?"

"응, 내 아내, 프래니야." 나일이 다시 말했다.

"만나서 반가워요." 내가 말했다.

"저도 반가워요." 그녀가 애써 내게 인사를 건네며 나와 가볍게 악수한 뒤 나일에게 시선을 돌렸다. "도대체 결혼은 언제 한 거야, 나일?"

"6주 전에."

"말도 안 돼. 왜 우리는 초대 안 했어?"

"아무도 초대 안 했어."

"정말 조용하게 했나 보네! 둘이 만난 지는 얼마나 됐는데?" 그녀가 취조하듯 물었다.

나일이 한쪽 입꼬리를 씩 올리며 대답했다. "6주."

사람들 사이에서 어색한 침묵이 흘렀다.

"미친 짓이었죠." 내 말에 미묘하게 흐르던 긴장감이 풀리자 모두 제각각 재미있다는 둥 이해한다는 둥 한마디씩 던지기 시작했다.

"사랑이란 그런 거지." 남자 한 명이 말했다. "미치게 만드는."

"내 아내는 꿈같은 열병이라고 하더군." 다른 남자가 말을 받았다. 나는 갑자기 이름도 잊어버린 이 두 남자가 마음에 들기 시작했다.

나는 나일을 바라보고 고개를 끄덕였다. "맞는 말인 거 같아요." 그리고 문득 나는 내가 결혼한 이 남자에 대해 거의 모른다는 생각이 들었다.

"나일이 일 말고 다른 데 관심을 가질 거라고는 상상도 못 했네." 섀넌이 말했다.

"나도 그랬지." 나일이 말했다.

"사랑을 하면 용감해지니까요. 그렇죠?" 한나가 볼을 붉히며 말했다.

나는 그 고마운 마음에 그녀의 부끄러워하는 눈빛을 마주 바라봤다. "네, 비슷하죠."

"섀넌 교수는 생물학과장이에요. 앉아서 같이 얘기해 봐요." 나일이 나를 보며 말했다. "섀넌, 프래니는 조류학에 대한 열정이 놀라울 정도로 커. 그리고 상당히 똑똑하지."

섀넌의 눈이 내 진흙투성이인 청바지를 훑어 내렸다. 그녀는 남색 울 드레스에 멋진 구두를 신고 있었고, 금발 머리는 우아하게 곱슬거렸다. 반면에 내 숱 많은 까만 머리카락은 비와 땀에 젖은 채 헝클어져 엉망인 채로 땋아 있었는데, 꼭 열두 살짜리 말썽쟁이 여자아이처럼 보였을 것이다. 나는 그런 외적인 것을 신경 쓰는 성향은 아니었지만, 나일이 어떤 사람인지는 아직 몰랐다. 그래서 그가 내 차림을 의식하는지 살피려고 그의 얼굴로 시선을 던졌다. 그 또한 개의치 않는 듯했다.

그가 갑자기 말했다. "프래니가 어렸을 때 얘긴데, 까마귀 떼가 이 사람을 무척 좋아했지."

얼굴이 후끈 달아올랐다.

"무슨 말이에요?" 섀넌이 내게 물었다.

내가 대답할 기미를 보이지 않자 나일이 대신 설명했다. "프래니가 매일 먹이를 줬더니 까마귀들이 선물도 가져다주고, 심지어 따라다니기 시작했지. 그것도 4년 동안이나. 이 사람을 사랑한 거지."

"매일 그럴 수는 없었을 텐데." 섀넌이 말했다. "특히 겨울철에는 말이야."

나는 그녀를 올려다보며 고개를 저었다.

"거짓말." 그녀가 놀란 듯 말했다. "까마귀는 철새예요."

"맞아, 먹이를 찾아 이동하는 새지." 나일이 나 대신 말을 받았다. "하지만 까마귀과 새는 사람의 얼굴을 알아볼 정도로 똑똑한 새야. 그런 그들에게 프라니는 훌륭한 먹이 공급원이었을 테고, 그러니 굳이 이동할 필요가 없었던 거지."

그녀는 고개를 절레절레 저었다. 마치 그의 말이 자신을 공격한 것처럼 느끼는 듯했다.

그만. 나는 최대한 크게, 하지만 소리를 내지 않고 메시지를 전하고 싶었다. 마법 같았던 그 순간을 그 누구도 훼손할 수는 없어. 기분이 더러웠다. 소중한 추억이 더럽혀진 기분이었다. 이곳에서 당장 뛰쳐나가고만 싶었다. 들고 있는 와인 잔을 저 여자의, 그리고 나일의 얼굴에 던져 버리고 싶었다.

"그래서 두 사람이 한번 만나 보길 원했던 거야." 나일이 말을 이었다.

"학부생이에요?" 섀넌이 내게 물었다.

"아니요."

"그럼 따로 공부한 것도 전혀 없고요? 몇 살인데요?"

"스물두 살이요."

그녀는 눈썹을 치켜 올렸다. "그럼 뭐야, 나랑 열 살이나 차이가 난다고요?"

나일과 나는 서로를 바라보며 고개를 끄덕였다.

섀넌이 어깨를 으쓱하며 말했다. "뭐, 아직 어리니까 시간은 많아요. 언제든 전화해요. 차분히 앉아서 어느 과에 지원하는 게 좋을지 같이 얘기해 봐요."

나는 별로 관심 없다고 말하는 대신에 그냥 고맙다는 말만 전했고, 그들은 이제 자신들의 주요 관심사로 대화를 나누며 만족한 표정을 지었다. 섀넌이 막 출간한 이종 간 번식 프로그램 논문에 관한 내용이었다. 나는 무리에서 조용히 빠져나와 입도 안 댄 와인을 다시 테이블 위에 올려 두고 문으로 향했다. 밖으로 나오자 내 뒤로 스르륵 문이 닫히며 안에서 들려오던 시끌벅적한 소리가 차츰 사라지면서 고요해졌다. 나는 안도의 한숨을 내쉬었다. 엘리베이터 버튼을 누르자 노란색 불빛이 들어왔다.

그때 등 뒤로 닫혔던 문이 다시 열리면서 사람들의 목소리가 밀려들었다 이내 사라졌고, 손 하나가 내 손을 잡더니 복도를 따라 어두운 사무실 안으로 이끌었다.

"하나같이 잘난 척하는 사람들밖에 없죠?" 나일이 내게 물었다. 어두워서 그의 얼굴이 잘 보이지 않았지만 약간 취한 것 같아 보였다. "그나저나 어떻게 된 거예요?"

"당신 보러 왔죠."

그가 자신의 팔을 벌려 보이며 말했다. "자, 여기 있어요."

"복수였어요?" 내가 물었다.

"뭐가요?"

"까마귀 얘기요. 내게 소중한 기억을 그런 식으로 빼앗아 가는 거요."

그가 한숨을 내쉬었다. "설마요. 의도적으로 그런 건 아니에요."

"어떻게 해야 할지 모르겠어요." 나는 말하며 목소리가 갈라졌다.

"나도 그래요."

나는 그 사람과 잠시 거리를 두고 싶었다. 어둠 속으로 걷다 보니 한쪽 벽에 큰 창문이 보였다. 창문 밖으로 고개를 내밀고 아래를 내려다봤다. 어둠이 내린 공원은 귀신이라도 나올 것처럼 으스스해 보였고, 나무들은 이상하게 움직이는 그림자를 드리우고 있었다. 자동차 한 대가 천천히 지나가며 내 얼굴에 헤드라이트를 비추고 사라졌다. 왠지 모를 불편함이 공기 중에 맴돌았다. 그는 내가 따라오기 기다리는 걸까? 불안하고 초조했다. 단 한 번도 누군가에 대한 책임감을 느껴본 적이 없었고, 내가 어디를 가든 누구에게 말해 본 적도 없었다. 내게는 일종의 구속이었다. "분명히 경고했잖아요." 이렇게 말하는 내 자신이 싫었다.

"그랬죠." 그가 가까이 다가오며 말했다. "정말 그럴 거라고는 예상하지 못했나 봐요. 그저 말이라도 해 주면 좋겠어요. 여보, 나는 그거면 돼요. 그냥 어디에 간다고, 그리고 돌아올 거라는 말만 해 줘요."

나는 돌아서며 그에게 물었다. "내가 영원히 떠날 거라고 생각한 건 아니죠?"

"그 생각도 스치지 않은 건 아니에요." 그가 솔직히 말했다. "많이 걱정했어요, 프래니."

불편했던 마음이 스르르 녹아내렸다. "미안해요. 당신을 영영 떠나가지는 않을 거예요." 이 말을 하는 순간 이게 내 진심이라는 것을 깨달았다. 그리고 동시에 다른 종류의 구속이 자리 잡았다. 더 깊고 더 비극적인 구속이.

나일이 바짝 다가와 나를 잡아끌더니 목 안쪽 깊숙한 곳에 입을 맞췄다.

"까마귀를 떠나보낸 나 자신이 너무 싫었어요. 하지만 언젠가 내가 그리리라는 걸 알고 있었죠. 나 스스로 파멸을 자초하고, 또 그런 것에 길들여져 있다는 생각이 가끔 들어요."

우리는 서로 끌어안고서 한동안 움직이지 않았다. 하지만 바깥 세상은 여전히 활기차게 움직이고 숨 쉬며 살아가고 있겠지. 달은 우리 머리 위로 제 갈 길을 찾아 떠나고, 나는 그의 말 속에, 그의 광대한 모순 속에 살고 있었다.

"하지만 당신은 내가 파멸하지 않도록 부드럽게 잡아 주고 있죠." 내가 말했다.

"내가 새장처럼 느껴지나요?"

눈이 따끔거렸다. "아니요." 나는 그 깊고 끔찍한 구속의 실체를 느꼈다. 그 얼굴과 그 이름까지도. 그것은 절대 구속이 아니었다. 바로 사랑이었다. 어쩌면 결국은 같은 종류의 것인지도 모르겠지만.

"나랑 떠날래요?" 내가 그에게 물었다.

"어디로요?"

"어디든."

나일의 팔에 힘이 들어갔다. 그리고 그가 말했다. "그래요. 어디든."

19

북대서양, 사가니호
이동 시즌

의식이 혼미한 채로 잠에서 깨어났다. 내가 어디에 있는 거지? 아, 에니스의 선실이구나. 어젯밤 무슨 일이 있었는지 깨닫기까지 꽤나 오랜 시간이 걸렸다. 그래, 그 남자를 칼로 찔렀지. 하지만 모든 상황이 정확히 기억나지 않았다.

나일, 왜 나를 찾아오지 않는 거예요?

선원들은 주방에서 각자 벽에 기대거나 의자에 앉아 바질이 레인지 위에 놓인 거대한 냄비를 휘젓는 모습을 보며 조용히 대화를 나누고 있었다. 에니스만 보이지 않았다. 그는 언제나 혼자였다.

그들은 나를 발견하자마자 곧바로 불안한 기색을 내비쳤다. 동물적인 본능이겠지. 이 좁은 공간에서 통제가 전혀 안 되는 여자와 함께 있으려면 그 정도의 경계심은 있어야 할 테니까.

"좀 어때요?" 아닉이 내게 물었다.

"괜찮아요." 어젯밤에 대한 기분은 더 이상 느껴지지 않았다.

이미 어디론가 사라져버린 듯했다. "그래서 지금 우리가 배를 타고 있고, 도주 중인 거군요."

아무도 대꾸가 없었다. 하지만 그들의 눈빛이 모든 것을 대신 말해 주고 있었다.

"그렇게 된 거구나, 젠장." 내가 중얼거렸다.

바질이 시나몬 가루와 레몬 제스트를 올린 오트밀 한 그릇을 내게 건넸다. 그는 나와 눈을 마주치려 하지 않았다. 나는 그릇을 받아 들고 식당 칸으로 나와 가죽 의자에 털썩 앉았다. 다른 선원들도 각자 그릇을 들고 식당 칸으로 와서 평상시처럼 조용히 내 주변에 자리를 잡았다. 언제나 싱글벙글한 얼굴의 사무엘이 몹시 그리웠다.

에니스가 성큼성큼 들어와 팔짱을 끼고 말을 할 때까지 아무도 말이 없었다. "자, 이제 다 모였네. 지금 우리는 항구에서 벗어났고, 해양경찰에게 엄연한 불법을 저질렀다는 무전을 받았어. 하지만 지금 당장 돌아오면 크게 처벌하지는 않을 거라고 하더군. 바뀐 법이 이제 막 시행된 터라 우리가 그걸 제대로 이해하지 못했다고 주장할 수 있으니까."

나는 스푼을 내려놓고 그의 말에 귀 기울였다.

"경찰이 우리가 다시 돌아오기를 바라는 또 다른 큰 이유가 있죠." 대심이 덧붙여 말하자 모두의 시선이 나에게로 쏠렸다.

"맞아요, 그 문제에 대해 우리가 협조하기를 바라는 거죠." 바질도 말을 보탰다. 아무도 대꾸가 없자 그는 더 크게 목소리를 냈다. "우리도 잘 알지 못하는 여자가 어젯밤 한 남자를 죽였는데, 왜 그랬는지 모르겠지만 신고도 안 하고 그냥 함께 도망쳤으니까."

"그 남자는 시위대 중 한 놈이었지." 말라차이가 말했다.

"그래서 그게 무슨 상관이야? 우린 빌어먹을 《대부》에 나오는 마피아가 아니잖아. 우린 물고기를 잡지 사람을 죽이지 않아. 하지만 저 냉혈한 여자는 사람을 죽였다고."

"냉혈한이라고?" 내가 되물었다.

"죽지 않았을지도 몰라." 리아가 끼어들었다. "아직 모르는 일이야."

"도대체 어떻게 그런 거예요?" 대심이 혼란스러워하며 내게 물었다.

"칼을 가지고 있었어." 아닉이 말했다.

"그런 건 왜 가지고 다니는 건지." 바질이 여전히 날 쳐다보지 않은 채 따지듯 말했다.

"여자는 언제 어디서 어떻게 공격당할지 모르니까." 리아가 쏘아붙였다.

"아, 또 시작이네."

"감옥에서 칼에 찔린 적이 있어요." 내가 말했다.

아무도 선뜻 입을 열지 못했다.

"리머릭 교도소에서 4년을 보냈죠. 늘 폭력이 오가는 곳이고, 그래서 싸우는 방법을 배웠어요. 사람을 겁주는 방법도 배웠고, 출옥한 후에는 칼을 가지고 다니기 시작했죠."

모두 충격을 받은 얼굴이었고, 순식간에 분위기가 더 무겁게 가라앉았다.

에니스가 나를 빤히 바라봤다. 나는 그가 어떤 생각을 하는지 도무지 읽을 수가 없었고, 그건 그도 마찬가지일 것이라는 생각이 들었다. 다른 사람들은 여전히 충격을 감당해 내느라 정신이 없어 보였다.

"아, 이건 뭐." 말이 들릴 듯 말 듯하게 말했다.

"빌어먹을." 바질이 그제야 나를 똑바로 바라봤고, 그 눈빛에서 단호함이 느껴졌다. "그러니까 우리가 그 불쌍한 남자를 칼로 찔러 죽인 잔인한 범죄자를 배에 태우고 있다는 거잖아. 이게 말이 되는 거야?"

"불쌍한 남자라." 내가 말했다.

"아니, 그럼 사람이 좀 건드렸다고 살인을 하는 게 정상이라는 거예요?"

"남성 우월주의자 새끼." 리아가 이를 갈며 거의 들리지 않을 정도로 작게 중얼거렸다.

"그거 알아요?" 바질이 계속 말했다. "여자들이 자기가 나쁜 짓을 저지르고는 그 핑곗거리로 매번 페미니즘 들먹거리면서 자기 합리화를 하는데, 지겨워 죽겠어요. 본인이 한 짓은 생각 안 하고 남자만 탓하는 거, 정말 한심해 죽겠단 말이죠."

내 안에서 화가 치밀어 오를 수도 있었다. 리아도 저렇게 분노를 터트리고 있으니까. 하지만 화가 나는 대신 그저 바질이 상대할 가치도 없는 사람으로 여겨졌다. 그 정도밖에 그릇이 안 되는 그에게 분노가 아닌 일종의 연민도 느껴졌다. 그도 내 얼굴을 보더니 내가 그런 기분을 느끼고 있다는 것을 알아차렸는지, 창피함으로 붉힌 얼굴을 하고서 더 심하게 분노를 터트렸다.

"그 새끼가 프래니를 공격했다고!" 화를 내며 그에게 버럭 소리를 지른 건 바로 에니스였다. 언성을 높이며 화를 내는 선장의 모습에 나는 무척 놀랐다. "그놈이 우리 때문에 프래니를 공격한 거야. 프래니가 끝까지 우리가 어디에 있는지 말하지 않아서, 우리를 감싸주려는 이 여자를 그 개자식이 공격한 거라고. 그런 순간에 당연히 자기방어를 하는 게 옳지 않다고 생각하는 거야?"

속수무책으로 있던 바질이 씩씩 거리며 내게 물었다. "교도소에는 왜 간 건데요?"

"사람을 두 명 죽였어요."

"맙소사." 그가 짧은 탄식을 내뱉었다. "완전히 망했군."

"진정해, 바질." 대심이 그에게 말했다.

"아니! 이 상황에 진정하라고? 저 여자 때문에 우린 망했다고. 빨리 경찰에 알려야 해! 지금 돌아가지 않으면……."

"그만. 나가서 진정 좀 하고 와." 에니스가 바질에게 명령했다.

바질이 뭐라고 항의하려 입을 벌렸다.

"나가라고!"

바질은 거칠게 욕설을 내뱉고 쿵쾅거리며 밖으로 나갔다. 에니스가 우리를 향해 다시 몸을 돌렸을 때, 나는 그의 손이 떨리고 있는 것을 봤다. 그리고 곧 새벽처럼 짙은 그의 눈동자와 마주쳤다.

"내가 대신 사과할게요." 그가 말했다.

나는 무슨 말을 해야 할지 몰랐다.

말라차이가 조심스러운 말투로 내게 물었다. "그래서 육지에 오르기 싫어했던 거예요?"

나는 고개를 끄덕였다. "5년 동안 아일랜드를 떠나면 안 되는데, 이곳에 오려고 가석방 규칙을 어겼어요. 여권도 가짜고요." 더이상 하지 못할 말은 없었다. "그리고 조류학자도 과학자도 아니에요."

모두 나를 빤히 바라보고만 있었다.

"무슨 말이에요?" 말라차이가 내 말이 믿기지 않는다는 듯 다시 물었다.

"말 그대로예요. 정식으로 새를 공부한 적 없어요. 당연히 학위도 없고요. 그저 관련 서적을 많이 읽었을 뿐이에요."

다시 긴 침묵이 이어졌다. 그들은 어떻게 반응해야 할지 고심하는 것 같았다.

"프래니, 정말 미친 거 아니야?" 리아가 마침내 입을 열었다.

"이 사실은 바질에게 얘기하지 않기로 하죠." 말라차이가 제안했다.

"그럼 그 위치 추적기는 어떻게 구한 거예요?" 대심이 물었다.

"남편 거예요."

"그러면 직접 연관된 것도 없으면서 왜 이 모든 걸 하고 있는거죠?" 아닉이 물었다.

"연관돼 있어요. 우리 모두 다."

그때였다. "그런 건 중요한 게 아니야." 에니스가 말했다. 그의 차분한 모습에 그가 나에 대한 모든 것들을 이미 알고 있었을지도 모른다는 바보 같은 생각이 문득 들었다. "아직 추적 가능한 새두 마리가 남아 있어. 내가 어떻게든 따라잡아 볼 테니까 다시 물고기를 잡아 보자고."

눈에 눈물이 아른거리는 것을 느끼며 길게 숨을 내쉬었다. 에니스를 꼭 안아주고 싶었다.

"하지만 새들은 벌써 서쪽 먼 곳까지 갔을 거예요." 리아가 따지듯 말했다. "그리고 지금은 남쪽으로 빠르게 이동하는 중일 텐데, 선장은 그쪽 조류를 모르잖아요."

"찾을 수 있어." 에니스가 다시 말했다. 그의 확신에 찬 목소리에 믿음이 갔다.

"우리가 냉동고에 물고기를 가득 싣고 온다고 해도 땅을 밟는 순간 바로 체포되면 그게 무슨 소용이에요?" 대심이 물었다.

"필요할 경우에 레이더망에 안 걸리고 잡은 걸 옮겨줄 수 있는 사람을 알고 있어." 아닉이 말했다. "우리가 고기를 잡는다면 말이지."

"맙소사." 말라차이가 한숨을 내뱉더니 이런 일들이 벌어지고 있는 상황이 믿기지 않는다는 듯 웃음을 터트렸다. 갑자기 범죄 조직에 가담하게 된 이 터무니없는 상황에서 누가 웃지 않을 수 있을까? 리아는 연신 고개를 저었고, 대심은 마치 꿈에서 깨려고 노력하듯 계속 눈을 비볐다.

"그럼 투표를 하자." 선장이 제안했다. "다시 돌아가서 배를 넘겨주자는 사람?" 그다음 말은 굳이 덧붙일 필요가 없었다. '그리고 프래니를 넘겨주자는 사람'일 테니까.

나는 숨죽인 채 그들의 결정을 기다렸다.

아무도 손을 들지 않았다.

"그럼 어떤 일이 닥치더라도 내 결정에 따른다는 사람?"

누구도 선뜻 움직이지 않았다.

그때 아닉이 홀로 손을 들어 올렸다. "이미 시작했으니." 그러고는 낮은 목소리로 말을 이었다. "끝장을 봐야죠."

이어서 한 명씩 차례로 다른 이들의 손이 올라왔다. 나는 뺨으로 흘러내리는 눈물을 닦았다. 너무 흥분한 나머지 손까지 떨리고 있었다.

어젯밤에는 모든 것이 끝이었다. 하지만 오늘 우리는 그 어떤 때보다 더 깊이 미지의 세상으로 향하고 있었다.

"지금부터 남쪽으로 간다." 에니스가 말했다. "그리고 우리 모두 연료가 떨어지지 않길 바라봅시다. 이미 *사가니호*에는 경고가 붙어서 일을 다 끝낼 때까지는 선착장에 들어가지 못할 테니."

"엔진도 잘 버텨 주길 기도해야 하고요." 리아가 말했다.

"물고기도 우리가 갈 때까지 잘 버텨 주기를." 대심이 덧붙였다.

"그리고 새들에게도." 아닉도 거들었다.

나는 고개를 끄덕였다.

그래, 그리고 새들에게도.

나는 침낭을 갑판으로 가져와 잠을 청했다. 리아의 만류에도 불구하고 나는 선실에 있을 수 없었다. 선원들의 동의하에 나는 옆 난간에 내 팔목을 묶었는데, 궂은 날씨에 배가 크게 요동치거나 잠결에 바다에 빠지지 않게 하기 위해서였다. 갑판 위에 누워 있자니 무척 추웠지만 아름다웠다. 깨끗한 하늘에 별이 가득했다.

잠시 뒤 에니스가 함교에서 내려와 내 침낭 옆으로 오더니 나무판자 위에 앉았다. 늘 그렇듯 그는 아무 말도 없었다.

"왜 모두 계속 항해하는 걸 선택했을까요?" 저녁 내내 나 자신에게 던진 질문이기도 했다. 다른 사람들은 에니스나 나만큼 절실하지는 않았을 텐데.

"당신이 우리 사람이니까." 에니스가 말했다. "우리 사람을 넘겨줄 수는 없으니까."

그 말에 가슴이 아팠다. 놀랍기도 하고 기쁘기도 해서 가슴이 아팠다. 몸을 일으켜 무릎에 턱을 괴고 달을 올려다봤다. 오늘 밤은 거의 보름달에 가까웠다. 하얗다기보다는 은은한 황금빛을 내뿜고 있었다.

"죽이려고 그런 건 아니에요." 내가 낮은 소리로 말했다. "아니, 사실은 죽이고 싶었어요. 정말 죽이고 싶은 마음이었어요. 그래도 칼로 찌르면 안 되는 거였는데."

에니스는 오래도록 그렇게 앉아 아무 말도 하지 않았다. 어느새 밤이 지나고 있었다.

한참이 흐른 후에야 그가 말했다. "그럴지도 모르죠. 하지만 난 오히려 당신이 그래줘서 기뻐요."

20

아일랜드, 골웨이

12년 전

"한때 세상은 지금과는 다른 곳이었습니다." 나일이 마이크에 대고 말했다. "한때 바다에 있던 생명체들은 공상 세계에서 뛰쳐나온 듯 보일 정도로 신비했습니다. 평야를 천천히 달리거나 키 큰 잔디 사이를 미끄러지듯 나아가고 나뭇가지에서 뛰노는 동물들도 정말 많았죠. 하늘을 배회하는 날개 달린 아름다운 새들 역시 많았고요. 하지만 지금은 모두 사라져가고 있습니다." 그는 말을 멈추고 강의실에 앉아 있는 나를 바라봤다. "아니, 사라지고 있는게 아닙니다." 그가 정정하며 말했다. "그들은 우리의 무관심 때문에 폭력적이고 무차별적으로 도살당하고 있습니다. 우리의 지도자라고 하는 사람들이 인류에게 무엇보다 중요한 요소는 경제 성장이라고 결정하면서 시작된 것입니다. 따라서 지금의 멸종 위기는 그들의 탐욕이 불러일으킨 대가입니다."

그는 이런 비극을 끝내기는 어려울 것이라 말하곤 했다. 분노가 그의 목 끝까지 차올라 그가 잡고 있는 교탁은 부서질 것만 같았다. 그런 그의 모습은 우리 모두가 가진 독성에 대한 뿌리 깊은 혐오감에 압도당한 것처럼 보였다. 항상 말만 할 뿐 행동하지 않는 자신을 위선자라고 칭하며, 누구보다도 자기 자신이 싫다고 말했다. 그 자신도 어느 누구 못지않은 가해자이고 부유함과 특권을 누리는 소비자이며 언제나 가진 것보다 더 많은 것을 갖기를 바라고 또 바라며 살았다고 말했다. 그가 언젠가 내가 살아가는 단순한 방식에 매료되어 부럽다고 말한 적이 있었다. 나는 내 삶의 방식에 대해 그렇게 생각해 본 적이 없었기 때문에 그의 말을 정확히 이해하지 못했다. 하지만 그가 내게 진정으로 마음속 깊이 원하는 것이 무엇인지 물어봤을 때 내 머릿속에는 온통 걷고 수영하는 것만 떠올랐는데, 그때 나는 그의 말이 맞을지도 모른다는 생각을 했다.

지난 몇 달 동안 그의 수업에 참석했지만, 오늘 수업을 진행하는 그의 모습은 유난히 힘들어 보였다. 그의 목소리에서 배어 나오는 절망감, 그의 생각 속에 드러난 분노, 신랄한 비난, 우리를 이해시키려는 당위성을 지켜보며 그가 걱정이 되었다. 그의 목소리에서 자신의 무용함에 대한 분노가 느껴져 어떻게든 그를 달래주고 싶었다. 내 손으로 어루만져 부드럽게 달래거나 입술로 속삭이며 없애 주고 싶었지만, 그 분노는 내가 줄 수 있는 것보다 훨씬 거대했고 세상을 집어삼킬 정도였다.

수업이 끝나고 나는 그의 실험실에서 그를 기다렸다. 이유는 모르겠지만 나 스스로가 날개가 쫙 펴진 채 핀으로 고정된 갈매기 박제를 보고 싶었다. 그러고 나면 우리가 처음 함께 그것을 만졌던 그 순간, 그 친밀감, 그리고 그 두려움까지 되살아날 것 같았기 때문이었는지도 모른다.

"우리가 인간을 박제하고 핀으로 고정해서 연구를 한다면 세상은 더 좋은 곳으로 바뀔지도 모를 텐데." 나일이 실험실로 들어오면서 말했다.

나는 살짝 웃음이 나왔다. "아니요, 그렇지 않을 거예요."

"이거 한번 볼래요?"

나는 그를 따라 프로젝터가 있는 곳으로 갔다. 그가 불을 끄고 뭔가를 보여주기 전에 내 얼굴과 내 눈을 천천히 바라보며 낮은 목소리로 속삭였다. "오늘 좀 피곤해 보이네요."

최근 몽유병 증상은 많이 줄었다. 하지만 악몽이 늘었다. 보통 몽유병 아니면 악몽이었기에 잠에 드는 것이 조금 두려웠다. 내 몸이 무엇을 할지 몰라 무서웠다. 하지만 지금 내가 걱정하는 것은 그게 아니었다.

"너무 풀이 죽어 보여서요." 내가 그에게 말했다. "괜찮은 거죠?"

그러자 그가 괜찮다는 듯 내 눈꺼풀에 부드럽게 입을 맞췄다. 나는 숨을 길게 내쉬고 그의 품에 기댔다. 하지만 나는 그가 전혀 괜찮지 않다는 것을 알고 있었다.

영상이 재생되고 스크린에 크게 비쳤다. 소리는 나지 않았다. 갑작스레 비친 크고 하얀 영상 때문에 잠시 앞이 보이지 않을 정도로 눈이 부셨다. 그리고 다시 보이기 시작했을 때, 눈앞에는 진홍색 부리를 가진 눈처럼 하얀 수백 마리의 새들이 우아하고 멋진 날갯짓을 하고 있었다.

나는 홀린 듯 스크린에 가까이 다가갔다.

"북극제비갈매기예요." 나일이 말했다. 그는 새들의 기나긴 여정에 대해 이야기를 시작했고, 그들의 생존 방식과 그를 위한 도전정신에 대해서 설명해 주면서 이렇게 말했다. "이 새들을 따라가 보고 싶어요."

"새들의 여정을 따라서요?"

"네, 그렇게 해 본 적이 없어요. 새들에 대해서뿐만 아니라 기후변화에 대해서도 많이 배울 수 있을 거예요."

나는 심장이 마구 뛰었다. 갑자기 활력이 샘솟으면서 저절로 입가에 미소가 지어졌다. "함께해요."

"정말 같이 가고 싶어요?"

"바로 갈 수 있는 거죠?"

그가 웃음 지었다. "글쎄요. 일을 해야 하니까……."

"이게 당신이 할 일이에요."

"재정지원도 신청해서 받아야 하고, 그러려면 많은 노력과 시간이 필요할 거예요."

나는 애써 실망감을 숨기고 다시 스크린으로 시선을 돌렸다.

"갈 거예요, 프래니. 언젠가는 꼭. 약속해요."

그는 전에도 이런 말을 한 적이 있었다. 하지만 우리는 어디에도 가지 못했다.

"이 새들이 어디로 날아가는지 알려 줘요." 내가 소곤거리자 그가 고개를 끄덕였다. 나는 스크린에서 눈을 떼지 않았고, 그는 그런 나를 바다 건너 멀리 떨어진 다른 대륙으로 데려갔다가, 다시 지구 반대편 어느 누구도 가보지 않은 먼 곳으로 데려갔다. 그러다 어느 순간 그의 목소리에서 흐느낌이 느껴졌다.

"오늘 아침에 당신 집에 갔었어요." 그가 말했다.

"집이라뇨?"

"바다 옆에 있는 나무집이요."

"엄마랑 함께 살던 곳에 갔었군요."

그가 고개를 끄덕였다. "오랫동안 아무도 살지 않은 것 같았어요. 안으로 들어가 봤는데 너무 추웠어요. 차가운 바람이 송곳처럼 벽을 뚫고 들어왔고, 당신의 작은 몸이 온기를 유지하려고 엄마 곁에서 웅크리고 자는 모습을 봤어요."

나는 그를 꼭 껴안아 감쌌다. 내 몸을 아주 두꺼운 가죽으로 만들 수 있다면 그를 따뜻하게 보호해 줄 수 있을 텐데. 나를 녹여 그의 피부에 스며들게 할 수만 있다면, 정말로 그가 나를 필요로 한다면, 그러면 우리는 영원히 헤어지지 않을 텐데.

포크와 나이프가 접시에 부딪히는 소리가 천장 높이 울려 퍼졌다. 이곳은 그야말로 대성당 같았다.

우리가 나일의 부모님 댁에서 주말을 보내기로 하면서 나는 그들과 처음 인사를 나누게 되었다. 나일은 30분 정도 머물며 가볍게 커피 한잔 마시고 오기를 원했지만 나는 주말을 보내고 오자고 제안했다. 수화기 너머에서 들려오는 그의 아버지의 목소리에서 어떠한 간절함이 느껴졌기 때문이었다. 아서 린치는 아들을 많이 보고 싶어 하는 조용하고 유쾌한 사람이었다. 하지만 그의 어머니 페니 린치는 달랐다. 나는 간단히 커피 한잔 마시고 오는 쪽을 선택했어야 했다.

"일을 하고 있다고, 프래니?" 나일이 이미 말해 놓았지만 그녀는 굳이 내게 직접 대답이 듣고 싶은 모양이었다. 당시의 나로서는 누군가와 대화를 나눈다는 것만으로도 그저 고마울 따름이었다.

"네, 아일랜드 국립대학교에서 청소 일을 하고 있어요."

"그 일을 선택한 특별한 이유가 있었던 거니?" 캐시미어 스웨터를 입고 루비 귀고리를 한 그녀가 다시 물었다. 한쪽 구석에 있는 벽난로의 크기는 더블린 시내만 했고, 우리가 마시고 있는 와인은 나일이 살아온 시간만큼 지하 저장고에 보관되어 있던 것이었다.

"이유 같은 건 없었어요." 내가 웃으며 말했다. 그녀가 농담으로 건넨 말인지는 모르겠지만 어쨌든 내게는 웃긴 질문이었다. "굳이 이유를 들자면 특별한 기술이나 자격증이 없어도 할 수 있고, 출퇴근하기도 쉬운 데다 세상 어디를 가도 할 수 있는 일이잖아요." 나는 포크를 입으로 가져가다가 멈추고 덧붙였다. "솔직히 말씀드리면 신경 쓸 것도 없고 사색을 즐길 수 있는 일이기도 하고요."

"좋을 때지." 아서 린치가 말했다. 와인 때문에 그의 볼은 매우 붉어져 있었고, 우리가 이곳에 온 이후로 그는 내내 기분이 좋아 보였다. 그리고 그의 억양은 골웨이 쪽이라기보다는 벨파스트 쪽에 더 가까웠다.

"부모님은 어떤 일을 하고 계시지?"

페니가 내게 또 질문을 던졌고, 나일은 터지기 일보 직전이었다. 그는 크게 심호흡을 하며 스스로 진정하려고 애쓰는 듯했다. 이 또한 나일이 이미 이곳에 도착하기 전에 대략적으로 말해 놓았기 때문이었다. 하지만 그의 어머니는 아랑곳하지 않았다.

"잘 모르겠어요." 내가 대답했다. "두 분 모두 못 본 지 오래됐거든요."

"그럼 나일이랑 결혼한 사실도 모르고 계시겠네?"

"그렇죠."

"아쉽네. 당신 딸이 나일과 결혼한 걸 아셨으면 무척 자랑스러워하셨을 텐데."

나는 그녀의 적갈색 눈동자를 바라봤다. 나일과 똑같은 색이었다. 나는 이런 대화가 무슨 게임 같은 것인지는 모르겠지만, 어쨌든 나는 그 게임에 응해 줄 생각이 없었다. "저도 그러셨을 거라고 생각해요." 나는 기꺼이 그녀의 말에 맞장구쳐 주었다. "아드님이 워낙 특별한 사람이잖아요."

"새로 온 정원사는 어때요, 아버지?" 나일이 큰 소리로 끼어들며 물었다.

"정말 잘하더구나."

"둘이 어떻게 만나게 된 건지도 궁금한데, 알려 줄 수 있겠니?" 페니가 또 내게 물었다.

나는 와인 잔을 내려놓으며 말했다. "제가 이 사람 수업에 들어갔었어요."

"교수 생활을 하면서 강의 중에 뛰쳐나간 유일한 사람이죠." 나일이 덧붙였다.

"그런데 제가 이 사람의 자존심에 상처를 내고 말았죠."

"귀여운 만남이었구나." 아서가 말했다.

매사에 조심스럽고 흐트러지지 않던 페니의 눈길이 날카로워졌다. 그리고 다분히 의도적으로 흘리듯 말했다. "캠퍼스에서 일하면 젊고 성공한 교수의 스케줄을 알아내는 건 어렵지 않은 일이지."

"그게 무슨……." 나일이 뭔가 말하려고 할 때였다. 내가 테이블 밑으로 그의 무릎을 꽉 잡았다.

"안타깝게도 교수들의 정보에 대해 보안이 철저하더라고요." 내가 말을 이었다. "아무리 열심히 찾아봐도 교수들의 수입이나 결혼 여부에 대한 정보를 찾을 수가 없었죠. 그래서 어떤 수업에 들어가야 하나 정하느라고 정말 혼났지 뭐예요."

한동안 침묵이 흘렀고, 결국 나일이 먼저 웃음을 터트렸다. 아서도 껄껄대며 웃기 시작했다. 하지만 페니는 내게 시선을 고정한 채로 한동안 가만히 있다가 애써 너그러운 표정으로 미소를 지었다.

"저는 그냥 새를 좋아할 뿐이에요." 내가 그녀에게 말했다. "맹세할 수 있어요."

"그렇겠지." 그녀는 소곤대듯 말한 뒤 집안일을 하는 사람에게 손짓해 그릇을 치우도록 했다.

"이렇게 즐거울 거라고는 생각도 못 했어요." 나일이 여전히 신이 난 듯 방긋 웃으며 말했다. 나는 모르는 척하며 애써 웃음을 참았다. 그의 어머니를 놀린 것에 대해 용서를 바랄 정도까지는 아니지만, 종종 나는 그때의 내 행동이 후회가 되었다. 여전히 자식을 끔찍이 생각하는 엄마가 있다는 사실은 얼마나 큰 행운일까.

"당신 어머니는 그저 방어적으로 행동하신 것뿐이에요." 내가 말했다.

"아주 못된 사람처럼 굴었잖아요. 더 최악이었던 게 뭔지 알아요? 그 분위기를 웃어넘길 만큼의 위트도 없었다는 점이죠."

우리는 주로 손님들을 위해 지은 별채로 건너왔다. 나일은 자신이 어린 시절을 보낸 방에서 우리가 머물기를 원하지 않았다. 그 방은 그에게 안식처이자 감옥이기도 했으니까. 페니는 아주 사소한 잘못으로도 아들을 그 방에 가두고 자신의 행동을 반성하도록 만들었는데, 이런 일이 날마다 일어나면서 그 방은 그에게 울적한 어린 시절을 떠올리게 했다. 그 방으로 들어가는 것은 그의 무능하고 외로웠던 시절로 돌아가는 것이자, 어머니의 행복을 책임져야 한다는 부담감과 그렇게 되지 못한 스스로에 대한 완전한 실패의 기억을 되살리는 것이었다.

"다 됐어요, 여보." 나일은 쉬는 날마다 그러듯 나를 위해 욕실에 딸린 욕조에 물을 받아 주었고, 나는 그곳으로 걸어가면서 옷을 하나씩 벗어 바닥에 고스란히 떨어뜨렸다. 나일은 욕조 모서리에 걸터앉았고, 나는 따뜻한 물속에 들어가 앉아 화려한 욕실 타일과 금빛으로 도금된 장식을 바라보며 그 광경에 넋을 잃었다.

"강단이 있는 여자와 결혼해서 행복해요." 그가 말했다.

"어머니를 화나게 하려고 나랑 결혼한 건 아니죠?"

"설마요."

"조금도요? 말해 봐요. 그렇다고 해도 개의치 않을게요."

"절대로 아니에요, 여보. 어머니의 반응에 좌지우지되는 건 벌써 오래전에 끝났어요."

"아직도 어머니한테 화가 많이 난 거 같아 보여요."

그의 대답이 너무 바로 나와서 깜짝 놀랐다. "어머니는 사랑을 주는 법을 모르니까요."

간힌 나방 꿈을 꾸다가 잠에서 깼다. 나방은 달빛을 향해 날아가려고 계속해서 유리창에 몸을 던졌다. 일어나 보니 나일은 침대에 없었고, 나는 지금의 상황을 바로 파악하기 힘들었다. 내 발은 흙투성이에다 이불도 흙으로 얼룩져 있었다. 잠깐, 아, 안 돼. 잠결에 이리저리 돌아다닌 것이 분명했다.

아침식사 시간, 분위기가 심상치 않았다. 페니가 집안을 성큼성큼 걸어 다니며 일하는 사람들에게 쌀쌀맞게 지시를 내리고 있었고, 아서는 그녀의 눈에 띄지 않기를 바라듯 신문에 얼굴을 묻고 있었다. 나일은 내게 커피를 따라주고 창가로 나를 이끌었다.

"무슨 일이에요?" 내가 물었다.

"어머니의 온실 새장이 밤새 열려 있었나 봐요. 새들이 모두 날아가 버렸죠."

"아, 저런……." 나는 옆방에서 그녀가 날카롭게 내던지는 말을 들으려고 애썼다. 배상에 대한 내용이 오갔고, 임금에서 제해야 한다는 말도 들렸다. 나는 커피를 단숨에 들이켠 후 나일에게 곧 돌아온다는 말을 남기고 자리에서 일어났다.

햇빛이 연못 수면에 비치며 반짝반짝 빛을 냈고, 온실로 향하는 길에 높게 자란 풀이 내 종아리를 간질였다. 온실 안은 조용하고 시원했다. 온실 뒤쪽에 있는 거대한 새장은 아무런 생기 없이 덩그러니 뼈대만 남은 채 텅 비어 있었다. 형형색색의 빛깔도 움직임도 노랫소리도, 아무것도 없었다. 나는 새장의 자물쇠를 살펴보자마자 심장이 덜컥 내려앉았다. 열쇠도 필요 없고 비밀번호도 필요 없는, 밖에서 쉽게 열 수 있는 단순한 고리 형태로 되어 있었다. 새들은 날아가기 전에 망설였을까? 새장 밖에 무엇이 있을지 조금이라도 걱정했을까? 아니면 자유롭게 날 수 있다는 기쁨에 넘쳐 마냥 좋아했을까?

"스무 종이 넘게 있었지." 목소리에 몸을 돌려보니 페니였다. 이렇게 흙투성이뿐인 새장은 어쩐지 그녀에게 어울리지 않아 보였다.

"나일이 예전에 제게 보여준 적이 있는데, 너무 아름다웠어요." 하지만 모두 갇혀 있었죠. 내 발에 묻어 있던 흙이 아니더라도, 자물쇠를 확인하지 않았어도, 밤새 나는 무슨 일이 있었는지 알 수 있었다. 진정한 하늘을 보지 못하고 이곳에 갇힌 새들을 처음 본 그 순간부터 가슴이 아려왔으니까. 새들이 자유로워질 수 있기를 무엇보다 간절하게 바랐으니까. 나의 다른 반쪽은, 괴물로 변한 나는 그런 짓을 저지르고도 남았다.

"페니, 제가……." 나는 목을 가다듬고 말을 이었다. "정말 죄송해요. 제가 그런 거 같아요."

"무슨 말이니?" 그녀는 한 줄기 햇살이 비치는 곳으로 걸음을 내디뎠고, 그때 그녀의 눈가에 비친 반짝거리는 눈물을 봤다.

"어젯밤 제가 밖으로 나왔다가 그런 거 같아요, 몽유병이 있거든요. 아마…… 제가 그런 걸 거예요." 그녀에게 매달려서라도 용서를 구하고 싶은 충동을 억누르며 한 걸음 다가갔다. 그녀는 꼼짝도 안 하고 제자리에 서 있었다. "정말 죄송해요."

"이제 와서 무슨 소용이 있겠니." 페니가 아주 작게 말했다. "무의식중에 한 행동을 비난할 수도 없을 테고."

긴 침묵이 흘렀고, 나는 이 상황을 만회할 만한 다른 방법을 고심했다. 그녀가 얼마나 새들을 사랑했는지 이제 알게 되었고, 그런 그녀에게 내가 너무 큰 상처를 안겨 주었다는 사실이 너무나 고통스러웠다.

"제가 어떻게 보상할 수 있을까요?"

그녀는 천천히 고개를 저었다. 자부심 강하고 강철 같던 모습은 사라지고, 돌연 나이 들어 왜소해져 겁에 질린 것처럼 보였다. "모순이었어. 새장에 갇힌 새들을 볼 때마다 슬펐으니까."

나도 눈시울이 뜨거워졌다.

페니는 잠시 자신을 추스르더니 곧 평정심을 되찾고 다시 한번 스스로를 포장했다. "프래니, 어젯밤에는 내가 무례하게 굴었구나. 용서하렴. 자신의 삶을 망가뜨릴 뿐만 아니라 주변 사람에게도 폐를 끼치는 기질을 가진 환자들을 많이 상대하다 보니까 그런 거 같아. 네게도 그들과 비슷한 기질이 있다고 느꼈거든. 하지만 쉽게 그런 판단을 내리고 대하는 건 부당한 일이겠지. 게다가 내 환자도 아닌데. 부정할 수 없는 내 실수였구나."

"아…….." 나는 그녀의 말에 뭐라고 반응해야 할지 몰랐다. "제게서 느낀 그 기질이란 게 어떤 거죠?"

"네가 무척 변덕스러운 사람이라는 느낌을 받았지."

이어진 그녀의 날카로운 침묵 속에서 나는 그녀의 사과가 무엇을 뜻하는지 깨달았다. 정중하지만 숨겨진 가시가 있는 사과였다.

"뭐 좀 챙겨 먹으렴." 그녀가 차가운 말투로 내게 말했다. "어젯밤에는 바빴을 테니. 그리고 몽유병에 대한 상담이나 처방은 내가 해 줄 수 있으니 한번 생각해 보고." 그녀는 온실에 나를 홀로 남겨두고 떠났다. 그녀의 말이 맞았다. 나는 충동적이고 변덕이 심하고 불안정했다. 하지만 어떤 말로 나를 표현하든지 간에 그보다 더 잔혹한 현실에 비하면 한없이 친절한 표현에 불과하겠지.

21

중부대서양, 사가니호

이동 시즌

적도에 도착하는 데 꼬박 한 달이 걸렸다. 새도 물고기도 다른 배들도 못 본 지 오래고, 이곳에는 우리밖에 없었다. 선원들의 말에 따르면 적도를 횡단하면 풋내기에서 진정한 선원으로 거듭날 수 있다고 했는데, 정말 그곳에 도착한 것이었다. "이제 진짜 선원이 된 거예요, 프래니." 그들이 내게 말했다.

에니스는 아메리카 연안을 끼고 항해를 이어갔다. 동쪽으로 방향을 틀어 대서양을 횡단하는 방법도 있었지만 그렇게 되면 시간이 너무 오래 걸리기 때문에 결코 새들을 따라잡을 수 없었다. 그래서 이미 훨씬 더 먼 남쪽에 있을 새들을 따라잡기 위해 좀 더 점진적인 항로를 선택한 것이었다.

이제 우리 오른편 손에 닿을 듯 가까운 곳에는 육안으로도 보이는 브라질이 있고, 왼편으로는 저 멀리 아프리카가 있었다. 어느 곳이든 내려서 탐험하며 돌아다니고 싶은 마음에 발이 근질거렸다. 하지만 나는 잘 알고 있었다. 우리에게는 더 이상 그럴 만한 여유가 없다는 것을.

바질은 내게 말을 걸지도, 나를 똑바로 쳐다보지도 않았다. 하지만 오히려 나는 그편이 더 좋았다. 그는 투표할 기회도 갖지 못한 자신은 이 배에서 포로나 다름없는 신세라고 투덜대고 한탄하며 대부분의 시간을 보냈다. 그래도 요리만큼은 여전히 집착적으로 했는데, 저장고가 거의 고갈되어 남아 있는 음식이라곤 통조림이 대부분이었기 때문에 그가 할 수 있는 요리는 그리 많지 않았다. 하지만 이 또한 나는 그가 시도하는 온갖 종류의 콩 요리를 더 이상 먹을 필요가 없었기에 더 좋았다.

나는 대부분의 시간을 리아, 대심, 말라차이와 함께 보내며 매듭을 익혔다. 바다에서 꽤 오랜 시간을 보낸 지금도 나는 새로운 매듭을 배울 때면 여전히 아무것도 모르는 풋내기 같았다. 종종 말라차이가 일부러 엉뚱한 용어를 내게 가르쳐 주었고, 내가 그 이상한 말을 쓸 때면 모두가 낄낄거리며 나를 놀렸다. 그렇게 우리는 이곳 바다 한가운데에서 도망자가 아닌 척할 수 있었다. 특히나 나는 살인까지 저질렀지만 이곳에서는 살인자도 수배범도 아닌 척 나 스스로를 속이며 지낼 수 있었다. *사가니*호에 처음 올랐던 그때처럼 또다시.

그날 오후 내내 나는 엔진실에 배정되어 리아와 함께 갑판 아래 배의 하중부에 있었는데, 그곳은 너무 덥고 갑갑해서 내가 가장 싫어하는 곳이었다. 리아는 주기적으로 점검해야 하는 수압이나 기압, 산소량 등의 수치를 내게 확인하라고 시킨 후 평상시처럼 온통 기름 범벅이 된 손과 얼굴로 다른 장비들을 살피고 있었다. 그러다가 갑자기 욕설을 내뱉으며 하던 일을 멈췄다.

"젠장, 꽉 막혔어."

"뭐가요?" 내가 물었다.

"보조 발전기."

"고칠 수 있는 거예요?"

"아니."

"그러면 어떡해요?"

"망한 거지, 뭐." 그녀는 짧게 말을 내뱉고 땀에 젖어 내려앉은 머리카락을 얼굴 뒤로 쓸어 넘겼다. "보조 발전기가 막혀 버린 이상 메인 발전기가 나가는 건 시간 문제고, 고칠 수도 없어. 곧 모든 전력이 멈추게 될 거야. 그 말인즉 우리가 할 수 있는 건 더 이상 아무것도 없다는 뜻이지."

"우리가 전력으로 뭘 사용하고 있죠?"

그녀가 코웃음을 쳤다. "전부 다. 온도 조절, 내비게이션, 양망기, 보일러, 그리고 주방에 있는 건 전부 다. 망할 식수는 말할 것도 없고."

"그렇구나. 그럼 망한 거네요. 그런데 메인 발전기가 이렇게 잘 망가져요?"

"그래, 늘 발생하는 일이지."

"그동안은 보조 발전기가 작동하고 있어서 우리가 몰랐던 거군요."

"이제야 감이 좀 오나 보네요, 셜록 홈스 씨."

그녀는 절대로 계단이라고 부르지 말라고 몇 차례나 경고를 받은 적이 있는 철제 사다리를 쿵쿵거리며 올랐고, 나도 서둘러서 그녀의 뒤를 따랐다. "어디 가는 거예요?"

"선장에게 알려야지."

함교에서 에니스와 대화하는 리아는 나에게 말할 때와 다르게 인내심을 가지고 차분하게 현재 상황을 보고하며 그 문제점을 설명했다. 에니스는 긴 한숨을 내쉬는 것 외에 다른 반응을 보이지 않았다. 하지만 어쩐지 그의 어깨가 전보다 쳐져 보였다. 그는 다시 키를 잡고 우리 앞에 드넓게 펼쳐진 텅 빈 바다를 바라봤다.

"고마워, 리아."

"육지로 가야 할 거 같아요."

긴 침묵이 흐른 뒤 그가 입을 열었다. "아직은 아니야."

"선장, 보조 발전기 없이 계속 갈 수는 없어요. 위험이 너무 커요. 미친 짓이라고요. 무슨 일이 발생하기라도 하면……."

"나도 알아, 리아."

그녀는 망설이다가 자세를 바로 세우고 용기 내어 말했다. "우리 모두를 위험에 처하게 할 수 있다는 사실도 알고 있는 거죠?"

"알아." 에니스가 명료하게 말했다.

그녀가 나를 힐끗 바라봤다. 그녀의 눈빛은 조금 부드러워져 있었다. "알겠어요, 선장. 그런데 이 상태로 계속 갈 수는 없어요. 프래니의 문제를 해결할 확실한 계획을 찾아야 해요. 조만간 기름도 채워야 하고요. 그리고 식자재도 다시 채워 놔야 하죠. 이건 빌어먹을 〈콜레라 시대의 사랑〉(Love In The Time Of Cholera, 가브리엘 가르시아 마르케스의 장편소설로, 역경을 이겨낸 후에는 반드시 행복한 결

말을 이루게 된다는 낭만적 사랑 이야기)이 아니니까요. 그러니 그 상상 속의 물고기 골든 캐치가 나타날 때까지 우리 낡은 배가 여전히 물 위에 떠 있기를 기도해 보자고요."

리아가 쿵쿵거리며 함교를 나간 뒤, 나는 에니스와 조용하게 시선을 교환했다.

"아무래도 제가 다른 배를 찾아보는 게 좋겠어요."내가 말했다.

하지만 에니스는 듣지 못한 척했다. "새들이 여전히 같은 경로로 가고 있는지 확인해 줄래요?"그는 자신도 나만큼 모니터를 통해 새들의 경로를 잘 확인할 수 있었지만 일부러 내가 다시 확인하게끔 만들었다. 나는 모니터를 확인했고, 남은 두 마리의 북극 제비갈매기들의 경로를 계속 명확히 표시하고 있었기에 그 움직임의 패턴을 읽을 수 있었다. 다만 요즘 들어서 새들의 다음 경로를 예측하기가 점점 더 어려워지고 있었다. 새들은 현재 앙골라 해안을 벗어나 우리 쪽을 향해 가까워지고 있었다.

"여전히 남남서(南南西)쪽이에요."내가 이어서 말했다. "새들이 이대로 경로를 유지하면 우리가 따라잡을 수 있어요. 하지만 확실한 건 아니에요. 만약에 바람의 방향이 바뀌거나 물고기들이 경로를 바꾸게 되면 새들도 지금의 경로를 바꿀 수도 있으니까요."

에니스는 고개를 끄덕였다. 그에게 만약의 경우 같은 것은 크게 상관이 없어 보였다. 아닉이 말한 것처럼 이미 시작했고, 끝장을 봐야 하기 때문이겠지.

"새들은 경로를 유지할 거예요. 그리고 우리도 그럴 거고요."

그가 말했다.

　리아는 매일 밤 내가 책을 읽는 동안 항상 침대의 불을 먼저 껐다. 하지만 오늘 밤은 달랐다. 그녀는 평상시처럼 곧바로 잠자리에 들지 않았다. 몸을 옆으로 굴려 벽을 바라보며 작은 목소리로 물었다. "발가락은 어떻게 그런 거야?"

　"동상 때문에요."

　"동상은 어쩌다 걸렸는데?"

　"그냥…… 맨발로 눈을 걸어 다녔거든요."

　"정말 멍청한 짓만 골라서 했구나?"

　"그렇죠."

　"새를 찾고 나면, 그다음엔 어떻게 할지 생각해 봤어?"

　"무슨 뜻이에요?"

　"우리가 물고기를 많이 잡았다고 치자. 그래, 우리에겐 정말 좋은 일이지. 하지만 네게 남는 건 뭔데? 다시 집으로 돌아갈 생각은 있어? 아니면 평생을 도망 다닐 생각인 거야?"

　"그렇게 걱정할 필요 없어요."

　"걱정이 되니까 그러지. 잡히면 다시 감옥행이잖아, 아니야? 가석방 규칙을 어겼다며. 게다가 지난번 호텔 근처에서 무슨 일이 있었는지 경찰이 알게 되기라도 하면……."

　나는 책을 덮었다.

　"네가 가짜 여권을 사용하고 있다는 사실도 바로 알아낼 거라고." 그녀는 마치 내가 아무것도 몰라서 태평하게 있는 것처럼 경고 했다.

"어떻게요?"

"나도 모르지! 하지만 경찰은 어떻게든 알아낼 거야." 화가 난 그녀는 다리를 휙 돌려 땅을 짚고 일어나 앉았다. "뭘 그렇게 숨기는 거야? 도망 다니는 여자처럼 보이기 싫어서 그래?"

"도망 다니는 게 아니에요."

"그래도 무서울 거 아니야, 두려울 거 아니냐고, 프래니! 나는 네가 다시 감방에 안 갔으면 좋겠단 말이야."

그녀의 목소리에서 흐느낌이 느껴졌고, 그녀가 울고 있다는 사실을 알게 되자 겁이 났다. "아, 제발, 그러지 마요." 나는 그녀를 달랬다. "그렇게 울 일은 아니잖아요."

"아, 망할 년 같으니라고." 그녀가 얼굴을 가린 채 쏘아붙였다.

나는 마지못해 침대에서 나와 그녀의 옆자리로 옮겨가 앉았다. "리아, 울지 마요."

"넌 뭐가 어떻게 되든 신경도 안 쓰니까, 맞지?"

"뭐, 별로." 나는 망설이다가 고개를 끄덕였다. 누군가에게 잡히기 전에 죽을 계획을 가진 사람이라면 굳이 이것저것 신경 쓸 필요는 없겠지.

리아가 나를 빤히 바라봤다. 그녀의 눈에서 고통스러워하는 빛이 보였다. 그리고 유혹의 눈길도. 그녀는 내가 그 시선을 피하기도 전에 내게 입을 맞췄다.

"리아, 이러지 마요."

"안 될 게 뭐가 있어?" 내 입술에 맞닿은 그녀의 입에서 말이 새어 나왔다.

"저 결혼했잖아요."

"바질이랑은 괜찮고?"

"그건 일부러 망가지려고 한 거고, 아무 의미도 없어요. 그런데 지금은 그런 게 아니잖아요."

그녀는 작게 한숨을 내쉬었다. 그리고 내 말을 이해한다는 듯 고개를 살짝 떨구는가 싶었다. "그래도 될 대로 되라지."

우리는 다시 서로 입을 맞췄다. 나도 원했던 것이었다. 나도 그냥 이대로 빠져들어서 모든 것이 집어삼켜지도록 누군가에게 몸을 맡기고 싶었다. 서로의 체온을 느끼며 상처를 치유받고 싶었다. 그럴 수 있을 것이라고, 정말 그렇게 될지도 모른다는 생각이 들었다. 하지만 이 얼마나 큰 배신일까? 나일에게도 그리고 나 스스로 시작한 이 여정에 대한 확신에도. 내가 파괴하려고 마음먹은 유일한 사람은 나 자신 하나로도 충분했다. 더 이상 다른 사람을 아프게 해서는 안 되지.

나는 가능한 한 부드럽게 키스를 끝내고 내 침대로 돌아가서 불을 껐다. 그녀는 한동안 아무 말 없이 어둠 속에서 갈망과 불확실함을 동시에 느끼며 나를 바라봤다. 그리고 그렇게 그녀는 홀로 잠이 들었다.

"우리는 이 세상에서 역병과도 같은 존재일 뿐입니다." 남편이 자주 하던 말이다.

오늘은 우리 왼편으로 거대한 땅덩이가 나타났다. 내가 가진

지도나 차트에는 그런 곳이 없었기 때문에 무척 놀랐다. 가까이 다가가서 보니 그것은 땅이 아니라 거대한 플라스틱 쓰레기 산이었다. 그리고 그 주변에는 물고기, 갈매기, 바다표범들이 죽어 나뒹굴고 있었다.

나일에게 또 편지를 썼다. 벌써 보냈어야 할 편지 더미는 내 생각의 무게와 더불어 점점 더 쌓여만 갔다. 우리의 관계와 내가 저지른 잘못, 엇갈린 운명을 마주하고 온전히 받아들이려고 노력했다. 어쩌면 더 좋은 선택이 있었을 거라는 생각도 종종 들었지만 그때마다 그것에 잠식당하지 않겠다고 다짐했다. 그래봤자 후회만 커질 뿐이고, 나는 이미 충분히 후회로 가득한 바다에서 항해하고 있기 때문이었다. 그 대신 나는 행복했던 순간들을 떠올리며 시간을 보내려고 했다. 나누는 대화와 표정 사이에 숨겨진 달콤한 순간과 내가 어디론가 멀리 떠나가 있을 때 그가 내게 써 준 자상하고 다정한 편지를 생각했다. 그리고 우리가 침대에서 서로에게 글을 읽어 주며 보낸 수많은 밤과 욕조에 들어가 서로에게 따뜻한 물을 끼얹어 주던 주말 아침, 각자 조용히 숨을 들이마시며 한없이 새들만 바라보면서 보낸 완벽한 여행을 생각했다. 나는 우리가 앞으로도 이런 순간들을 더 많이 함께할 수 있으리라고, 나 자신을 달래듯 애써 상상했다.

우리는 브라질 연안을 따라 순항하면서 매일 기대를 안고 하루를 시작했고, 목을 뻣뻣이 꺾고 바짝 고개를 들어 하늘을 응시하며 새들을 찾고, 한순간이라도 놓칠 새라 눈을 깜박이는 것조차 두려워하다가, 끝내는 절망을 안고 하루를 마감했다. 위치 추적기가 달린 새는 두 마리뿐이지만 예상대로라면 그보다 더 많은 무리가 이쯤에서 눈에 띄어야 했다. 도대체 어디에 있는 거니? 그 작은 날개로 여전히 날갯짓하고 있는 거지? 아니면 여전히 거센 바람과 조류에 맞서 힘겹게 싸우고 있는 거야? 내가 남극에 도착했을 때 너희가 그곳에 없으면, 다른 새들처럼 너희도 이 여정에서 살아남지 못하면 어쩌지? 생의 마지막 의미를 찾으려는 내 보잘것없는 시도가 아무런 의미 없이 끝난다면 난 어떻게 해야 하지?

문득 이런 생각이 중요하기는 한 걸까 궁금했다.

죽음이라는 것에 과연 의미가 있기는 한 걸까? 이런 세상에서 동물의 죽음에는 의미가 있겠지만, 난 그렇지도 않으니까. 차라리 나도 동물들처럼 내 죽음에 의미가 생길 수 있다면 좋을 텐데.

그리고 또 궁금했다. 만약 내가 실패하게 된다면 나일은 그런 나를 용서해 줄까?

무전기의 전원이 먼저 나갔다. 리아와 대심이 가까스로 다시 돌려놓기는 했지만 이로 인해 주방의 전기 대부분이 끊겼다. 냉동고, 전자레인지, 전기주전자, 오븐의 전원이 나가는 바람에 우리는 최대한 빨리 차가운 음식부터 먹어치웠고, 남은 음식 대부분은 버려야 했다.

하루는 텔레비전이 안 나오기 시작하더니 냉장고의 기능도 수명을 다했다. 그렇게 날마다 하나하나씩 망가져 갔는데, 리아의 설명에 따르면 배는 자동으로 내비게이션 장치를 제외하고 배에서 가장 에너지 소모가 많고 언제나 제일 중요한 장치인 자동조종 시스템을 우선으로 전력을 보내기 때문이라고 했다. 뜨거운 물은 나올 때도 있고 안 나올 때도 있어서 샤워를 할 수 있는지, 차를 한잔 마실 수 있는지를 항상 미리 확인해야만 했다. 그나마 날씨가 따뜻한 곳으로 이동해 온 뒤에 히터를 잃어서 다행이었다. 그리고 머지않아 끝내 자동조종 시스템마저 작동을 멈췄다. 배터리 전력이 너무 낮아서 도저히 이를 유지할 수가 없었기 때문이다. 그다음 날에는 내비게이션도 들어오지 않았다.

어느 누구도 현재 상황에 대해 불평하지 않았다. 그저 고장 난 것을 고치기 위해 지칠 줄 모르고 애쓸 뿐이었다. 리아와 대심은 밤낮으로 장비에 매달려 씨름했고, 어쩌다 다시 가동될 때도 있지만 대부분은 아니었다. 나머지 선원들도 배가 계속 나아갈 수 있도록 하루 종일 분투했다. 엔진실과 갑판에 고인 물을 퍼내며 필사적으로 배에 물이 차지 않게 유지될 수 있도록 애썼다. 에니스는 자동조종 시스템을 쓸 수 없는 상황이라 잠도 거의 못 자고 과거 선원들이 그랬던 것처럼 하루 종일 차트와 나침반, 육분의 (六分儀, 두 점 사이의 각도를 정밀하게 재는 광학 기계)를 들여다보며 항해를 이어 가고 있었다. 모든 것이 끔찍한 상황이었고, 어느새 선원들에게서 두려움의 기운이 몰아치듯 뿜어져 나오기 시작했다. 하지만 선장만큼은 달랐다. 묵묵히 열정을 불태우며 한때 세상이 그랬던 방식으로 생명의 불꽃을 되살리고 있었다. 비록 선장은 지금 우리가 위치해 있는 이 바다에 대해서는 잘 몰랐지만, 그 사람 안에 잠재되어 있을 옛 선조의 마음이 모든 바다를 꿰뚫고 있으리라는 생각이 들었다. 내게 있는 옛 선조의 마음이 내게 그랬던 것처럼.

이제 북극제비갈매기의 빨간 점에서 위안을 찾는 사람은 에니스와 나뿐만이 아니었다. 모든 선원이 그랬다. 한 명씩 한 명씩 자신의 두려움을 잊기 위해 함교를 찾았고, 그 작은 희망의 불빛이 우리를 제대로 인도하고 있는지 확인했다.

"이제 멈춰야 할 때가 온 거 같아요." 하루는 갑판에서 아닉이 선장에게 말했다. "우리는 원대한 계획을 가지고 먼 길을 왔지만 여기까지예요. 새들은 너무 멀리 있고, 배는 점점 더 망가져 가고 있어요."

나는 이렇게 끝나는구나 생각했다. 이런 식으로 느린 속도로 언제까지 항해할 수 없을 테니까.

하지만 에니스의 대답은 의외였다. "아직 아니야."

나는 그가 함교로 다시 돌아가는 모습을 바라봤다. 아닉도 그런 그의 뒷모습을 바라보고 있었다. 나는 선장의 생각을 알 것만 같았다. 이제 와서 멈추기에는 지금 우리가 너무 멀리까지 와 버렸고, 그에게 더 이상 넘지 못할 경계가 어디든지 간에 그는 아직 그곳에 도달하지 않았던 것이다. 그리고 나도 내가 지금 어디까지 와 있는지 몰랐지만, 확실한 것은 나도 아직 끝에 도달하지 않은 것이 확실했다.

나는 조심스럽게 사가니호의 일등 항해사에게 다가가 위로의 말을 건네고 싶었다. "선장은 반드시 이 시련을 이겨낼 방법을 찾을 거예요." 내가 나지막이 말했다. "그는 강한 사람이니까요."

아닉은 나를 쳐다보지도 않고 쓴웃음을 지으며 말했다. "강하면 강할수록 세상은 더 위험한 법이죠."

22

아일랜드, 골웨이
11년 전

결혼 1주년이 되는 날 내가 가장 크게 느낀 감정은 놀라움이었다. 나일은 조금도 놀라는 기색이 없었지만. 나는 언제나 마음 한구석에 이 결혼이 결국 아무 의미 없는 경솔한 모험으로 남게 될 것이라는 생각을 조용히 지니고 살았다. 서로 마음에 들지 않는 여러 모습을 발견하고, 나는 어쩔 줄 모르다가 결국 그를 피해 어디론가 떠나가고, 그는 그런 내게 지쳐 버릴 것이라는 생각들이었다. 가끔은 청소를 하면서 어쩌면 우리가 정말 터무니없는 담력 게임을 하는 중이라는 생각도 들었다. 우리 둘 중 누가 먼저 자신이 얼마나 멍청한 짓을 저질렀는지 인정하고 한발 물러나 허탈하게 웃으며 모든 것을 체념한 채 털어놓을지 궁금했다. 참 재미있었죠, 여보? 자, 이제 우리의 진짜 삶으로 돌아갈 시간이네요. 그리고 서로에게 맞는 제대로 된 남편과 아내를 찾는 일에 다시 힘써 봅시다. 우리 둘 다 낯선 사람과 함께 살아 보니 창피하고 끔찍한 민낯이 드러나고 말았으니까요.

하지만 평상시와 다름없이 시작한 오늘, 우리가 서로를 얼마나 사랑하고 있는지 깨닫고 놀라웠던 것이다.

이 얼마나 큰 행운이고, 서로에게 의지가 되었던가.

결혼 1주년을 기념하기 위해 우리는 시내에서 열리는 연주회 두 곳을 찾았다. 여러 음악가들이 술집을 돌며 공연하는 연주회였기에 우리는 두 곳을 정해 놓고 시간에 맞춰 연주를 즐겼다. 이는 내가 가장 좋아하는 것 중에 하나였는데, 바이올린 소리만 들으면 항상 설명할 수 없는 친밀감을 느끼기 때문이었다. 음악가들이 모일수록 음악은 풍성해지고 함께 공유하는 즐거움이 온몸으로 전해졌다.

시간이 조금 지나자 느리고 울적한 느낌의 음악이 연주되기 시작하고 분위기가 바뀌었다. 분명 어디에서 들어 본 선율이었다. 그러다 갑자기 떠올랐다. 할머니가 종종 직접 연주도 하고 설거지할 때면 흥얼거리던 곡이었다.

"래글런 로드(Raglan Road, 아일랜드의 가수 루크 켈리의 노래)."

나일이 내 손을 잡으며 물었다. "뭐라고 했어요?"

"아니에요, 미안해요." 나는 고개를 저었다. "혹시 육체를 잘못 타고났다고 생각해 본 적 있어요?"

그가 내 손가락을 꽉 쥐었다.

내가 다시 물었다. "당신은 스스로 어떤 사람이라고 생각해요?"

나일은 와인을 한 모금 마신 후 일부러 생각하지 않으려고 애쓰는 모습을 보였다. "글쎄요."

"우리가 1년 동안 매일 함께 있었는데도 나는 아직도 당신을 모르겠어요."

우리는 서로를 바라봤다.

"그렇게 느껴지더라도 당신은 이미 날 알고 있어요." 그가 단호하게 말했다. "내게 중요한 곳이 어딘지도."

그 말이 진실처럼 느껴졌기 때문에 정말 진실일 것만 같았다.

"그런데 나는 정말 어떤 사람일까요?" 나일이 내가 했던 질문을 그대로 다시 물었다. "중요한 곳이 정확히 어디냐고 묻는다면 어떻게 대답해야 할까요? 당신은 어떻게 대답할래요?"

나는 어떤 사람이지?

"당신 말이 맞아요. 나도 모르겠어요." 내가 답했다. "하지만 알 것도 같아요. 엄마가 떠난 바로 그날부터 나는 그 어딘가에 계속 머물러 있으니까요. 왜 자꾸 거기로 되돌아가게 되는 걸까요? 왜 나는 엄마를 찾아 헤매는 걸 멈추지 못할까요?"

나일이 맞잡고 있는 내 손에 키스했다. 그리고 내 입술에도 입을 맞췄다.

"어쩌면 내게 중요한 곳도 비슷한 거 같아요. 어머니와 보낸 그 시절에 머물러 있죠." 그가 중얼거리듯 말했다.

"당신 어머니는 적어도 노력은 하셨나요?"

그가 어깨를 으쓱하고 와인을 들이켰다. "사람은 자신이 가진 것만 나눠 줄 수 있는 법이죠."

"아이를 갖고 싶어요?"

"네. 당신은요?"

이런 상황을 원한 것은 아니었다. 나는 우리가 가진 것을 지키기 위해 하마터면 거짓말이 튀어나올 뻔했다. 하지만 그런 잔인한 거짓말을 했다가는 나 자신을 망가뜨릴 것만 같았다. "아니요." 내가 말했다. "미안해요. 나는 원하지 않아요."

순식간에 나일의 눈빛이 바뀌었다. 그 내면의 뭔가가 너무 낯설게 느껴졌고, 과연 다시 제자리를 찾을 수 있을지 가늠이 안 됐다. 그는 그가 지녔던 확고한 평점심의 균형을 잃어버린 것이었다.

"왜죠? 왜 원하지 않는다는 거예요?"

엄마가 나를 떠난 것처럼 나도 그 아이를 떠나면요? 내 가장 어두운 두려움이 나를 잠식해 버려서 통제가 안 될 지경에 이르면요? 그 아이에게 어떻게 내가 그럴 수 있겠어요?

"모르겠어요." 내 안에 있는 비겁함이 내 목을 조여 왔고, 떠오르는 생각을 입 밖으로 내뱉을 수 없었다. "나도 모르겠어요."

"알겠어요." 결국 그는 이렇게 말했지만 이대로 끝날 문제는 아니었다. 그가 다시 입을 열었다. "내일 당신이 안 갔으면 좋겠어요."

"왜요?" 엄마에 대한 단서를 찾으러 벨파스트행 열차표를 끊어 놓은 터였다.

"당신이 이제 그만 찾아 헤맸으면 해서요."

당혹스러웠다. "결국엔 엄마를 찾을 수 있을 거예요."

"만나고 싶지 않으신 거예요, 프래니. 그런데 왜 이렇게 스스로를 힘들게 해요?"

나는 고개를 저었다. 가슴이 꽉 막히고 감정이 벅차올랐다.

"당신을 보고 싶었다면 진작 찾아오셨을 거예요."

"나일, 내 말 잘 들어요." 나는 최대한 침착하게 말했다. "가만히 있지 못하는 내 성향이…… 언젠가는 날 집어삼킬지도 몰라요. 그때 만약에라도 내가 당신을 떠나면, 내가 그렇게 갑자기 떠나가 버려도 내가 돌아올 때까지 기다려 준다고 약속해 줘요. 그 시간이 너무 길어서 당신이 더 이상 나를 기다릴 수 없게 된다면, 그때는 당신이 날 찾아와서 내게 우리가 함께한 이 시간들을 기억하게 해 줘요."

그는 아무런 말도 하지 않았다.

"약속해 줄 수 있죠?"

그는 천천히 고개를 끄덕였다. "네, 약속할게요."

"기다려 줄 거죠?"

"언제까지나."

"그리고 날 기다리는 시간이 너무 길어지면, 그때는 당신이 날 찾아와 줄 거죠?"

"당신이 원하지 않더라도 그럴 거예요, 여보."

노래가 끝나고 무거웠던 내 마음을 무겁게 억누르던 짐도 이내 사그라졌다. 이름 모를 통증과 함께. 그리고 그 자리에는 깊은 안도감과 사랑이 채워졌다. 우리는 그 자리에 앉아 아무 말 없이 술 한 잔을 더 마셨다. 나는 몇 시간이고 그렇게 서로 마주 앉아 음악을 들을 수도 있었다. 하지만 나일에게는 다른 계획이 있었다. 우리는 술집을 나와 자전거를 타고 선착장으로 갔고, 그곳에는 전동 소형 보트 한 대가 우리를 기다리고 있었다. 그가 보트에 타라는 손짓을 했고, 나는 너무 놀란 나머지 눈이 동그랗게 커졌다. 그가 보트를 대여한 것인지, 아니면 주인 몰래 훔쳐 타려는 것인지 궁금했지만 어느 쪽이든 상관없었다. 어두운 바다로 점점 나아갈수록 기쁨에 겨워 몸이 떨려 왔다. 우리는 해안선을 끼고 끊임없이 회전하는 등대의 불빛을 따라 북쪽으로 이동했다. 바다의 짠 내음, 부서지는 파도 소리, 일렁이는 파도, 깊이를 알 수 없는 심연, 그리고 그 끝에 맞닿은 새까맣고 부드러운 하늘이 반짝거리며 그 경계를 보여 주고 있었다. 물에 비친 별들 사이를 헤치며 우리는 하늘 속을 항해하고 있었고, 끝은 보이지 않았다. 끝없는 바다와 끝없는 하늘이 서로 부드럽게 맞닿아 있을 뿐이었다.

나일은 익숙한 듯 어느 섬 적당한 곳에 보트를 댔고, 나는 보트에서 내려 바위 위로 올라섰다. 나일은 우리 뒤편으로 조용히 보트를 끌어 올리면서 내게 아무 소리도 내지 말라는 듯 손가락을 입에 가져다 댔다. 우리는 거대한 아치 모양의 동굴이 나올 때까지 가파른 해안을 기어올랐다. 밤바다의 부서지는 파도 소리 너머로 다양한 소리가 들려왔다. 작게 퍼드덕거리는 소리, 지저귀는 소리, 그리고 수백 마리의 새들이 함께 하는 노랫소리가 울려 퍼지고 있었다. 마침내 동굴 안으로 들어가는 순간 내 심장은 터질 듯이 뛰기 시작했고, 톡 쏘는 퀴퀴한 냄새가 따뜻하게 나를 감쌌다. 나일이 내 손을 잡고 동굴 바닥으로 나를 이끌었다. 그리고 배를 바닥에 대고 낮게 누워 보라고 속삭였다. 돌바닥은 울퉁불퉁했고 차가웠지만 위쪽에서 들려오는 소리는 아까보다 훨씬 더 풍성했다. 어둠 속에서 조금씩 뭔가가 보이기 시작했고, 나는 바

보처럼 순간 그것들이 박쥐라고 생각했다. 퍼드덕거리는 움직임
이 박쥐와 꼭 닮았기 때문이었다.

"뭐예요?" 내가 속삭였다.

"기다려 봐요."

마침내 달을 가리고 있던 커다란 구름이 걷히면서 거의 보름달
에 가까운 달빛이 동굴 안으로 스며들었고, 은빛으로 빛나는 새
들을 비췄다. 동굴 안에는 둥지를 틀고 있는 새, 바위를 스치듯 날
아다니는 새, 서로를 부르며 울부짖는 새 등 까만 날개와 굽이진
부리, 빛나는 눈동자를 가진 수백 마리의 새들이 있었고, 그곳은
그들의 세상이었다.

"바다제비들이에요." 나일이 속삭였다. 그리고 내 손을 들어 그
의 입술에 맞췄다. "결혼 1주년 축하해요."

더 이상 우리에게는 아무런 말도 필요 없었다. 그의 고백은 깊
이를 알 수 없을 정도의 사랑이었다. 나는 그에게 키스를 하고 그
를 꼭 끌어안았다. 그리고 나서 우리는 아름다운 생명체들을 바
라보고 그 소리에 귀 기울이며 한동안 그곳에 가만히 앉아 있었
다. 이 잠깐의 깜깜한 시간 동안 우리는 그렇게 그들과 하나인 듯
함께할 수 있었다.

거의 새벽이 다가올 때 즈음이었다. 그가 내게서 이 소중한 밤
을, 단지 몇 마디 부적절한 말로 빼앗아 가 버렸다. 대부분의 것들
이 그렇게 파괴되어 사라지는 것처럼.

해변으로 다시 돌아와 보트에서 내려 물살을 가르며 바위를 향해 걸었다. 바닷물이 내 발목 높이에서 찰랑거렸고 잿빛 여명이 우리를 감싸고 있었다.

"프래니." 나일이 부르는 소리에 나는 뒤돌아보며 웃음 지었다. 그는 바닷물에 무릎을 담근 채 보트의 끝을 잡고 있었고, 그의 피부색은 어두워 보였다.

"나도 찾아봤어요." 그가 입을 열었다.

"뭘요?"

"하지만 다른 방법으로 찾아봤어요. 당신이 경찰에 알아보려 하지 않는 이유를 몰랐으니까요."

그 순간 내 얼굴에서 웃음이 사라졌다.

"당신 어머니는 남편, 그러니까 당신 아버지의 성(姓)을 사용하고 있어서 찾지 못했던 거예요. 법적으로는 스톤이 아니라 스튜어트를 쓰고 계셨던 거죠."

그는 내게 조금 더 가까이 다가왔지만 우리 사이에 여전히 거리를 두고 있었다. 어쩌면 그 마지막 거리를 영원히 좁히지 못할 수도 있는 것처럼.

"여보." 그가 나지막이 물었다. "무슨 일이 있었는지 알고 있죠? 기억하고 있는 거죠?"

내가 기억하고 있나?

아니, 난 기억나는 게 없어.

하지만 내 의식은 언제든 다시 그때로 돌아갈 수 있잖아. 그래, 이번에야말로 돌아가 보는 거야. 그 비밀스러운 곳으로.

눈을 감자 나는 바다 옆에 있던 그 나무집으로 돌아갔다. 나는 엄마의 이름을 부르고 있었다. 엄마의 모습이 보였다. 엄마가 목을 매달고 축 늘어져 있는 모습이 보였다.

"아." 숨을 크게 들이마시자 세상은 차츰 희미해져 갔다.

"어머니는 당신을 떠난 게 아니에요." 나일이 말했다. 하지만 그의 말을 믿고 싶지 않았다. "돌아가셨어요."

나는 고개를 한 번 끄덕였다. 그래, 이제 확실히 알게 되었다. 내가 아무리 헤매고 다녀도 진실은 항상 그곳에 있었다는 사실을. 팽팽하게 부어 오른 얼굴, 붉게 튀어나온 눈, 멍이 들어 새파래진 피부, 신발도 양말도 신지 않은 채 그곳에 매달린 엄마의 발이 얼마나 더러웠는지도 알고 있었다. 나는 엄마의 발을 꼭 껴안아 따뜻하게 감싸주고 싶었다. 그 집은 너무 추웠으니까.

나는 다리에 힘이 풀리면서 그대로 철퍼덕 주저앉았다.

참 우스운 일이지. 그날의 기억은 어떻게 내 마음속에서 그렇게 교묘하게 도망칠 수 있었을까. 흔들리며 떨어지는 나뭇잎처럼.

그렇게 잃어버린 것들이 또 뭐가 있을까?

"프래니." 나일이 다시 내 이름을 불렀다. 그는 내 앞에 무릎을 꿇고 있었고, 그의 얼굴은 희미하고 여전히 멋졌다. 그리고 더 이상 낯설지 않았다.

"이제 기억나요." 내가 말했다. 그는 내 차가운 몸을 그의 온기로 감싸 안고 내 눈에 살포시 입을 맞췄다. 그리고 한 가지 사실을 분명히 느낄 수 있었다. 내가 지금 떠나든 10년 뒤에 떠나든, 나는 여기, 바로 이곳에서 완전히 파괴되었다는 것을.

23

"모두에게 할 말이 있어요." 내가 말했다.

선원들의 시선이 내게로 쏠렸다. 식당에서 이제 막 아침 식사를 마친 뒤였고, 적대시되고 있는 선장을 제외하고 모두 모인 자리였다.

나는 내키지 않는 내용을 말하기에 앞서 목소리를 차분히 가다듬었다.

"빨리 말해요." 바질이 신경질적으로 말했다. "지금 배가 작살나고 있다는 걸 잊은 거예요?"

"노트북 배터리가 다시 나갔어요. 그런데 이번엔 다시 충전할 전력이 없어요."

공기는 침묵과 고통으로 가득했다. 언젠가는 일어날 일이었지만, 선원들은 그나마 가지고 있던 작은 희망마저 무참히 짓밟혀버린 얼굴이었다.

"하지만 아직 포기하기에는 일러요. 새들이 죽은 건 아니니까

318 마이그레이션

요." 나는 그들을 설득하려고, 그리고 나 스스로를 설득시키려고 노력했다. "그저 새들이 지금 어디에 있는지 확인할 수 없을 뿐이에요."

대심이 자신의 연인 말라차이에게 팔을 둘렀고, 그들은 이제 서로의 관계를 공공연하게 내비쳤고 애써 숨기려 하지도 않았다.

"선장 말로는 이제 위치 추적기가 있든 없든 별 상관이 없대요." 내가 조금 더 부드럽게 말을 이었다. "새들이 어디로 향하는지 이미 알고 있다고 했어요."

"지금 선장은 제정신이 아니란 거 몰라요?" 바질이 언성을 높였다. "잘 알지도 못하는 바다를 자신감만으로 항해할 수는 없어요. 그 어느 누구도."

선원들 사이에서 이런 이야기가 나온 건 처음이 아니었다. 그들은 두려움에 온통 휩싸여 있었고, 낯선 바다와 망가지는 장비들 때문에 서서히 용기를 잃어 가고 있었다.

나는 도움을 바라는 심정으로 아닉을 바라봤지만, 그의 시선은 다른 먼 곳을 향해 있었다.

"점점 더 상황이 안 좋아지고 있어." 리아가 말했다. "지금 양수 펌프도 고장 나서 담수화 장치도 안 돌아가. 식수도 길어야 이삼 일이면 바닥나겠지."

"맙소사." 대심이 테이블로 고개를 떨궜다.

"이제 정말 끝이란 말이네." 바질이 말했다. "망했군."

"그럼 우린 어떻게 해야 되는 거죠?" 말라차이가 물었다. "새가 있든 없든 물은 필요할 거 아니에요."

바질이 자리에서 벌떡 일어서더니 공격적인 기운을 뿜으며 식당을 서성였다. "우리 목숨이 달려 있는 일이라고요. 그런데도 다들 선장한테 반항하는 게 무서운 거예요?"

"무슨 말을 하는 거야, 바질?" 리아가 물었다.

"할 수 있는 건 전부 다 해 봤잖아요. 아닉이 설득해 보려고 했는데도 안 통하는 걸 보면 분명 그 늙은이 지금 완전히 정신이 나간 거라고요." 바질은 불만에 가득 차서 몸을 부르르 떨었다. "당장 육지로 가야 해요. 우리가 직접 그렇게 하자고요."

"그건 오직 선장만 할 수 있는 일이야."

"다들 어떻게 하는지 알잖아요."

"그런 걸 말하는 게 아니잖아."

"일단 선장만 선실에 가두고 나면 모든 게 해결될 거예요."

"누구도 멋대로 선장을 가둘 수 없어!" 리아가 소리 질렀다. "절대로 안 돼. 그는 우리 선장이라고!"

바질이 고개를 절레절레 저었다. "선장은 도박할 때도 항상 이랬죠. 언제 관둬야 할지를 모르니까."

"얘기는 해 봤어요?" 대심이 물었다. 그게 나에게 한 질문이라는 것을 깨닫는 데까지 몇 초가 걸렸다.

"선장이 내 말이라고 들을 거 같아요?" 내가 되물었다.

어느 누구도 대답하지 못했다.

"나는 절대로 이 배에서 죽지 않을 거야." 바질이 작게 중얼거렸다. 그의 분노가 이 공간의 공기를 모조리 흡수하는 것 같았다. "물고기든 새든, 빌어먹을 그 어떤 이유에서든 내 목숨까지 바치지 않을 거라고."

"진정한 선원은 죽을 수 있다는 걸 모르고 배에 오르지는……."
리아가 말을 시작하자 이미 평정심을 잃은 바질이 버럭 소리를 질
렀다. "좀 닥치라고!" 그러자 그녀는 아무런 대꾸도 하지 않았다.

나는 자리에서 일어나 갑판으로 올라갔다. 세찬 바람에 몸이
휘청거렸다. 우리가 지나간 자리에 생긴 파도의 물보라처럼 하늘
에는 하얀 구름줄기가 길게 늘어서 있었다. 나는 가만히 서서 생
각에 잠기고 싶었다. 그게 무슨 생각이든 한 가지라도 붙잡아 보
려고 노력했다. 하지만 뭔가 떠오르려다가 이내 뜬구름처럼 아무
런 실체 없이 사라져 버렸다. 무엇을 해야 할지, 육지로 가서 경찰
에게 잡히고 다시는 돌아가지 않겠다고 맹세한 감방에 갇히는 신
세가 될지언정 이 모든 것을 끝내려면 어떻게 싸워야 할지도 몰
랐다. 그래도 어떻게 싸워 보지도 않고 포기할 수 있겠어? 이대로
계속 가는 것은 누가 봐도 미친 짓이 분명한데. 결국 *사가니호*는
산산조각 날 테고, 우리 일곱 명 모두 물에 빠져 죽거나 분명 탈수
로 죽게 될 테니까.

나는 함교에 있는 선장을 올려다봤다. 덥수룩한 턱수염과 충혈
된 눈에서 그의 절박함과 아이들이 보였다. 그는 마치 유령 같았
다. 오직 목표에 닿기 위해 물러설 곳 따위는 전혀 남겨 두지 않
았다. 우리가 육지에 정박한다면 두 번 다시 출항은 꿈도 못 꿀 테
고, 영원히 그곳에 발이 묶인 채 살아가야 하겠지. 내 안에서 들려
오는 목소리는 계속 그것만은 안 된다고 외치고 있었다. 나의 의
지가 또다시 나를 괴물로 만들려 하고 있었다. 그때 우현 먼 곳에

내 시선이 멈췄다. 2킬로미터 정도 떨어진, 혹은 그보다 짧은 거리였다. 해안에서 그리 멀지 않은 바다 위에 뭔가 떠 있었다.

"저게 뭐죠?" 어느새 갑판에 나와 밧줄을 정비하고 있는 대심에게 물었다.

햇빛 때문에 눈을 가늘게 뜨고 잠시 그곳을 바라보던 그가 대답했다. "어선이에요. 연어잡이 배 같아요."

그물 옆에 나란히 놓인 소형 보트가 눈에 들어왔고, 나는 서둘러 다시 식당으로 들어갔다. "아닉, 나를 데려다 줄 곳이 있어요."

일등 항해사는 또 무슨 일을 저지르려고 하냐는 듯이 눈을 찌푸렸다.

일은 순식간에 진행되었다. 아닉과 나는 소형 보트를 내리고 어선을 향해 바다를 헤치고 나아갔다. 에니스에게는 말하지 않았는데, 사가니호가 천천히 운항하다가 멈추면 다시는 움직이지 못할 수도 있다는 리아의 말이 떠올랐기 때문이었다. 선장에게 그런 결정까지 짊어지게 할 수는 없었다. 그래서 우리는 더욱 서둘러야만 했다. 연어잡이 배에 가까이 다가가자 갑판에서 우리를 내려다보고 있는 사람들이 보였고, 배의 크기는 사가니호보다 작아 보였지만 큰 차이는 없었다.

"Ola." 한 남자가 외쳤다. "O que o traç para fora?"

"혹시 영어 할 줄 알아요?" 내가 물었다.

"조금, 해요." 남자가 대답이 들렸다.

"저희는 물이 필요해요." 내가 말을 꺼냈다. "발전기가 고장 나서 펌프가 작동이 안 돼서요. 마실 물이 필요한데 도움을 받을 수 있을까요?"

그는 육지를 가리켰다. "저기 항구 있어요. 많이 가까워요."

"육지엔 갈 수 없어요."

남자는 난해한 표정을 지었다. "아주 많이 가까워요. 가면 물 많아요." 그러고는 옆에 모여 있는 동료 선원들에게 뭐라고 말했고, 그들은 이내 흩어져 다시 각자 하던 일을 하기 시작했다. 그 남자도 성큼성큼 걸음을 옮기며 사라졌고, 대화는 그대로 끝이 났다.

"젠장."

"이제 어떻게 하죠?" 아닉이 물었다.

"몰래 잠입하는 건 어때요?"

"저 사람 안 보여요?"

아닉의 손가락을 따라가 보니 망대 위에서 한 남자가 우리를 지켜보고 있었다.

"저장고는 보통 다 비슷한 위치에 있나요?" 내가 물었다.

아닉이 배를 한번 쓱 훑어보더니 어깨를 으쓱하며 대답했다. "대부분 비슷하죠."

"그럼 당신은 일단 *사가니*호로 돌아가요."

"네?"

"내가 물을 가져갈게요."

그가 콧방귀를 끼며 웃었다. "3킬로미터나 떨어져 있어요. 당신이 수영할 때쯤엔 더 멀어져 있을 테고요. 게다가 물은 어디에 실을 건데요?"

나는 보트의 보관함을 열어 밧줄을 꺼냈다. 나는 그것을 어깨에 둘러매고 망대 위의 남자의 감시가 잠시 소홀할 때를 기다렸다가, 소리가 나지 않도록 조심스럽게 바다로 들어갔다. 아녁이 멀어질 때까지 물속에서 최대한 오래 버티고 있다가 연어잡이 배의 선체에 최대한 가까이 붙어 수면 위로 올라왔다. 선체를 한 바퀴 돌아보니 여러 개의 사다리가 바닷속까지 깊이 내려와 있었다. 이 어선은 물고기를 잡기 위해 바다를 항해하는 것이 아닌 양식장을 관리하는 배였고, 사다리들은 보트를 내렸다 올리거나 양식장에 있는 물고기를 확인하는 용도로 사용하는 것이었다.

나는 안전이 확보될 때까지 마냥 시간을 지체할 수 없었다. *사가니호*가 매 순간 점점 더 멀어지고 있기 때문이었다. 물에 흠뻑 젖은 몸으로 둥글게 만 밧줄을 물 위로 끄집어 당기며 사다리를 올랐다. 마침내 배에 오르는 데까지 성공했고, 분위기는 생각보다 조용했다. 위에서 내려다 본 양식장은 분홍빛 촉수를 삶은 것처럼 둥글게 말린 모양이었다. 나는 몸에서 물을 뚝뚝 떨구며 조용히 선내 사다리를 타고 갑판 아래로 내려갔다. 조리실에는 아무도 없었다. 저장고에도 인기척이 없었다. 다행히 쉽게 물이 보관되어 있는 곳을 찾을 수 있었고, 벽을 따라 5갤런(약 20리터)들이 물통이 줄지어 있는 것을 보았다. 배터리가 저장되어 있는 장소도 어렵지 않게 찾을 수 있었다. 나는 스포츠 브라 속에 배터리 몇 개를 쑤셔 넣었다. 물을 아쉽게도 두 통밖에 나를 수 없었다. 하지만 반드시 필요한 것인 만큼 꽉 움켜쥐고 겨우겨우 바깥으로 향하려는 순간이었다. 가까이 다가오는 이 배의 선장과 정면으로 마주치고 말았다.

그가 놀란 눈을 하고 나를, 소금 범벅이 되어 덜덜 떨고 있는 도둑년을 똑바로 노려봤다. 그와 함께 오고 있던 다른 선원 두 명도 나를 발견하고 똑같이 깜짝 놀랐다.

심장이 터질 듯이 쿵쾅거렸고, 머릿속은 새하얘져 아무런 말도 떠오르지 않았다. 내가 할 수 있는 말이라고는 그저 단 한마디뿐이었다. "제발요."

그 선장도 나처럼 할 말이 생각나지 않는지 아무런 대답이 없었다.

길고 고통스러운 시간이 이어졌다. 그 순간에도 *사가니호*는 점점 더 멀어져 갔고, 그것은 내가 다시 그 배에 오를 수 있는 확률이 점점 더 낮아지고 있다는 것을 의미했다. 바로 그때 나는 그 선장의 얼굴에서 나의 절박함을 이해하겠다는 표정을 읽을 수 있었다. 지금은 제자리에서 사다리를 내리고 양식업을 하고 있지만 어쨌든 그도 한때 바다를 누비고 다니는 뱃사람이었을 테니까. 그는 한발 옆으로 물러서더니 내게 지나가라는 손짓을 했다. 어찌나 긴장했던지, 안도감이 들자 온몸에 힘이 풀리는 듯했다.

"정말 감사합니다."

나는 선내 사다리를 한 계단씩 오르며 물통을 갑판 위로 끌어올렸고, 한 걸음 내디딜 때마다 발소리가 묵직하게 울려 퍼졌다. 밧줄의 한쪽 끝을 보라인 매듭으로 만들어 내 허리에 묶고, 다른 한쪽 끝도 같은 방법으로 만들어 두 개의 물통 손잡이에 묶었다. 내가 가장 좋아하는 보라인 매듭을 여기서 쓰게 될 줄이야. 오래 연습한 보람이 있었다. 이 매듭이면 물통을 잃어버릴 일은 절대로 없었다. 그러고 나서 난간 가장자리에 올라섰다. 지금부터 내가 할 일은 지금껏 해 본 짓 중 가장 어리석은 하나가 될 터였다. 아니, 바다에 가라앉을지언정 누구라도 이렇게 했을 것이다.

나조차도 이 상황이 너무 어이가 없던 나머지 하마터면 웃음이 나올 뻔했고, 동시에 거의 숨이 멎을 뻔했다. 감정에 동요되기 시작하면 실패하고 말 거야. 더욱이 두려움은 언제나 완벽한 적이지. 숨을 천천히 깊게, 그리고 메트로놈에 맞추듯 정확한 간격으로 호흡해야 해. 손과 발을 차분하게 유지하고, 마음은 고요하게 한 상태에서 물속으로 들어가는 거야.

물통이 물속에 잠기는 즉시 부력을 잃고 바닷속으로 나를 잡아당기리라는 생각이 들었다. 나는 사다리를 타고 수면까지 내려가 최대한 부드럽게 물에 몸을 담갔고, 물통이 내 뒤쪽 수면에 닿기도 전에 힘차게 발길질하기 시작했다. 하지만 물통은 수면에 닿자마자 물속으로 풍덩 빠졌고 나를 아래쪽으로 끌어당겼다. 그 끔찍한 순간 나는 끝이구나 싶었다. 아직 해야 할 일이 있는데, 여기서 죽는구나. 죽음은 믿을 수 없을 정도로 빠른 속도로 나를 끌어당겼고, 이제 내게 남겨진 것이라고는 저 깊은 바다 밑에서 스스로 밧줄에 몸을 묶고 이리저리 흔들리는 퉁퉁 부은 송장이 되는 일뿐이었다. 그런 생각을 하면서도 나는 내가 낼 수 있는 최대한의 힘으로 손을 휘저으며 발길질했다. 그리고 조금씩 수면 위로 올라오기 시작했다. 하지만 온전히 내 힘으로 된 것은 아니었다. 물통이 스스로 떠올랐으니까. 애초에 가라앉을 걱정도 필요하지 않았던 것이다. 아무튼 그 덕분에 나는 다시 리듬을 찾을 수 있었고, 이 정신 나간 여자를 지켜보며 환호성을 질러 대는 선원들을 무시하고, 아무것도 신경 쓸 필요 없이 나를 감싸고 일렁이는 물길만을 느끼며 조금씩 앞으로 나아갔다.

엄마는 늘 내게 말하곤 했다. 바다를 두려워하지 않는 사람은 멍청이밖에 없다고. 나는 그 말을 품고 살아왔다. 하지만 두려움이 존재하지 않는다면 두려워할 필요도 없잖아? 부정할 수 없는 진실은 내가 바다를 두려워해 본 적이 없다는 것이다. 나는 내가 숨 쉬고 내 심장이 뛰는 한, 모든 순간 바다를 사랑했다.

이제 바다는 나를 받아들이고 내 팔다리를 들어 올려 가볍고 강하게 만들어 주었고, 나를 싣고 내가 바다를 품듯 바다도 나를 품었다. 이런 바다를 내가 어떻게 사랑하지 않을 수 있을까? 어떻게 미워해야 하는지도 몰랐다.

나일이 예전에 내게 써 준 편지가 생각났다.

나는 당신 삶에 있어 두 번째 사랑이에요. 하지만 어떤 멍청이가 바다를 질투하려 할까요?

아닉이 욕설을 내뱉으며 나를 보트 위로 끌어 올렸고, 우리는 남은 수백 미터의 거리를 배로 이동했다. 에니스를 포함한 모든 선원이 우리를 맞이하러 모여 있었다.

내 팔다리는 더 이상 내 것이 아니었다. 나는 거의 끌어 올려지다시피 갑판 위로 올라갈 수 있었고, 선원들은 담요로 나를 감싸고 갑판 아래로 데려가 한 명씩 차례대로 내 볼에 입맞춤을 퍼부었다. 이들의 행동에 나는 미소가 절로 지어졌다. 내게 고마워하는 그들의 마음을 느낄 수 있었고, 한편으로는 이들이 받았을 충격을 생각하니 마음이 무거웠다.

"이제 충분해요. 그러니 좀 쉬게 내버려 둘래요?"

선원들이 줄지어 나가고 에니스만 혼자 남았다.

나는 그의 꽉 쥔 주먹에 손을 얹고 부드럽게 펴 주었다. 그의 손톱은 꾀죄죄하고 여기저기 부러져 있었고, 두툼하고 거친 손은 상처투성이였다.

그의 눈이 나와 마주쳤다.

"배터리는 제법 도움이 될 거예요. 그런데 물은 고작 일주일 치 정도밖에 못 가지고 왔네요." 내가 말했다. "나는 당신과 함께할 거예요. 우리가 갈 수 있는 끝까지 같이 갈 거라고요. 그런데 에니스, 뭔가 하고 싶은 게 있다면 지금이 바로 그때인 거 같지 않아요?"

그가 내 손을 꽉 쥐었다. 그의 손안에서 내 손은 한없이 작게 느껴졌다. "프래니." 그가 낮게 속삭였다. "정말 사람을 놀라게 만드는 재주가 있군요." 그러고 나서 그는 내 이마에 입을 맞췄다.

24

아르헨티나 해안, 사가니호

짝짓기 시즌

한때 이곳은 심지어 여름에도 온화한 날씨였다. 하지만 지금은 전보다 훨씬 더 기온이 올라가 있었다. 기후는 항상 남극의 영향을 받는데, 남극의 차가운 기운이 북상하며 이 비옥한 해안을 어루만지고 올라가야 하지만, 지금은 남극의 얼음이 큰 폭으로 줄었기 때문에 그 범위도 훨씬 짧아진 것이었다.

    *사가니호*의 엔진이 마침내 작동을 멈추자 에니스는 작은 만 쪽으로 배의 방향을 틀었다. 벌써 남쪽으로 먼 거리를 이동한 후였다. 우리는 세상에서 가장 남단에 위치한 도시인 우수아이아(Ushuaia, 아르헨티나 티에라델푸에고주의 주도)에서 그리 멀지 않은 곳에 닻을 내렸다. 어부들은 이곳에 오지 않는다고 에니스가 말했다. 오직 호화로운 요트를 타고 휴가를 즐기러 오거나 가끔 수영하러 오는 현지인들만 있을 뿐이라고 했다. 수백 년 동안 어업이 금지된 곳이기 때문이었다. 선장이 망가져 가는 배를 끝내 포기하기 전에 다다르고 싶어 한 장소가 바로 이곳이었다. 그가 알

고 있는 한 가장 은밀하고 비밀스러운 유일한 곳이자 어쩌면, 정말 어쩌면 리아와 대심이 배를 수리하는 데 필요한 장비를 구하는 동안 우리가 발각되지 않을 수 있는 유일한 곳이라고 생각했기 때문이다. 선장에게는 정말로 계획이 있었고, 여분의 식수 덕분에 우리는 이곳까지 올 수 있었다.

아닉이 선원들을 소형 보트에 싣고 해안에 다녀오는 동안 에니스와 나는 접근하는 배가 있는지 감시할 수 있도록 멀찌감치 사가니호를 정박해 놓고 그들을 기다렸다. 한때 눈으로 뒤덮여 있던 웅장한 무술 산맥과 시들어 가는 숲이 뒤편으로 우뚝 솟아 있었지만 나는 바다에서 눈을 뗄 수가 없었다. 이렇게 해안과 근접해 있는 지금 상황에서는 잠시도 한눈을 팔 수가 없었다.

오늘은 내 서른다섯 번째 생일이지만 에니스에게는 알리지 않았다. 그 대신 바질이 선실에 숨겨 둔 프랑스산 와인을 몰래 꺼내왔다.

"한잔할까요?" 내가 갑판으로 돌아와 선장에게 물었다.

에니스가 와인을 바라보더니 웃음을 터트렸다. "바질이 당신을 죽이려 들걸요?"

"나중에 한 병 사주면 되죠."

"그 와인 뭔지 알아요? 도멘 르로이 뮈지니 피노 누아(Domaine Leroy Musigny pinot noir, 프랑스 산 고급 레드 와인)예요."

나는 손에 든 와인을 멍하니 바라봤다.

"못해도 5,000달러는 하는 거죠. 바질이 20년 동안 간직한 거고요."

내 입이 떡 벌어졌다. "그럼 진짜로 마셔야겠네요."

에니스가 빙긋 웃었고, 나는 다시 와인을 있던 자리에 조심스레 가져다 뒀다.

다행히 우리에게 위협이 될 만한 배는 없었고, 어느덧 무료해진 우리는 카드 게임을 하며 시간을 때웠다. 5,000달러짜리 와인 대신에 40달러짜리 진을 마시며 그렇게 즐거운 시간을 보냈고, 해는 저녁 10시가 되어서야 지기 시작했다. 놀랍도록 파란 바다를 은은한 금빛 줄기들이 반짝거리며 뒤쫓았고, 해안가에 늘어선 작은 배들의 조명이 하나씩 윙크하듯 켜지며 세상을 동화 속 나라로 물들였다.

"남편의 부모님은 매일 밤마다 저렇게 좋은 와인을 마셨죠." 진세 잔을 더블로 들이키고 입안에 따뜻한 여운이 감돌 때 내가 말했다.

에니스가 휘슬을 길게 불며 말했다. "그럼 그 시절에는 좋은 술을 꽤나 마셨겠네요."

"우리에게는 싼 거만 대접하셨죠. 어차피 우리는 뭐가 좋고 나쁜지 몰랐을 테니까요." 내가 말하자 그가 얼굴을 찡그렸고, 나는 씁쓸한 웃음을 지었다. "웃긴 게 뭔지 알아요? 만약 좋은 와인을 마셨다고 해도 우리는 구별하지 못했을 거란 사실이죠. 적어도 나는요."

"당신 남편은 알지 않았을까요?"

"네, 아마 그 사람은 알았을 거예요. 그런데 일부러 모르는 척한 거 같아요."

"마음에 드네요, 그 사람." 에니스가 말했다.

"그 사람도 당신을 만난다면 분명 마음에 들어 할 거예요." 거짓말이었다. 나일은 어부를 싫어했으니까. 나는 조금의 거리낌도 없이 말을 이었다. "지금까지 우리가 겪은 모든 일에 대해 들으면 그 사람은 분명 질투할 거예요." 또 거짓말이었다. 나일은 절대로 이런 모험을 원하지 않았을 테니까. 그저 동물을 살리길 바랄 뿐이지.

"그럼 남편한테 한 번도 편지를 쓴 적이 없는 거예요?"

"쓰긴 썼어요. 그런데……." 나는 어깨를 으쓱거렸다.

"우선적으로 해야 할 말도 있잖아요."

"이를테면요?"

"사과부터 해야겠죠?"

나는 망설이다가 고개를 끄덕였다.

"그렇다고 너무 자책하지는 말고요. 그러다 피 말라죽어요."

"사과할 게 너무 많으면 어떡하죠?"

"뭐든 한 번이면 족해요."

그 말이 맞는 것 같았다. 내가 사과하는 것마다 모두 용서해 주기를 바랄 수는 없으니까.

"그런데 에니스, 배 이름을 사가니, 그러니까 '까마귀'라고 지은 이유가 뭐예요?" 내가 물었다.

그는 거친 손으로 매끈한 나무 난간을 쓰다듬으며 대답했다. "하늘을 날 수 있으니까요."

선원들이 부품을 가지고 돌아오자마자 우리는 다음 날 아침까지 밤새도록 리아와 대심을 최대한 도우며 수리 작업에 열중했다. 망가진 장비와 부속이 너무 많아 좀처럼 끝날 것처럼 보이지 않았고, 나는 시간이 갈수록 점점 더 초조해졌다. 작업하는 내내 바다 쪽을 돌아보며 해양 경찰이 접근하지는 않는지 살폈다. 어선이 있어서는 안 되는 곳에 닻을 내리고 있는 배가 있다고 누가 신고라도 하면…….

언제까지나 육지에서 멀리 떨어진 채로 표류할 수라도 있게 되기를 바라는 에니스의 절박한 심정을 나도 고스란히 떠안고 있었다.

두 번째 밤을 맞이했을 때, 우리는 더 이상 할 수 있는 것이 없었다. 우리가 할 수 있는 것이라고는 리아가 육지에 있는 정비공에게 주문해 놓은 부품이 무사히 도착하기를 기다리는 수밖에 없었다. 그리고 또 한 가지, 술을 마시는 것이었다. 말라차이는 초조함이 극에 달해 가만히 앉아 있지를 못했고, 바질은 여느 때보다 더 난폭하게 굴었다. 리아도 더 심술궂게 굴었으며, 가뜩이나 말이 없는 에니스는 더 말이 없어졌다. 반면에 대심은 그나마 남아 있는 긍정적인 기운을 긁어모아 실낱같은 희망을 북돋아가며 선원들에게 카드놀이를 권했다. 아닉은 평상시와 똑같았다.

내 상태가 어떤지는 잘 몰랐다.

우리는 아무런 조명도 켜지 않고 오직 달빛에 의존한 채 갑판에 앉아 있었다. 그런다고 달라질 것은 없었지만, 그렇게 몇 시간이 흐르는 동안 나는 거의 모든 시간을 졌다. 대심은 기지를 발휘

해 우리를 한자리에 모아 놓고 어설픈 카드마술로 우리를 웃게 만들며 긴장을 풀어 주려고 노력했다. 심지어 말라차이도 어느새 안정을 되찾고 자신이 누이들에게 짓궂은 장난을 쳤던 기억을 늘어놓았다. 그 두 사람 덕분에 우리가 웃고 떠드는 동안 나는 문득 이 뱃사람들과 하나가 된 것 같은 기분이 들었다. 이 모든 역경에도 불구하고 그들과 함께 있어 행복했다. 그리고 내가 이곳, 사가니호에 속할 수도 있다는 생각이 밀려들었다. 다만 다음 생에서나 가능한 일이겠지만.

그들 때문에 죽음에 대한 생각이 더 힘들어졌다. 그들은 이 여정이 끝난 후의 삶에 대해 어렴풋한 생각을 품게 만들었는데, 그런 생각은 자꾸만 나를 주저하게 만드는 위험한 것이었다.

한때 나일에게 우리가 죽으면 어떻게 될지 물어본 적이 있다. 그는 오직 부패와 소멸만이 있을 것이라고 말했다. 나는 또 그렇다면 우리 삶에 있어서 죽음은 어떤 의미가 있는지 물었다. 그러자 그는 삶은 우리에게 아무런 의미가 없으며 그저 재생의 순환일 뿐이라면서, 우리는 여느 동물과 마찬가지로 불가해할 정도로 짧은 생을 사는데, 그것이 인간이라고 해서 어떠한 생명체의 삶보다 더 중요한 가치가 있는 것은 아니며, 자만심과 어떻게든 의미를 찾으려고 애쓰는 바람에 우리는 오히려 우리에게 삶을 제공해 주는 이 행성을 함께 공유하는 법을 잊어버린 것이라고 했다.

그날 밤 나는 그에게 편지를 썼다.

당신 말이 맞을 거예요. 그렇다고 삶에 아무런 의미가 없는

건 아니에요. 우리 자신을 위해, 그리고 우리 주변에 있는 사람들을 위해 살아가다 보면, 어느 순간 삶은 더 달콤해지면서 비로소 그 의미가 생기게 되는 건지도 모르니까요.

"그만둘 생각은 아예 없는 거야?" 리아가 내 옆에 앉으며 물었다. 그녀의 잔에 담긴 와인이 출렁거리며 종이 위로 떨어졌고, 내 못난 글씨를 붉게 물들였다. "그 정도면 집착이야. 도대체 뭐라고 쓰는 거야?" 그녀가 따지듯 물었다. "설마 나에 대해서도 썼어?"

"가끔요."

"뭐라고 썼는데?"

그녀를 바라봤다. 약간 취한 듯했고, 조금 달아오른 것처럼 보였다. "집념이 강하고 미신을 잘 믿고 의심이 많은 사람이라고 했죠. 그리고 멋진 사람이라고도 했고요."

그녀는 와인을 벌컥벌컥 들이켰다. "개똥 같은 소리하지 말고 편지에 이렇게 써. 당신은 멍청이라고. 이제 네게 당신 같은 사람은 필요 없다고 쓰라고. 더 이상 아무 필요도 없다고 말이야, 프래니." 그러고 나서 그녀는 나를 게슴츠레하게 바라봤다. "Stupide créature solitaire(바보같이, 얼마나 외로웠으면)."

"우리가 죽으면 어떻게 될 거라고 생각해요?" 내가 물었다.

그녀는 콧방귀를 뀌며 웃었다. "도대체 넌 뭐가 문제야? 그게 뭐가 중요해?"

"맞아요, 중요하지 않죠."

잠깐 동안 침묵이 흐르고, 그녀는 깊은 한숨을 내쉬었다. "마땅히 가야 할 데로 가겠지. 그리고 그건 오직 신이 결정할 일이고."

그 말을 하고 그녀는 입을 다물었다. 나도 아무런 말도 하지 않았다.

얼마 후 그녀는 술에 취해 침대에 고꾸라졌고, 나는 다시 작동되기 시작한 정수기에서 물을 한 잔 떠와서 그녀 옆에 놓아두었다. 다른 선원들도 모두 잠자리에 든 듯 조용했다. 나는 잠시 깨어 있다가 텅 빈 갑판 위로 올라갔다. 불침번은 바질의 차례였는데, 그가 뱃머리에 서서 해안가에 시선을 고정한 채 담배를 피우는 모습이 보였다. 그의 근처에 갔다가 괜히 욕을 얻어먹기 싫어서 즉흥적으로 망대 위로 올라가 봤다. 평생을 배에서 지낸 사람이 아니면 미끄러져 떨어지기 십상이었기 때문에 나는 이곳에 올라오면 안 되었지만 주변에는 아무도 없었고, 오늘 밤만큼은 다른 사람들로부터 벗어나 볼 수 있는 데까지 가능한 멀리 내다보고 싶었다. 정확히 말하면 하늘에 조금이라도 더 가까이 있고 싶었다. 멀리 다른 배들에서 뿜어져 나오는 아름다운 불빛이 내 발 아래에서 일렁거리며 윙크하듯 반짝였고, 그 불빛까지 모두 꺼지고 세상이 본연의 어둠으로 남겨졌으면 좋겠다는 바람이 들었다. 이곳의 사람들은 다른 무언가를 받아들일 만한 여유가 전혀 없었다. 나의 어둠에 대한 사랑은 나일에게서 배운 것이 아니다. 비록 그에게서 많은 것들을 배웠지만, 그 사랑은 할머니와 함께 보낸 시절에 배웠다. 진정한 어둠이 별이 가득한 밤하늘을 뒤덮고, 멀리서 잔잔하게 부서지는 파도 소리가 들려오고, 아무 말도 하지 않는 할머니와 함께 밤을 지새우던 집 아래쪽에 위치한 방목장에서 배우게 된 것이다. 새까만 어둠이 내린 방목장에서 서로 말 한 마디 없이 우리가 보낸, 침대에 있기를 바랐던 마음에 간혹 내게서 터져 나오는 한숨소리만 울려 퍼지던 그 모든 밤들에게서.

지금 이렇게 배에서 가장 높은 이곳에 앉아 있자니 그 수많았던 밤들 중 한 날로 돌아갈 수 있다면 어떤 것이라도, 내 몸의 일부라도, 내 살과 피, 심장마저도 내어 줄 수 있을 것만 같았다. 할머니를 곁에 두고 서 있던 그 밤으로, 나를 분노하게 하고 혼란스럽게 만들던 할머니 곁으로, 속을 알 수 없어서 쉽게 다가갈 수 없었지만 아무도 나를 사랑하지 않을 때 조용히 나를 사랑해 준 내 할머니 곁으로 돌아갈 수 있다면 얼마나 좋을까. 그때는 지독한 외로움에 빠져 허우적대느라 미처 그 사랑을 보지 못했다.

소리를 들었을 때는 이미 너무 늦은 상황이었다. 망대에서 깜박 잠이 들었는데 멀리서 들려오는 엔진 소리에 화들짝 잠에서 깼다. 난간을 꽉 부여잡고 천천히 몸을 일으켰다. 어둠 속에서 눈을 가늘게 뜨고 소리의 정체가 무엇인지 바라봤다. 흰색과 파란색 불빛을 내는 두 척의 배가 하나는 만의 입구에서, 그리고 다른 하나는 먼 쪽 바다에서 다가오며 *사가니호*를 포위하듯 다가오고 있었다.

젠장.

왜 바질은 여태 지금 상황을 모르고 있는 거지? 졸고 있는 걸까? 갑판을 둘러보니 배낭을 메고 난간에 서서 다가오는 배를 조용히 바라보고 있는 그의 모습이 눈에 들어왔다. 떠나기 위해 그가 한 짓이 분명했다. 본능적으로 알 수 있었다. 나는 다시 어둠 속에 몸을 숨기고 생각했다. 하지만 아무리 생각해 봐도 의심의 여지가 없었다. 믿고 싶지 않지만 그가 했던 말이나 행동 등 너무 많은 것이 현재 정황과 맞아떨어졌다. 한편으로는 이런 생각도 들었다. 내가 더 노력해 봤으면 좋았을 텐데, 그에게 더 가까이 다가갔더라면 최악의 경우는 막을 수 있었을지도 모르니까. 하기야 지금 이런 생각을 해 봤자 무슨 소용이 있겠어. 이제 다 끝장났는데.

망대는 역시나 겁쟁이가 올라올 곳이 아니었다. 너무 높았다. 올라올 때는 몰랐는데 막상 내려가려니 속이 울렁거렸다. 한 칸 내려가고 다시 한 칸 내려가고, 그렇게 계속 한 번에 한 칸씩 균형을 잃지 말고 오직 발에 닿는 한 칸만을 생각하면서 천천히 움직였다. 그러다 갑자기 현기증이 일면서 발아래로 세상이 빙글빙글 돌기 시작했고, 어쩔 수 없이 나는 내딛던 발을 멈추고 눈을 질끈 감았다. 그리고 코로 숨을 빠르고 깊게 들이마셨다. 그렇게 세상이 다시 제자리를 찾을 때까지, 마음이 다시 진정될 때까지 기다렸다. 그리고 다시 갑판의 나무 바닥에 발이 닿을 때까지 한 칸씩 리듬에 맞춰 계속 내려갔다.

바질과 한바탕할 생각은 일단 접고, 서둘러 달리기 시작했다.

선장실에 혼자 있는 에니스에게 먼저 향했다. 선잠을 자고 있었는지 내가 문을 열자마자 그는 번쩍 눈을 떴다. "경찰이에요!" 내 말에 그가 벌떡 일어났다.

바로 그때 사이렌이 울렸고, 그 소리는 마치 폭탄이 떨어질 때 나는 경보처럼 들렸다. 하늘이 무너지는 듯했다. 이제 정말 끝이구나. 다시 감방에 갇히게 되겠지. 그럴 수는 없는데.

다른 선원들도 모두 일어나 반만 옷을 걸치고 거의 공황상태로 식당에 모여 있었다. 바질만 없었다.

"그 새끼는 내가 반드시 죽여 버리고 말겠어." 혼란한 가운데 던진 아닉의 말에는 진심이 담겨 있었다.

"우리 이제 어떻게 하지?" 말라차이가 평소보다 훨씬 높은 목소리로 물었다. 그는 두려움에 벌벌 떨고 있었다. 대심이 그를 진정시키려고 그의 팔에 손을 가져가 댔다.

내가 갑판 위로 향하자 모두가 나를 뒤따랐다. 조금 전의 상황과는 또 완전히 달라져 있었다. 여기저기 조명이 요란하게 번쩍이고 귀가 떨어질 듯한 사이렌 소리가 크게 울려댔다. 정말 이렇게까지 클 필요가 있나 싶을 정도였다.

바질이 우리를 향해 고개를 돌렸고, 우리는 그와 눈이 마주쳤다. 그 누구도 선뜻 입을 열지 않았고, 흐르는 침묵에 숨이 막힐 것 같았다. 저 얼굴에 드리워진 고상한 표정을 가리가리 찢고 싶었다. 다른 선원들도 나와 같은 마음이었을 것이다. 아닉이 그에게 다가가 그의 발에 침을 뱉자 마지막 남은 조금의 양심 때문인지 결국 수치스러운 표정을 지어 보였다.

누군가 내 손을 잡고 뒤로 잡아당겨 번쩍이는 조명이 난무하는 곳에서 어둠 속으로 이끌었다. 리아였다. 에니스는 선체 너머로 밧줄 사다리를 내리고 있었다. 나는 그들이 무엇을 하려는지 단번에 알아차렸다. 하지만 내게 계속 도망치며 낯선 땅에서 길을 잃고, 남쪽으로 가는 새로운 길을 찾아 헤맬 여력이 남아 있을까? 결과적으로 보면 나는 할 수 있었다. 머릿속에 감방에서 보낸 시절이 잠깐 스친 것만으로도 나를 움직이기에 충분했다. 나는 서둘러 밧줄 사다리를 타고 어둠 속으로 내려갔다.

"어서 가요." 위에서 리아의 목소리가 들려왔고, 그것은 그녀의 옆에 있던 에니스에게 하는 말이었다. 그는 나만큼이나 절실했고, 만약 여기서 실패하면 다시는 자신의 온전한 삶으로 돌아갈 가능성이 없다고 생각하고 있다는 것을 리아는 진작부터 알고 있었던 것이다.

저 위에 그가 생각에 잠긴 채 우두커니 서 있는 그의 모습이 보였다. 그는 벼랑 끝에 서 있었다.

"내려오지 마요!" 나는 어떻게서든 그를 설득하고 싶었다. "아이들이 있는 집으로 가요, 에니스!"

하지만 경찰이 배의 우현으로 오르기 시작하자 에니스는 본능적으로 밧줄을 타고 아래로 내려왔다. 여기서 포기하기에는 그도 이미 너무 깊이 들어와 있었다.

갑판 위에서는 바질이 뭐라고 소리를 지르고 있었고, 대심과 아닉도 마찬가지였다. 그때 경찰이 더 큰 소리로 모두 조용히 하라고 한 뒤, 이제 배는 몰수될 것이고, 용의자 릴리 로치는 한 발 앞으로 나오라고 지시했다.

그때 여자의 목소리는 주저하지 않았다. 그 목소리는 경찰이 릴리 로치의 사진을 가지고 있지 않기를 간절히 바랐을 것이다. "저예요."

아, 리아.

제길, 저렇게까지 하리라고는 전혀 예상하지 못했다. 그녀가 어떡해서든 우리에게 시간을 벌어 주려는 의도라 하더라도, 설령 경찰들이 곧바로 그녀가 릴리 로치도 아니고 남자의 목을 찌른 사람도 아니라는 사실을 밝혀낸다 하더라도, 나는 그냥 이대로 그녀를 두고 떠날 수 없었다. 나는 에니스를 옆으로 밀치고 저들과 수개월을 함께 일하며 보낸 나의 이 선택이 틀리지 않기를 바라며 다시 밧줄 사다리를 타고 오르기 시작했다. 어느 순간 에니스가 내가 더는 올라가지 못하도록 내 허리를 꽉 잡았다. 하지만 갑판 위의 상황은 어느 정도 볼 수 있었다.

경찰 여러 명이 있었고, 분위기는 살벌했다. 정확한 이유는 모르겠지만 경찰 한 명이 리아의 팔을 잡고 순찰선과 연결된 다리로 끌고 가고 있었다. "이봐, 그런 식으로 잡지 말라고." 바질이 외쳤고, 대심은 경찰의 손아귀에서 리아를 빼내려고 했다. 그러자 모두가 리아에게 손을 뻗기 시작했고, 그녀 또한 자신을 붙잡고 있는 경찰을 향해 프랑스어로 사납게 쏘아붙였다. 그리고 갑판 위는 난장판이 되었다. 경찰이 그녀를 힘으로 밀어붙이며 바닥에 눕혀 제압하기 위해 강하게 밀쳤고, 그녀는 미처 대비하지 못한 탓에 힘없이 휘청거렸다. 누군가 그녀를 잡으려고 손을 뻗었지만 이미 늦은 터였다. 그녀의 머리는 둔탁한 소리를 내며 난간에 부딪혔고, 그대로 갑판 위에 너부러졌다. 정확히 보이지 않았지만 그녀는 무언가를 잡고 몸을 일으키려고 애쓰다가 이내 움직임을 멈췄다.

충격과 놀람의 외침이 여기저기에서 터져 나왔다. 누군가 그녀의 이름을 계속 외쳤고, 다른 누군가는 그녀의 몸을 흔들며 깨우려고 노력했다. 하지만 그녀는 여전히 움직임이 없었다. 영원히 깨어나지 않을 것만 같았다. 안 돼. 또 반복될 수는 없어. 제발, 다시는 안 된다고.

에니스가 나를 아래로 잡아끌었지만 나는 있는 힘껏 버텼다. 그녀에게서 눈을 뗄 수가 없었다. 그녀가 움직이는 모습을, 그녀의 눈이 떠지는 모습을 봐야만 했다.

"프래니." 에니스가 말했다. "내려와요."

아무 소리도 들리지 않았다.

"프래니."

움직일 수도 없었다. 아니, 움직이지 않았다. 어떻게 그럴 수 있겠어?

"프래니, 제발." 에니스가 다시 말했다.

나는 선체의 그림자 속에 묻힌 그를 내려다봤다. 그가 다시 한번 애원하듯 말했다. "제발." 그리고 나는 그에게 몸을 맡겼고, 우리는 곧장 물속으로 들어갔다. 물속으로 가라앉는 동안 우리 두 사람은 서로의 심장박동을 느낄 수 있을 정도로 얽힌 채 끌어안고 있다가, 어느 순간 그가 내 품에서 빠져나갔고 나는 혼자가 되었다.

저 위에 비치는 세상은 저리도 격렬하게 빛나며 소란스럽게 요동치는데, 이 아래는 고요하구나.

무게도 느껴지지 않아.

하늘을 날고 있는 것같이.

잠수하는 가마우지(cormorant, 해안 절벽이나 항만에 주로 서식하고 물고기를 잡아먹으며, 부리가 길고 발가락 사이에 물갈퀴가 있는 새)처럼 나는 다시 날개를 달고 발길질을 하며, 부드럽게 물을 가르고 물속에서 숨을 참으며, 앞에서 이끄는 어두운 형체를 따라서 해안을 향해 나아갔다. 언젠가 그는 자신의 폐가 튼튼하다는 말을 했는데, 사실이었다. 그는 정말 오랜 시간 동안 물속에서 숨을 참고 버틸 수 있었고, 나는 선택의 여지없이 그의 호흡에 맞추려고 안간힘을 썼다. 나 때문에 그까지 경찰에 붙잡히게 만들 수는 없으니까. 머지않아 우리는 수면 위로 올라와 다시 숨을 쉴 수 있었다. 꽤 먼 거리를 이동해 왔는데 다행히 경찰은 아직 우리를 찾아 나서지 않고 있었다. 우리가 아직 배 어딘가에서 움직이지 않고 숨어 있으리라 생각하는 모양이었다.

하지만 방심하기에는 일렀다. 우리는 계속 물살을 갈랐고, 이제 거의 해안에 다다랐다. 흩어져 정박되어 있는 배들 가까이에 도착했을 때 우리는 정확히 어디로 가야 할지 몰랐지만, 이곳에서 벗어나야 한다는 사실만은 명확히 알고 있었다.

나는 수영을 멈추고 주위를 살폈다.

그때 'Sterna paradisaea(극제비갈매기의 학명으로 북극제비갈매기와 같은 새다.)'라는 글자가 눈에 띄었다. 엄마가 해 준 말대로 지금까지 나는 이런 방법으로 내가 해야 할 일을 찾았다. "단서를 찾아. 곳곳에 숨겨져 있단다." 하지만 이것은 단서라기보다 그저 모든 불이 꺼진 요트에 달린 네온사인일 뿐이었다.

"에니스." 내가 부르자 그도 수영을 멈췄다. 그에게 가까이 다가가자 이렇게 멀리까지 수영하는 데 익숙하지 않았던 그는 어둠 속에서 심하게 숨을 몰아쉬고 있었고, 눈에는 광기가 서려 있었다.

우리는 40피트(약 12미터) 정도 되는 길이의 강철 요트의 갑판으로 기어 올라가 곧장 지붕이 덮인 조타실로 향했다. 역시나 시동 키는 없었다. 하지만 갑판 아래로 내려가자마자 에니스가 키를 찾아냈다. "항상 식품 저장고에 스페어 키를 두거든요." 그가 여전히 숨을 헐떡이며 말했다.

나는 비좁은 화장실로 들어갔고, 눈에 띄지 않도록 불은 켜지 않았다. 거울에 비친 어둠 속의 내 모습을 봤다. 그리고 내 뺨을 힘껏 때렸다. 한 대, 두 대, 온 힘을 다해 피가 나도록 때렸다. 하지만 아무 느낌도 나지 않았고, 이 정도로는 어림도 없었다. 머리를 거울에 갖다 박으려고 하는 순간 에니스가 나를 잡아당겨 꼼짝 못 하도록 꽉 끌어안았다. 내 거친 몸부림과 흐느낌을 다 받아주며 내가 마침내 포기하고 그에 품에 기대어 펑펑 눈물을 쏟아낼 때까지 그는 나를 가만히 안고 있었다. 하지만 그가 나를 놓아주자마자 리아가 죽었으면 어쩌나 싶은 마음에 다시 불안해졌다.

우리는 새벽이 올 때까지 *사가니호*에서 경찰이 철수하기를 조용히 기다렸다.

에니스가 *사가니호* 옆에 훔친 요트를 댔다. 내가 밧줄을 타고 갑판에 오를 때까지 그는 요트에서 나올 기미가 보이지 않았다. "같이 안 갈 거예요?" 내가 묻자 그는 그러지 못하겠다고 대답했다. 그가 요트에서 대기하는 동안 나는 난장판이 된 배를 급하게 살폈다. 경찰들이 대부분의 물품들, 내 노트북을 포함해 눈길을 끄는 모든 것을 몰수해 간 상태였다. 하지만 정말 다행히 항상 침대 밑에 숨겨뒀던 내 가방은 여전히 그곳에서 나를 기다리고 있었다. 그 안에 담긴 소중한 편지에 대한 나의 편집증 덕분이었다.

혹시나 하는 마음에 함교를 살펴봤지만 에니스가 예상한 대로 조타 장치는 잠겨 있었고, 배가 아직 내항성이 있다 하더라도 끌고 나갈 수 없는 상태였다. 나는 마지막 작별 인사를 하고 다시 요트로 내려왔다. 그리고 에니스와 함께 새벽 어스름 속에 유령선이 되어버린 *사가니호*를 지나쳐 앞으로 나아갔다. 리아에 대한 걱정이 머릿속을 떠나지 않았다. 지금 어디에 있을까, 병원에 있을까, 아니면 영안실에? 비명을 터트리고 싶었지만 속으로 꾹 참았다. 활활 불길이 치솟는 내 안에 꾹꾹 눌러 담아 두었다. 우리가 향하는 곳에서 필요할지도 모르니까.

만을 벗어나면서 에니스와 눈이 마주쳤다. 이제 서로 말하지 않아도 나도 알고 그도 알고 있는 것이 있었다. 살아서 이 끝을 보지 못할 수도 있다는 사실이었다. 그렇게 우리 두 사람은 이 작은 요트를 훔쳐 타고, 위치 추적기와 빨간 점도 없이, 이제는 파괴되어 사라진 *사가니호*에 깃든 모든 기억의 파편을 우리가 일으킨 잔잔한 파도 속에 묻어 버리고 나아갔다. 작별 인사도 헤어짐의 아쉬움이 담긴 눈빛도 없었다. 역경을 이겨내기 위한 위안에 불과하더라도, 어떻게든 안전하게 집으로 돌아오라고 말해 주는 이는 아무도 없었다.

우리는 그렇게 시야에서 사라질 때까지 사가니호를 하염없이 바라봤다. 이 세상에서 가장 위험한 바다를 향해 남쪽으로 항해하면서 선장은 부끄러운 줄도 모르고 펑펑 울었다.

나는 너무 망연자실하여 눈물도 나지 않았다. 거의 짐승이나 다름없었다.

3장

PART THREE

25

내 딸이 내 몸 안에서 익사한 채로 태어났을 때, 내 일부는 잠들었다.

나는 그것을 깨우기 위한 무언가를 찾아 나섰다.

미국, 옐로스톤 국립공원
6년 전

공항에서 그를 기다렸다. 또 이렇게 되고 말았다. 늘 함께 가자고 말했지만 그는 나와 다른 부류의 사람이었다. 감당해야 할 슬픔이 있거나 힘을 끌어모아야 할 때 그는 일에 매달렸다. 해야 할 일에서 벗어나 어디론가 홀쩍 떠나거나 굳은 마음으로 뒤도 돌아보지 않고 앞만 보고 나아가는 나와는 전혀 달랐다. 절대로 다시는 그러지 않겠노라 굳게 약속했건만, 결국 나는 다시 또 한 번 그를 떠나왔다.

이제는 그런 약속을 하지 않겠다고 다짐했다. 우리 둘 모두에게 해만 될 뿐이었다.

나는 마지막 남은 소나무 숲이 있는 옐로스톤 국립공원에 갔었다. 예전에 찾았을 때와 다르게 공허한 장소가 되어 있었다. 사슴들은 이미 멸종했고, 곰과 늑대도 모습을 감춘 지 오래였다. 피할 수 없는 운명에서 살아남은 동물은 극소수에 불과했다. 나일은 이런 상황에서는 아무것도 살아남을 수 없다고 말하곤 했다. 기후가 변화하는 현재 속도를 생각해 보면 더더욱 불가능했다. 숲길을 걷는 내내 어떠한 새의 지저귐도 들리지 않았고, 한마디로 이것은 비극적 결말이었다. 이곳을 찾아온 것이 후회가 되었다. 다른 어느 곳보다 더 생기가 넘치던 곳이었지만 이제는 무덤으로 변해 있었다.

내 부츠가 마른 나무껍질과 나뭇잎이 깔린 길을 부스럭거릴 때, 내 딸이 울부짖는 소리가 들렸다. 살아서 태어날 때 그렇게 울었어야 했다. 점점 미쳐가고 있는 게 분명했다. 공황 속에서 내 살결은 은빛으로 소용돌이쳤고, 마치 물고기의 비늘에 빛이 비쳐 색이 변하는 것 같았다.

나일을 못 본 지 벌써 수개월이 지났다. 그래도 우리는 늘 어김없이 서로 편지를 주고받았다. 하지만 지금은 편지를 쓰는 것보다 그의 목소리가 듣고 싶었다. 점점 시야가 뿌옇게 흐릿해져 갔고, 나는 가장 가까운 숙소로 길을 재촉했다. 몸을 덜덜 떨면서 방을 하나 빌린 후 서둘러 방에 들어가 문을 닫고 휴대폰의 전원을 켰다. 나를 둘러싼 벽들이 빙글빙글 돌기 시작했고, 나는 도저히 이 고통을 가슴에서, 내 속에서 지워 낼 수가 없었다. 이곳을 떠나야만 했다.

휴대폰이 켜지자 곧바로 수십 개의 부재중 전화와 문자가 한꺼번에 몰려들었다. 모두 나일에게서 온 것이었다. 순간 막연한 두려움으로 몸이 얼어붙었다. 어지간한 일이 아니면 평상시 나에게 전화를 걸지 않는 그였다.

나일에게 전화를 걸었다. 신호음이 두 번 울렸을 때 그가 받았다. "안녕, 여보."

"별일 없는 거죠?"

그는 한동안 망설이다가 말했다. "까마귀의 멸종 소식이 공표됐어요."

순식간에 온몸의 공기가 전부 빠져나가는 기분이 들면서 공황 증상도 사라졌다. 스스로에게 갇혀 있던 나 자신이 녹아내리면서 버드나무에 앉아 내게 선물을 가져다주던 열두 마리 친구들에 대한 기억이 떠올랐다. 엄청난 슬픔이 몰려왔고, 이 모든 것을 감당해야 할 남편이 걱정되었다. 이것이 남편에게 어떤 영향을 미칠지, 그동안 어떤 영향을 주었는지도 잘 알고 있었기 때문이다.

"모든 까마귀과 새들이 멸종된 거죠." 나일이 말했다. "유일한 맹금으로 딱 한 마리 남아 있던 황조롱이도 지난달에 죽었고요. 날지도 못하고 내내 갇혀 지내다가……." 그가 말끝을 흐리며 고개를 흔드는 모습이 그려졌다. 그가 온 힘을 짜내서 이어서 말했다. "야생동물의 80퍼센트가 멸종된 상황이고, 나머지도 앞으로 10년이나 20년 안에 사라질 거라고 예측하고 있어요. 물론 사육되는 동물은 계속 살아남겠죠. 우리의 배를 불리기 위해서 그래야 할 테니까. 애완동물도 괜찮을 거예요. 우리에게 멸종된 동물들을 잊게 해줄 수 있을 테니까. 당연히 쥐와 바퀴벌레는 살아남 겠죠. 사람들은 여전히 소름 끼쳐 하면서 볼 때마다 죽이려고 달려들겠지만요. 아무런 가치가 없다는 듯이 죽이려 들 거예요. 정말이지 그들이야말로 기적과 같은 존재인데." 그의 목소리에 눈물이 고여 있었다. "하지만 나머지는, 프래니, 다른 애들은 어쩌죠? 마지막 남은 북극제비갈매기마저 사라지면 어떡하죠? 그렇게 용감한 생명체는 결코 다시는 없을 텐데."

나는 그가 말을 다 마칠 때까지 기다렸다가 물었다. "우리가 할 수 있는 일이 있을까요?"

그의 거친 숨소리가 들렸다. "모르겠어요. 정말 모르겠어요."

전에 그가 티핑 포인트(tipping point)에 대해 말한 적이 있었다. 현재 멸종 위기가 가속화되고 인간에게 직접적인 영향을 끼치고 있는 상황이 변화되기 시작하는 시점이라고 했다. 그의 목소리에서 지금 우리가 바로 그 순간에 도달했다는 사실을 알 수 있었다. "뭔가 할 수 있는 게 있을 거예요." 내가 말했다. "누구보다 당신이 더 잘 알고 있잖아요. 우리가 할 수 있는 게 뭘까요, 나일?"

"스코틀랜드에 보호 협회가 있어요. 그들은 수십 년 전부터 이 상황을 예측하고, 몇몇 동물에게 저항성을 길러주고 새로운 서식지를 만들어 주며 야생동물을 구하고 있는 단체예요."

"그럼 일단 스코틀랜드에 가요."

"같이 가 줄래요?"

"이미 떠날 준비 중이에요."

"거기에서 무슨 일이 있었던 건 아니죠?"

"당신이 없어서 너무 외로웠어요."

그는 어떠한 말도 하지 않았다. 내가 그렇게 말하면 그는 항상 따뜻한 말로 받아 주었지만 이번은 아니었다. 그 대신 그가 말했다. "나는 이제 이런 상황을 다시는 반복할 수 없을 거 같아요."

그의 진심이 느껴졌다.

"집으로 돌아갈 거예요." 절대로 하지 않으리라 다짐했건만, 나는 또다시 그에게 약속을 하고 말았다. "그러니 기다려 줘요."

아일랜드, 리머릭 교도소
2년 전

"이봐, 스톤. 일어나 봐."

일어나고 싶지 않았다. 꿈에서 나는 바다표범이 되어 물 위로 저물어 가는 태양을 바라보고 있었다. 눈을 뜨자 베스의 얼굴과 감방이 나타났고, 물속에서 바라본 따뜻했던 광경은 모두 사라지고 없었다.

"빨리 와 봐. 저들이 한 마리 발견했대."

"무슨 한 마리요?" 내가 물었지만 그녀는 이미 저만치 가고 있었다.

나는 툴툴거리면서 침대에서 일어나 그녀를 따라 레크리에이션실에 갔다. 아침부터 여자 재소자 모두 TV 앞에 모여 있었고, 심지어 경비들도 함께 있었다.

TV에서는 뉴스가 흘러나오고 있었다.

회색 늑대 한 마리가 알래스카에서 발견돼 포획되었습니다. 멸종됐다고 믿고 있던 과학자들은 놀라움을 금치 못하고 있는데요, 당국은 회색 늑대가 알래스카 국립공원의 남쪽에 있는 한 무리의 가축을 습격하면서 경계를 보이기 시작했습니다. 전문가의 말에 따르면 이런 행동을 보인 이유는 그들의 자연 서식지와 먹이 공급 자체가 모두 사라졌기 때문이라고 합니다. 하지만 이 외로운 암컷 늑대가 어떻게 그리 오랜 시간 동안 발견되지 않고 혼자 살아남았는지에 대해서는 알 수 없다고 밝혔습니다.

그 장면을 보기 위해 더 가까이 다가갔다. 내 안의 모든 것이 나를 조이며 재촉하고 있었다. 늑대는 삐쩍 말라 뼈만 앙상했다. 그래도 참으로 아름다웠다. 우리 안에 갇혀 있는 모습이었는데, TV 앞에 모인 모두는 다 같이 늑대가 앞뒤로 서성거리며 우리를 똑바로 쳐다보는 장면을 말없이 지켜봤다. 그 차분한 눈빛이 모든 것을 꿰뚫어 보는 듯해 눈이 마주칠 때마다 온몸이 떨려왔다.

가축을 잃은 농장 주인은 그 늑대를 죽여야 한다고 요구했지만 이 문제에 대해 대중들의 거센 항의도 수그러들 줄 모르고 있는 상황이며, 주정부도 개입해 세상에 마지막 남은 종으로 여겨지는 회색 늑대의 살육을 금지했습니다. 늑대는 곧

바로 에든버러에 위치한 MER(Mass Extinction Reserve, 대량 멸종 보호구역) 야생동물 보호팀에 맡겨져 보살핌을 받을 예정이며, 마지막 남은 회색 늑대를 보기 위해 많은 인파가 전 세계 곳곳에서 스코틀랜드로 몰려들고 있다고 합니다.

반드시 명심하셔야 할 점은 만약에 스코틀랜드에 남아 있는 이 자연 생태 지구를 방문하기를 원하신다면 지금 당장 대기 목록에 이름을 올리셔야 한다는 것입니다. 현재까지 집계를 바탕으로 예상한 결과, 대기 목록이 회색 늑대의 수명보다 길어질 확률이 높기 때문입니다.

늑대의 검은 눈동자에 사로잡혀 리포터의 말은 거의 들리지 않았다. 암컷 늑대가 MER에 있는 모습을 상상해 봤다. 상심한 마음을 달래려 더욱 열정적인 자원봉사자들과 호기심 가득한 과학자들에게 듬뿍 사랑받을 것이 분명했다. 왜 늑대가 야생에서 고독한 삶을 살도록 내버려 두지 않는 걸까? 어떤 동물도 우리 안에 갇혀서 살아서는 안 된다는 걸 모르는 걸까? 그런 운명은 인간 하나만으로도 충분할 텐데.

스코틀랜드, 캐언곰스 국립공원 MER 본부

6년 전

MER 본부에 살며 일하는 사람들은 모두 두 부류 중에 하나였다.

하나는 진정 짜증 날 정도의 낙천주의자들이고, 다른 하나는 분노로 가득하고 다른 것에는 전혀 관심이 없는 자들이었다.

나일이 유일하게 두 부류의 중간 즈음에 위치하고 있었는데, 내가 그렇게 제삼자의 입장에서 말할 수 있는 이유는 이곳의 어느 누구도 나를 여기에 속한 사람으로 단 1초도 생각하지 않기 때문이다. 내가 대량 멸종을 막는 것에 기여할 수 있는 일이라고는 요리와 청소밖에 없었는데, 과학자들은 모두 그 일을 하찮게 여겼다. 그들은 반드시 그래야만 하는 것처럼 오직 한 가지만 생각했다. 세상이 바뀌지 않도록 전쟁을 하고 있었던 것이다.

우리가 에든버러 MER 본부 방문을 위해 공항에 처음 도착했을 때 젊은 부부가 마중을 나왔다. 그들은 마치 나일이 재방문한 것처럼 우리를 따뜻하게 맞이했다. 그곳에 있는 모든 사람이 나일의 논문을 읽었고, 그 내용도 상세하게 알고 있었다. 그들은 회의를 할 때마다 그 논문을 언급했는데, 가끔 나일이 그런 회의 자리에 나를 초대해 준 덕분에 그때마다 뿌듯함에 가슴이 벅차오르는 것을 느낄 수 있었다. 우리는 에든버러 본부에서 일주일을 머물렀고, 그 후에는 더 북쪽에 위치한 캐언곰스 국립공원 본부로 거처를 옮겼다. 야생동물 보호구역이 위치한 곳이었고, 축복일 정도로 공기가 정말 맑았다. 이곳에서 수집한 정보에 따르면 환경보호 활동가들은 특정 종에 대해서는 놀라운 발전을 이뤄낸 반면, 나머지에 대해서는 전혀 그렇지 못했다. 언제나 이런 식이었다고 나일이 말했다. 그들은 인간의 삶에 꼭 필요하다거나 생존 확률이 월등히 높은 생물 등 어떠한 기준에 따라 중요하다고 판단되는 동물을 우선으로 선택해야만 했다. 그렇게 인간에게 직접적인 필요도 없고 중요하지도 않다고 여겨지는 동물들은 아무런 희망도 없이 서서히 사라져 결국 멸종의 길을 걸었다. 흥미로운 사실은 곤충이 높은 순위로 이들의 보호 목록에 자리하고 있다는 점이었다. 벌, 말벌, 나비, 나방, 개미, 몇 종의 딱정벌레, 심지어 파리도 있었다. 곤충 외에도 벌새, 원숭이, 주머니쥐, 박쥐도 있었는데, 이들의 공통점은 모두 꽃가루 매개체라는 것이었다. 식물이 없다면 인간 또한 멸종의 길을 걷게 된다는 것을 의미했다.

이러한 사실을 알게 된 후 나일과 나는 하나같이 마음이 무거워졌다. 순전히 인간에게 무엇을 제공하는가를 바탕으로 특정 동물을 보호하는 것이 실용적일지라도, 애초에 그런 태도로 생명을 보호한다는 것이 문제가 아니었을까? 오직 존재 자체가 존재 목적인 동물들은 어쩌란 말이지? 수백만 년의 진화를 통해 기적적인 존재로 지금까지 살아가고 있는 동물들은 어떡하라고?

나는 한 달 동안 입을 꾹 다물고 있다가 마침내 오늘 이 문제를 제기했다. 회의실 안에 있는 모든 사람들의 시선이 내게 쏠렸다. 옆에 앉은 나일이 테이블 밑으로 내 손을 잡아 주었다. 그들은 마지못해 내 이야기를 들으며 엄청난 인내심을 발휘하고 있었는데, 그 이유는 간단했다. 내가 나일 교수의 아내이기 때문이었다.

칠십 대의 나이로 유전학을 전공한 제임스 캘러웨이 교수가 간단히 답변했다. "그만큼밖에 할 수 없으니까요. 그리고 삶에는 우선순위가 있기 마련이죠."

그의 말에 아무도 반박하지 않았다.

나일이 내 손을 꽉 잡아 줘서 그나마 다행이었다. 엄마의 어릴 적 이름을 따서 이름 지어 준 내 딸 아이리스를 유산한 이후로 우리는 서로의 몸에 거의 손을 대지 않았다. 대부분 떨어져 지냈기 때문이기도 했지만 잠자리를 안 한 지도 벌써 1년이 넘었고, 심지어 함께 있는 지금도 나는 우리가 어떻게 다시 잠자리를 하게 될지 상상이 되지 않았다. 나일과 내 몸 사이에는 우주만큼이나 거대한 공간이 자리 잡고 있는 듯했다. 그런데 오늘 다시 그가 내 손을 가져가서 꽉 잡아 준 것이다. 그것은 결코 작은 일이 아니었다.

회의는 앞으로 일어날 철새들의 이동과 이것이 새들의 번식에 얼마나 큰 문제로 이어질지에 대한 주제로 바뀌었다. 새들은 유전적으로 먹이를 찾아 이동하도록 되어 있는데, 그 여정에서 먹이를 찾을 수 없다면 살아남지 못하고 탈진으로 죽게 될 것이다.

"린치 교수가 쓴 논문을 보면 철새들의 생명 연장을 가능하게 하는 방법으로 그들의 이동 패턴에 인간이 개입해야 한다는 내용이 있습니다." 회의를 주관하는 제임스 교수가 말했다.

"아직 이론 단계입니다." 나일이 작게 말했다.

"새들을 따라 전 세계를 돌아다닐 수는 없습니다." 계속 반대편의 입장에 있는 해리엇 카스카 교수가 말했다. "그 규모가 우리로서는 감당이 안 될 정도로 크죠. 따라서 우리는 새를 가두어 보호하면서 관찰하는 방법을 지속 발전시켜야 할 필요가 있습니다. 새들도 위험을 무릅쓰고 이동할 필요가 없고, 이 방법은 비교적 간단하고 멸종은 물론 전염병 예방 차원에서도 효과가 있기 때문이죠." 해리엇은 전염병 관련 생물학과 교수로 기후 변화와 조류학 분야의 박사학위도 가지고 있는데, 그녀가 나일의 이론에 집착적일 정도로 언쟁을 벌이려는 이유가 바로 여기에 있는 듯했다. 아무도 그녀의 전문 분야에 이의를 제기하지 못하는 상황에서 오직 나일만이 그렇게 했으니까. 이동을 막자는 그녀의 의견은 그들이 오랫동안 논의해 온 것이었다. 그 문제에 대한 나의 의견은, 비록 이곳에서 필요하지 않더라도 분명했다.

"철새의 이동은 본능적인 거예요." 나일이 말했다.

"그런데 이제 그럴 필요가 없다는 거죠." 해리엇이 끼어들었다. "우리 인간도 필요에 따라 환경에 적응하며 살아가고 있으니까요. 그들에게도 이제 그게 필요한 때인 거예요. 언제나 그렇듯이 살아남기 위해서는 그렇게 할 수밖에 없고요."

"이미 충분히 우리가 파괴한 환경에 그들을 억지로 적응시키지 않았습니까?"

이 회의실에서 그들이 하는 일은 늘 뻔하다. 반복해서 같은 문제로 말싸움을 하고 또 하는 것이었다.

논쟁은 어느덧 나일의 논문에서 자주 언급되는 북극제비갈매기로 옮겨 갔다. 나일은 북극제비갈매기가 다른 새들보다 훨씬 더 멀리 이동하는 본능을 가지고 있기 때문에 지금과 같은 환경에서 생존할 수 있는 마지막 새가 될 것이라는 예측을 했다.

"그건 중요하지 않습니다." 덴마크 출신의 생물학자 올슨 달가아르드 교수가 말했다. "장담하건대 5년에서 길어야 10년 사이에 그 새들도 그렇게 긴 거리를 이동하지 못할 겁니다. 그 여정에 먹이가 하나도 없는 상황에선 절대로 살아남지 못할 테죠."

"육식성 바닷새가 마지막까지 살아남을 거라고 예측하고 있다면 아마 제정신이 아니라서 그런지도 모르겠군요." 해리엇이 마치 싸움이라도 하자는 듯이 나일에게 말했다. "습지에 사는 초식성 종들이 마지막까지 살아남을 겁니다. 여전히 똑같은 생태 환경에서 살아가고 있는 유일한 종들이니까요. 반면에 바다를 헤엄치고 다니던 물고기는 모두 사라졌잖아요, 나일."

"사실 그렇다고 단정할 수는 없습니다." 마치 무신경한 듯 항상 침착한 나일이 조용하게 말했다. 하지만 그는 두려움 때문에 밤에 거의 잠을 자지 못하고 있었고, 그 사실은 나만 알고 있었다.

"그런 거나 다름없죠." 해리엇이 짧게 잘라서 말했다.

나일은 더 이상 반박하지 않았다. 하지만 나는 그를 잘 알고 있었다. 그는 북극제비갈매기들이 할 수 있는 한 계속 이동을 할 것이고, 지구 어느 곳이든 먹이가 있다면 반드시 찾아내고 말 것이라고 믿고 있었다.

피곤하기도 하고 기분 전환도 할 겸 양해를 구한 뒤 자리에서 일어났다. 내 부츠와 파카는 문 옆에 가지런히 놓여 있었다. 옷을 걸치고 겨울 느낌이 물씬 풍기는 세상으로 걸어 들어갔다. 내 발은 나를 보호구역 중 가장 넓은 곳으로 이끌었다. 총 2,700제곱킬로미터나 되는 이곳의 절반 크기에 해당될 만큼 거대했는데, 언젠가 구역 전체가 하나의 울타리로 감싸져 있다고 누군가 말한 것을 들은 기억이 났다. 이곳에는 원래 스코틀랜드 지역에 살던 동물뿐만 아니라 다른 지역에서 구조되어 멸종만은 피하고자 이곳에 오게 된 아름다운 동물들도 많이 살았다. 여우와 토끼가 가장 많았고, 사슴, 살쾡이, 스라소니, 희귀한 붉은 날다람쥐, 잡기 어려운 작은 소나무담비, 고슴도치, 오소리, 곰, 무스가 있었고, 심지어 한때 그 종의 마지막 개체였던 회색 늑대도 죽기 전까지 이곳에 살았다. 세상 어디에서도 찾을 수 없는 훌륭한 보호구역이었지만, 한정된 수만 서식이 가능한 곳이었다. 포식자와 피식자(被食者)의 균형을 미묘하게 잘 맞춰야 하기 때문이었다. 그리고 이곳에 속한 이들 모두는 그들 종의 마지막이었다.

사슬로 연결된 울타리가 나타났다. 안으로 들어가 보고 싶었다. 안쪽이 이쪽보다 훨씬 더 흥미를 끌어당겼다. 하지만 이곳에서까지 어리석은 짓을 할 수는 없었다. 대신에 나는 만에 있는 해변으로 내려갔다. 바다는 아니었지만 여전히 가슴이 뻥 뚫리는 안도감을 느낄 수 있었다. 이 지역에서는 수영을 금지하고 있지만, 나는 아랑곳하지 않고 재빨리 얼음장 같은 물에 몸을 담갔다. 그러고는 다시 나와 서둘러 옷을 입었다. 이제야 살아 있음을 느낄 수 있었다.

언젠가 이곳에서 수달을 본 적이 있는데, 측은한 생각이 들었다. 이렇듯 나는 나일과 결혼하여 운 좋게도 종종 이런 특권을 누릴 수 있었다. 세상에 마지막 남은 야생동물 대부분이 살고 있는, 세상에서 가장 희귀한 장소에 머물 수 있는 것은 상당한 특권이었다. 하지만 내가 이곳에 있을 자격이 있을까? 내가 그들에게 도움이 되는 건 하나도 없는데. 정말로 큰 도움을 주고 있는 한 남자를 사랑하는 것 말고는 내가 할 수 있는 게 뭐가 있을까? 아, 동물들에 대한 진정한 사랑도 있었지. 그래, 하지만 그런 건 이곳에서 그리 중요한 게 아니지.

나는 여전히 일에 열중하고 있는 나일을 제외한 모두가 모여 다 같이 식사하고 있는 식당으로 다시 천천히 걸어 들어갔다. 혼자서 식사를 마치고 우리의 작은 방으로 향했고, 그가 돌아오기 전에 잠에 들었다. 대부분의 밤을 그렇게 보냈다. 그는 아침 일찍 내가 깨기 전에 일어나서 사라졌고, 그가 내게 해 주던 꿈결 속 입맞춤은 언젠가부터 사라져 버렸다.

오늘 밤은 잠에 들기가 무척 힘들었다. 감기에 걸리려고 하는지 기침을 멈출 수 없었고, 목이 간질간질해서 물을 계속 마셨는데도 좀처럼 나아지지 않았다. 나일을 깨우기 싫어서 조용히 자리에서 일어나 두꺼운 양말과 울 스웨터를 껴입고 화장실로 향했다. 침실 바로 옆이었지만 불이 꺼져 있어서 그런지 생각보다 훨씬 멀게 느껴졌다. 나는 최대한 조용히 움직이기 위해 신발 없이 양말만 신고 살며시 발을 끌면서 걸었는데, 이상할 정도로 발이 몹시 시렸다. 어두운 벽을 더듬거리다 마침내 전등 스위치를 찾아 딸깍 올렸지만 불은 켜지지 않았다. 전기가 나간 모양이었다. 어두운 화장실은 몹시 추웠고, 창문이 열려 있는지 공기도 점점 차갑게 얼어붙어 갔다. 나일의 전기면도기에서 비추는 빨간 불빛으로 거울에 비친 내 얼굴과 눈빛을 흐릿하게나마 볼 수 있었다. 나는 눈을 깜박여 봤다. 어둠 속에 있는 짐승처럼 빨간 불빛이 내 눈동자에서 반짝 빛나는 모습을 보니 저절로 인상이 찌푸려졌다.

다시 기침이 새어 나오기 시작했다. 이번에는 침실에서보다 훨씬 심했다. 칼로 목구멍을 긁고 베는 것 같았고, 뭔가가 느껴졌다. 뭔가가 정말 내 목구멍을 긁고 있었다. 나는 그것이 뭔지 확인하기 위해 입속으로 손가락을 집어넣었다. 부드럽고 간질간질한 것이 손가락에 닿았고 힘껏 잡아 빼냈다. 그것이 목에서 빠져나오면서 내 목구멍을 긁고 간질였고 켁켁거리며 기침을 했다. 목에서 빼낸 그것이 뭔지 잘 보이지 않았지만, 세면대에 있는 그것은 마치 깃털처럼 느껴졌다.

"프래니." 그때 누군가 속삭였다.

어둠 속에서 고개를 돌렸다. 나일이었다.

하지만 여전히 나는 놀란 마음을 좀처럼 진정시킬 수가 없었고, 내 마음은 나 자신도 모르는 뭔가를 알고 있다는 듯이 마구 뛰었다. 나일이 나를 진정시켜 주려는 듯 내 목을 어루만지는가 싶더니 조금씩 세게 조여 왔고, 나는 제대로 숨을 쉴 수가 없었다. 잠시 후 오싹할 정도로 고요했던 화장실의 공기가 한순간 녹아내리더니, 나는 팔다리가 뒤틀릴 정도로 격렬하게 몸부림치며 앞으로 튀어나갔고, 그가 그런 내 머리를 잡고 그대로 거울로 밀어붙였다.

"일어나요!"

나는 눈을 깜박였다. 목에도 머리에도 고통은 느껴지지 않았다. 시렸던 발만 불에 덴 것처럼 아팠다. 여기가 어디지? 잘 모르겠지만 어쨌든 전기면도기의 붉은 핏빛만이 비치는 어두운 화장실보다는 훨씬 밝았다. 달빛에 반짝이는 눈과 별이 가득한 한밤중의 은빛 숲속에서, 내 손은 나일의 목을 조르고 있었다.

겁이 나고 숨이 턱 막혔다. 그는 스스로 몸을 비틀고 빠져나와 한 번, 다시 또 한 번 기침을 한 후에 내 손을 잡고 나무 사이로 잡아당겼다.

"서둘러요." 누가 엿들을까 봐 조심하며 조용하고 부드럽게 그가 말했다.

"여기가 어디죠?"

"보호구역 안이에요."

나는 맨발로 휘청거렸다. *지금 꿈을 꾸고 있는 건가?*

"프래니, 어서요."

"여기에 어떻게 온 거예요?"

"당신은 잠결에 왔어요. 나는 당신 발자국을 보고 따라왔고요." *내가 당신을 한밤중의 추적자로 만들었군요.*

나는 내가 그토록 들어오기를 바랐던 이곳 보호구역 안을 잠시 둘러봤다. 그리고 달빛을 받아 유령처럼 보이는 나일을 바라보며 물었다. "혹시 내가 당신을 다치게 했나요?"

그의 표정이 부드러워졌다. "그럴 리가요. 그보다 이곳에 굶주린 동물들이 있어요. 서둘러야 해요."

나는 고개를 끄덕였다. 그 사람이 따라왔다는 발자국이 보였다. 저 발자국은 내 것이 아니었다. 내 몸속에 살고 있는, 야생에서 살기를 간절히 원해서 밤이 내리면 몸 밖으로 파고 나오는 여자의 것이었다. 만약 그녀가 원하는 것을 얻을 수 없게 된다면 내 목숨이라도 가져가려고 할 것이라는 생각이 가끔 들었다. 어떤 것에서든 스스로를 자유롭게 할 수 있다면 무엇이든 하려고 할 테니까.

걷다 보니 내리막길이 나타났고, 우리는 가장자리로 미끄러져 떨어지지 않기 위해 속도를 줄였다. 가장자리 아래는 모래도 거의 없는 호수로 바로 떨어지는 가파른 비탈이었는데, 나일은 일부러 이쪽 길을 선택했다. 호수 주변 가파른 가장자리에 가깝게 붙어서 가면 더 빨리 갈 수 있기 때문이었다. 하지만 나는 그를 잡아 세웠다.

"우리 너무 가까이 붙어서 가는 거 같아요."

"산등성이를 타고 돌아서 가면 시간이 너무 오래 걸려요."

"그래도 그쪽으로 가요. 괜찮을 거예요. 너무 서두를 필요는 없잖아요."

"우리는 원래 이곳에 들어오면 안 되는 사람이에요, 프래니. 들켰다가는 쫓겨날 수도 있어요."

"제발요, 아무도 당신을 쫓아내지 않을 거예요."

"그만해요!" 갑자기 그가 소리쳤다. "이건 무슨 모험 놀이가 아니에요. 심각한 상황이라고요."

"그건 나도 알아요."

"아니요, 당신은 몰라요. 당신한테 심각한 건 없잖아요. 어떤 것도 헌신하지 않고요."

우리는 달빛을 받으며 서로를 바라봤다.

"나는 당신에게 헌신하고 있어요." 내가 말했다.

그는 대답이 없었고, 침묵 속에서 공기는 무겁게 내려앉았다.

"이제 가요." 마침내 그가 입을 열었다. "이미 당신 발은 꽁꽁 얼었을 거예요. 맞죠?"

정말 그랬다. 꿈에서 신고 있던 울 양말은 홀딱 젖은 상태로 발을 감싸고 있었다.

"이걸 신어요." 그가 자신이 신고 있던 부츠를 벗어주려 했다. 하지만 나는 고개를 흔들고 길을 재촉하며 호수 가장자리를 따라 비스듬히 걸어갔다.

호수에 빠진 사람은 내가 아니라 나일이었다.

거의 아무런 소리도 없이 미끄러져 얼어 있는 호수 가장자리로 굴러 떨어졌고, 곧장 얼음이 깨지면서 물속으로 빨려 들어갔다. 순식간에 수면 아래로 아무런 소리도 없이 사라진 걸 보면 이곳 호수의 물은 분명 깊었다.

망설일 시간이 없었다. 그를 따라 물속으로 몸을 던졌고, 마치 날카로운 칼날이 내 척추를 파고드는 듯했다. 그때 추위란 정말이지 맙소사 그 자체였다. 물에 빠진 그는 너무 추워서인지 놀라서인지 움직이지 못하고 있었다. 하지만 나는 평생을 차가운 물에서 지내온 터였다. 이런 상황에서 어떻게 움직여야 하는지, 어떻게 그에게 다가가 그를 잡고 수면으로 끌어 올려야 하는지 몸이 기억하고 있었다. 하지만 문제는 어떻게 물 밖으로 완전히 탈출하느냐 하는 것이었다. 미끄러운 눈 말고는 잡을 것이 하나도 없었고, 호수 기슭은 벽처럼 가로막혀 있었다.

"나일!" 나는 이를 덜덜 떨면서 그를 불렀다.

그는 대답이 없었다. 그를 세차게 흔들자 마침내 그가 고개를 끄덕이며 신음을 내뱉었다. 나는 무언가 잡을 만한 것을 찾기 위해 그의 손을 잡고, 있는 힘을 다해 끌어당기며 기슭 주변을 돌며 둘러봤다. 그리고 드디어 기어오를 만한 얕은 지점을 찾을 수 있었다.

"가장자리에 잘 붙어 있어요." 그에게 명령하고 내 몸을 끌어당겨 눈 위로 올라갔다. 미치도록 추웠다. 팔다리가 제대로 말을 듣지 않았다. "나일!" 내가 외쳤다. "지금 내게는 당신을 끌어 올릴 힘이 없어요. 스스로 올라와야 해요."

"못하겠어요."

"할 수 있어요. 나도 방금 했잖아요."

그는 노력했지만 물에 흠뻑 젖은 몸이 벌써 꽁꽁 얼어붙어 그를 힘들게 했다.

"나일!" 내가 다시 외쳤다. "더 힘내요. 날 혼자 두면 안 돼요."

그는 가까스로 물에서 나와 내 팔을 잡았고, 나는 온 힘을 다해 완만한 기슭 쪽으로 그를 잡아당겨 호수에서 벗어날 수 있었다. 그는 지친 듯 눈 쌓인 바닥에 털썩 주저앉았다. 하지만 나는 그의 손을 거칠게 끌어당겼다. "자, 빨리 가요."

이번에는 조금 더 넓은 간격을 유지하고 비틀거리며 호수를 에워갔다. 덤불 속에서 무언가 부스럭거리는 소리가 들렸지만 주변은 온통 깜깜한 어둠뿐이라 반사되는 눈빛이나 그림자는 물론 아무것도 보이지 않았다. 나는 울타리에 도착해 문을 잠그고, 방으로 이어지는 길을 따라 나일을 부축하며 계속 걸었다. 보호구역 안에 있는 우리를 본 사람은 아무도 없었고, 당장 아무런 일도 일어나지 않은 것처럼 이 사건도 조용히 넘어갈 수 있을 것 같았다.

그곳에서 몰래 숨겨 온 뼛속 깊이 새겨진 추위 말고는 우리가 그곳에 들어갔다는 증거는 하나도 없을 테니까.

나는 샤워기를 너무 뜨겁지 않게 틀어 두고, 나일을 도와 그의 옷을 벗겼다. 너무 심하게 떨고 있는 그를 샤워기 아래로 데려가 한동안 따뜻한 물을 맞추자 점점 차분해지기 시작했다. 나도 옷을 벗고 그와 함께 뜨거운 물을 맞으며, 그를 감싸 안고 내가 가진 온기를 그에게 전했다.

시간이 좀 흘러서 내가 물었다. "괜찮아요?"

그는 고개를 끄덕이며 내 머리를 부드럽게 감싸 안았고, 우리의 입술은 서로의 어깨에 맞닿아 있었다. "좀 춥긴 했지만 그저 밤수영을 하고 온 것뿐인 걸요. 당신이 늘 했던 것처럼."

내가 미소 지었다. "맞아요."

"당신은 셀키의 피가 흐르니까." 그가 낮게 읊조렸다.

"그렇고말고요."

"보고 싶었어요, 여보."

"나도 보고 싶었어요."

"지난번에는 왜 떠났던 거예요?"

처음에는 어떻게 대답해야 할지 몰랐다. "모르겠어요."

"한번 차분히 생각해 볼래요?"

나는 얼굴을 돌려 입술을 그의 목에 대고 지그시 눌렀다. 그리고 생각해 봤다. "내가 머물면……" 내가 속삭였다, "당신에게 해를 끼치는 거 같아요."

"당신이 지레 겁을 먹어서 그런 거예요."

인정을 하면 일종의 안도감이 생긴다. "맞아요. 항상 겁이 나요."

"평생 그러지는 않을 거예요, 여보."

내 목에 있던 깃털의 느낌이 다시 생각나려고 해서 힘껏 침을 삼켰다. "네, 평생 그러지는 않겠죠."

샤워기에서 물이 떨어지는 소리를 들으며 한동안 우리는 조용히 있었다.

"아빠는 사람을 목 졸라 죽였어요." 내가 그에게 나지막하게 말했다. "엄마는 줄에 목을 매달았고요. 할머니는 폐에 물이 차서 죽었죠. 그리고 내 몸이 우리 딸을 숨 막혀 죽게 했어요."

"목이 졸리는 꿈을 꿔요. 그리고 숨을 쉬려고 발버둥 치는 나 자신을 발견하고 잠에서 깨죠. 우리 가족은 어딘가 고장 나 있는데, 특히 내가 그래요."

나일은 한참 동안 내 머리를 쓰다듬었다. 그리고 나서 또박또박 말을 이었다. "당신 몸이 우리 딸을 죽인 게 아니에요. 가끔 아이들은 태어나기 전에 죽는 경우가 있다고 하잖아요. 우리 딸도 그렇게 죽은 거예요. 그게 다예요." 그러고 나서 한 번 더 말했다. "보고 싶었어요." 그 말에 나는 우리 사이에 존재하는 우주를 없애기로 했다. 이 사랑은 매우 위험하지만, 그의 말처럼 더 이상 내 삶에 있어서 스스로 겁쟁이가 될 필요는 없으니까. 더 이상 작아지지 않을 거야. 더 이상 소극적인 삶을 살지 않겠어. 나는 그의 입술에 입을 맞췄다. 그리고 마침내 우리의 몸이 오랜 잠에서 깨어나 오랫동안 버려져 있던 서로의 몸을 다시 밟았다.

그에게 안겨 본 지 얼마나 오래되었던가. 그가 강하게 나를 당기고 내 안에서 격렬하게 움직일 때 나는 그를 와락 움켜잡았다. 그는 내 안에 존재하는 문명화된 일부를 파괴하고, 문명으로부터 격리시켜 야만적인 세상으로 나를 밀어붙이는 듯했다. 스스로의 부끄러움으로부터 내가 해방됨을 느꼈을 때, 나는 하늘로 도약하며 튀어 올랐고, 무언가를 강하게 잡아당기며 초목이 무성한 통제 불가능한 야생으로, 내가 더 이상 도망가거나 떠나지 않아도 되는 곳, 내가 머물 수 있는 그곳에 마침내 도달할 수 있었다.

26

나일과 나는 숨을 참고 그녀를 바라보고 있었다. 그녀가 사모트라케의 승리의 여신 니케(Winged Victory of Samothrace, 고대 그리스의 대표적인 조각상 중 하나로, 기원전 220년에서 190년 사이에 제작된 것으로 추정된다.)처럼 자신의 날개를 활짝 펴자 내 심장은 마구 뛰었다. 보통 두 발과 조화를 이루며 붉은빛을 띠는 부리는 겨울 추위로 거무스름해져 있었고, 관목 속을 위아래로 빠르게 오가며 식물 씨앗을 한 개, 두 개, 세 개 째 쪼아 먹었다.

함께 모여 지켜보던 사람들이 참고 있던 숨을 한 번에 내뱉었다.

"잘했어." 내가 속삭였다.

"봐요!" 해리엇이 외쳤다. "이럴 줄 알았지. 적응할 거라고 했잖아요."

나일의 표정은 굳어 있었다. 이번만큼은 그가 무슨 생각을 하는지 알 수 없었다. 정확히 말하자면 그는 새가 적응하지 못할 것이라고 말한 적이 없다. 우리가 조금만 도와주면 새들이 스스로 적응할 필요가 없을지도 모른다고 했을 뿐이다. 그는 남극 해역에서 어업 자금을 지원받기 위해 애쓰고 있었지만, 그의 표현을 빌리자면 그 일은 밑 빠진 독에 물 붓기였다. 어업으로 인간에게 식량을 공급하려는 것이라면 몰라도 새에게 먹이를 공급하려는 목적에 관심을 보이는 정부는 하나도 없었고, 무관심은 믿기 어려울 정도로 엄청난 충격을 우리에게 안겨 주었다.

어린 북극제비갈매기를 가만히 바라봤다. 다른 형제자매들에 비해 유독 작은 이 바닷새를 만약에 우리가 이곳에 가두지 않았더라면, 물고기 대신 식물을 먹이지 않았더라면 순리대로 호주 동부 해안을 따라 이동하고 있었을 것이다.

그녀를 만져볼 수 있으면 얼마나 좋을까. 하지만 반드시 필요한 상황이 아니라면 접촉은 엄격하게 금지되었다. 이것은 본부의 지침이 아닌 나일의 지침이었다. 이제 인간이 동물을 만지는 것은 파괴적이고 잔인한 행동이라고 그가 말했다. 이 조그만 새의 친구는 독특한 소리로 빽빽거리며 더 크게 울어댔는데, 그 수컷 북극제비갈매기는 더 오래전부터 씨앗을 먹어 온 터였다. 그러나 이 작은 암컷 북극제비갈매기는 자유를 고집스럽게 꿈꾸며 기다리고 또 기다리며 버텼다. 한동안 우리는 이곳에 서서 그녀가 굶어 죽는 모습을 지켜보게 되리라 생각했다. 하지만 오늘 마침내 그녀가 식물 앞에서 굴복하고 말았다.

우리가 방으로 향하는 내내 나일은 아무 말 없이 생각에 잠겨 있었다.

"무슨 생각해요?" 내가 물어도 그는 대답이 없었다.

"오늘도 무사히 지나갔네요." 그의 생각을 알 수 없었지만 나는 다시 말했고, 그가 고개를 끄덕였다.

"그럼 이제 어쩌죠?"

"새들에게 더 좋은 상황을 만들어 줬어야 했어요." 그가 말했다. "오늘 일로 해리엇은 새들의 이동 경로와 번식지까지 바꿀 수 있을 거라고 확신하게 됐을 거예요. 먼저 호주나 남아메리카 해안에서 교미를 시도할 거예요."

"새들 전부를요?"

그가 고개를 끄덕였다.

"틀린 결정이라고 생각하는 거예요?" 내가 물었다.

"현명하긴 하죠. 궂은 날씨도 견딜 수 있고 어느 곳에서나 잘 자라는 식물 종을 찾는다는 생각을 하다니. 그리고 강요가 있긴 했지만 새들이 그걸 먹을지 미리 확인한 것도 현명했죠."

"하지만 왜……."

"나는 그들이 식물을 먹겠다고 전 세계를 날아다니지는 않을 거라고 생각해요."

"해리엇은 이제 새들도 예전처럼 전 세계를 날아다닐 필요가 없다는 걸 알게 되었다고 했잖아요."

그가 고개를 홱 돌려 나를 쳐다봤다. 내가 해리엇의 편에 선 배신자라는 표정이었다. 우리는 한동안 대화를 나누지 않고 미끄러운 길을 내딛는 조심스러운 걸음과 뿌연 구름을 만들어 내는 호흡에 집중하며 걸었다.

비록 말은 하지 않았어도 우리 둘 다 새장에 갇힌 그 작은 생명체를 생각하고 있었다.

"새들이 계속 날아갈 거라고 생각하는군요. 그런 거죠?" 내가 물었다.

나일이 천천히 고개를 한 번 끄덕였다.

"왜 그렇게 생각해요?"

"그게 그들의 본능이니까요."

다음날 아침 우리는 골웨이로 향했다. 나일의 부모님과 크리스마스 시즌을 함께 보내기로 한 터였다. 떠나기 전 우리는 에든버러 공항으로 데려다주기 위해 우리를 기다리는 차를 뒤로하고 먼저 새장에 들렀다. 작별 인사를 하기 위해서였다. 새장에 도착한 우리는 본능적으로 어린 북극제비갈매기에게로 걸음을 옮겼다. 그녀의 친구 수컷 북극제비갈매기는 씨앗을 먹고 있었다. 하지만 그녀는 하늘에 닿기 위해 애쓰며 새장 주변을 반복해서 돌고 있었고, 그녀의 날개는 헛되이 철창에 부딪힐 뿐이었다.

나는 차마 그 가엾은 모습을 보고 있을 수 없어 몸을 돌렸다.

하지만 나일은 가만히 서서 그 장면을 주시했다. 분명히 그도 마음이 아플 것이라는 사실을 나는 알고 있었다.

극제비갈매기호, 남극 남부해안

짝짓기 시즌

새끼 굴뚝새(wren, 참새목 굴뚝새과의 텃새)의 두개골을 들고 있어요. 오늘 아침에 앞마당에 있는 버드나무 바로 뒤쪽 둥지에서 발견했지요. 새끼가 죽어서 어미가 그냥 거기다 뒀나봐요. 버려둔 건지 아니면 끝까지 곁을 지켰는지 모르겠지만요. 달걀 껍데기 같아요. 그보다는 훨씬 더 작고, 훨씬 더 연약하지만요. 크기도 내 새끼손가락 한마디 정도밖에 안 되네요. 조금만 힘을 줘도 쉽게 바스러질 것 같다는 생각이 떠나질 않아요. 우리 딸이 생각났어요. 당신이 아니라. 당신은 다르니까, 훨씬 더 강한 뭔가가 있으니까요. 언젠가 당신이 내실험실에 박제된 새들을 보며 뭔가 허전하다고 했던 말 기억나요? 이제껏 나는 그걸 느껴 본 적이 없었어요. 하지만 이제보이네요. 당신이 말한 그 허전함이. 그리고 당신이 없는 시간이 이렇게 잔인하게 다가올 수가 없네요. 지금껏 이렇게당신을 미워해 본 적이 없어요. 그리고 이렇게 더 사랑한 적도 없고요.

어쩐지 편지에서 그의 향기가 나는 듯했다. 편지를 얼굴에 대고 그를 느끼고 있을 때였다.

"들어가도 될까요, 이쁜이?"

에니스가 문틀 아래에서 어정쩡하게 몸을 구부리고 있었다. 나는 나일의 편지를 접어 나머지 편지들과 함께 배낭에 조심스럽게 다시 넣었다. 그 편지는 내 딸 아이리스가 세상을 떠나고 얼마 안되어 무척 힘든 시간을 보내고 있을 때 받은 것이었다.

"슬슬 바다가 험해질 거예요." 에니스가 말했다.

"저는 뭘 하면 될까요?"

"그냥 여기 있어요. 아, 신발은 벗어 두고요."

"바다에 빠질 때를 대비하려면 말이죠?" 나는 그의 농담에 입꼬리가 씩 올라갔다.

에니스가 고개를 끄덕였다. 그는 악명 높은 드레이크 해협을 항해한다는 사실에 다소 흥분한 것 같았다. 그에게 이 여정을 빼면 이제 남은 것은 아무것도 없었고, 그런 점에서 우리는 똑같은 입장이었다. 내게 그가 느끼는 흥분은 없었지만 대신에 피부 깊숙이 파고든 피곤함과 반드시 끝을 봐야 한다는 절박함만은 가득했다.

우리에게는 더 이상 따라갈 수 있는 것이 없었다. 위치 추적기가 달린 새도, 확인할 수 있는 장비도 없었기 때문에 오로지 그들의 목적지를 추측해서 나아갈 뿐이었다. 새들이 하늘을 나는 모습을 본 지 너무 오래된 일처럼 느껴졌다. 마지막으로 새들이 살아 있다는 사실을 확인한 때가 언제였더라?

나는 간이 주방과 비좁은 화장실, 접이식 식탁, 고맙게도 에니스가 양보한 덕분에 비교적 편하게 누울 수 있는 침대와 그가 사용하는 이층 침대가 딸린 작은 침실에서 기다리는 대신에 선실로 올라갔다. 선장 옆에 서서 바깥 상황을 살폈다. 공기는 이상하리만큼 조용했고, 하늘은 무척 어두웠다. 바다는 천천히 깨어나 몰아칠 준비를 하고 있었고, 나는 속이 울렁거리기 시작했다.

"어떻게 해야 할지 알고 있는 거죠?" 내가 나지막이 물었다.

"글쎄요." 그가 말했다. 하지만 그도 내 질문의 의도를 알고 있었고, 잠시 뒤 그는 어깨를 으쓱해 보였다. 우리는 까맣게 휘도는 바다와 서서히 몸집을 불리는 파도를 함께 바라봤다. 육지는 아직 보이지 않았다. "어떻게 해야 할지 알고 있다고 장담하는 사람은 아마 세상에 단 한 명도 없을 거예요." 에니스가 이어서 말했다.

그리고 바로 그 순간 그가 키를 힘껏 돌려 방향을 옆으로 틀면서 몰아치는 파도의 벽을 타고 올랐다. 배고픔에 울부짖는 파도의 이빨을 타고 올라 그 정점인 입술에 도달했을 때 다시 반대편 깎아지르는 절벽을 타고 빠르게 내려앉았다. 나는 파도를 타고 내려오면서 참았던 숨을 내뱉을 수 있었다. 하지만 에니스는 이미 배를 반대 방향으로 돌려 또다시 들이닥치는 파도의 벽을 올라탔고, 배가 뒤편으로 쏠리며 파도에 삼켜질지도 모르겠다고 생각하는 순간에 배는 다시 정점에 올라섰다. 이렇게 파도 사이를 누비며 가장 완만한 높이와 경사의 파도를 골라 오르내리기를 계속 반복했다. 그는 이토록 사납고 위험천만한 파도 사이로 익숙하지도 않은 작은 배를 훌륭히 운용하고 있었고, 배는 마치 조용히 춤을 추는 듯했다. 하늘이 우리를 지켜보고 있는 가운데, 맹렬하게 몰아붙이는 바다와 완전히 한 몸이 되는 느낌은 처음이었다.

이윽고 우르릉거리는 소리와 함께 비가 쏟아 붓기 시작했다.

플라스틱 바람막이 창이 나름대로 우리를 보호하려고 애썼지만, 얼마 지나지 않아 우리는 흠뻑 젖었고, 심지어 사방에서 파도까지 몰아쳐 들어오기 시작했다. 에니스가 곧바로 나와 자신의 몸을 조타 장치에 묶어 단단히 고정시켰고, 우리는 비바람을 온몸으로 받아내며 넘어지지 않으려고 노력했다.

새들이 모두 죽었다면 이 모든 고생도 다 헛되이 돌아가겠지. 하지만 그렇게 작고 가벼운 연약한 새가, 제대로 먹지도 못하고 전 세계를 날아다니느라 기력이 다했을 그 작은 새가, 이미 충분히 할 만큼 한 그 새가 도대체 어떻게 이걸 버티고 살아남을 수 있겠어?

내가 너무 많은 걸 바랐을지도 모른다.

나는 마침내 내려놓았다. 마음속으로 그들을 놓아 주었다. 어느 누구도 이런 큰 고통을 감당해서는 안 됐다. 만약에 새들이 죽었다면 결코 빠르고 평온하게 죽지는 않았을 것이다. 필사적으로 날갯짓하다가 끝을 맞이했을 것이다. 새들이 모두 죽었다면 그 이유는 우리가 그들이 살기 불가능한 세상으로 만들었기 때문이다. 그래서 나는, 나의 정신건강을 위해서라도 북극제비갈매기들이 굳이 애쓰지 않아도 되는 생존의 부담으로부터 그들을 풀어 주었고, 그들에게 마지막 작별 인사를 건넸다.

그러고 나서 나는 화장실로 기어 들어가 구토를 했다.

자동차 헤드라이트 불빛 속에서 춤추고 있는 나방 꿈을 꾸었다. 어쩌면 내가 돌아갈 끝에 가까워졌기 때문일지도 모른다. 아니면 내가 실패했기 때문일지도 모르고.

아일랜드, 리머릭 교도소

12개월 전

정신과 의사의 이름은 케이트 버클리였다. 그녀는 매우 작고, 대단히 열정적인 사람으로, 나는 일주일에 한 시간씩 3년 동안 그녀에게 상담 치료를 받았다.

오늘 그녀는 상담을 시작하면서 이런 말을 했다. "당신에게 가석방을 권하지 않기로 했어요."

"대체 이유가 뭐죠?" 처음 몇 번의 사건을 제외하면 나는 그동안 행실이 좋았고, 그녀도 그 사실을 알고 있었다. 나 스스로 죄를 덮어쓰고 이곳에 감금되게 만든 자기 파괴적인 욕구와 자살을 시도하고 6개월간 정신분열증을 앓게 만든 자기혐오증, 이 두 가지 모두 제 방향을 찾은 터였다. 그런데 가석방을 권하지 않는다고? 이제 나는 당장에라도 나가고 싶었다.

"저로서는 당신이 감정 치료를 받는 동안 협조를 잘했다고 심사에서 말할 수 없을 것 같은데, 그렇지 않아요?"

"당신은 충분히 할 수 있어요."

"어떻게 그럴 수 있다고 생각하죠?"

"거짓말이라도 하면 되니까요."

잠시 뜸을 들이던 그녀가 웃음을 터트렸고, 규정에 어긋난 행동이지만 담배에 불을 붙여 내게도 하나를 건넸다. 그동안 나는 이런 식으로 조금 더 명확해진 자존감과 더불어 그녀로 인해 니코틴 습관을 키우게 되었는데, 매번 담배를 입술에 가져갈 때마다 거기서 나일의 체취를 느낄 수 있었다.

"이해가 안 되네요." 내가 조금 더 차분하게 말했다. "당신도 내게 그동안 잘해 왔다고 말했잖아요."

"잘했죠. 그런데 아직도 그날 무슨 일이 있었는지는 말하지 않았잖아요. 가석방 심사위원들이 제게 첫 번째로 물을 질문이 뭐라고 생각해요? 바로 당신이 진정으로 뉘우치고 있는지 여부예요."

시선이 나도 모르게 창문으로 향했고, 내 마음은 대화에서 벗어나 내가 내뿜는 뿌연 담배 연기를 타고 날아갔다. 아, 환풍기로 빨려 들어가네. 무기력하기도 하지. 그저 둥둥 떠다니는 것밖에는……

"프래니."

나는 억지로 시선을 옮겨 케이트를 바라봤다.

"집중해요." 그녀가 말했다. "연습한 방법을 써요."

나는 마지못해 숨을 천천히 깊게 들이마시고 엉덩이를 붙이고 있는 의자와 발이 닿아 있는 바닥을 느끼며, 시선은 그녀의 입술과 눈을 향하고 나의 육체적인 감각과 이 방 그리고 그녀에게 집중하려고 노력했다.

"프래니에게 의도적 거리 두기(willful detachment)는 매우 위험한 정신 상태예요. 늘 현재에 집중하도록 노력해야 돼요."

나는 고개를 끄덕였다. 나도 잘 알고 있었다. 매주 같은 말을 반복해서 듣고 있으니까.

"아직도 페니와 만나는 걸 거부하고 있다고요?"

"네."

"왜죠?"

"이 모든 일이 있기 전부터 그녀는 저를 싫어했어요."

"왜 그랬는데요?"

"너무 변덕스러우니까 그랬겠죠."

"그녀가 그렇게 말한 거예요?"

"돌려서 말했죠. 그리고 그녀도 정신과 의사니까 저에 대해 바로 알았을 테죠."

"그런 말을 들을 때면 어떤 기분이 드나요?"

나는 어깨를 으쓱해 보였다. "발가벗겨진 기분이죠."

"제게는 전혀 변덕스러워 보이지 않는데요, 프래니. 오히려 반대죠."

"왜 그렇게 생각하죠?"

"지금껏 어떤 것에 대해서 마음을 바꿔본 적은 있나요?" 케이트가 물었다. "오히려 의지가 너무 강해서 고집스러울 정도죠." 그녀의 말에 내가 코웃음을 쳤다. "뭘 그렇게 신경 쓰는 거예요? 페니는 당신을 걱정하고 있어요. 만나 보는 걸 고려해 봐요."

내 시선이 다시 창문으로 향했다.

"집중해요, 제발."

다시 그녀의 얼굴을 바라봤다.

"페니가 당신의 망상을 없애려는 말들을 하기 때문에 그런 거예요?"

"전 망상 같은 거 없어요. 진작 없어졌다고 말했잖아요."

"갑자기 스트레스가 급증하면 그에 대한 대처 방법으로 다시 나타날 때가 있다고도 얘기했죠."

나는 눈을 감았다. "전 아무렇지도 않아요. 괜찮다고요. 그저 이곳에서 나가고 싶을 뿐이에요. 충분히 갇혀 있었잖아요."

"9년을 선고받았어요."

"가석방 없이 여기서 3년을 보냈어요. 나머지는 밖에서 보내도록 해 줘요. 사회봉사도 할게요. 아무 문제도 일으키지 않을게요. 모범 시민이 뭔지 제대로 보여 줄게요. 더 이상 이곳은 못 견디겠어요."

"운동은 계속했나요?"

"효과도 없는걸요. 운동을 한다고 해서 여기서 나갈 수 있는 것도 아니고요."

"심호흡하세요."

이를 꽉 다물고 억지로 심호흡을 했다. 이 상담 시간에 정신을 놓았다가는 모든 게 끝장이었으니까.

케이트는 내가 다시 대화를 이어갈 만큼 침착해질 때까지 기다렸다. 그리고 내게 재미난 표정을 지어 보였는데, 보통 불쾌한 말을 꺼내기 전에 전조가 되는 표정이었다. "나일에게 연락은 왔었나요?" 그녀가 물었다.

"지난번에 우리가 대화한 후로요? 그렇다면 없었어요."

"아니요. 당신이 이곳에 갇힌 이후로 그와 연락한 적이 있는지 묻는 거예요. 전화는 왔어요? 편지는요? 그가 보낸 적이 있기는 해요, 프래니?"

나는 대답하지 않았다.

"왜 안 했을까요?" 그녀가 따지듯이 물었다.

어쩌면 그녀가 나를 자랑스러워할지도 몰랐다. 그녀의 질문에 대답하는 대신 나는 시선을 하늘로 옮겼고, 하나에 너무 집중한 나머지 그녀가 이어서 쏟아내는 말들이 전혀 들리지 않을 정도로 완전히 몰입했으니까. 그렇게 나는 무중력 상태로 어디론가 둥둥 떠가고 있었다.

"린치 부인." 가석방 심사에서 판사가 나를 호명했다. "당신의 정신과 의사가 제출한 진술서에 따르면 당신이 살인에 대한 유죄를 인정한 유일한 이유가 정신적 충격을 받은 상태였기 때문이고, 그 당시에 정신과 치료를 받았어야 하는 상태였다고 적혀 있네요. 제게 이 소견은 당신이 형을 살면서 뭔가 생각의 변화가 있었고, 그 당시 재판에서 솔직하게 말한 점을 후회하고 있다는 뜻으로 해석됩니다. 여기서 분명하게 해 둘 점을 먼저 말씀드리면, 우리는 마음의 변화가 생긴 재소자에게 재심을 허가하지 않습니다."

그러면 안 된다고 미리 주의를 들었지만 나는 그에게 시선을 고정하고 똑바로 쳐다봤다. 나의 시선에는 뭔가 언짢은 기색이 짙게 서려 있었을 것이다. "저는 재심을 요청하지 않았습니다." 나는 최대한 또박또박 말했다. "지금은 가석방 심사이고, 저는 가석방을 신청했습니다."

옆에 있던 변호사 마라가 움찔하고 놀랐다. "존경하는 재판장님, 가석방을 신청하는 이유는 간단합니다." 그녀가 말을 이었다.

"린치 부인은 구금되어 있는 동안 단 한 건의 경고도 받은 적이 없습니다. 비록 몇 차례 자신을 해하여 병원에 입원하기는 했지만, 나무랄 데 없는 재소자였습니다. 그리고 재판 당시에 제가 몇 번이나 반복해서 말씀드린 바 있듯이 그녀는 초범입니다. 많은 정신과 의사들 또한 사건 당시 그녀의 정신 상태가 매우 불안정했고, 재판 기간에도 마찬가지였다는 진단을 내렸습니다. 그리고 당시 제시된 증거에 기반하여 살인죄에 대한 유죄 인정이 아닌, 형량이 다소 낮은 과실치사에 대한 유죄 인정을 하라고 그녀에게 강력하게 권고했습니다. 하지만 린치 부인은 제 충고를 받아들일 수 있는 정신 상태가 아니었고, 자신이 저지른 잘못과 후회에 시달려 의도적으로 자신이 지은 죄 이상의 벌을 스스로에게 가한 것입니다."

"두 사람의 목숨을 앗아간 죄가 벌을 받아 마땅하지 않다고 주장하는 겁니까, 굽타 씨?"

"그것이 사고였기 때문에 그렇습니다, 존경하는 재판장님. 9년 형은 과하다고 생각합니다."

"재판에서 그녀의 의도에 대해 질문했을 때 피의자 측은 의도적으로 두 사람을 살해했다고 진술했습니다. 정확하게 기억하는 이유는 린치 부인이 그 부분에 대해서만큼은 아주 단호했기 때문입니다."

"그녀의 정신적 충격 상태를 다시 한번 말씀드립니다."

"그 사실을 증명할 법의학적 증거가 있습니까?" 판사가 물었다. 하지만 내 변호사가 대답하기도 전에 그는 지친 내색을 보였고, 자신의 서류철을 접으며 말했다. "이 자리는 이미 판결이 끝난 사건을 다시 따지기 위한 곳이 아닙니다. 린치 부인이 다른 시민들에게 위협이나 재범의 가능성이 있는지 없는지를 따지는 자리입니다."

"그럴 리 없습니다." 내가 말했다. "저는 누구에게도 전혀 위협이 되지 않습니다."

그는 한동안 생각에 잠겼다. 그의 앞에 놓인, 그가 보고 있는 것이 무엇인지 궁금했다. 마침내 그가 긴 숨을 내쉬며 말했다. "당신이 그렇게 확신에 차서 주장하는 바에도 불구하고 배심원들은 당신을 유죄로 판정했습니다. 하지만 여기 당신의 시어머니인 페니 린치 여사에게서 온 지지 서면을 보면 그녀가 가석방 기간 동안 당신을 데리고 있겠다고 진술했고, 그녀의 형편을 고려하면 이보다 더 큰 보증은 없다고 해도 과언이 아닙니다. 그래서 단지 이 이유 하나만으로 당신의 가석방을 허락합니다. 하지만 명심하세요, 린치 부인. 이 나라는 가석방 규칙을 어기는 자에게 관용을 베풀지 않습니다. 심지어 아주 사소한 실수로도 다시 만기의 형을 살거나 형이 더해질 수 있다는 점을 명심하세요. 또한 가석방 담당자가 지시하는 규칙을 귀담아듣기를 강력하게 권고하는 바입니다."

그렇게 심사가 끝나고 나는 자유를 얻었다. 그에게 가운뎃손가락을 들어 보이며 이 빌어먹을 나라에서, 내게 슬픔 말고 아무것도 준 것 없는 망할 나라에서 곧장 도망칠 계획이라고 떠벌리고 싶은 심정이었다. 하지만 그 대신에 정중하게 그에게 감사의 인사를 전하고, 마라를 한 번 안아 주고 길을 나섰다.

교도소 밖으로 나오자 나일의 어머니가 나를 기다리고 있었다. 차에 기대어 서 있는 그녀의 모습을 보면서 내가 영화 속 한 장면에 들어와 있는 것 같은 기분이 들었다. 그녀의 평상시 성격을 생각하면 지나치다 싶을 정도로 느긋한 자세로 차에 기대어 서 있을 여자가 아니라는 점만 빼면 그랬다. 무슨 이유가 있는 걸까? 나는 조심스럽게 그녀에게 다가갔다. 그리고 금방 그 이유를 알 수 있었다. 그녀의 날선 강인함은 어디에서도 보이지 않았고, 자동차에 기댄 덕분에 넘어지지 않고 간신히 서 있을 수 있는 것처럼 보였다.

"잘 지냈니, 프래니?" 그녀가 먼저 말을 꺼냈다.

"안녕하세요, 어머니."

오랜 침묵이 흘렀다. 여느 때와 달리 날씨가 무척 화창했다. 햇빛이 너무 눈부시게 비추는 바람에 서로의 모습을 온전히 바라볼 수가 없었다.

"왜 그러신 거예요?" 내가 물었다.

그녀가 운전석 쪽으로 걸음을 옮기며 대답했다. "널 위해서 그런 게 아니야. 내 아들을 위해서지."

"그 사람에게 데려다 주실 수 있을까요?"

잠시 망설이던 페니가 고개를 한 번 끄덕였다.

그리고 나는 차에 올랐다.

27

남대서양 바다, 극제비갈매기호
짝짓기 시즌

밤새 토하느라고 기진맥진한 채로 편지에 파묻혀 자고 있는데 에니스가 들어왔다. 그는 나보다 훨씬 더 지쳐 보였다. 거친 파도 위를 넘나들며 기적을 일으키느라 밤을 꼬박 새웠기 때문이다. 다행히 이제는 잠잠해져서 닻을 내린 듯했다.

그가 딱딱한 매트리스에 몸을 뉘어 쉴 수 있도록 내가 움직여 살짝 자리를 내주었다. 낮은 천장에 좁은 벽으로 둘러싸인 이곳에 있자면 언제 폐쇄 공포증을 일으켜도 이상하지 않았지만, 그가 옆에 자리하니 그나마 괜찮았다.

"얼마나 더 가야 할까요?" 내가 물었다.

"하루 정도면 도착할 수 있을 거 같아요. 나가서 한번 둘러보면 좋을 거예요."

나는 주저하다가 입을 열었다. "어젯밤에는 정말 훌륭했어요. 당신을 만나서 다행이에요, 에니스 말론."

그는 눈을 감은 채 미소 지었다. "나는 그저 골든 캐치를 찾아가고 있는 거뿐이죠. 그런데 당신은 왜 여기까지 온 거예요?"

나는 대답하지 않았다.

그가 한쪽 눈을 살짝 뜨더니 내 밑에 깔려 있는 편지들을 바라봤다. "당신이 남편을 얼마나 그리워하고 있는지 그 사람은 알기나 할까요?"

가슴이 답답했다. 그 사람이 모른다면 그건 혼자 남겨진 내 잘못이겠지.

"헤어져 있기에 그리운 법이죠." 에니스가 말했다.

"경험으로 얻은 결론인가요?"

그가 살짝 웃어 보이며 대답했다. "그렇죠."

이렇게까지 당신이 미웠던 적도 없을 거예요.

"아내분이랑은……." 무엇을 물어야 할지 몰랐지만 화제를 돌리고 싶었다.

"한동안은 행복했어요." 그가 답했다. "행복만이 함께했죠."

"그럼 왜……."

에니스가 몸을 돌려 천장을 바라봤다. "아내 이름은 시얼샤예요." 그가 말했다. "서른여섯 살에 헌팅턴병(Huntington's disease, 중추신경계에 발생하는 유전성 질환) 진단을 받았죠."

에니스가 내 쪽으로 고개를 돌렸고, 나를 바라보는 눈빛에서 내가 받았을 충격과 슬픔을 위로해 주려는 따뜻함이 느껴졌다.

"소모성 질환이었는데, 급격하게 악화되면서 그녀는 내가 자신을 떠나기를 바랐어요."

"왜요?"

"그녀는 우리가 서로에게 신성한 존재로 남아야 되고, 자신 때문에 그걸 망쳐서는 안 된다고 생각했거든요. 내게 점점 약해지는 모습을 보이고 싶어 하지 않았던 거예요. 자존심 때문이었을지도 모르죠. 누구에게나 손상시키지 않고 지켜야 하는 품위가 존재한다고 믿었으니까요. 다시 바다로 돌아가라고 했죠. 적어도 우리 중 한 사람은 살아야 한다면서."

"그래서 어떡했어요?"

"오랫동안 떠나지 않았어요." 지난 기억을 말하는 그는 힘들어 보였고, 더 이상 말하고 싶지 않은 것 같았다. 그가 고개를 절레절레하더니 이어서 말했다. "떠나기 싫었어요. 떠나지 않기 위해 싸웠죠. 그런데 결국에는 그래야만 했어요. 그녀가 내게서 유일하게 원했던 게 바로 그거였으니까요. 그렇다고 내가 그녀의 병을 고칠 수도 없고 그녀에게 해 줄 수 있는 것도 없었으니까요. 그녀는 내가 아이들 곁에 항상 있어 줄 사람이라고 생각하지 않았어요. 그녀가 생각하는 최선은 내가 자유로워지고, 아이들은 자신의 부모에게 보내는 거였죠."

"그럼 아내분은 지금……?"

"아직 살아 있어요."

나는 마음이 어수선해서 길게 숨을 내뱉었다. "이해가 안 가요."

에니스가 자리에서 벌떡 일어섰다. 너무 갑작스러운 행동이어서 공격적으로까지 느껴졌다. "아내가 애원했어요. 제발 떠나라고 애원했다고요."

나는 더 이상 참고 있을 수가 없었다. 심장이 반으로 찢어지듯 아팠다. "상황이 그런데 당신은 지금 여기서 뭐하고 있는 거예요, 에니스?" 내가 따지듯 물었다. "헛수고가 될지도 모르는 일 때문에 죽어가는 아내와 아이들을 버리고 지금 여기서 이러고 있었던 말이에요?"

그가 고개를 돌리며 말했다. "아이들은 내가 없어야 더 잘 살 거예요. 아빠가 미친 사람이니 말 다 했죠."

"말도 안 되는 소리 그만하고 돌아가요. 가족한테 돌아가라고요. 당신은 얼마나 중요한지 모르고 있어요. 어서 가서 죽어가는 당신 아내 옆에서 그녀를 안아 주고 같이 있어 주란 말이에요. 그리고 만약에, 정말 만약에 아내분이 세상을 떠나면 아이들에게는 당신이 필요하고요."

"프래니!"

나는 곧장 선실 밖으로 향했다. 다시 스멀스멀 올라오는 그 끔찍한 기억을 차단해야 했다.

헤드라이트 불빛 속에서 날갯짓하며 춤추는 나방들.

키를 지나 선미 쪽으로 가다가 제자리에 멈춰 설 수밖에 없었다. 아! 주변을 둘러싸고 둥둥 떠 있는 빙산들, 파란 거울같이 투명한 크리스털 바다, 눈처럼 한없이 펼쳐진 새하얀 하늘이 눈앞에 펼쳐져 있었다. 어떻게 이런 아름다움이 여전히 세상에 존재할 수 있을까? 어떻게 우리의 파괴적이고 잔인한 손아귀에서 살아남을 수 있었을까?

이렇게 깨끗한 공기는 마셔본 적이 없었다.

그럼에도 불구하고 나는 여전히 그곳에 머물러 있었다.

내 손에 쥐어져 있는 축구 유니폼이 들어 있는 가방.

눈에 묻혀 있는 맨발.

콧속 가득한 피비린내.

아일랜드, 골웨이

4년 전

아이의 두 번째 생일파티에 초대되어 오후를 보내고 나서, 그날 밤 내가 이런 결정을 내리리라는 사실은 충분히 예상 가능한 일 이었다. 저녁 내내 파티에 온 아이들과 함께 놀다가 입가에 묻은 케이크를 닦아 주고, 해가 지기 시작하자 아이들의 부모가 새로 운 파티의 시작을 알리며 아이들을 재우기 위해 손님방으로 데려 갈 때, 그 작은 볼 하나하나에 입을 맞추며 인사를 건네는 남편의 모습을 바라봤다. 아일랜드 국립대학교 재직 시절 나일의 동료인 섀넌이 막 걸음마를 뗀 아이를 위해 연 파티였는데, 샴페인 분수 대와 자기 부상 조명, 검은색 양복과 넥타이 등 오스카 시상식의 연회장을 방불케 했다. 대학교수 연봉으로는 결코 이런 사치를 누릴 수 없었기에 돈의 출처가 궁금했다. 아마 나일처럼 그녀의 가족이 부자일지도 몰랐다. 그 돈이 어디서 나왔든 내게 이런 낭 비는 속을 불편하게 했다.

  아이들이 모두 자러 들어가자 피로가 몰려왔고, 나일도 마찬가 지일 듯했다. 그래서 우리는 얼음이 얼 정도의 날씨에도 불구하고 뒤뜰에 앉아 부엌에서 가져온 돔 페리뇽(Dom Pérignon, 프랑스의 샴페인 브랜드이자 제품)을 병째로 주거니 받거니 하며 마셨다. 섀넌이 잔도 없이 고급 샴페인을 들고 마시는 우리를 본다면 기겁을 하겠지.

"우리가 함께 보낸 첫 크리스마스 기억나요?" 나일이 물었다.

나는 미소를 지으며 대답했다. "오두막집에서였죠."

"당신이 그 집을 사서 살고 싶다고 했었죠."

"여전히 같은 마음이에요."

"그럼 지금이라도 그 집을 사서 우리 단둘이 아옹다옹하며 살아 볼까요, 어때요?"

"싫어요." 내가 대답하자 그도 내 마음과 같다는 듯 웃음 지었다.

"이제 집에 갈까요?" 나일이 물었다. "이 파티에서 유일하게 관심이 갔던 사람들도 억지로 잠을 청하러 갔으니."

'다시 아이를 갖고 싶어요.'라는 말이 거의 입 밖으로 나올 뻔했다. "네, 그러는 게 좋을 것 같네요. 섀넌이 코카인을 가지고 나와서 정신 줄 놓기 전에요."

"섀넌도 이제 그럴 거 같지 않던데요." 나일이 샴페인을 한 모금 더 마시고 말을 이었다. "꼬맹이가 생긴 후에는 끊은 듯해요."

"아, 그렇겠네요." 물론 안 그러겠지. "어쨌든 지금 상태도 멀쩡해 보이고요. 사람들과 그들이 데려온 강아지한테 화까지 내는 걸 보면요."

"벤이 그러는데 섀넌이 자신을 통째로 집어삼키는 악몽을 꿨대요."

섀넌의 남편인 벤은 그녀를 정말로 무서워하는 듯 보였기에 그 모습이 너무 쉽게 그려져서 우리는 함께 웃음을 터트렸다. 그때 갑자기 나일의 행동을 보고 나는 놀라서 입이 벌어졌다. "담배 피우려는 거예요?"

나일이 빙긋 웃으며 고개를 끄덕였다.

"왜요?"

"추우니까요."

"추운 거랑 담배랑 무슨 상관이 있어요?"

"상관없죠. 그냥 그게 이유라는 거만 빼면요."

나는 야외용 히터에서 뿜어져 나오는 황금빛 조명에 비친 그의 얼굴을 빤히 쳐다봤다.

"싸우는 데 지쳤어요." 그가 한 모금 길게 들이마시며 말했다. "아무것도 달라지는 게 없으니까요."

나는 숨을 내뱉었다. "그런 말 하지 말아요, 여보. 포기하면 안 돼요."

지금 그에게는 슬퍼할 일이 너무 많았다. 우선 그는 MER 본부를 떠나기로 결심했다. 그는 자신이 원했던 바를 절반도 성취하지 못했고, 상심이 너무 컸던 나머지 더는 버텨 낼 자신이 없었던 것이다. 그리고 모아둔 돈도 모두 바닥나서 우리는 급한 대로 돈벌이를 해야 했다. 오늘 아침에는 그의 어머니를 만나고 왔는데, 지금 내가 있는 넓은 뒤뜰에 가득 쌓인 눈에 버금갈 만큼 여전히 나를 쌀쌀맞게 대했다. 수년을 그렇게 보낸 터라 나는 나름대로 익숙해졌지만, 나일은 그 끝없는 그녀의 무시에 질색을 했다. 우리의 결혼이 1년도 못 갈 거라 했던 그녀의 말이 늘 가슴에 상처로 남아 있었고, 자신의 말실수를 인정하지 않는 태도에 분개했다. 나일은 자신의 선택이 틀리지 않았다는 사실을 무척 중요하게 생각했는데, 그게 왜 그렇게 중요한지 나는 몰랐지만 어쨌든 그에게는 그랬다. 그리고 아이리스. 그녀를 생각할 때면 우리는 슬픔에서 도저히 벗어날 수가 없었다.

"그래야 한다면 피워요." 내가 말했다. "그런데 포기하지는 마요. 그리고 키스는 꿈도 꾸지 말고요."

그가 히죽히죽 웃으며 말했다. "한 시간 뒤에 키스해 줄게요."

갑작스러운 그의 말에 나는 놀라지 않을 수 없었다.

그때 한줄기 차가운 바람이 나를 통해 불어왔고, 히터의 불꽃을 꺼트렸다. 세상은 더 어둡고 추워졌고, 설명할 수 없는 어떤 불편함과 불길한 징조에 사로잡힌 나는 나일의 손을 꽉 잡았다.

"괜찮아요, 여보?" 담배를 비벼서 끄고 히터를 살펴보려 몸을 일으키던 그가 낮은 목소리로 물었다. 나는 그가 계속 내 옆에 앉아 있도록 그를 붙잡았고, 그가 다시 내 손을 잡으며 자리에 앉았다. "프래니?"

"아무것도 아니에요." 내가 고개를 흔들며 말했다. "그냥……잠깐만 이대로 있어 줘요."

나일은 고개를 끄덕였고, 그렇게 우리는 아무 말 없이 가만히 앉아 있었다. 뭔지 알 수 없지만 분명히 존재하는 무언가가 나를 그냥 지나쳐 가기를 바라며.

나일이 샴페인 외에도 위스키를 다섯 잔이나 더 마시는 바람에 내가 운전하는 분위기가 되었는데, 나도 이미 세 잔이나 마신 터였다. 그가 내게 던져 준 자동차 키를 못 받고 떨어트리자 그가 난감한 표정을 지었고, 그 모습에 나는 웃음이 나왔다.

"내가 받을 수 있다고 약속한 적 없는 거 알죠?"

"알아요. 당신은 그런 적 없죠."

갑자기 침묵이 흘렀는데, 우리가 서로에게 그 어떤 약속도 진심으로 한 적이 없다는 것을 우리 둘 다 그때 처음으로 깨달았기 때문이었다. 진짜 약속은 소리 내어 하는 말이 아니라 맞닿은 입술과 손가락, 눈빛으로 하는 것이라고 생각했다. 그래, 그런 약속은 수천 번도 더 했지.

나는 자동차 히터를 가장 강하게 켰고, 우리는 출발하기 전에 잠시 앉아서 각자 통풍구 앞에 손을 가져다 대고 손을 녹였다.

"맙소사." 그가 투덜거렸다. "이제 이 겨울이 지긋지긋하네요."

"아쉽지만 아직 겨울이 끝나려면 한참이나 더 남았네요." 앞 유리에 흩날려 쌓인 눈을 힘겹게 제거하고 있는 와이퍼를 보면서 나는 차를 출발시켰다. 늦은 시간이라 차가 한 대도 보이지 않았다. 하지만 너무 깜깜해서 앞이 잘 보이지 않았기 때문에 천천히 운전해야 했다.

"오늘 어땠어요? 즐거웠어요, 여보?" 내가 물었다.

그는 운전대를 잡지 않은 내 다른 한 손을 꼭 쥐며 대답했다. "아주 지루한 시간이었죠."

"거짓말. 당신이 너무 크게 웃는 바람에 마셨던 샴페인이 코로 나오는 걸 내가 똑똑히 봤는걸요?"

"들켰네요." 그는 웃지 않으려고 애쓰고 있었다. "뭐 견딜만했어요. 당신은요?"

나도 고개를 끄덕였다.

어떤 이유에서였는지 모르지만 지금 그에게 이 말을 해야겠다는 생각이 들었다. 다시 아이를 갖고 싶어요. 당신은요?

하지만 그가 먼저 다시 입을 열었다. "다시 본부로 돌아가야겠어요. 이번에 당신은 같이 안 가는 게 좋을 거 같아요."

나는 당혹스러웠다. "MER에서 당신이 할 일은 더 이상 아무것도 없다고 말한 건 당신이었잖아요."

"그때는 실망이 커서 내가 좀 유치하게 굴었어요. 그런데 당신 말이 맞았어요. 여기서 포기할 수 없어요. 여전히 내가 할 수 있는 일이 많을 거예요."

"잘 생각했어요. 그리고 저도 당연히 같이 가겠어요. 돈 문제는 어떻게든 방법을 찾아 해결할 수 있을 거예요."

그가 고개를 저었다. "당신은 여행을 다녀오는 게 좋을 거 같아요."

"고작 스코틀랜드라는 건 알지만, 그래도 그게 어디예요."

그는 한참 동안 아무 말도 하지 않았다. 그러더니 확실한 말투로 다시 말했다. "당신과 같이 가는 걸 내가 원하지 않아요."

"왜요?"

"그런 곳은 우리 기분에 따라서 마음대로 오갈 수 있는 곳이 아니잖아요. 만약 이번에도 당신이 간다면 그곳에 계속 있어야 해요."

차 안에 다시 침묵이 흘렀다. 나는 마른 입술을 훔친 뒤 차분한 목소리로 물었다. "우리가 거기 있는 동안 내가 떠나거나 떠나겠다고 말한 적이 한 번이라도 있었나요?"

"아니요." 그가 잠시 뜸을 들이다가 말을 이었다. "그런데 나는 밤이고 낮이고 언제든 마음의 준비를 하고 있어야 했어요."

나는 고개를 돌려 그를 쳐다봤다.

"앞에 봐요." 그의 말에 마지못해 다시 고개를 앞으로 돌렸다.

"지금 당신은 내가 정착해서는 안 된다고 말하는 건가요?"

"당신이 어떻게 해야 한다고 말하는 게 아니에요, 프래니."

나는 어찌할 바를 몰랐고 속에서는 화가 치밀어 올랐다. "그래서 지금 어쩌자는 거예요? 내가 이 상황을 어떻게 받아들여야 할까요?" 내가 따지듯 물었다. "무슨 함정 같은 거예요? 내가 정착하려고 하니까 당신은 내게 떠나라고 말하고 있으니, 좋아요, 내가 그냥 떠나 버리면 되겠네요."

그가 천천히 고개를 끄덕였다. 그게 내가 들을 수 있는 대답 전부였다. 온몸이 뜨거워지면서 속까지 메스꺼웠다. 속이 괜찮아질 때까지 숨을 깊이 들이마셨고, 다시 내 입장을 차분히 설명하기 시작했다. "당신이 호수에 빠진 그날 밤 기억해요? 그때 바뀌었어요. 그날 내 모든 게 바뀌었죠."

그가 다시 내 손을 잡더니 꼭 쥐었다. "아니, 당신은 바뀌지 않았어요, 여보."

"당신이 다시 나를 믿게 만들려면 시간이 많이 필요한 거 알아요. 하지만……."

"나는 당신을 무조건 믿어요."

"그런데 왜 내 말을 듣지 않는 거예요?"

"듣고 있어요."

지금 이 대화가 도대체 뭐 하자는 건지 전혀 이해가 되지 않았다. 심장이 마구 뛰었고, 그의 태연한 모습이 나를 더 미치게 만들기 시작했다. 나는 이미 이성을 잃어 가고 있었고, 운전대를 잡은 내 손가락 마디는 어찌나 힘을 세게 쥐었는지 하얗게 변해 있었다. 눈보라 때문에 헤드라이트가 비치는 도로는 마치 터널 같았다. "내가 두려워하기 때문에 자꾸만 떠나는 거라고 당신이 말했잖아요. 그리고 두려워하지 말라고도 말했죠. 당신 말이 맞아요. 지금까지 수년 동안은 그만큼 두려워할 게 없었기에 나는 떠나지 않았던 거죠."

고개를 홱 돌려 그의 얼굴을 쳐다봤다. 그는 당황한 표정으로 나를 바라보고 있었다.

"그런 뜻으로 한 말이 아니에요." 나일이 변명하듯 말했다. "내 말은 당신이 방랑하는 진짜 이유를 인정하길 두려워한다는 뜻이었어요."

나는 멍한 채로 도로를 응시했다. "진짜 이유라뇨?"

"당신 본능이요." 나일이 짧게 말했다. "당신이 그에 대한 수치심을 버리면, 당신의 진실한 모습을 전혀 부끄러워하지 않아도 될 거예요."

뜨거운 눈물이 내 눈에 가득 고여 흘러 넘쳤다.

나일이 이어서 물었다. "당신은 내가 더 이상 두려워할 필요가 없다고 말해서, 그래서 그 이후로 계속 떠나지 않았던 거예요?"

나는 아무 말도 하지 않았다. 눈물이 내 볼에서 턱으로, 그리고 목으로 하염없이 흘러내렸다. 노력해 얻은 결과를 부정당하는 이 상황이 갑자기 너무 지긋지긋하게 느껴졌다.

"아, 여보." 그의 목소리에서 그 역시도 흐느끼고 있다는 사실을 알 수 있었다. "미안해요. 당신이 이 세상 어디에 있든지 당신을 사랑할 거예요. 당신이 어디에 있든지 어느 곳을 가든지 당신이 진정한 자신의 모습으로 자유로워지기를 바랄 뿐이에요. 나 때문에 당신이 갇혀 사는 건 바라지 않아요."

나일은 존 토페이 같은 사람이 아니다. 자신보다 더 야생적인 아내가 두려워 그녀를 억압하고 평생을 후회로 살아갈 사람이 아니다. 나일은 다른 부류의 사람이다. 그는 내 손에 입을 맞추고 자신의 얼굴에 내 손을 꾹 갖다 댔다. 그렇게 삶 자체를 꽉 붙잡으려는 것처럼. 아니면 더 열정적인 무언가를 원하는 건지도 몰랐다. 그리고 그가, 내 남편 나일이 내 삶을 바꾸어 놓을 말을 건넸다. "방랑하는 것과 떠나는 것에는 차이가 있어요. 사실 당신은 한 번도 나를 떠난 적이 없어요."

펼친 날개 아래로 세찬 바람이 일고, 나는 중력을 벗어나 하늘 높이 날아오른다. 다른 누군가를 이보다 더 사랑할 수 있을까? 이어서 끔찍한 깨달음이 찾아왔다. 내가 스스로 가둔 새장을 그가 열었고 이제 나는 날아갈 것이다. 반드시 그래야만 하겠지. 우리 앞에 펼쳐질 모든 상황이 눈앞에 그려졌다. 나는 계속 떠돌며 방랑할 것이고, 그래서 더 이상 아이를 원하지 않을 것이다. 그리고 그가 무슨 말을 하든, 얼마나 너그럽게 나를 받아주든, 이로 인해 우리 사이는 매번 조금씩 조금씩 망가져 갈 것이다.

"프래니, 차를 세우는 게 좋을 거 같아요."

눈을 하얗게 뒤집어쓴 올빼미가 도로를 낮게 날며 자동차 앞 유리를 빠르게 지나쳐 까만 어둠 속으로 사라졌다. 달빛에 비친 그 깃털에서 불길한 기운이 음습했다. 나는 멀어지는 새를 멍하니 바라봤고, 너무 놀란 나머지 얼어붙고 말았다. 멸종된 올빼미였다. 게다가 한 마리만이 아니었다. 그것은 더 많은 올빼미들이 어딘가에 숨어 있을지도 모른다는 것을 의미했다. 어쩌면 멸종된 모든 동물들도 이들처럼 어딘가 살아 있을지도 몰랐다. 아직 세상은 숨 쉬고 있었던 것이다. 상처받은 내 마음도 부풀어 올라 날 갯짓하며 저 무한한 어둠 속에서 안식처를 찾기 시작하고, 올빼미가 지나쳐 간 자리에 한 줄기 번쩍이는 불빛과 시끄럽게 울려대는 소리가 대신하더니 벌거벗겨진 혐오스러운 나 자신의 모습이 나타났다. 그 순간 나는 그런 나 자신을 망가뜨리고 싶은 생각 말고는 아무것도 생각나지 않았다. 그래서 나는 내가 할 일을 하기로 했다.

"프래……."

쾅.

빠른 속도로 도로를 달리던 자동차 두 대가 정면으로 충돌하는 것보다 더 끔찍한 일은 별로 없겠지. 금속이 내지르는 날카로운 괴성과 사방으로 흩뿌려지는 유리조각, 고무 타는 냄새로 가득한 곳에서 인간이 버틸 수 있는 확률은 얼마나 될까? 인간의 몸은 대부분 액체와 조직으로 이루어져 있기에 그만큼 연약한 존재도 없으니까 거의 없을 거야. 사람들이 그것을 묘사할 때면 보통 이런 식으로 말하지. 세상이 아주 천천히 움직이고 매 순간이 파노라마처럼 생생하게 펼쳐진다고. 사실은 그렇지 않은데 말이야. 단순하고 복잡한 생각들이 머리를 가득 채웠다. 그중 가장 단순한 형태로 표현하자면 내가 우리를 죽였다는 것이고, 가장 복잡한 형태로는 나는 이제 나날을 가질 수 없게 되었으며 더 이상 아이에게 입맞춤할 수도 없다는 것이었다. 이런 생각은 내 마음 깊이 자리해 있던 것이고, 내 전부이기도 했다. 그리고 그 속 어딘가에, 그 무한한 친밀함 속 어딘가에 나일이 있었다.

나는 천천히 의식이 돌아왔다. 어쩌면 빨리 깬 것인지도 몰랐다. 우리는 수직으로, 하지만 비스듬히 기울어진 채로 서 있었다. 처음에는 아무런 느낌이 없다가 서서히 고통이 몰려왔다. 어깨와 입이 아팠고, 그다음에는 가슴이 아팠다.
"……니, 일어나요. 프래니, 프래니. 일어나요."
나는 눈을 떴지만 한순간 너무 밝아 앞이 보이지 않았다. 그리고 그다음 순간 다시 깜깜한 어둠이 나타났고 아무것도 보이지 않았다. 어떤 소리가, 뭔가 강한 충격을 받은 듯한 소리가 내 입에서 흘러나왔다.
"잘했어요, 이제 괜찮을 거예요."

나는 눈을 깜박였다. 그리고 여전히 내 옆자리에 앉아 내 손을 잡고 있는 나일을 발견했다. "제길." 내가 내뱉었다.

"그 마음 이해해요."

우리가 있는 곳은 방목장 안이었다. 자동차 바깥으로 나무 한 그루가 보였고, 겨울이라 그렇겠지만 나무줄기와 가지만 앙상하게 남은 채 어둠 속에서 은색으로 빛나고 있었다. 그리고 어둠 속에서 두 줄기의 헤드라이트 불빛이 공허한 빛을 뿜어내고 있었고, 나방들이 그 빛을 향해 너울거렸다. 하얗게 쌓인 눈은 한 장의 깨끗한 유리처럼 아무런 자국도 없었다.

안전벨트를 풀려고 애를 쓰다가 통증이 가슴에서 비롯된다는 사실과 버튼을 눌러야 벨트가 빠진다는 간단한 사실도 기억해냈다.

"다친 데는 없어요?" 나일이 물었다. "한번 확인해 봐요."

온몸을 두드리듯 만져봤지만 특별히 크게 아픈 곳은 없었다. 혀를 깨물었고 유리 한 조각이 어깨에 박혀 있었으며 가슴 부근에 멍이 있는 것 말고는 괜찮은 듯했다. "괜찮은 거 같아요. 당신은요?"

"발이 엉망이에요. 그거 말고는 나도 괜찮아요." 나일이 말했다. "저쪽 차에도 가봐야 할 거 같아요."

아, 그렇게 된 거였구나. 나는 목을 길게 빼고 도로에 있는 상대편 차를 봤다. 차는 뒤집어져 있었다. "젠장. 아, 제기랄. 망할." 끼이익 소리를 내며 운전석 문이 열렸다. 하지만 나일은 나를 따라오지 않고 자리에 가만히 앉아 있었다.

"난 괜찮아요." 그가 나를 안심시키려는 듯이 차분하게 말했다. "그저 지금은 발을 뺄 수가 없어서 그래요. 일단 저들은 어떤지 가서 확인해 봐요. 나는 여기서 할 수 있는 걸 해 볼게요. 휴대폰 있어요?"

나는 차 안 이곳저곳을 뒤져 핸드백을 발견했고, 거기서 휴대폰을 꺼냈다. "전원이 나갔어요."

"내 휴대폰은 신호가 안 잡혀요. 저쪽 차에 있는지 가서 확인해 봐요."

그와 눈이 마주쳤다.

"마음 편히 가져요." 그가 나를 달래듯 말했다. "상황이 어떻더라도 심호흡부터 하고요."

나는 차 밖으로 몸을 끄집어냈다. 바깥은 미친 듯이 추웠다. 발이 눈 속으로 8인치(약 20센티미터)나 박혔고 순식간에 감각이 사라졌다. 하지만 나는 다시 도로로 올라서 몸을 이끌었다.

상대편 자동차 바퀴는 여전히 허공에서 돌고 있었다. 시간이 얼마나 지난 거지? 만약 누구라도 안에 타고 있는 사람이 아직…… 갑자기 나는 꼼짝할 수가 없었다. 내가 마주하게 될 상황이 상상할 수도 없을 정도로 두려웠다. 죽음, 아니, 어쩌면 죽음보다 더 참혹할지도 몰랐다. 차갑게 식은 육체를 마주하게 될지도 몰라. 나는 도저히 움직일 수가 없었다.

"프래니." 나일이 나를 불렀다.

나는 그에게 고개를 돌리지 않았고, 천천히 돌고 있는 바퀴만 바라보고 있었다.

"그냥 육체일 뿐이에요. 겁먹을 필요 없어요." 그가 말했다.

그 사람은 정말 모르는 걸까? 바로 그게 문제라는 것을.

"만약 누군가 살아 있으면 어떻게 해야 하죠?"

말이 머리를 거치지 않고 입으로 바로 튀어나왔다. 내가 무슨 소리를 하는 거지? 당연히 그래야지. 나는 반드시 살아 있는 사람이 있기를 바라며, 마침내 걸음을 떼고 차로 가까이 다가갔다. 꽁꽁 얼어붙은 바닥에 엎드려 뒤집힌 차 밑으로 기어 들어가 들여다보니 운전자가 보였다. 여자 혼자 있었다. 내 또래 정도로 보였고, 면도기로 민 검은색 짧은 머리를 하고 있었다.

"여자가…… 의식이 없어요!" 내가 외쳤다. "어떻게 해야 할지 모르겠어요……. 아, 젠장, 어떻게 이런 일이……."

"깨워 봐요!"

그녀를 조심스럽게 흔들어 봤다. "저기요, 일어나 봐요. 제발 일어나 줘요."

여자는 여전히 의식이 없었다. 젠장, 빌어먹을, 제기랄…… 여자의 맥박을 확인하려고 뻗은 손이 심하게 떨려왔다. 솔직히 여자의 몸을 제대로 만지고 싶지 않았다. 하느님 맙소사. 젠장, 알게 뭐야. 그냥 해 보자. 나는 여자의 맥박을 찾기 시작했고, 그렇게 얼마나 지났을까. 시간이 한참 흐른 듯했다. 하지만 도저히 맥박을 찾을 수 없었다. 나는 그녀가 죽었다는 확신이 들었다. 부패한 육신을, 내가 시체를 만지고 있다는 사실이 믿기지 않았다. 바로 그때였다. 아주 미세하지만 희미한 박동이 손끝에 전해졌다. 내가 본 헤드라이트에 비친 나방의 날갯짓처럼 희미했다. 나는 그녀의 팔목 안에서 느껴진 나방의 날갯짓이 마치 갑작스러운 죽음에 맞서 저항하다 위험한 상황에 처한 생명의 마지막 남은 힘이 내게 도움을 재촉하고 있는 듯한 착각이 들었다. 나는 정신이 번쩍 들었다. 그리고 바로 차 안으로 기어 들어가 그녀의 안전벨트를 찾았다. 버클이 잠겨 있어 도저히 벨트를 풀 방법이 없는 나는 무작정 힘껏 잡아 비틀었다.

그리고 여자의 의식이 돌아왔다.

그녀는 낮게 훌쩍이는가 싶더니 이내 어마어마한 울부짖음으로 대성통곡하기 시작했다.

"조용히 좀 해요." 나도 모르게 본능적으로 말이 튀어나왔다. 그것도 이 세상 사람이 아닌 것 같은 이상한 목소리로. 그러자 여자가 울음을 뚝 그쳤다. "당신 살았어요."

숨죽인 채 낮게 신음 소리를 내던 그녀는 두려움에 떨며 훌쩍이기 시작했다.

"당신 살았다고요." 내가 다시 말했다. "지금 당신 차는 뒤집혀 있어요. 제가 꺼내줄게요."

온몸을 휘감고 있던 두려움의 그림자는 어느새 사라지고 없었다. 우리를, 우리 세 사람을 하나로 묶어줄 수 있는 사실만을 떠올렸고, 내가 아는 한 그것은 그녀는 아직 살아 있고, 내가 그녀를 꺼내줄 것이라는 사실이었다.

"도와주세요." 그녀가 속삭이듯 말했다. "나가야 해요. 꼭 나가야 해요."

"제가 반드시 꺼내줄게요." 그녀에게 말했다. 이보다 더 확신에

찬 적이 있었을까? 나는 차 밑에서 기어 나와 반대쪽 문으로 달려갔다. 그리고 안전벨트 버클을 부수기 위해 발부터 안으로 밀어 넣었다. 생애 처음으로 신발이, 힐이 쓸모가 없었다. 다시 밖으로 기어 나와 힐을 벗고 분노에 차서 있는 힘껏 던져 버렸다. 그러자 차분해지더니 다시 확신이 찾아들었다. 나는 차 안으로 다시 기어 들어가 맨발로 플라스틱 버클을 강하게 후려쳤다. 생각보다 아팠다. 발이 너무 아팠다. 뜨거운 피가 내 발과 발목으로 흐르는 것이 분명하게 느껴질 정도로 아팠다. 하지만 나는 차고 또 차기를 계속 반복했고, 마침내 버클을 감싸고 있던 플라스틱 부품이 사방으로 튀어 나갔다. 벨트가 풀리면서 여자는 머리부터 바닥으로 떨어졌고, 나는 몸을 돌려 한 손을 그녀의 머리 밑으로 밀어 넣었다. 이런 처치가 무슨 소용이 있을지는 나도 몰랐다.

그녀는 흐느껴 울며 피를 흘리기 시작했고, 나는 뭔가 잘못되었다는 것을 직감했다. 단순하고 명료하게 말하자면 미친 짓이었다.

우리는 서로 얼굴을 마주하고 있었다. 마치 연인이 된 것처럼 가까웠다.

"트렁크에 유니폼들이 있어요." 그녀가 말했다.

"무슨 유니폼이요?"

"아들 축구팀 유니폼이에요. 오늘에서야 그것들을 가져왔어요. 원래는 일주일 전에 가져왔어야 했는데 잊고 있었죠. 그래서 아이들은 각자의 운동복을 입고 연습했다고 해요. 아들이 엄청 화를 냈는데, 가끔 그렇게 버릇없는 애새끼처럼 굴기도 하죠."

우리 둘은 함께 웃음을 터트렸다.

나는 그녀의 얼굴을 쓰다듬었다. "우리 이 차에서 나가는 걸 시도해 보는 게 좋겠어요."

"네. 유니폼 챙기는 것도 잊지 않았죠?"

"물론이죠. 이름이 뭐에요?"

"그레타."

"그레타, 전 프래니에요."

그녀는 떨고 있었고, 목에서는 꺽꺽거리는 소리가 났다.

"몸을 움직일 수 있겠어요, 그레타? 문을 열어 둘 테니 할 수 있으면 기어서 나와 봐요."

"머리가 짧은 건 암 때문에 그래요." 그녀가 말했다.

"네?"

"제가 직접 밀었어요. 기금을 모으려고요. 암 때문에 그런 건 아니고요. 아, 이런, 미안해요. 제가 암에 걸렸다고 말하려는 건 아니었는데……."

"쉿, 괜찮아요. 이해해요." 그녀는 두려움에 떨고 있었다. "주먹 좀 쓰게 보여서 좋네요." 내 말에 그녀가 웃었고, 어쨌든 도움이 된 듯했다.

"맞아요." 그녀가 따라 말했다. "주먹 좀 쓰는 것처럼 보이죠." 그러고는 덧붙였다. "이제 정말로 여기서 나가야겠어요."

그러고 보니 지금까지 나는 그녀가 움직이는 모습을 전혀 못 본 것 같다는 생각이 들었다. 움직일 수 없는 건지도 몰랐다. 아니면 움직여서는 안 되는 상황일 수도 있었다. "아무래도 앰뷸런스를 기다리는 게 나을지도⋯⋯."

"아니, 나가고 싶어요. 꼭 나가야 해요." 그녀가 힘을 쓰기 시작했고, 나는 그러다가 그녀가 더 큰 손상을 입을까 봐 걱정이 되었다.

"알았어요. 잠시만요." 내가 말했다. "제가 그쪽으로 가서 도와줄게요. 갈 때까지 기다려요." 나는 다시 뒤로 기어 나와서 한 번 더 내달렸다.

"나일, 여자가 깨어났어요!"

"잘했어요." 그가 맞장구쳤다.

"내가 차에서 꺼내 줄 거예요."

"그녀를 움직여도 괜찮겠어요?"

"스스로 움직이고 있어요. 내가 도와주면 될 거 같아요."

"좋아요. 잘하고 있어요."

가엾은 그레타는 운전석에서 완전히 뒤틀린 채로 온전히 목과 머리로만 자신의 무게를 지탱하며 멍하니 있었다. 나는 그녀의 척추에 손상이 없기를, 지금 우리 모두가 처한 상황이 더 악화되지 않기를 기도했다. 만약에 그녀를 우리 차에 태울 수 있다면, 차가 여전히 굴러간다면 그녀를 병원으로 옮길 수 있을지도 몰랐다.

"먼저 유니폼부터 꺼내 줄래요?" 그녀가 물었다.

"아니요, 당신이 먼저 나와야 해요. 그러고 나서 유니폼을 꺼내 줄게요. 약속해요. 자. 힘내요. 팔을 조금만 들 수 있어요? 그러면 내가⋯⋯ 좋아요, 그렇게요⋯⋯." 그녀를 어떻게 꺼내야 할지, 피로 흠뻑 젖은 그녀는 너무 미끄러웠기에 어디를 잡아야 할지 몰랐다.

숨을 한 번 크게 들이마시고 다시 차 안으로 들어갔다. 그녀 위로 몸을 밀착시키고 팔로 그녀의 몸통을 감싸 안았다. "잠깐만요." 그녀가 공포에 질려 말을 더듬었다. "잠깐만, 잠깐만요." 하지만 이제 와서 상황을 더 지체시킬 수 없었고, 나는 무릎을 꿇고 그녀를 바로잡은 후 끌어내기 위해 힘을 썼다. 처음에는 움직이지 않았다. 어딘가 단단히 낀 모양이었다. 하지만 이를 꽉 깨물고 내가 할 수 있는 한 온 힘을 다해 괴성을 지르며 잡아당기자 마침내 그녀의 몸이 뒤틀린 금속 밖으로, 이어서 도로의 거친 아스팔트 위로 미끄러지듯 끌려 나왔다. 그리고…….

나는 그녀의 눈이 스르르 감기는 모습을 멍하니 바라봤다.

그녀의 얼굴에서 순식간에 핏기가 사라지더니 밀랍처럼 창백한 모습으로 변했고, 그것으로 끝이었다. 내가 어떻게 그렇게 빨리, 순식간에 그 사실을 알아차렸는지 모르겠지만, 나는 그녀가 죽었다는 것을 바로 알 수 있었다.

"그레타!" 내가 소리쳤다.

그녀는 그렇게 죽었다.

나는 흠칫 놀라 뒷걸음치며 자리에서 일어섰다. 피가 너무 많았다. 이제야 나는 이 상황을 똑똑히 볼 수 있었다. 피는 여전히 내 맨발 주위로 흥건하게 퍼져 나오고 있었다. 내가 그녀를 거의 반토막을 내다시피 하여 끌어낸 것이었다.

"나일." 내가 더듬거리며 말했다. "나일, 그녀가…….."

나는 몸을 돌려 나일이 있는 자동차로 비틀거리며 다가갔다.

그가 앉아 있는 쪽의 문을 열고 안전벨트를 풀려고 몸을 기울였다. 이상하네. 왜 아직도 벨트를 안 풀고 있었지? 나는 그가 나올 수 있도록 버클을 눌러 안전벨트를 풀고 말했다. "어서 나와요. 우리 여기에 있으면 안 돼요……." 그러고 나서 나는 봤다.

그는 여전히 눈을 뜨고 있었다.

여러 가지 색을 내는 무척 아름다운 눈이었다. 나는 여러 색을 감춘 그 눈을 가만히 바라봤다. 가을을 닮은 적갈색도 있고, 숲을 닮은 황갈색도 있으며, 심지어 어떨 때는 황금색 무늬도 보였다. 그리고 진한 갈색과 녹갈색을 띠고 끝없는 밤처럼 짙게 보일 때도 있었다.

지금은 아무런 움직임도 없는 검은색이었다.

그리고 기괴했다.

나는 더 이상 하나가 아닌 두 사람이었다.

한 명의 나는 예전의 모습을 하고 그의 몸에 올라탔다. 그녀의 모든 뼈마디가 통제할 수 없을 정도로 요동치며 신음을 토해 냈다. 그러다가 그의 몸 위에 자신을 뉘고, 완벽하게 빗어 넘긴 그의 까만 머리를 떠받치듯 부여잡고, 차갑게 식은 담배 맛이 나는 그의 입술에 자신의 입술을 가져갔다. "아, 여보. 안 돼." 그녀는 속삭였다. "제발." 차갑게 식은 그에게 그녀는 자신의 온기를 불어넣었다. 그녀가 가진 모든 온기를 주기 위해, 자신이 가진 모든 온기와 마지막 남은 하나의 따뜻한 세포까지도 그에게 전해질 수 있도록 힘껏 숨을 불어 넣었다. 그가 그녀의 영혼까지 가져갈 수 있도록 힘껏. 그렇지 않으면 자신의 영혼도 그와 함께 이곳에 버려둘 작정이었다.

반면에 또 다른 나는 도로에 가만히 서서 죽은 것들에 겁을 집어먹고 벌벌 떨고 있었다. 그게 전부였다.

몇 시간이 흘렀다.

그 후로도 한참 동안을 그와 함께, 그리고 그레타와 함께 이곳에서 죽을 결심을 했다. 이렇게 제자리에 서서, 오래전에 사라진 한 가닥 온기를 부여잡은 꽁꽁 얼어 죽어 가고 있었다. 맨발과 손은 더 이상 움직일 수 없었고, 코는 못 견디게 아프고 눈은 찌르듯이 쑤시고 눈썹에는 눈물이 얼어 뒤덮여 있었다.

그때 축구팀 유니폼이 생각났다. 맞아, 트렁크에서 유니폼들을 꺼내 주기로 했었지.

"나일." 도로에 서서 나지막이 그의 이름을 불렀다. "나일."

나는 그에게 뭔가 해 주고 싶었다. 우리가 잘 이별하기 위한 무언가, 나도 곧 뒤따라가겠다고 그의 영혼에게 알릴 수 있는 무언가를. 하지만 아무런 생각도 나지 않았다. 발가벗겨지고 텅 빈 채로 인간성마저 박탈당한 상태였으니까. 나는 그저 한때 그였던 육체를 보며 두려움에 떨고 있을 뿐이었다.

어떻게 이렇게 추운 곳에서 아무런 작별 인사도 없이 죽을 수가 있을까? 마지막 순간도 지켜보지 못했는데 어떻게 그럴 수가 있을까? 마지막 말도 마지막 순간도 마지막 표정 하나도 없이 어떻게. 아, 세상이 이렇게 잔인할 수가. 지켜보는 이 하나 없이 이렇게 잔인하게 그 사람을 보내고 말다니. 잘 알지도 못하는 여자에게 내 사랑을 허비하는 동안에. 정말 견딜 수가 없었다.

나는 차가운 바닥에서 일어섰다. 그레타의 자동차로 가서 트렁크를 열고 축구팀 유니폼이 가득한 가방을 끄집어냈다. 나는 으스러져서 피가 나는 발을 바닥에 질질 끌며, 단 한순간도 속해 본 적 없던 세상으로 다시 돌아가기 위해 도로를 따라 걸었다.

나는 우리 자동차에서 비추는 헤드라이트가 끝나는 지점에 멈춰 섰다. 내 앞으로는 끝없는 심연이 자리하고 있었고, 하늘에는 별 하나 보이지 않았다. 나는 다시 뒤돌아 그를 바라봤다. 떠날 수가 없었다. 갈 수가 없었다. 그를 이곳에 두고 떠날 수가 없었다. 혼자서는 갈 수가 없었다.

나는 그 자리에서 주저앉고 말았다. 가방을 쥔 채로 바닥에 쓰러져 가방에 얼굴을 묻고 떠날 수 없을 것이라고, 떠날 수 없다고, 떠나면 안 된다고 생각했다. 그러다 결국 나는 훨씬 더 단순하고 익숙한 방법을 선택했다. 그 선택이 나를 다시 일으켜 세웠고, 헤드라이트 불빛에서 등을 돌리고 슬픔만이 자리하고 있을 저 어둠 속 길을 따라 나아가게 만들었다.

사랑도 아니고 두려움도 아니었다.

그건 내 안에서 살기를 요구하는 야생 본능이었다.

28

아일랜드, 골웨이
12개월 전

"그가 스스로 매장되기를 원했다고요?" 묘비를 보면서 내가 물었다.

"그래." 페니가 말했다. "한 번도 얘기 나눈 적이 없었니?"

"없었어요. 막연히 화장을 원할 거라고 생각했어요⋯⋯."

"종교보다는 과학을 믿는 아이여서?"

나는 어깨를 으쓱했다. "그랬던 거 같아요."

오랜 침묵이 흐른 뒤 페니가 햇볕이 드는 무덤 앞으로 걸어와 내 옆에 나란히 섰다. "자신의 육체를 땅으로, 그리고 땅속 생명체에게 돌려주기를 원했지. 자신이 가지고 있던 에너지가 좋은 데 사용되기를 바랐던 거야. 그게 그 아이의 유언이었단다."

나는 숨을 내쉬었다. "그랬군요."

나일 린치, 사랑하는 아들이자 남편

"감사해요." 내가 나직하게 말했다. "저렇게 새겨 주셔서요. 그럴 필요까지 없으셨을 텐데……."

"그게 사실인걸. 안 그래?"

나는 눈물을 삼켰다. "네, 너무나 그렇죠."

그 후 나는 가석방 기간 동안 머물 페니의 저택에서, 나일이 어릴 적 사용하던 방에서 꼼짝 않고 19시간을 내리 잠만 잤다. 한밤중에 잠에서 깨어났는데 나는 내가 어디에 있는지 한동안 갈피를 못 잡았고, 좀처럼 다시 잠들 수가 없었다. 그가 수집해 둔 삼엽충을 하나씩 조심스럽게 만지고 살펴봤다. 그리고 한 권의 책에서 귀중한 보물처럼 페이지 사이사이에 끼워 둔 우아한 압화(押花)도 발견했다. 그 밖에도 동물의 행동을 끊임없이 관찰하고 적어 놓은 일기장, 깃털 사진이 가득히 담긴 앨범, 모양과 크기가 다양한 돌조각, 헤어스프레이로 딱딱하게 굳힌 딱정벌레와 나방, 얼룩덜룩한 달걀 껍데기 조각 등 수많은 그의 흔적을 발견할 수 있었다. 아주 사소한 물건 하나하나까지 나로서는 상상할 수 없을 정도로 소중하게 보관되어 있었는데, 어머니가 자신을 절대로 사랑하지 않는다고 믿었던 나일이지만 여기 이렇게 그 증거가 분명히 존재했다. 긴 세월 동안 이 모든 보물을 이토록 완벽하게 보존할 수 있는 힘은 바로 사랑밖에 없을 테니까.

한쪽 구석에 최근이라고 적힌 라벨이 붙은 상자들이 있었다. 박스 안에는 종이가 수북이 쌓여 있었는데 그의 출판물과 강의노트, 일기장 등이 있었다. 그가 몇 년 동안 작업하는 모습을 지켜봤기 때문에 모두 낯익은 것들이었다. 하지만 그중 눈에 익지 않은 일기장 한 권이 있었는데, 표지에 '프래니'라고 적혀 있었다.

첫 페이지를 넘기며 가슴이 두근거렸다. 일기장에는 분명 내 이름이지만 얼핏 낯설어 보이는 여자에 대한 기록이 짧지만 세세하게 적혀 있었다.

오전 9시 15분, 그녀가 남자화장실 바깥 복도로 버려진 콘돔을 집어던진 후, 남자들의 비열함에 분노하며 소리를 질렀다.
오후 4시 30분, 안뜰에서 내가 인용했던 애트우드의 에세이를 또 읽고 있다.
오전 1시쯤, 자기 엄마의 이름을 부르고 있었고, 내가 깨울 수밖에 없었다.

내 행동들을 관찰하고 쓴 내 삶에 대한 일지였다. 읽어 내려가는 동안 나는 그가 쓴 일지가 분석적이라기보다는 통찰력이 풍부한 시(詩) 같다는 느낌을 받았다. 처음 글을 봤을 때 느낀 당황스러움은 서서히 사라지고 이것을 있는 그대로 받아들이기 시작했다. 나에 대한 것이기에 앞서 남편에 대해 더 많이 알아 갈 수 있는 것이기 때문이었다. 그는 이렇게 무언가를 알아 가고, 무언가를 사랑하는 방법을 스스로에게 가르치고 있었던 것이다.

마지막 장에는 이렇게 적혀 있었다.

아내가 내 아내가 되기 전 그녀는 내 관찰의 대상이었다.

바로 오늘 아침 그녀는 손가락을 펴서 자신의 배꼽 주변으로 가져갔다. 팔꿈치나 주먹, 발이 내 목소리에 반응해 꼼지락거리며 우리에게 가까이 다가오려는 듯이 불쑥불쑥 모습을 드러냈다. 이 작은 아이의 움직임을 품고 나를 바라보는 프래니의 눈은 놀라움과 두려움과 기쁨으로 밝게 빛났다.

그녀는 이 아이를 사랑하지만 곧 아이는 그녀의 새장이 될 것이다. 그녀가 아이를 갖는 데 동의한 유일한 이유는 자신이 자유롭게 떠나고 싶을 때, 그녀에게 오라고 손짓하는 그것이, 그것이 무엇이든 또다시 언젠가는 그녀를 부를 때 누군가 내 곁에 함께 있기를 바라서였을 것이다. 하지만 그녀는 내가 한 약속을 잊은 듯하다. 언제까지나 기다리겠다고 한 약속을. 이제 우리 딸이 나와 함께 그녀를 기다릴 것이다. 그리고 언젠가 우리 딸도 모험을 찾아 떠나는 날이 올지도 모른다. 그러면 그때 나는 우리 딸도 함께 기다릴 것이다.

나는 그의 방에 있는 모든 것을 살펴보고 나서 뒤뜰로 향했다. 연못을 돌아 온실 안으로 들어갔고, 뒤쪽에 자리한 새장은 여전히 비어 있었다. 페니는 내가 새들을 풀어 준 후에 다시 새장을 채우지 않기도 한 모양이었다. 나는 새장 안에 서서 한때 내 얼굴을 스치던 날개깃의 감촉과 그의 입술을 생생하게 떠올렸다.

"프래니?"

몸을 돌려 페니를 마주하는 순간, 내가 이 새장에서 몇 시간 동안 가만히 서 있었다는 사실을 깨달았다. 불편한 기억이 나를 휘감았다. 이전에도 우리 둘이, 그녀와 내가 이곳에서 이렇게 마주하고 있던 적이 있었지. "죄송해요." 내가 사과했다.

"아침이나 함께 하자꾸나."

나는 고개를 끄덕이고 그녀를 따라 안채로 들어갔다. 식탁의 끄트머리였던 아서의 자리는 수년 전부터 비어 있었다. 나일이 죽은 뒤로 아들이 자랐던 이 집에 더 이상 머물 수 없었던 그는 이곳을 떠났다. 그래서 이제 페니 혼자 텅 빈 저택을 지키고 있었던 것이고, 그 모습을 바로 눈앞에서 보고 있자니 내가 그녀에게 가졌던 모든 부정적인 감정이 눈 녹듯이 사라졌다. 그저 믿어지지 않는 상실로부터 그녀를 지켜주고 싶은 마음뿐이었다.

아무 말 없이 서로 식사를 하다가 그녀가 내게 물었다. "왜 일부러 그랬다는 말을 했지?"

나는 스푼을 내려놨다. 감옥에서 절대로 그녀를 대면하고 싶지 않았기에 그동안 우리는 서로 대화할 기회가 없었고, 그래서 그녀의 내게 한 질문은 당연한 것이었고, 또 가장 중요한 것이기도 했다.

"저는 단지…… 벌을 받고 싶었어요. 가능한 한 가장 중한 벌을요." 법정에서 내 혐의를 증명해 내는 것은 그다지 어렵지 않았다. 혈중 알코올 농도, 차에서 드러난 법의학적 증거들, 브레이크를 밟거나 핸들을 꺾지 않고 상대방 자동차를 향해 정면으로 돌진한 점, 심지어 그레타의 신체에 가해진 물리적 훼손을 보더라도 그랬다.

"그 타이어 자국에 대해서도 궁금했단다. 상대방 차가 달려오는 반대 차선으로 핸들을 돌리고 브레이크도 밟지 않았던데, 왜 브레이크를 밟지 않았니?"

"올빼미가 있었어요." 내 목소리는 떨리고 있었다. 밀려드는 파도에 집어삼켜지듯 나는 팔에 머리를 묻었다.

얼마나 지났을까, 내 머리를 부드럽게 쓰다듬는 손길이 느껴졌다. "보여줄 게 있단다."

나를 자신의 사무실로 데려간 페니는 서랍장에서 파일 하나를 꺼냈다. 내가 건네받은 그 파일에는 '마지막 유언'이라고 적혀 있었다. 아직 준비가 안됐지만, 나는 카펫에 털썩 주저앉아서 페이지를 넘겼다.

만약에 세상에 북극제비갈매기가 단 한 마리도 남아 있지 않다면, 나는 매장되기를 바랍니다. 그렇게 해서 내 육체가 너무 많은 것을 받기만 한 땅으로 그 에너지를 돌려줄 수 있기를 바랍니다. 단지 받기만 한 채로 끝나지 않고 땅속 생명체의 먹이가 되어 함께 나눌 수 있기를 바랍니다.
만약에 단 한 마리라도 살아 있다면……

나는 눈을 질끈 감았다. 마음의 준비를 하면서 한참 동안 그렇게 눈을 감고 있었다.

만약에 단 한 마리라도 살아 있다면, 너무 어려운 일도 아니
고 가능한 일이니 내 유골을 새들이 날아가는 곳에 흩뿌려주
기를 바랍니다.

마음속 요동치던 바다가 잠잠해지고, 나는 확신에 가득 찬 얼
굴로 자리에서 일어섰다.

"그의 유골을 발굴할 수 있을까요?"

페니는 충격을 받은 듯했다. "뭐라고? 하지만 내가 허락한다고
해도……. 이제 새들은 모두 사라졌으니 방법이 없잖니."

"아니요." 내가 말했다. "아직 남아 있어요. 그리고 새들이 어디
로 날아가는지도 알고 있어요."

"어떻게?"

"나일이 말해 줬죠."

남대서양, 극제비갈매기호
짝짓기 시즌

우리 앞에 펼쳐진 빙하는 눈부시게 아름답고 웅장했다. 그 압도적
인 모습은 지구를 살아 숨 쉬게 하는 진정한 심장이자, 이 차가운
세상 전체를 통솔하고 있다고 말하는 듯했다. 위엄 있는 자연 그대
로의 모습을 간직한, 사람의 손때가 전혀 묻지 않은 곳이었다.

그리고 텅 비어 있었다.

비록 내가 그들을 놓아 보내며, 나 스스로도 이들이 마지막이 될 것이라 생각했지만, 그래도 여전히 마음 한구석에서는 새로 가득한 하늘과 바다표범으로 뒤덮인 빙하를 은근히 기대하고 있었다. 아니, 살아 있는 어떤 것이든 볼 수 있기를 바랐다. 하지만 *극제비갈매기호*가 어마어마하게 큰 덩어리로 떠다니는 빙하를 피해 침로(針路)를 바꾸며 해안으로 천천히 나아가는 동안 이 광활한 곳 어디에서도 아무런 움직임을 발견할 수 없었고, 나는 새삼스럽게 다시 마음이 아팠다.

"우리가 지금 정확히 어디에 있는 거죠?" 내가 에니스에게 물었다. 그때 크게 하늘을 가를 듯 쩍 갈라지는 소리에 깜짝 놀라서 보니, 멀지 않은 빙산에서 얼음덩어리가 쪼개져 나와 천둥보다 더 큰 소리를 내며 바다로 떨어졌다. 전혀 상상도 못할 만큼의 어마어마한 소리였다.

"지금 우리는 남극반도를 지나고 있고, 이제 동쪽으로 이동해 웨들해로 갈 거예요."

나는 점점 가까워지는 육지를 똑바로 바라봤다.

그때 문득 뭔가 잘못됐다는 느낌이 들었다. 웨들해는 새들이 항상 날아드는 곳으로, 남극대륙 연안지대에서 야생동물이 가장 많이 분포하는 지역이고, 그 다음이 북동쪽에 위치한 윌크스랜드(Wilkes Land, 남극 동부, 인도양의 방향에 해당하는 지역)인데, 새들이 호주 방향으로 가로질러 가다가 남쪽으로 방향을 틀기 전에 종종 내려앉아 쉬는 곳이었다.

"잠시만요." 내가 말했다. "조금만 천천히 가 줄래요?"

에니스가 의아한 눈빛으로 나를 보면서 부드럽게 조절판 레버를 뒤로 살짝 당겼다.

불현듯 찾아온 이 불확실함을 어떻게 설명해야 할지 몰랐다. "이곳도 새들이 항상 지나가는 곳이에요. 웨들해든 월크스랜드든 다 이곳을 통해야 하죠."

"지금 우리가 가진 연료와 식량으로는 절대 월크스랜드까지 갈 수 없어요. 적어도 두 달은 걸릴 거예요."

나는 고개를 저었다. 그러자고 한 말도 아니고 그럴 생각도 없었다. 내 머릿속은 빠르게 돌아가고 있었다. 나일과 함께 참석했던 회의들과 연구 결과, 그가 피땀 흘려 작성한 수천 페이지에 달하는 자료 등 모든 것을 기억해 내려고 애썼다. 웨들과 월크스는 새들의 주된 이동 경로이기 때문에 아주 자세히 관찰되었고, 이 두 지역 중 어느 곳에도 더 이상 새들이 오지 못한다는 것은 모두가 알고 있는 사실이었다. 이렇게 장거리를 이동할 수 있는 새는 북극제비갈매기를 제외하고 모두 멸종되었기 때문이다.

MER에서 해리엇 교수는 항상 새들이 이처럼 먼 곳이 아닌 가까운 지역에서 새로운 먹이를 찾을 때가 올 것이라고 주장했다. 하지만 나일의 생각은 달랐다. 그는 언제까지나 새들이 빙하를 찾아서 날아갈 것이라고 믿었다. 그것이 그들의 본능이기에 물고기를 찾을 때까지 계속 날아들 것이며, 그렇지 않다면 그것은 그들이 멸종했다는 증거일 것이라고 생각했다.

"우측으로 돌려요." 내가 황급히 말했다. "우현으로."

"뭐라고요? 서쪽에는 아무것도 없어요."

"서쪽으로 가야 해요, 지금 당장이요!"

에니스는 내게 한바탕 욕바가지를 퍼부었지만 곧바로 방향을 틀고 주돛(mainsail, 배의 돛들 중 제일 크고 중요한 돛)을 조정하기 위해 분주하게 움직였다. 어쩌면 정신이 나간 건지도, 도박을 하는 건지도, 우리 둘 모두를 사지로 몰아넣는 건지도 몰랐다. 어쨌든 우리는 왼쪽으로 반도와 사우스셰틀랜드 제도(South Shetland Is-lands, 남극 대륙 인근의 군도)를 품은 바다를 가로지르며 나아갔다.

많은 사람들이 로스해(Ross Sea, 남대양의 바다로 인간 활동의 영향을 가장 적게 받은 지구상에서 가장 깨끗한 바다로 알려져 있다.)에서 실종되어 왔다. 쉴만한 곳도 거의 없고 비바람을 피할 곳도 없을뿐더러, 2월부터는 얼음으로 완전히 뒤덮이는 곳이기에 사람들이 드나들 방법 또한 없기 때문이다.

오늘은 1월 3일이고, 우리도 이곳에서 나갈 수 있는 확률이 거의 없어 보였다.

에니스가 고개를 돌려 나를 바라봤다. 딱히 아무 이유 없이 그가 방긋 웃어 보이더니 내게 짧은 거수 인사를 건넸다. 나도 그에게 손을 들어 답했다. 될 대로 되라지. 안 될 거도 없잖아?

문득 이런 생각이 나를 스쳤다. 이번이 진정 마지막이라면, 단순히 한 생명체의 생애 마지막 여정이 아니라 모든 종의 미래를 걸고 하는 마지막 여정이라면 결코 도중에 멈춰 서지 않겠지. 아무리 지치고 굶주리고 희망이 보이지 않는다 하더라도 절대로 멈추지 않을 거야. 오히려 더 먼 곳을 향해 날갯짓하겠지.

험난한 여정으로 여기저기 긁히고 찌그러진 강철 요트가 남극 해안을 따라 억세게 나아가는 동안 우리는 눈이 부시게 반짝이는 눈과 쭉 뻗은 하늘을 바라보며, 어느 것 하나라도 놓칠세라 눈 한 번 깜박이지 못했다. 날씨가 급격하게 변해 기온은 영하 2도로 떨어지고 파도는 더 높게 일었다. 에니스는 급하게 키를 돌리며 한때 육지에 붙어 있다가 떨어져 나와 유유히 바다 위를 떠다니는 위험한 얼음덩어리들을 피하고 있었다. 얼음덩어리들은 곳곳에서 계속 바다로 떨어져 내렸는데 그 어마어마한 무게 때문에 쾅 폭탄이 터지는 듯한 소리를 냈다. 에니스는 이것들을 작은 빙산이라 불렀고, 이 중 어느 것이라도 배를 단번에 뒤집어 침몰시킬 수 있다고 했다.

서쪽으로 항로를 변경한 지 나흘째 되던 날, 바람이 75노트(약 시속 140킬로미터)까지 강하게 일었다. 에니스의 말에 따르면 이런 바람은 지금처럼 낮은 기온에서 재앙이나 다름없다고 했다. 나는 그 이유를 몰랐고 묻지도 않았지만, 6일 째 되는 날 자연스레 깨닫게 되었다.

삭구가 딱딱하게 얼기 시작했고, 에니스와 나는 앞뒤로 쏜살같이 움직이며 삭구가 완전히 얼기 전에 서둘러 얼음을 부수려고 애썼다. 하지만 소용이 없었다. 할 수 없이 에니스는 배를 해안에 대기 위해 좌현으로 방향을 틀었다. 우리는 로스해보다 조금 더 잔잔한 아문센해(Amundsen Sea, 남극반도 서부 로스해 동쪽의 해역)에 배를 댔고, 우리가 계획했던 것만큼 멀리 가지 못하게 되었다. 나는 갑판 아래로 내려가 남은 보급품들을 가방에 넣기 시작했다. 배에는 두툼한 보온 내의와 코트, 부츠 등 생존 여부를 결정 지을 수 있을 정도의 귀중한 물품들이 실려 있었다. 두려움이 온 몸을 휘감았지만 더 이상 문제 될 것은 없었다. 오히려 내가 더 살아 있음을 느끼게 해줄 뿐이었다.

"뭐 하는 거예요?" 에니스가 내게 물었다. 그러고는 키를 잡은 채 EPIRB(Emergency Position Indication Radio Beacon, 비상위치지시용 무선표지설비, 구조 수색 작업에서 조난자의 위치를 쉽게 결정하기 위해 신호를 자동적으로 송신하는 장치)를 작동시켰다. 배는 이제 수명을 다했고, 더 이상 우리를 실어 나를 수 없었다.

"걸어서 계속 갈 거예요." 내가 말했다. "여기서 기다려요. 돌아올게요."

그는 내 말을 무시하고 자신도 가방을 꾸렸고, 우리는 함께 빙산으로 길을 나섰다.

앞으로 나아가는 한 걸음 한 걸음이 너무 힘들었다. 이처럼 극한의 상황을 경험해 본 것도 오랜만이었다. 그렇지만 날은 예전보다 따뜻했다. 그렇게 이 세상 모든 것이 더 따뜻해져서 녹고 변하고 죽어 갔다. 우리가 아직 얼어 죽지 않고 계속 걸을 수 있는 유일한 이유도 이런 기후 변화 때문이었을 것이다.

우리는 따뜻한 낮에 눈에 파묻혀 휴식을 취했고, 밤에 이동을 하며 체온을 따뜻하게 유지했다. 배로 돌아오는 길을 잃지 않기 위해 항상 오른쪽에 바다를 두고 걸었다. 가끔은 서로 손을 잡고 걷기도 했는데 외로움을 달래는 데 도움이 되었다. 가끔 내가 잃은 사람들에 대한 생각이 났다. 우리 엄마, 우리 딸, 그레타, 리아. 하지만 나는 리아에 대한 희망을 아직 잃지 않았다. 그녀가 의식을 차렸기를 간절히 바랐다. 그리고 당연히 나일은 거의 매 발걸음마다 떠올랐다.

걷기 시작한 지 사흘이 지났을 때 나는 에니스에게 한계가 왔음을 느낄 수 있었다. 그의 발걸음이 급격하게 처지기 시작하더니 대화하는 것조차 힘겨워했다. 우리는 잠시 걸음을 멈추고 차가운 바닥에 주저앉았다. 나는 가방에서 구운 콩이 담긴 통조림을 꺼내 그에게 건넸고, 우리는 주위에 펼쳐진 정적인 세상을 바라보며 말없이 배를 채웠다. 앞으로 가는 길도 계속 이렇게 얼음밖에 볼 수 없다면……. 나는 에니스 없이 혼자서는 이 여정을 이어갈 수 없을 것 같았다.

"에니스, 당신은 왜 여기까지 온 거예요?"

그는 아무런 대답 없이 그저 콩을 먹을 뿐이었고, 오직 그걸 삼키는 데에만 모든 노력을 집중하는 듯했다.

그렇게 한참이 흐르고 나서 그가 말했다. "당신이 이 일을 혼자서 하게 내버려 둘 수 없었죠."

그의 말이 가슴에 확 와 닿았다. 그의 넓은 마음과 사랑이 느껴졌다. 우리 두 사람은 어느새 서로 사랑을 공유하게 되었고, 그것은 부인할 수 없는 사실이었다. 그런 감정에 대해 너무 고마웠고, 이곳에 혼자 있지 않을 수 있음에 또한 감사했다. 이곳에 오기 위해 그동안 내가 해 온 가짜 연극도 이제 다 끝이라는 사실을 이렇게 마주하게 되었다. 더 이상 아무런 의미가 없었다. 이렇게 이 세상에 마지막 남은 북극제비갈매기를 따라서 온 여정의 막바지에 도달한 이상 진실을 이야기할 때가 온 것이었다.

"그 사람은 죽었어요." 내가 나지막이 말했다. "남편 말이에요."

그리고 에니스가 말했다. "알고 있었어요, 이쁜이."

세상이 천천히 바뀌고 있었다.

"여기까지 왔는데 우리 둘뿐이네요." 내가 어렴풋이 말했다. "그렇죠?"

그가 고개를 끄덕였다.

"새들은 이제 모두 사라졌어요." 나는 빈 통조림과 포크 두 개를 다시 가방에 넣었다. 하지만 아직 일어설 수는 없었다. 그럴 힘이 남아 있지 않았다. "거의 그와 함께 시간을 보냈죠." 내가 말을 이었다. "너무 가깝게 지냈으니까요. 하지만 정작 마지막에는 함께 있지 못했죠."

"당신은 함께 있었잖아요."

"아니에요. 저는 그의 곁을 떠나기만 했어요. 적어도 그 사람 영혼은 제 행동을 그렇게 받아들일 거예요."

"말도 안 되는 소리 말아요."

"그 사람 곁에 있어 줬어야 했는데."

"당신이 그랬어도 그는 여전히 혼자 갔을 겁니다. 우리 모두가 그렇듯이 말이에요. 인생이란 언제나 그런 법이죠."

"그 사람이 혼자 가기에는 너무 먼 곳이에요." 나는 떨리는 손가락으로 눈가를 지그시 눌렀다. "그 사람을 느낄 수가 없어요."

"할 수 있어요. 아니면 왜 여기까지 계속 걸어왔겠어요?"

그 말과 함께 그가 일어섰고, 나도 따라 일어섰다. 그리고 우리는 다시 걷기 시작했다.

겨우 두 시간 남짓 걸었을까. 한 걸음만 걸어도 기진맥진하게 만들 정도의 심한 경사의 비탈을 올라가면서 한참 뒤처져 걷고 있는 에니스가 걱정이 되었다. 뒤를 돌아보니 다행히 그는 아직 힘을 내고 있었고, 다시 앞으로 시선을 옮겼다.

그 순간 나는 그대로 멈춰 설 수밖에 없었다.

방금 무언가 하늘을 가로질러 날아가는 것을 봤기 때문이었다.

나는 전속력으로 내달렸다.

점점 더 많이 보이기 시작했고, 급강하하며 물속으로 뛰어들기도 했다. 마침내 내가 비탈의 정점에 도달하는 순간, 나는 입을 다물 수가 없었다.

아.

수백 마리의 북극제비갈매기가 내 앞에 있는 빙산을 뒤덮고 있었다. 저마다 짝들과 어우러져 하늘에서 춤추며 날카로운 소리로 기쁜 듯이 노래를 부르고 있었다. 바다제비라고도 불리는 명성에 걸맞게 우아한 자태로 물속을 자유자재로 드나들었고, 그들이 굶주린 배를 채우기 위해 바다로 뛰어들 때 바다를 가득 채우고 있는 수많은 물고기 떼도 볼 수 있었다.

나는 그대로 주저앉아 눈물을 흘렸다.

새들이 이루어 낸 긴 여정을 위해 흘린 눈물이었다. 그리고 남겨진 사랑과 당신을 위한, 그리고 우리의 약속을 위한, 그리고 당신의 죽음이 포함되어 있다는 현실을 믿을 수 없었던 운명에 맡겨진 삶을 위한 눈물이었다.

에니스도 어느새 내 옆으로 다가와 낮은 소리로 웃음을 터트렸다. 바로 그 순간 멀리서 거대한 고래의 지느러미가 수면으로 올라오더니 우리에게 손을 흔들었고, 우리는 숨이 턱 막혀 거의 반쯤 정신이 나가다시피 그 자리에서 폴짝폴짝 뛰면서 환호로 응답했다. 그 아름답고 절대적으로 완전한 모습에 가만히 서 있기조차 힘들었다. 이렇게 깨끗하고 사람의 손길이 닿지 않은 바다에는 얼마나 더 많은 생명이 살고 있을까?

"사가니호가 함께 오지 못해서 유감이에요." 내가 흐르는 콧물을 훔치며 말했다. "저 많은 물고기를 잡을 방법이 없잖아요."

그가 재미있다는 듯 나를 바라보며 말했다. "벌써 오래전에 잡고 싶은 마음은 내다 버렸죠. 단지 확인하고 싶을 뿐이었어요. 아직 어딘가에 물고기들이 있다, 바다가 아직 살아 있다는 사실을."

내가 그를 꽉 껴안았고, 새들의 울음소리가 하늘을 가득 메우고 있는 가운데 우리는 그렇게 한참 동안 서로를 안고 있었다.

"나일도 이 광경을 봤으면 좋았을 텐데요." 잠시 후 내가 말했다. 아, 정말 그럴 수만 있다면 얼마나 좋을까.

에니스가 숨을 깊게 내쉬었다. "얼마나 오래 있을 생각이에요?"

"평생 동안?" 나는 미소 지으며 뭔가 암시하듯 말했다. "아니, 가야죠. 그런데 먼저 해야 할 일이 있어요. 그 사람이 자신의 유골을 새들과 함께 날려달라고 했거든요."

에니스가 내 손을 꽉 쥐었다. "그럼 먼저 가고 있을게요. 그래도 되겠죠? 남편과 둘만의 시간을 보내고 와요."

나는 고개를 끄덕였지만 그의 손을 놓지 않았다. "고마워요, 선장님. 당신은 정말 좋은 사람이에요. 그리고 당신 스스로 정말 멋진 삶을 이뤄 냈네요."

그가 빙긋 웃었다. "아직 삶이 다 끝난 건 아니에요, 린치 부인."

"그럼요, 분명히 아닐 거예요."

나는 그가 다시 비탈을 내려가 우리가 왔던 길로 돌아가는 모습을 바라봤다. 그러고 나서 몸을 돌려 물가로 걸어 내려갔다. 가방에서 나일의 편지들과 그의 유골이 들어 있는 작은 나무 상자를 꺼냈다. 편지들 먼저 자유롭게 날려버릴 생각이었지만 그럴 수 없었다. 그의 편지가 훼손되지 않은 자연을 조금이라도 오염시킨다면 나일이 싫어할 테니까. 그래서 그의 손글씨를 손으로 한번 쓱 훑고 나서 다시 가방에 넣었다.

천천히 상자를 입술로 가져가 그가 눈을 감을 때 하지 못했던 작별의 키스를 건넸다.

바람은 아까보다 강하지 않았지만 하얀 깃털 사이로 곱게 간 유골을 흩날려 떠나보내기에는 충분했다. 그렇게 그가 남긴 마지막 육체의 흔적은 새들이 날아오르는 지점을 구분할 수 없을 때까지 멀리 날아갔고, 나는 입고 있던 옷을 모두 벗었다.

그리고 바다로 들어갔다.

29

아일랜드
10년 전

"뭐 좀 찾았어요?"

"알이요."

나는 그의 옆으로 가까이 다가가 잔디 위에 놓인 작은 알을 함께 내려다봤다. 선명한 파란색의 특별한 무늬를 가지고 있었다.

"진짜 알일까요?" 내가 숨을 내쉬며 물었다.

나일이 고개를 끄덕였다. "틀림없어요. 까마귀 알이에요."

내가 알을 집으려고 몸을 구부리자 나일이 주의를 주었다. "만지면 안 돼요."

"둥지로 다시 가져다 두려고요."

"만지면 어미 새가 당신 냄새를 맡고 알을 버릴 거예요."

"그럼…… 그냥 여기 둬요? 부화도 못하고 죽으면요?"

그가 고개를 끄덕이며 대답했다. "그렇더라도 사람의 손길이 안 닿는 게 더 나아요. 그 자체가 파괴행위나 마찬가지니까요."

나는 그의 손을 살짝 잡았다. "우리가 가져가서 지켜보며 보호

해도 되잖아요. 그리고 우리가 직접 부화시켜서 하늘로 자유롭게 날려 보내는 거예요."

"우리 얼굴을 기억할 텐데요."

나는 활짝 웃어 보였다. "얼마나 사랑스러워요."

그가 나를 바라봤다. 그는 처음에 동정 어린 표정을 지었고, 당장에 내가 할 수 있는 것보다 더 많은 경우의 수를 생각하고 이해하는 표정을 지었다가, 비관적인 표정으로 바뀌었다. 하지만 내가 나 스스로의 확실함을 보여주고자 우리가 늘 세상에 독이 되고 역병이 되는 것은 아니며, 우리가 잘 보살필 수 있으리라는 강한 표정을 지어 보이자, 서서히 그의 눈빛에 변화가 일었고, 끝내는 나와 함께 웃어 주었다.

남극대륙 서부, 아문센해
짝짓기 시즌

추위가 뼛속까지 스며들었지만 나는 그 어느 때보다도 더 침착했다. 아직 머리는 담그지 않았다. 최후의 순간이 오더라도 굳이 그럴 필요까지는 없겠지. 그때쯤이면 내 의지와 상관없이 바다가 알아서 나를 데려갈 테니까. 그리고 최대한 오랫동안 새들을 바라보고 싶기도 했다. 그렇게 해서라도 그들을 내 가슴에 담아 마지막을 맞이하고 싶었다.

엄마, 엄마와 함께 했던 기억을 가지고 떠나요. 지금 나처럼 엄마도 스스로 숨을 끊으셨죠. 엄마는 내게 세상을 볼 수 있는 책과 시, 의지를 주었어요. 그러고 보니 엄마에게 모든 걸 빚졌네요. 우리가 살았던 작은 오두막집에 새어 들어오는 바람 소리와, 엄마의 머리에서 풍기는 바다 냄새, 그리고 날 감싸 주는 엄마의 온기까지도 가지고 갈게요. 할머니, 할머니와 함께한 추억도 가지고 떠날게요. 제게 침착함과 강인함을 알려 주셨죠. 죄송해요. 더 일찍 알아채지 못했어요. 존, 당신과 나눈 시간도 가지고 갈게요. 모두가 떠난 후에도 그곳에서 오래도록 그들이 돌아오기를 기다리셨죠. 벽난로 위에 있던 사진과 그 안에 담긴 당신의 사랑도 함께 가지고 떠나요. 까마귀들이 내게 가져다주었던 선물들도 모두 가져가야지. 모두가 내게는 보물이니까. 내 뼛속 깊숙이 자리한 바다와 내 영혼의 목소리를 듣고 길을 만들어 준 파도도. 그리고 내 배 속에 있던 딸의 느낌과 딸을 품고 보내며 느꼈던 모든 것을 가져가 언제까지나 영원히 그 아이와 함께해야지.

하지만 나일, 내 사랑 당신에게서는 가져갈 게 아무것도 없어요. 오히려 당신에게 주고 떠날게요.

내 본능, 내 안에 있는 야생 본능이에요. 이제 그것들은, 나는 온전히 당신 거예요.

나는 수면 아래로 가라앉았다.

내 심장은 격렬하게 요동치며 손가락과 발가락이 새하얗게 변하도록 온몸의 피를 몸의 중심으로, 조금이라도 더 생명을 유지시키기 위해 여전히 온기가 남아 있는 곳으로 집중시키려 애쓰고 있었다.

물속에서 올려다 본 태양은 수면 위에 무늬를 만들고 있었다. 언젠가 이런 꿈을 꾸었던 거 같아.

새들은 이제 실루엣이 되어 하늘 높은 곳에서 선회하고 있었다. 나는 그들을 바라보고 또 바라보다가 마침내 눈을 감았다.

우리가 돌봐줄 수도 있어요.

눈이 갑자기 떠지고, 태양에 반짝이는 물고기들이 지나다녔다. 갑자기 극심한 추위가 느껴졌다.

뭐라고 했어요?

당신이 내게 보여 줬잖아요. 우리가 용기만 낸다면 얼마든지 돌봐 줄 수 있다는 사실을.

하지만 이제 내게 남은 건 아무것도 없어요.

아직 있어요. 야생 본능이 아직 남아 있어요.

잠시 정적이 흐르고, 내가 물었다.

나를 기다려 줄 수 있어요? 그저 조금만 더 오래?

언제나 기다릴 거예요.

나는 위로 솟아오르기 시작했고, 이내 수면을 깨고 물 위로 튀어 오르자 내 폐는 산소를 빨아들이기 위해 격렬하게 움직였다. 어떻게 이런 일이 벌어진 것인지 잘 모르겠지만 내 안의 무언가가 다시 삶을 움켜잡았고, 그렇게 나는 깊은 바다 바닥에서, 끝없이 목을 죄는 수치심에서 끄집어 올려졌다.

몸을 움직여 옷을 입기조차 어려웠지만 어떻게든 그렇게 하고 있었다. 두 발로 설 수조차 없었지만 어떻게든 그렇게 하고 있었다. 걸을 수도 없었다. 한 걸음 내딛는 일조차 힘들었지만 어떻게든 그렇게 하고 있었다. 그렇게 한 걸음 한 걸음, 다시 또 한 걸음을 내딛고 있었다.

이곳에는 우리만 있는 것이 아니었다. 아직은 아니었다. 새들이 있었다. 아직 사라지지 않고 하늘을 나는 한 내가 목숨을 던질 때는 아니었다. 내게는 아직 해야 할 일들이 있었다.

얼마나 오래 걸릴지는 나도 몰랐다. 몇 시간, 며칠, 혹은 몇 주가 걸릴 수도 있었다. 하지만 결국 나는 빙산 너머에서 다가오는 차량을 볼 수 있었고, 멀리서 헬리콥터가 나는 소리도 들려왔다. 그제야 나는 안심하고 바닥에 주저앉을 수 있었다.

당신에게 그 어떤 약속도 하지 않을 거예요. 약속이라면 이제 포기했어요. 그냥 당신에게 보여 줄게요.

에필로그

내가 이 두꺼운 벽으로 둘러싸인 곳에서 두 번째 풀려나는 날은 비가 내리고 있었고, 처음과 다르게 죽고 싶은 갈망이나 공허함은 없었다. 오히려 수감 중에 어렵게 얻은 학위와 지구 반대편에 존재하는 광대한 천연 서식지에 대한 기억으로 활력이 넘쳐흘렀다.

누군가 나를 기다리고 있는 사람이 있을지도 모른다는 기대는 하지 않았다.

비의 장막 사이로 어둡고 흐릿한 사람의 윤곽이 보였다. 우산도 없이 트럭에 기대어 있었다.

가까이 걸어가면서 생각하기를 에니스가 틀림없겠지만 어쩌면 아닐지도 몰랐다. 그 두 사람 모두 내가 오늘 이 시간에 출소한다는 사실을 알고 있었으니까. 하지만 이렇게 멀리까지 올 것이라고는 전혀 기대하지 않았는데…….

그런데 사가니호의 선원 중 그 누구도 아니었다. 만나본 적이 없는 사람이었다. 어쩌면 나를 기다리고 있는 것이 아닐지도 몰랐다.

어쨌든 나는 그가 서 있는 쪽으로 걸어갔다.

그는 키가 크고 희끗희끗한 머리숱이 많았다. 그리고 할머니가 비 오는 날 방목장에 나갈 때마다 입던 방수 코트를 입고, 흙으로 얼룩진 부츠를 신고 있었다. 그의 큰 입과 눈 주변에 주름이 어쩐지 낯설지 않았고, 마침내 나는 그가 누군지 알아볼 수 있었다.

"반갑구나." 아빠가 말했다.

도미니크 스튜어트의 트럭에서는 차 문을 열자마자 커피 찌든 내가 났다. 내가 발판에 발을 딛고 차에 올라섰을 때 그 이유를 알게 되었는데, 대략 서른 개 정도의 오래된 종이컵이 바닥에 버려져 나뒹굴고 있었다.

"미안." 그가 걸걸한 목소리로 말했다.

나는 어깨를 으쓱해 보이고 문을 닫았다.

우리는 한동안 아무 말 없이 차 안에 가만히 앉아 천장에 떨어지는 빗소리를 들었다.

"어디로 갈까?" 아빠가 물었다. 그의 아주 강한 호주 억양이, 정말 놀랍게도 그 억양이 나를 순식간에 향수(鄕愁)로 가득 채웠다.

그가 나를 어디로 데려다 주면 좋을지 생각해 봤지만 마땅히 떠오르는 곳이 없었다. 그 대신에 그가 저지른 짓과 그로 인해 그가 갇혀 있는 동안 이 사람을 증오하면서 보낸 세월이 떠올랐고, 그와 똑같은 짓을 저지른 내가 그와 얼마나 많이 닮았는지를 깨닫고 나 스스로를 부끄럽게 여기며 보낸 세월이 생각났다. 그리고 내게도 가족이 있기를, 단 한 명이라도 있기를 바라며 보낸 세월이 생각났다.

"스코틀랜드에 가 본 적 있어요?" 내가 물었다.

"아니."

"가 볼래요?"

그가 나를 빤히 쳐다보다가 다시 내리는 빗속으로 시선을 돌렸다. 그러더니 아무런 대답도 없이 시동을 걸었고, 나는 그때 확실히 볼 수 있었다. 그의 손에 문신으로 새긴 오래되어 색이 바랜 한 마리 새를.

아빠는 새를 보고 있는 나를 보더니 쑥스러운 듯 웃으며 말했다. "아이리스가 가장 좋아하던 거였지."

나도 미소로 화답했다.

엄마는 내게 단서를 찾으라고 말하곤 했다.

"뭐에 대한 단서요?" 내가 처음 그 말을 들었을 때 물었다.

"삶에 대한 단서. 곳곳에 숨겨져 있단다."

감사의 글

ACKNOWLEDGMENTS

먼저 훌륭한 에이전트 샤론 펠레티어에게 감사를 전합니다. 무명의 호주 작가에게 기회를 주고 글을 쓸 수 있도록 격려해 주었습니다. 인내심을 가지고 계속 지지해 준 덕분에 정말 큰 힘이 되었습니다. 그러한 믿음과 노력이 없었다면 이 책《마이그레이션》은 세상에 나올 수 없었을 것이고, 제게는 더할 나위 없이 완벽한 출판사 플랫아이언(Flatiron)도 만나지 못했을 것입니다. 정말 감사드립니다.

편집장 캐롤린 블리크에게도 많은 감사를 드립니다. 처음부터 책에 대한 신뢰를 보여 주었고, 지치지 않는 노력으로 이 소설을 놀라울 정도로 다듬어 마침내 독자에게 제 이야기를 전달할 수 있게 되었습니다. 그 친절함과 너그러움 그리고 헌신에 감사드립니다. 마찬가지로 플랫아이언의 모든 팀원들에게도 감사를 전합니다. 이 책의 잠재력을 발굴하고 이를 실현시켜 주었습니다. 표지 및 내지 디자인 모두 너무 멋지게 만들어 주셨고, 전 세계적으로 알려질 수 있도록 배짱 있는 판촉 전력을 세워 주었습니다. 더 이상 바랄 것이 없을 정도입니다.

영국 편집장 샬럿 험프리와 발행인 클라라 파머, 출판사 샤토&윈더스(Chatto & Windus) 팀원들, 그리고 호주 발행인 니키 크리스터, 출판사 펭귄 랜덤 하우스(Penguin Random House) 팀원 모두에게 감사드립니다. 함께 일할 수 있어서 너무 즐거웠고 앞으로도 기대하겠습니다.

나와 한 팀을 이루어 준 친구들에게도 무한한 감사를 전합니다. 북극제비갈매기에 대한 초기 학술지를 보내 주고, 대단한 열정으로 과학적 조언을 아낌없이 해 주고, 언제나 내 얘기를 들어준 사라 홀라한. 원고를 꼼꼼하게 읽고 과학적 판단을 해 준 케이트 셀웨이, 항상 그렇듯이 초안을 읽고 많은 아이디어를 제공해 준 리아 파커. 책을 쓰는 동안 많은 우여곡절에 대해 지겹도록 떠들어 대는 나를 받아 주고 항상 웃으면서 내 얘기를 들어 준 케이트린 콜린스, 애니타 얀코비치, 찰리 콕스. 모두 감사합니다. 가족들에게도 감사의 마음을 전합니다. 아낌없는 사랑과 지지를 보내 준 휴젠, 조, 니나, 해미쉬, 그리고 당나귀에 대해서 알려준 아빠, 우리 할머니 카르미안, 폭풍우가 몰아칠 때 배가 어떻게 움직이는지 알려 준 돌아가신 할아버지 존, 골웨이를 소개해 주고 아일랜드 모임에 데려가 준 사촌 엘리스. 모두 감사합니다. 그리고 오빠 리암, 할머니 알렉스, 특히 엄마 캐서린 이 세 분이 없었다면 이 책을 쓰지 못했을 것입니다. 너무 많은 도움을 주셔서 감사합니다. 우리가 가족이라는 사실이 제게는 너무나 큰 행운입니다. 그리고 나의 동반자 모건. 나를 믿어주고 나와 감정을 공유해 주고 힘들 때마다 나를 일으켜준 든든한 버팀목이 되어 주어서 감사합니다.

마지막으로 이 지구상에 있는 야생 동물들에게 감사의 마음을 전하고 싶습니다. 이 책은 멸종된 종들에 대한 안타까움과 후회, 그리고 여전히 존재하는 동물들에 대한 사랑을 담아서 썼습니다. 진심으로 바라건대 동물이 멸종된 상황으로 서술되는 소설《마이그레이션》과 같은 세상이 되지 않기를 간절한 마음으로 기원합니다.

마이그레이션

초판 1쇄 발행 | 2023년 6월 5일

지은이 | 샬롯 맥커너히
옮긴이 | 윤도일
펴낸이 | 이정헌, 손형석
편집 | 이정헌
번역 검수 | 이정헌
교정 | 허유진
디자인 | 이정헌
인쇄 | 공간코퍼레이션

펴낸곳 | 도서출판 잔
출판등록 | 2017년 3월 22일 · 제409-251002017000113호
주소 | 경기도 김포시 김포한강3로 432 502호
팩스 | 070-7611-2413
전자우편 | zhanpublishing@gmail.com
웹사이트 | www.zhanpublishing.com

표지 그림 ⓒ 이고은

ISBN 979-11-90234-65-8 03840